HEYNE <

Das Buch

Eines Tages entdeckt man im Westen Frankreichs eine riesige weiße Kugel. Niemand weiß, woher sie kommt oder was es mit diesem eigenartigen Phänomen auf sich hat. Dann verschwindet der dreijährige Léo beim Spielen spurlos. Seine Mutter Élodie ist verzweifelt, denn die weiße Kugel scheint ihren Sohn regelrecht verschluckt zu haben. Doch Léos Fall ist erst der Anfang – auf der ganzen Welt tauchen diese sogenannten »weißen Damen« auf, auf der ganzen Welt verschwinden Kinder. Alle Versuche, das Rätsel zu lösen und die Kinder von diesem geheimnisvollen Phänomen fernzuhalten, scheitern – die Kleinen werden geradezu magisch von den »weißen Damen« angezogen. Der französischen Regierung ist schnell klar, dass die Kugeln zerstört werden müssen, bevor alle Kinder in ihnen verschwinden. Doch so einfach sind die »weißen Damen« nicht zu besiegen, und schon bald versinkt das ganze Land im Chaos …

Der Autor

Pierre Bordage, 1955 im Département Vendée geboren, studierte Literaturwissenschaften in Nantes. Mit seinem ersten Science-Fiction-Roman *Krieger der Stille* landete er auf Anhieb einen riesigen Publikumserfolg. Das Buch wurde mehrfach ausgezeichnet, unter anderem mit dem renommierten Grand Prix de l'Imaginaire. Der Autor lebt mit seiner Familie in Boussay an der Atlantikküste.

Mehr über Pierre Bordage und seine Romane erfahren Sie auf:

diezukunft.de

PIERRE
BORDAGE

DIE SPHÄREN

ROMAN

Aus dem Französischen
übersetzt von Carola Fischer

WILHELM HEYNE VERLAG
MÜNCHEN

Titel der französischen Originalausgabe
LES DAMES BLANCHES

Der Verlag weist ausdrücklich darauf hin, dass im Text enthaltene externe Links vom Verlag nur bis zum Zeitpunkt der Buchveröffentlichung eingesehen werden konnten. Auf spätere Veränderungen hat der Verlag keinerlei Einfluss. Eine Haftung des Verlags ist daher ausgeschlossen.

MIX
Papier aus verantwortungsvollen Quellen
FSC® C014496

Verlagsgruppe Random House FSC® N001967

Deutsche Erstausgabe 10/2017
Redaktion: Elisabeth Bösl

Zitatnachweis: Khalil Gibran: *Der Prophet*, DTV München, 2002
Umschlaggestaltung: DAS ILLUSTRAT, München,
unter Verwendung eines Motivs von Sergey Nivens/Shutterstock
Satz: Greiner & Reichel, Köln
Druck und Bindung: GGP Media GmbH, Pößneck
Printed in Germany

ISBN 978-3-453-31848-9

www.diezukunft.de

LÉO

»Maman, was ist das?«

Léo stand auf einem Stuhl am Küchenfenster und zeigte mit dem Finger auf etwas Weißes, das gerade aus dem Morgennebel auftauchte. Élodie, noch nicht ganz wach, versteckte sich hinter ihren Haaren, die ihr vors Gesicht fielen, und rührte weiter in ihrem Kaffee, ohne auf die Frage ihres Sohnes einzugehen. Léo stellte jeden Tag unzählige Fragen, und sie hatte weder die Zeit, noch die Energie, sie alle zu beantworten.

»Komm da runter, bevor du dir noch wehtust.«

Léo stellte sich auf die Zehenspitzen und drückte sein Gesicht an die Fensterscheibe. Sein Atem ließ sie beschlagen.

»Sieht aus wie der Hut eines Knollenblätterpilzes, aber dafür ist es zu groß.«

Mit seinen drei Jahren und fünf Monaten redete Léo ununterbrochen und verfügte über einen außergewöhnlich großen Wortschatz, als ob er sich von Worten ernähren würde. Sein ohrenbetäubendes Geplapper ärgerte die Erwachsenen, die zu Besuch kamen, und reduzierte die Zahl seiner Freunde. Er hatte nur Baptiste, den sechsjährigen autistischen Nachbarsjungen. Élodie hatte sich Sorgen gemacht, dass auch Léo am Asperger-Syndrom leiden könnte, aber die Untersuchungen beim Kinderpsychiater bestätigten nur eine »normale Frühreife«. Wahrscheinlich würde er eine spezielle Schule besuchen müssen.

Der Junge starrte seine Mutter solange an, bis sie den Blick hob und ihn auch ansah.

»Komm her, Maman, und sieh dir das an!«

Sein Befehlston klang alarmierend. Sie stieß einen tiefen Seufzer aus, dann stand sie auf und ging zu Léo ans Fenster.

»Hatte ich dir nicht gesagt, du sollst von dem Stuhl heruntersteigen? Was hast du denn jetzt schon wieder gesehen?«

Ihr Blick wanderte in die Richtung, in die Léo zeigte. Nun sah auch sie das weiße Ding, das aus dem dichten Nebel emporragte: eine perfekte Kugel, die sie sofort an den bedrohlichen Ballon aus der alten Fernsehserie *Nummer 6* denken ließ. Schaudernd legte sie die Hand auf die Schulter ihres Sohns und zog ihn an sich.

»Was ist das, Maman?«

»Woher soll ich das wissen?«

»Wollen wir uns das Ding aus der Nähe ansehen?«

»Ich bin nicht sicher, ob das eine gute Idee ist …«

Léo riss sich von seiner Mutter los, sprang vom Stuhl und lief zur Tür, die einen Spalt offen stand, damit Pyjam, ein alter, streunender Kater mit schmutzigem Fell, in die Wohnung konnte.

»Komm zurück!«

Wie ein Wiesel schnellte Léo über die Steinterrasse, die den halben Garten einnahm. Hinter der kleinen Straße, die an Lorbeerhecken entlangführte, erstreckten sich brachliegende Wiesen, umgeben von einem Metallzaun. Nur wenige Autos kamen hier vorbei, und doch fürchtete Élodie ständig, dass eines von ihnen ihren Sohn überfahren könnte. Seit sie allen Männern abgeschworen hatte, galt ihre gesamte Liebe und Aufmerksamkeit allein Léo. Sie war sechsunddreißig und in den Augen ihrer Freunde und Ex-Liebhaber eine hübsche Frau, die auf ihre Figur und auf ein gepflegtes Äußeres achtete, sich aber hinter den Enttäuschungen, die sie erlebt hatte, versteckte.

»Léo, komm zurück!«

Sie zog den Gürtel ihres Morgenmantels fest, schlüpfte aus den Hausschuhen und rannte ihm hinterher, stolperte aber über die Türschwelle und fiel der Länge nach auf die Steine.

»Ich blöde Kuh!«

Sie ignorierte den Schmerz im rechten Fuß und im linken Knie, stand auf und folgte humpelnd Léos Spuren. Sie sah ihren Sohn durch das offene Gartentor rennen, das auf die Straße hinausging. Das Brummen eines Motors ließ ihre Angst blitzschnell ansteigen.

»Komm sofort hierher!«

Sie beschleunigte das Tempo und lief kurz nach ihrem Sohn durch das Gartentor. Auf der anderen Straßenseite zwängte sich Léo zwischen zwei Zaunpfosten hindurch. Ein weißes Auto raste die Hecke entlang und verschwand nur dreißig Meter weiter in einer Rechtskurve.

»Hast du gehört, was ich gesagt habe?«

Léo stapfte mit großen Schritten durch das feuchte Gras, genau auf die weiße Kugel zu. Élodie hatte den Eindruck, dass die Kugel auf einmal größer geworden war, als wäre sie von einem riesigen Gebläse im Inneren aufgebläht worden. Das Gefühl einer unmittelbar drohenden Gefahr wurde immer stärker. Sie überquerte die Straße. Ihre nackten Füße berührten den schlammigen Boden der Böschung. Sie verhedderte sich im Zaun. Sobald sie auf die Weide gelangt war, musste sie den Morgenmantel, unter dem sie vollkommen nackt war, wieder richtig schließen. Sie zitterte vor Kälte, Wut und Angst. Der Schmerz ihres aufgeschlagenen Knies fuhr ihr durch das ganze Bein.

»Komm sofort zurück, oder ich werde wirklich böse!«

Mit Léo schimpfen? Dazu war sie gar nicht fähig. Ein Blick von ihm, ein Lächeln, eine Grimasse genügte, und sie gab sich geschlagen. Der Kinderpsychiater hatte ihr empfohlen, entschieden und unerschütterlich ruhig im Umgang mit dem Kind zu sein, aber jedes Mal, wenn er sich weigerte, eine ihrer Anweisungen zu befolgen, hatte sie so starke Schuldgefühle, dass sie den Launen ihres Sohnes nachgab. Sie tat dann jedes Mal so, als würde sie den verärgerten Gesichtsausdruck und die zusammengekniffenen Lippen ihrer Freundinnen, die sehr genaue Vorstellungen von Erziehung hatten, nicht bemerken.

Léo war der weißen Kugel jetzt gefährlich nahe gekommen und verschwand einen Moment lang hinter Büschen und Felsen. Élodie unterdrückte das wachsende Gefühl der Angst gerade noch rechtzeitig, bevor es sich in Panik verwandelte. Die Morgenkälte schnitt ihr in die Fußsohlen, kroch ihre Schenkel hinauf und ließ ihren Unterleib gefühllos und steif werden. Sie würde zu spät ins Büro kommen. Sie musste noch duschen und sich anziehen, Léo anziehen, ihn mit dem Auto zur Tagesmutter bringen, sich dann in den dichten Verkehr der Umgehungsstraße einordnen, einen Platz auf dem Firmenparkplatz finden – sie würde nach 8 Uhr 30, dem lebensentscheidenden Zeitpunkt, eintreffen und müsste dem Abteilungsleiter, einem Typ mit Glatze, feuchten Händen und fiesem Blick, eine beschämende Erklärung liefern.

Verdammter Mist.

»Léo!«

Sie holte auf. Er drehte sich nicht um, lief weiter geradewegs auf sein Ziel zu. Die Kugel wurde immer größer, als würde sie sich ausdehnen, um dem Kind entgegenzukommen. Sie sah wie ein riesengroßer Luftballon aus. Die Oberfläche wies keine Unebenheit, keinen einzigen Riss auf. Die Kugel wich den Felsen und anderen Erhebungen, die vor ihr auftauchten, nicht aus; sie nahm sie schlicht und einfach in sich auf, als wären sie vollkommen gegenstandslos. Eine Baumgruppe mit rotbraunen Blättern verschwand aus Élodies Blickfeld.

Jetzt trennten sie nur noch zehn Meter von Léo. Sie streckte die Hand aus, um ihn am Arm zu packen. Ihre Angst verwandelte sich in Wut. Eine Riesenwut. Ein unbändige Lust ihn zu schlagen ergriff sie. Gerade als sie nach ihm greifen wollte, blieb ihr Fuß in einer Kuhle stecken. Sie verlor das Gleichgewicht und rollte über den nassen Boden. Im Fallen öffnete sich ihr Morgenmantel. Das feuchte, kalte Gras schlug ihr gegen den Bauch, den Hintern und den Rücken. Vor Zorn schrie sie laut auf. Das Gefühl, das sich etwas in ihrer unmittelbaren Nähe befand, brachte sie schnell wieder auf die Beine und sie schloss ihren Morgenmantel wieder.

Als sie die gewölbte Außenwand der Kugel, die schon an die zwanzig Meter hoch war, ganz nah bei sich bemerkte, musste sie vor Entsetzen heftig schlucken.

»Léo?«

Sie suchte die Umgebung mit den Augen ab.

Keine Spur von ihrem Sohn.

Sie ging einige Schritte zurück, um die Umgebung besser überblicken zu können. Sie konnte ihn nirgends entdecken, weder im hohen Gras, noch zwischen den großen, runden, moosbedeckten Felsen. Sie unterdrückte einen ersten Panikanfall. Zweifellos war Léo auf die andere Seite der Kugel gelaufen. Sie beschloss, um das Ding herumzugehen, ohne sich ihm zu nähern. Die weiße Kugel auf der Weide strahlte etwas Unheilvolles aus, wie ein von Titanen zurückgelassener Ballon.

Das Herz blieb ihr beinahe stehen, als Élodie erkannte, dass ihr Sohn auch nicht auf der anderen Seite der Kugel war.

»Komm raus, mein Kleiner, ich sterbe fast vor Angst. Bitte ...«

Tränen traten ihr in die Augen. Obwohl der Gedanke, der unvorstellbare Gedanke angesichts der Macht der Realität immer mehr zur Gewissheit wurde, suchte sie weiter die Wiese ab. Die eisige, feuchte Kälte an diesem Novembermorgen kümmerte sie nicht mehr, sie zog immer weitere Kreise und schrie Léos Namen. Als sie sich schweren Herzens eingestand, dass ihr Mutterinstinkt sie nicht getäuscht hatte, kehrte sie zu der Kugel zurück: Dieses schreckliche Ding hatte, ebenso wie Felsen und Bäume, ihren Sohn verschlungen. Ihr blieb nichts anderes übrig, als sich zu Léo auf die andere Seite der weißen, glatten Wand zu begeben.

Élodie näherte sich der Kugel und wartete darauf, dass sie sich dehnte, um auch sie in sich aufzunehmen.

»Gib mir meinen Sohn zurück!«

Der Schrei kam mit der gewaltigen Kraft eines Geysirs aus ihrer Kehle. Die Kugel bewegte sich so wenig wie eine satte Schlange. Élodie überwand ihre Angst und legte beide Hände auf die Außenwand. Sie war überrascht, wie weich sie war. Schließlich drückte sie auch ihre Stirn an die glatte Fläche. Sie weinte jetzt stärker als zuvor, aber immer noch lautlos.

»Gib mir meinen Sohn zurück ...«

Sie warf sich mit der Schulter gegen die Kugel, die etwas nachgab, wie eine Luftmatratze. Dann hieb sie mit den Fäusten auf die glatte Fläche ein, ohne das weiche Material auch nur im Geringsten zu beschädigen. Sie wollte das Ding wie einen Ballon zum Platzen bringen. Sie zögerte. Bis sie die Forke mit den vier Zinken geholt hatte, die sie zum Graben im Garten benutzte, wäre die Kugel vielleicht schon verschwunden. Sie bedauerte, dass sie nach dem Aufstehen nicht gleich ihr Smartphone in die Tasche des Morgenmantels gesteckt hatte. Eine ganze Weile blieb sie unentschlossen stehen, sie zitterte vor Kummer und Sorge, vor Schreck und Kälte. Dann erblickte sie im Gras einen dicken, toten Ast, knorrig und mit spitzen Zweigen. Sie hob ihn auf, holte weit aus und stach mit aller Kraft auf die runde Hülle ein. Ein stechender Schmerz durchfuhr ihren Arm und ihre Schulter, als ob sich die ganze Kraft ihres Schlags gegen sie gewandt hätte. Sie entdeckte keinen einzigen Riss, nicht einmal einen Abdruck auf der weichen Oberfläche.

»Léo! Léo! Hörst du mich?«

Keine Antwort. Noch einmal suchte sie die Umgebung mit den Augen ab, in der Hoffnung, irgendwo ihren Sohn zu entdecken. Nichts bewegte sich, bis auf die Zweige und Grasstängel, die der kalte Nordwind niederdrückte. Ihr blieb keine andere Wahl, als nach Hause zu gehen und die Polizei zu rufen.

Sie starrte die Kugel herausfordernd an.

»Wenn du meinen Sohn verschlungen hast, wieso verschlingst du dann nicht auch mich?«

Als Antwort bekam sie nur Krähengeschrei.

Der Capitaine der Gendarmerie betrachtete die weiße Kugel mit demselben vorwurfsvollen Blick, mit dem er auch einen Betrunkenen am Steuer ansah. Das Ding war eine Störung der Ordnung und Harmonie, die eigentlich in der idyllischen Landschaft von Deux-Sèvres herrschen sollten. Die kleine Gruppe aus drei Männern und einer Frau hatte sich im Abstand von ungefähr zehn Metern zu dem Ding aufgestellt, das sie nachdrücklich als »das Phänomen« bezeichneten.

»Sie können also bestätigen, dass diese … Kugel Ihren Sohn verschluckt hat?«

Die ratlose Miene des Gendarmen machte Élodie wütend.

»Haben Sie gesehen, wie es passiert ist?«, fragte der Beamte weiter.

Durch die Kopfbewegung der jungen Frau lösten sich die Tränen von ihren Wimpern und fielen ihr auf die Wangen. Sie trug einen dicken Wollpullover, den sie über ein T-Shirt gezogen hatte, und eine lange Hose, aber das genügte nicht. Ihr wurde immer noch nicht wieder warm.

»In dem Moment, wo er verschwunden ist, bin ich hingefallen. Aber vorher habe ich gesehen, wie das Ding Büsche und Felsen verschlungen hat.«

»Und warum hat es dann nicht auch Sie verschluckt?«

Élodie entfuhr ein tiefer Seufzer. Sie war offenbar an den engstirnigsten Beamten der gesamten Region geraten.

»Woher soll ich das denn wissen? Worauf warten Sie eigentlich noch? Warum befreien Sie Léo nicht gleich?«

Der Mann schüttelte den Kopf.

»Also … wir wissen ja nicht genau, was in dem Ding drin ist. Vielleicht ist das eine neuartige Waffe. Es ist auch möglich, dass die Kugel Giftgas enthält, oder irgendein anderes gefährliches Zeug. Wir müssen Vorsichtsmaßnahmen treffen. Ich muss den Präfekten davon in Kenntnis setzen.«

»Aber wir verlieren kostbare Zeit«, stieß Élodie aus. »Mein Sohn ist da drin! Jede Sekunde zählt!«

»Da hat sie nicht unrecht«, schaltete sich die Gendarmin ein.

»Ich habe Sie nicht nach Ihrer Meinung gefragt, Kagalri«, erwiderte der Capitaine. »Die Entscheidungen hier treffe immer noch ich.«

Er holte sein Handy aus der Jackentasche und entfernte sich beinahe im Stechschritt. Die Gendarmin – braune Haare, dunkler Teint, bernsteinfarbene Augen – kam auf Élodie zu.

»Tut mir leid. Mein Chef ist ein Angsthase. Er ergreift nie die Initiative, sondern sichert sich immer vorher bei seinen Vorgesetzten ab.«

Élodie nickte. Wieder liefen ihr Tränen über die Wangen.

»Ich habe mit einem spitzen Ast auf diesen Ballon eingestochen«, murmelte sie. »Einfach unmöglich, die Haut aufzureißen.«

Die Gendarmin biss sich auf die Unterlippe und betrachtete die Kugel einen Moment lang. Ihre rechte Hand ruhte auf dem Griff ihrer halb gezogenen Pistole.

»Es gibt bestimmt eine Möglichkeit, diesen komischen Riesenchampignon in Fetzen zu reißen.«

Élodie nahm ihren letzten Rest Willenskraft zusammen und stammelte: »Léo hat auch von einem Pilz gesprochen, als er das Ding gesehen hat.«

Heftige Windböen trieben eine dunkle Wolkendecke über den Himmel. Die Luft wurde feuchter.

»Wie alt ist Ihr Sohn?«

»Drei Jahre und fünf Monate.«

»Hatte er keine Angst vor dem Phänomen?«

Élodie schloss die Augen und hoffte, sie würde zurück in ihrem Zimmer sein, wenn sie sie wieder aufschlug, und feststellen, dass diese ganze Situation nur ein böser Traum gewesen war.

»Er hatte nicht nur keine Angst vor dem Ding, sondern er ist direkt darauf zu gelaufen«, antwortete sie schließlich.

»Ist das normal für ihn?«

»Er ist mir noch nie so entwischt wie heute. Er schien wie davon angezogen, wie besessen zu sein.«

Der Capitaine kam zu den zwei Frauen zurück, das Handy hielt er noch in der Hand.

»Der Präfekt hat den Innenminister verständigt, der sich mit dem Verteidigungsministerium abgesprochen hat. Die Nationalgendarmerie schickt uns eine Eingreiftruppe. Sie startet in einer halben Stunde von Villacoublay.«

»Ich bin nicht sicher, ob das eine gute Idee ist«, wandte die Gendarmin ein. »Sie werden das Phänomen schlicht und einfach mit Kugeln durchsieben.«

»Noch einmal, Kagalri: Niemand hat Sie um Ihre Meinung gebeten. Die Truppe weiß, was sie zu tun hat.«

Die Augen der Gendarmin zuckten umher wie Vögel in einem Käfig, um sich nicht auf Élodie richten zu müssen.

»Dann hoffe ich, dass die Truppe wenigstens versucht, den Jungen zu befreien, bevor sie hier Sprengmeister spielt.«

LUCHO

Die Kugel dehnte sich aus, gewann plötzlich fünf oder sechs Meter an Durchmesser, und zwang die im Kreis um sie stehenden Soldaten zurückzuweichen.

»Was ist das denn für ein Chaos hier?«, knurrte Colonel Marchand.

»Ich habe so etwas jedenfalls noch nie gesehen«, warf Lucho Herrero ein, Sprengmeister und Mitglied des Minenräumkommandos, der schon unzählige Bomben und Minen aller Bauarten in Afrika und dem Mittleren Osten entschärft hatte.

Er war noch sehr jung, gerade mal dreißig, und galt doch schon als einer der erfahrensten Spezialisten der französischen Armee. Seinen Vorgesetzten, die ihn einen Hitzkopf, ja sogar eine Gefahr für die Öffentlichkeit nannten, entgegnete Lieutenant Lucho Herrero, dass das Risiko zu seinem Beruf gehöre und dass man keine Erfolge erziele, wenn man sich stets an die Vorschriften halte.

Kaum war er auf der Weide angekommen, hatte er sich der Kugel in seiner lässigen, leicht provokanten Art genähert. Sein Vorgesetzter hatte ihn anbrüllen müssen, damit er kehrtmachte und den Sicherheitsabstand von zwanzig

Metern einhielt. Die junge, in Tränen aufgelöste Mutter, die ihm schluchzend von dem Verschwinden ihres Sohnes berichtet hatte, gefiel ihm. Wie lange hatte er schon keine Frau mehr in den Armen gehalten? Seine bisherigen Freundinnen hatten ihn nach wenigen Tagen, manchmal Wochen, wieder verlassen. Seine Narben und der Geruch nach Schwefel raubten ihnen den Nerv.

Die junge Mutter – anscheinend hieß sie Élodie – hatte den Colonel angefleht, ihren Sohn aus dem Bauch dieses Dings zu holen.

Marchand hatte nur die Augen verdreht.

»Wie soll Ihr Sohn ins Innere dieser Kugel gelangt sein, deren Oberfläche Sie, wie Sie selbst gesagt haben, nicht mit einem Ast durchbohren konnten?«

Sie hatte hilflos gewirkt, niedergeschlagen, als würde sie sich eingestehen, dass niemand mehr ihren Sohn retten konnte.

Lucho hatte dem Colonel vorgeschlagen, Pfeile in den oberen Teil der Kugel zu schießen.

»Das ist eine Möglichkeit, die Festigkeit zu prüfen. Und sollte die Kugel Giftgas oder eine andere schädliche Substanz enthalten, würde die nach oben hin austreten. So müssen wir keine Schutzanzüge und Masken tragen.«

Zum Sonderkommando gehörten auch zwei Bogenschützen, denen bei schwierigen Operationen die Aufgabe zufiel, die wichtigsten Ziele lautlos unschädlich zu machen. Auf ein Zeichen des Lieutenant hin nahmen sie ihre Positionen ein und schossen die ersten Pfeile ab. Die Geschosse prallten von der weißen Hülle ab und fielen jämmerliche drei oder vier Meter vor den Soldaten ins Gras. Die Bogenschützen versuchten es noch einmal mit anderen Pfeilen, deren Spitzen auch hartes Material wie Holz oder Blech durchbohren konnten. Das Ergebnis war das Gleiche: Die Geschosse prallten von der runden Oberfläche ab und landeten im Gras.

Lucho schlug vor, es mit Feuerwaffen zu probieren. Colonel Marchand bestimmte drei Soldaten, die sofort ihre Sturmgewehre anlegten.

»Aber mein Sohn ist da drin!«, rief die junge Mutter.

»Sie werden auf den oberen Teil zielen«, erwiderte der Colonel. »Ihr Sohn wird ja schließlich keine dreißig Meter groß sein, oder?«

Er senkte den Arm. Die Salven der Sturmgewehre übertönten das Krähengeschrei. Die Kugeln hatten nicht die geringste Wirkung auf die weiße Sphäre. Nichts bröckelte ab, nichts strömte aus – es war, als ob sie die Oberfläche gar nicht berührt hätten. Schweigen breitete sich wieder aus, einzig durchbrochen vom Heulen des Windes.

»Mit Verlaub, *mon colonel*, wir haben hier ein Scheißproblem«, murmelte Lucho.

Erneut veränderte sich die weiße Form. Sie wurde mehrere Meter länger und glich jetzt nicht mehr einer perfekten Kugel, sondern eher einem Riesenkürbis.

»Jedenfalls sieht das Ding aus, als wäre es lebendig«, fügte der Sprengmeister hinzu.

In seinem ganzen Berufsleben war er noch nie so aufgeregt gewesen, nicht einmal als er im Irak durch gefährliche Stadtviertel gelaufen war, wo in jedem Stein, jedem Spalt, jedem Auto, an jedem Hund, jedem Passanten eine Bombe versteckt sein konnte. Das Adrenalin schoss wie ein reißender Gebirgsbach durch seine Adern. Die geheimnisvolle Kugel ähnelte keiner konventionellen Waffe, auch keiner unkonventionellen. Die Atomrakete, die die Terrorgruppe Boko Haram abgeschossen hatte, war nach dem Aufschlagen in einer staubigen Gasse von Bamako zwar nicht explodiert, hatte sich Lucho aber unauslöschlich ins Gedächtnis gebrannt. Obwohl die Kugel aufgrund ihrer runden Form etwas Beruhigendes, ja Einnehmendes an sich hatte, schien sie doch unendlich viel bedrohlicher als die Rakete zu sein, einfach weil sie unzerstörbar schien. Die Kugel forderte die menschliche Intelligenz heraus. Er hätte alles dafür gegeben, um zu erfahren, was sich in ihrem Inneren befand und was mit dem Jungen geschehen war. Er hätte gern herausgefunden, ob die Kugel einer fünfhundert Gramm schweren Ladung Plastiksprengstoff oder einer vierhundertvierundfünfzig Gramm schweren TNT-Granate widerstehen konnte. Liebend gern hätte er die Kugel mit einer ordentlichen Dosis Pentrit aufgesprengt, so wie bei den Panzertüren der Bunker, in denen sich die von der NATO fallen gelassenen Diktatoren verschanzt hatten. Er zwang sich, vernünftig zu bleiben. Solange der Junge noch in der Kugel gefangen war – wie war er nur dort hineingekommen? –, würde er keine Erlaubnis bekommen, irgendeinen Sprengsatz zu zünden.

»Vielleicht ist es eine mutierte Pflanze?«

Marchands ratlose Miene zeigte, dass er seine eigene Vermutung für unwahrscheinlich hielt. Seit die Soldaten gekommen waren, hielten sich die Gendarmen im Hintergrund und begnügten sich damit, die junge Mutter zu umringen. Am Straßenrand hatten einige Autos angehalten. Die Hubschrauber in der Luft und das laute Hin und Her in dieser sonst so friedlichen Gegend hatten die Menschen neugierig gemacht. Nun standen sie in einer Reihe hinter dem Zaun und beobachteten schweigend das Geschehen.

»Was machen wir jetzt?«, fragte Lucho.

Unzählige Male hatte Colonel Marchand einen kühlen Kopf bewahrt und kühn agiert, um seine Männer aus einer verzweifelten Situation in einem Kampfgebiet zu befreien, aber jetzt blieb er still, als wäre er unfähig, irgendeine Initiative zu ergreifen. Tiefe Falten zeichneten sich auf seinem schon zerklüfteten Gesicht ab.

»Wir lassen Botaniker kommen, vielleicht sogar ein paar Exobiologen«, antwortete er schließlich.

»Negativ, *mon colonel*«, wandte Lucho ein. »Das würde zu lange dauern. Da drinnen befindet sich ein Kind.« Er biss sich auf die Lippe, bevor er flüsternd hinzufügte: »Was sind Exobiologen?«

Er hatte schon immer Komplexe wegen seiner mangelhaften Bildung und seines begrenzten Wortschatzes gehabt. Inzwischen machte er sich bittere Vorwürfe, dass er nicht auf seine Eltern gehört hatte, die ihn immer wieder ermahnt hatten, in der Schule gut mitzuarbeiten. Die Welt gehört denen, die lernen, dröhnte sein Vater stets, der seine Heimat Chile wegen dunkler Familiengeschichten hatte verlassen und ins Exil gehen müssen. Lucho hatte sich geweigert, in die Rolle des braven, fleißigen Schülers zu schlüpfen, obwohl ihm die naturwissenschaftlichen Fächer leicht gefallen waren. In der Schule hatte er zu denen, die ein gutes Zeugnis als Niederlage empfanden, gehört.

»Das Studium anderer Lebewesen im Universum.«

Lucho suchte in dem Gesicht seines Vorgesetzten nach

Anzeichen, dass der Colonel sich über ihn lustig machte, dann blickte er sich um. Er wollte sichergehen, dass niemand außer ihm die letzten Worte gehört hatte.

»Wollen Sie damit sagen … Außerirdische? Glauben Sie, dass dieses Ding von einem anderen Planeten stammt?«

Marchand zuckte mit den Schultern.

»Wir sollten keine Hypothese außer Acht lassen.«

Lucho sah die weiße Kugel fasziniert an. Die Vermutung des Colonel erinnerte ihn plötzlich wieder an die Science-Fiction-Filme, die er als Jugendlicher in Endlosschleife auf seinem alten Computer geschaut hatte. Damals war er vollkommen in diese Geschichten eingetaucht und hatte sich ausgemalt, eine der Figuren zu sein, die gegen unbekannte Lebensformen kämpfte.

»Vielleicht ist es eine Art Riesenei, das das Monster in seinem Inneren noch nicht freigegeben hat …«

Er hatte diesen Gedanken eigentlich nicht laut aussprechen wollen, deshalb war er sehr überrascht, als sein Colonel antwortete:

»Das ist eine Möglichkeit.«

»Das ändert nichts an unserem Problem. Was machen wir mit dem Jungen?«

Marchand warf einen Blick auf die Mutter, die von der Gendarmin gestützt wurde, bevor er leise antwortete:

»Ich bin nicht sicher, ob er da drin ist.«

»Aber es könnte sein. Wenn nicht …«

Sein Vorgesetzter machte eine einladende Handbewegung, und Lucho fuhr fort:

»Bumm! Eine ordentliche Dosis, und die Eierschale würde schon aufbrechen.«

Colonel Marchand dachte über den Vorschlag des Sprengmeisters nach.

»Wie weit, denken Sie, müsste der Sicherheitsabstand sein?«

»Zweihundert Meter. Wir haben alles dabei, was wir brauchen. Sobald die Schaulustigen aus dem Weg sind, kümmere ich mich um die Sprengvorrichtung. Dann werden wir sehen, was sich im Bauch dieses Dings versteckt.«

»Und wenn dort wirklich der Junge drin ist?«

»Wir können das Ding weder mit Pfeilen noch mit Gewehrkugeln öffnen. Wenn wir nicht eine ordentliche Ladung anbringen, wird der Junge da drin gefangen bleiben. Dann hat er erst recht keine Chance, sich zu befreien.«

Colonel Marchand nahm sein Béret ab, strich mit der Hand die grauen Haare glatt und hob den Kopf, den Blick auf die weiße Kugel geheftet. Er sah aus, als würde er in seinem Kampfanzug verschwinden. Lucho kannte ihn nur so, in Kleidung, die ihm etwas zu groß war.

»Wird es Ihnen gelingen, die Explosion unter Kontrolle zu halten?«

»Ich mache keine kontrollierten Sprengungen.«

»Aber Sie könnten doch nur einen Teil der Hülle zu sprengen versuchen?«

»Das ist möglich. Hängt von der Sprengkraft ab. Eine Detonation. Keine Verpuffung, kein brutaler Anstieg von Druck oder Temperatur. Der Junge darf sich aber auf keinen Fall genau dahinter befinden. Die Schockwelle wäre tödlich.«

Der Colonel überlegte kurz.

»Ich lege die Entscheidung in die Hände der Mutter«, sagte er schließlich, bevor er zu der kleinen Gruppe Gendarmen ging.

Lucho Herrero, Colonel Marchand und zwei weitere Soldaten waren jetzt allein auf der Weide. Das Gelände war evakuiert worden, nachdem die Mutter des verschwundenen Kindes der Sprengung der weißen Kugel zugestimmt hatte. Der Tag ging zu Ende. Sie mussten sich beeilen. Die Verhandlungen mit der Mutter hatten zwei Stunden gedauert. Zunächst hatte sie den Vorschlag vehement abgelehnt, dann, als sie begriff, dass es keine andere Möglichkeit gab, das Gefängnis ihres Sohnes aufzubrechen, hatte sie nervös blinzelnd eingewilligt und war schließlich in Tränen ausgebrochen. Der Colonel hatte versucht, die Mutter zu beruhigen und ihr versichert, dass seine Männer sich bemühen würden, mithilfe eines Wärmedetektors herauszufinden, wo sich das Kind befand, bevor sie die Sprengladung positionierten. Den Vorschlag des Capitaine der Gendarmerie, doch erst einmal den Präfekten um Rat zu fragen, bevor man eine so wichtige Entscheidung traf, hatte Marchand mit einer ungeduldigen Handbewegung abgelehnt.

»Während einer Militäroperation sind wir ermächtigt, ohne Rücksprache die Initiative zu ergreifen, und wir haben schon zu viel Zeit verloren. Seien Sie unbesorgt. Ich übernehme die volle Verantwortung.«

Auch der Eigentümer der Weide, ein Mann aus Nantes, der seine Ländereien gelegentlich an die Bauern der Gegend vermietete, war benachrichtigt worden und hatte keinen Einspruch erhoben.

Lucho wählte einen vierhundert Gramm schweren Bleiazid-Sprengsatz, den er mithilfe einer Zündkapsel, die in einer Vertiefung im Boden positioniert war, zündete. Der Wärmedetektor hatte im Inneren der Kugel keine Wärmequelle feststellen können, was Lucho in seiner Annahme bestätigte, dass der Junge sich irgendwo anders versteckt hatte. Er brachte den Sprengsatz aufs Geratewohl ganz nah an der Kugel an, dann rollte er an die fünfzig Meter Zündschnur ab, verkroch sich hinter einem Felsen und überprüfte, ob die anderen drei sich außer Reichweite befanden, bevor er auf den Auslöseknopf drückte. Der Sprengstoff explodierte eine halbe Sekunde später. Nach und nach verhallte das Echo der Detonation, und es wurde still.

Lucho wartete nicht so lange, wie es eigentlich Vorschrift war, bis er aufstand, um das Ergebnis zu begutachten. Der Wind blies die letzten Rauchschwaden in alle Richtungen. Er fluchte laut, als er feststellte, dass die Kugel noch unbeschädigt war: kein Bruch, kein Riss, die Schockwelle hatte nicht einmal einen dunklen Fleck auf der Oberfläche hinterlassen. Nur ein drei Meter breites Loch im Boden mit schwarzen, rauchenden Rändern.

Colonel Marchand ging auf den Mann vom Minenräumkommando zu.

»Die von Ihnen gewählte Sprengkraft war nicht stark genug, Lieutenant.«

»Soll das ein Scherz sein, *mon colonel*? Das war genug Bleiazid, um einen Panzer zu zerstören oder eine Baracke dem Erdboden gleichzumachen. Ich glaube eher, dass dieses Ding da unglaublich stabil ist.«

»Versuchen Sie es noch einmal mit der dreifachen Dosis.«

»Aber …«

»Das ist ein Befehl. Und beeilen Sie sich. Es wird bald dunkel.«

Dieses Mal entschied Lucho Herrero sich dafür, den Sprengsatz im Kreis rund um den Fuß der Kugel anzubringen. Er schloss mehrere Nebenzündschnüre an die Hauptschnur an, die alle mit der Ladung, vier Presskörper aus Pentrit, dem stärksten Sprengstoff, zu je fünfhundert Gramm verbunden waren. Mehrere Male streifte er mit der Schulter oder dem Nacken an der weißen Oberfläche der Kugel entlang. Es tat nicht weh, aber ein leichter Schauer durchfuhr ihn. Wahrscheinlich war es der Gedanke daran, dass er in dem Moment ein unbekanntes Lebewesen berührte – einen verfluchten Außerirdischen! Er rollte die Schnur ab, versteckte sich hinter dem Felsen und zählte bis fünf, dann schrie er:

»Feuer!«

Er betätigte den Schalter und konnte deutlich vier Detonationen hören, die jeweils im Abstand von zwei Zehntel Sekunden aufeinander folgten. Er nahm auch die Hitze und den Geruch des Pentrits wahr, der sich durch die Druckwelle der Explosion ausbreitete. Mit den Augen suchte er den Himmel ab, sah aber nichts als schwarze Rauchspiralen. Sobald er sicher war, dass keine Splitter und kein Staub mehr vom Himmel regneten, wagte er sich aus seiner Deckung hervor. Die Kugel hatte sich nicht einen Millimeter bewegt. Sie schwebte über einem Krater mit über dreißig Meter im Durchmesser.

»Mit dieser Aktion hätte man ein siebenstöckiges Wohnhaus zum Einsturz bringen können.«

Colonel Marchand klopfte mechanisch den Staub von den

Ärmeln seines Kampfanzugs. Zwei weitere Soldaten hielten sich etwas im Hintergrund, sie schauten ernst und besorgt wie jemand, der mit einem Ereignis konfrontiert wird, das den gesunden Menschenverstand übersteigt.

»Wenn ich noch stärkeren Sprengstoff verwende, wird nur das Loch in der Erde größer«, fügte Lucho hinzu.

Der Colonel warf dem Lieutenant einen düsteren Blick zu.

»Ich informiere den Generalstab. Wir müssen auf jeden Fall herausfinden, womit wir es hier zu tun haben.« Er schüttelte müde den Kopf. »In der Zwischenzeit versuche ich dieser Frau zu erklären, dass wir vorerst keine Möglichkeit haben, ihren Sohn aus diesem Phänomen herauszuholen.«

ÉLODIE

Völlig niedergeschlagen saß Élodie auf dem abgewetzten Sofa und schaute zerstreut eine Nachrichtensendung auf dem alten Plasmafernseher. Es war schon längst Nacht geworden, und dennoch hatten die Fernsehteams entlang der Sicherheitszone ihre Ausrüstung noch nicht wieder zusammengepackt. Mehrere Journalisten hatten versucht, sich gewaltsam in ihr Haus zu drängen, um sie zu interviewen. Da sie sich weigerte, mit ihnen zu reden – sie hatte überhaupt keine Lust, dass ihre Tränen und ihre wirren Antworten als Unterhaltung für Millionen Zuschauer dienten –, wachten zwei Gendarmen ununterbrochen am Gartentor über ihre Privatsphäre.

Die Explosionen hatten der Kugel nicht einen Kratzer zugefügt. Dennoch hatte der Sprengmeister, ein Mann mit einem kantigen Gesicht und hellen, fast komplett weißen Augen, versichert, dass die Menge Sprengstoff für ein siebenstöckiges Gebäude gereicht hätte.

Seit zwei Tagen wurde Élodie von den widersprüchlichsten Gefühlen hin- und hergerissen. Wenn die Kugel unbeschädigt geblieben war, dann hatte die Schockwelle nichts in ihrem Inneren zerstört, Léo war also verschont geblieben. Sie war erleichtert deswegen, aber gleichzeitig auch enttäuscht. Die Zweifel wurden unerträglich. Sie hatte das dringende Bedürfnis nach Gewissheit. Hätte sie die Wahl gehabt, sie hätte lieber den Leichnam ihres Sohnes in den Armen gehalten, als noch länger mit dieser quälenden Ungewissheit zu leben. Zwar schob sie diesen Gedanken jedes Mal mit aller Kraft beiseite, aber er tauchte immer wieder in ihrem vernebelten Kopf auf. Sie hatte nicht einmal mehr die Energie, das Mantra zu wiederholen, dass noch Hoffnung bestand, solange Léo nicht gefunden worden war. Sie fühlte sich wie eine Rabenmutter und fand sich schlichtweg schrecklich. Tränen flossen ihr unentwegt aus den Augen, sie kamen ihr wie Säure vor. Fast wunderte sie sich darüber, dass sich in ihrem Inneren so viel Flüssigkeit verbarg. Sie nahm die Telefonanrufe ihrer Mutter und ihrer Schwester, deren Namen regelmäßig auf dem Display ihres Handys angezeigt wurden, nicht entgegen. Sie hätte gern mit ihrem Vater gesprochen, aber er war vor fünf Jahren an Krebs gestorben.

Aymeric, Léos Vater, hatte nicht versucht, sie zu erreichen. Er war – wie immer – vollkommen abwesend. Als Élodie im fünften Monat schwanger war, hatte er sich aus dem Staub gemacht und war erst fünfzehn Monate nach der Geburt wieder aufgetaucht. Nachdem er die Vaterschaft widerwillig anerkannt hatte, war er nur noch ab und an zu Besuch gekommen, wobei er so heikle Themen wie Unterhaltszahlungen oder die lästige Pflicht der Betreuung am Wochenende oder während der Ferien tunlichst vermied.

Der Arzt aus dem Nachbarstädtchen hatte Élodie für die nächsten zwei Wochen krankgeschrieben und ihr eine Vielzahl an Schlafmitteln und Antidepressiva verordnet. Die große Versicherungsgesellschaft, für die sie arbeitete, nahm ihr dieses Fehlen in der Arbeit, das einem erzwungenen Urlaub gleichkam, offenbar sehr übel. Sie würde noch länger warten müssen, bis sie sich um die Stelle als Bereichsspezialistin bewerben konnte, für die sie sich schon seit zwei Jahren interessierte. Aber sie pfiff auf den Posten. Der dünne Faden, der sie noch mit ihrem früheren Leben verband, war kurz davor, abzureißen – war bereits zerrissen, davon war sie tief in ihrem Inneren überzeugt.

Ein Bild im Fernsehen erregte ihre Aufmerksamkeit. Eine weiße, runde Form. Zuerst dachte sie, dass es sich um eine der zahlreichen Reportagen über die Kugel auf dem Feld direkt gegenüber von ihrem Haus handelte, aber die karge, rötliche Landschaft war charakteristisch für eine Wüste. Élodie richtete sich auf und verfolgte aufmerksam die Ausführungen der Moderatorin.

»… am Rande von Karakum in Turkmenistan ist die gleiche mysteriöse, runde, weiße Form aufgetaucht wie im Département Deux-Sèvres in Frankreich …«

Das dunkle Gesicht einer Frau, die ein buntes Kopftuch trug, wurde in einer Ecke des Bildschirms eingeblendet. Sie stieß einen Schwall abgehackter Worte aus, die von Weinen und Schluchzen unterbrochen wurden. Élodie musste nicht auf die Übersetzung warten, um zu verstehen, dass diese Frau das Gleiche erlebt hatte wie sie. Sie spürte ihren Schmerz ganz tief in sich drin, als ob ihr gemeinsames Unglück über Tausende Kilometer hinweg ein untrennbares Band zwischen ihnen beiden gesponnen hätte.

»Adelia Daglar behauptet, dass die Kugel eines ihrer Kinder, das etwas älter als drei Jahre ist, verschluckt hat. Was sie sagt, unterstreicht die Aussagen von Élodie Mangin. Die junge Frau aus Nueil-les-Aubiers hatte den Behörden gegenüber angegeben, dass die Kugel, die sich direkt vor ihrem Haus befindet, ihren Sohn Léo, drei Jahre und fünf Monate alt, gefangen habe. Diese Version hatte der Ermittlungsrichter öffentlich angezweifelt ...«

Élodie musste wieder an den Richter denken, einen dünnen, barschen Mann, der die Ermittlungen über das Verschwinden des Kindes leitete. Er stand noch ganz am Anfang seines Berufslebens, hielt Élodie für die Schuldige und verzog bei jeder ihrer Erklärungen misstrauisch das Gesicht. Sie hatte ihre Fingernägel tief in die Handinnenseite drücken müssen, um ihm nicht das Gesicht zu zerkratzen.

»Die turkmenischen Behörden haben mit allen Mitteln versucht, das Kind zu befreien, aber wie in Frankreich konnte die Kugel mit keiner der angewandten Methoden geöffnet werden ...«

Das Gesicht eines grauhaarigen Mannes verdrängte die turkmenische Frau in der Ecke des Bildschirms.

»Professor Ariel Dahan, ein erfahrener Biologe, hat sich bereit erklärt, unsere Fragen zu beantworten. Herr Professor, haben wir es Ihrer Meinung nach mit einer unbekannten Lebensform zu tun?«

Der Biologieprofessor kniff die Lippen zusammen und schwieg eine ganze Zeit lang.

»Unbekannt, ja. Aber ich meine, Ihrem Tonfall die Frage entnehmen zu können, ob es sich dabei um außerirdisches Leben handelt. Bis jetzt haben wir keinen Beweis dafür, dass das Phänomen nicht irdischen Ursprungs ist. Vielleicht haben wir es mit einer Mutation zu tun, die die verschiedensten Gründe haben kann: chemische, nukleare, biotechnologische, oder auch eine Kombination dieser drei Faktoren. Solange wir keine Möglichkeit haben, das zu analysieren, können wir das nicht mit Bestimmtheit sagen.«

»Die Augenzeugenberichte von zwei Frauen, die zwei sehr unterschiedlichen Kulturen und Regionen angehören, stimmen überein. Wie ist es möglich, dass ein Kind die Fähigkeit besitzt, ein vollkommen hermetisches Material zu durchdringen, das stabiler ist als eine Metalllegierung?«

»Die menschliche Wahrnehmung sollte man mit Vorsicht betrachten. Diese Augenzeugenberichte haben keinerlei wissenschaftlichen Wert. Noch einmal, nur anhand einer detaillierten Analyse werden wir eine präzise Vorstellung von den Geschehnissen bekommen …«

Élodie seufzte. Der Biologe vereinte alles in sich, was sie an Wissenschaftlern verabscheute: eine Selbstgefälligkeit, die an pure Arroganz grenzte. Früher hatte sie sich einmal für Quantenphysik interessiert. Sie hatte nicht alles verstanden, aber sie erinnerte sich, dass das Universum sich nicht auf ein mechanistisches Weltbild reduzieren ließ, dass man es nicht mit Gewissheit erklären konnte – eine Feststellung, die jeden Wissenschaftler, der diesen Namen verdiente, zur Bescheidenheit mahnen sollte. Die Moderatorin, die von ihrem Gesprächspartner offensichtlich aufsehenerregende oder wenigstens pikante Informationen erwartet hatte, verabschiedete den Mann mit ein paar trockenen Worten. Dann füllte die weiße Kugel wieder den gesamten Bildschirm. Die Tatsache, dass sie irgendwo auf der Welt eine Leidensgefährtin hatte, gab Élodie einen Energieschub. Auch der Richter, der sie verdächtigte, ihren Sohn selbst getötet zu haben – seiner Ansicht nach verbarg sich hinter den meisten Vermisstenfällen ein Kindesmord – müsste jetzt seine Ermittlungsakte löschen und seinem eigenen Spiegelbild misstrauische Blicke zuwerfen.

In dieser Nacht konnte sie ebenso wenig schlafen wie in den vergangenen Nächten, obwohl sie furchtbar erschöpft war. Sie hatte den Eindruck, Töne wahrzunehmen – keine richtigen Töne, mehr Vibrationen, als ob ein Beben die Dunkelheit durchquerte. Sie schob die Bettdecke zurück, richtete sich auf und lehnte sich mit dem Rücken an ihr Kissen. Kein Geräusch durchbrach die nächtliche Stille, nur das Pfeifen des Windes und die Stimmen der zwei Gendarmen, die vor ihrem Haus Wache standen. Die Fernsehteams hatten sich auf die umliegenden Hotels verteilt, die, bis auf den winzigen Gasthof im Nachbarort, alle mindestens zwanzig oder mehr Kilometer weit weg lagen.

Élodie stand auf und ging zum Fenster, das auf die Weide hinausging. Vorsichtig öffnete sie es einen Spalt und betrachtete die Kugel, die in circa hundert Meter Entfernung einen hellen Kreis auf dunklem Grund beschrieb. Élodie war fest davon überzeugt, dass die Schwingungen von dort kamen. Sie hätte nicht sagen können, ob sie angenehm oder schmerzhaft waren, wohltuend oder schädlich. Aber sie waren stark, daran bestand kein Zweifel, wie die elektromagnetischen Felder einer Hochspannungsleitung. Eine ganze Weile blieb sie so stehen und rührte sich nicht. Eine feuchte Windbö blies ihr ins Gesicht. Kurz versuchte sie einen Sinn in diesen nächtlichen Schwingungen zu erkennen, als wären es Wörter und Sätze einer Sprache. Die Kälte drang durch den warmen Männerschlafanzug, Souvenir einer flüchtigen Liebelei, den sie oft trug, seit sie allein schlief. Die Scheinwerfer eines schnell vorbeifahrenden Autos durchbrachen die Dunkelheit und erhellten für einen kurzen Moment das Laub der Bäume. Das Fahrzeug wurde langsamer, sobald es vor der »Wiese mit der Kugel« ankam, fuhr den Zaun im Schritttempo entlang und verschwand dann in der Rechtskurve. Zweifelsohne ein Schaulustiger. Sie kamen zu jeder Tages- und Nachtzeit, manchmal legten sie mehrere Hundert Kilometer zurück, um für einige Sekunden einen raschen Blick auf das »Phänomen« zu erhaschen. Unter ihnen gab es wirklich komische Kauze, Männer mit irrem Blick, Erleuchtete aller Art, großspurige Prediger, merkwürdige Gestalten, die die seltsamsten Apparate mitbrachten. Sämtliche Verschwörungstheoretiker und sonstige Bekloppte, die durch das Fernsehen und die sozialen Netzwerke angelockt worden waren, schienen sich in diesem entlegenen, sonst so friedlichen – viel zu friedlichen – Winkel Frankreichs verabredet zu haben.

Élodie nahm keine Schwingungen mehr wahr, als wären sie von dem Motordröhnen verjagt worden. Sie schloss die Fensterläden und das Fenster, dann legte sie sich wieder ins Bett. Die endlosen Fragen, die sie mit allen Mitteln aus ihren Kopf verjagen wollte, quälten sie aufs Neue: Wo war Léo in diesem Augenblick? Wenn er noch am Leben war, was empfand er im Inneren der Kugel? Hatte er Angst? Hatte er Schmerzen? Weinte er? Rief er nach ihr? Welche Absichten verfolgte die Kugel? Hatte sie überhaupt irgendwelche Absichten, oder war sie nur ein Organismus, der sich ernähren wollte? Warum war Léo auf die Kugel zugelaufen, als hätte er einen geheimnisvollen Ruf vernommen?

Obwohl sie absolut gegen Tabletten war, nahm sie schließlich doch das Schlafmittel ein, das der Arzt ihr verschrieben hatte. Ihre Verzweiflung rechtfertigte einen Treuebruch. Der Schluck Wasser konnte den bitteren Geschmack des Medikaments nicht vertreiben. Sie schloss die Augen und versank wenige Augenblicke später in einer Welt, in der es weder Farben noch Gedanken gab.

CAMILLE

Der stechende Blick von Hayet Mehid bohrte sich direkt in Camilles Augen.

Mist, dachte die junge Frau, *das landet wieder auf meinem Schreibtisch.*

Sie bemühte sich, dem raubgierigen Blick der Chefredakteurin standzuhalten, ohne mit der Wimper zu zucken. Drei Monate arbeitete sie jetzt schon für die Zeitschrift *Femme(s),* und solange sie keine Festanstellung ergattert hatte, hatte sie keine andere Wahl als die miesen Reportagen zu übernehmen, die ihre Kolleginnen nicht haben wollten. Mit vierundzwanzig Jahren hatte sie kein Recht auf gar nichts. Sie irrte zwischen den verschiedenen Rubriken hin und her, ganz den oft wechselnden, manchmal unausstehlichen Launen Hayet Mehids folgend. Camille sprang vom Kulturressort zur Werbereportage, von den Bildunterschriften zum Veranstaltungskalender, mit einer Geschmeidigkeit und Bereitwilligkeit, die an Selbstaufgabe grenzte. Eigentlich hatte sie nicht vor, gute Arbeit zu leisten und dennoch an Selbstvertrauen zu verlieren, aber die Zeiten waren hart für angehende Journalisten, ein Beruf mit äußerst schlechten Zukunftsaussichten. Camille musste sich glücklich schätzen, dass sie unter dreißig Bewerbern ausgewählt worden war – nur zwei Monate nach ihrem Masterabschluss und sechs Monate, nachdem sie definitiv mit ihrer extrem schwierigen Familie gebrochen hatte.

»Camille, ich möchte, dass Sie sich um diese Geschichte mit der Kugel und den verschwundenen Kindern kümmern. Ich brauche Ihren Artikel in spätestens einer Woche. Nicht mehr als sechstausend Zeichen und keine Reisekostenerstattung. Behelfen Sie sich mit dem Internet, Skype, mit den sozialen Netzwerken, Telefon, einem Mietfahrrad oder gehen Sie zu Fuß. Kurz gesagt, nutzen Sie alles, was nichts kostet.«

Hayet Mehids Erklärung rief unterdrücktes Gelächter hervor. Camille stimmte mit einem Kopfnicken zu. Die mehr oder weniger wohlwollenden Blicke ihrer Kolleginnen an dem runden Konferenztisch wanderten von ihrer Stirn über die Wangen bis zu ihrem Mund. Einige von ihnen hatten bereits Sachbücher und Romane veröffentlicht, was ihnen verschiedene Privilegien einbrachte, wie zum Beispiel die freie Themenwahl und die Reisekostenerstattung. Auch Camille schrieb, aber kleine wie große Verlage hatten überraschend einstimmig die drei Manuskripte abgelehnt, die sie eingesandt hatte. Dennoch, ihre wenigen Freunde fanden ihren Stil sehr schön – aber sie musste noch lernen, das Urteil der Menschen zu hinterfragen, die vorgaben, sie zu mögen. Der Rest der Redaktionskonferenz verlor sich in dichtem Nebel, aus dem eine der weißen Kugeln auftauchte, die sie im Fernsehen gesehen hatte: die säuerliche Stimme von Constance de Vilarieux, eine ungefähr fünfzigjährige, ebenso magere wie autoritäre Redakteurin, das pausbäckige

Gesicht von Matteo, ihrem Freund, der seine Abende lieber mit Videospielen als mit ihr verbrachte, die vielen klirrenden Armbänder und das Parfüm von Hayet Mehid …

Sie gab sich Mühe, sich wieder auf ihr Thema zu konzentrieren.

Die geheimnisvollen Kugeln.

Sie erinnerten sie an die Abenteuer von Tim und Struppi. Jede Geschichte über die Kugeln schien genauso naiv und unwahrscheinlich wie *Der geheimnisvolle Stern* und *Flug 714 nach Sydney* zu sein. Die sechstausend Zeichen, die ihr die Chefredakteurin bewilligt hatte, kamen ihr auf einmal sehr viel vor. Wie sollte sie vier ganze Seiten über ein Phänomen schreiben, über das niemand etwas wusste? Im Internet wimmelte es vor Theorien, eine haarsträubender als die andere. Die meisten waren vollkommen aus der Luft gegriffen, einige wiesen ganz gute Argumente auf, andere waren schlichtweg widerlich.

Claire Sorza, eine dunkelhaarige Vierzigjährige, rundlich und meist freundlich, sprach Camille nach der Redaktionskonferenz vor der Kaffeemaschine an. Sie hatte wie immer zu viel Lippenstift über ihre vollen Lippen geschmiert.

»Das ist deine Chance, diese Geschichte mit den Kugeln.«

»Du hast gut reden! Niemand kann irgendetwas darüber sagen.«

Claire zeigte auf ihre Kolleginnen, die überall hinter Glastrennwänden an ihren Arbeitsplätzen saßen.

»Sie begreifen die Bedeutung dieser Geschichte nicht. Ich hingegen glaube, dass wir es hier mit einem wichtigen Ereignis zu tun haben, das unsere Sicht auf die Welt völlig verändern könnte.«

Camille versuchte, ihren mit heißem Kaffee gefüllten Plastikbecher in die Hand zu nehmen, ohne sich zu verbrennen.

»Nichts leichter als das! Warum hast du dich dann nicht freiwillig gemeldet? Warum schreibst du nicht diesen Artikel?«

Jetzt steckte Claire eine Euromünze in den Geldschlitz des Automaten und wählte ein Getränk aus.

»Keine Zeit. Ich muss dringend meinen Text über häusliche Gewalt abgeben, daran arbeite ich schon fast zwei Wochen.«

Camille sah, wie Claires hellbraune Augen finster blickten und schloss daraus, dass auch sie von einem Mann misshandelt worden war – vielleicht noch immer misshandelt wurde.

»Ein alter Hut, ich weiß«, fuhr Claire fort. »Leider hat sich die Situation nicht wirklich gebessert, daher braucht es von Zeit zu Zeit eine Auffrischung. Das Phänomen der Kugeln hingegen ist vollkommen neu. Weißt du, dass man inzwischen schon zwölf davon entdeckt hat, zwei in Nordamerika, eine in Südamerika, zwei in Südostasien, eine in der Mongolei, eine in Australien, zwei in Afrika, eine in Russland und zwei in Westeuropa?«

Camille hatte kaum einen Blick auf die Morgennachrichten geworfen. Mitten in der Nacht war Matteo sehr aufgekratzt nach Hause gekommen, hatte sie aufgeweckt und solange genervt, bis er bekam, was er wollte: einen Samenerguss in weniger als einer Minute, gefolgt von grässlichem Schnarchen nur eine Viertelstunde später. Das Ende vom Lied: Sie hatte mehr als zwei Stunden gebraucht, um wieder einzuschlafen und musste sich schrecklich beeilen, als sie am Morgen aufstand. Die Zeit hatte gerade gereicht, um zu duschen und schnell einen Kaffee hinunterzustürzen, bevor sie zur Métrostation gerast war. Sie hatte sich endgültig entschieden, die Beziehung mit Matteo so schnell wie möglich zu beenden. Es war das zehnte Mal in den vergangenen sechs Monaten, dass sie an Trennung dachte. Jedes Mal, wenn ihr Zorn verraucht war, gestand sie ihm dann doch wieder mildernde Umstände zu und fand seinen Charme unwiderstehlich.

»Die Kugeln tauchen immer an sehr abgelegenen Orten auf, in der Wüste, im Gebirge, in der Heide, auf dem Land«, zählte Claire jetzt auf. »Niemand hat je gesehen, wie sie auf der Erde landen oder wie sie sich ausbreiten.«

»Du scheinst sehr gut informiert zu sein …

»Ich weiß nicht mehr als das, was die Medien berichten.«

Die Journalistin nippte an ihrem heißen Kaffee, und eine rote Blume zeichnete sich am Becherrand ab.

»Du musst da herumschnüffeln, die Leute finden, die etwas zu erzählen haben, neue Infos ausgraben.«

Camille wartete noch einige Sekunden, bevor sie die Frage stellte, die ihr auf der Zunge lag.

»Warum erzählst du mir das alles?«

Claire schaute sie eindringlich über den Rand ihres Kaffeebechers hinweg an. Sie trug auch zu viel Lidschatten auf; benutzte generell zu viel Make-up, wahrscheinlich um ihre schlechte Haut zu kaschieren.

»Weil ich dich mag. Du bist jung, unverdorben, neugierig, im Gegensatz zu uns …« Sie deutete noch einmal mit einer weit ausholenden Armbewegung auf ihre Kolleginnen in den verschiedenen Glaskästen. »Wir sind alle schon vierzig oder älter, wir haben Kinder, Liebhaber, Geliebte, Expartner, Rechnungen. Wir sind gefangen in unseren Gewohnheiten, unseren Widersprüchen, unseren Verpflichtungen und unseren Problemen. Unser Blick auf die Welt ist der von alten Menschen, müde, lustlos, verbittert … Unsere Frauensachen, ach was! Wie retten wir unsere Ehe, wie setze ich meine Rechte durch, wie vereinbare ich Beruf und Familie, wie kann ich abnehmen, wie kann ich mich mehr um mich kümmern, bla bla bla … wir drehen uns im Kreis. Die Kugeln hingegen öffnen neue Türen.«

»Wie kannst du da so sicher sein? Wir wissen doch gar nichts über sie.«

Claire nahm einen Schluck Kaffee, der so bitter war, dass sie das Gesicht verzog. Camille stellte überrascht fest, dass sie die Kollegin schön fand, trotz ihrer überschüssigen Pfunde, trotz ihrer kreischend bunten Kleidung und ihres übertriebenen Make-ups.

»Genau das ist das Reizvolle daran: endlich mal ein Thema, über das wir nichts wissen! Terra incognita. Du eignest dich viel besser als wir dazu, das alles zu erforschen.«

»Die anderen sagen mir offen ins Gesicht, dass ich noch nicht genügend Erfahrung habe«, erwiderte Camille mit einem trotzigen Unterton in der Stimme.

Claire fegte ihren Einwand mit einer raschen Handbewegung fort.

»Erfahrung, das ist eine schwache Ausrede für den Mangel an Lust und Energie. Das ist einfach nur eine Möglichkeit, sich an sein Ressort zu klammern, an seine Krücken, seine Gewohnheiten. Kümmere dich nicht um das, was die anderen denken oder sagen, Camille! Gib Gas!«

Die Journalistin schenkte Camille ein warmes Lächeln

und zeigte dabei ihre regelmäßigen, vom Kaffee leicht verfärbten Zähne. Dann drehte sie sich um und verschwand mit tänzelnden Schritten zwischen den Glaswänden.

Die geheimnisvollen Kugeln

Wanderer oder Polizeistreifen entdecken sie im Morgengrauen. Sie liegen bewegungslos auf dem Erdboden. Ihr Durchmesser schwankt anfänglich zwischen zwanzig und vierzig Metern. Dann werden sie von heftigen Stößen erfasst oder blähen sich plötzlich auf, sodass ihr Umfang mehrere Meter wächst. Zur Zeit weiß man von sieben Kindern unter vier Jahren, die verschwunden sind. Drei Kinder wurden dabei beobachtet, wie sie auf die weißen Kugeln zuliefen, die vier anderen sind von zu Hause – in einem Fall handelt es sich um ein Waisenhaus – weggelaufen. Die Familien wohnten nie mehr als einen Kilometer von der jeweiligen Kugel entfernt. Die Kinder sind bis heute nicht gefunden worden. Das gleichzeitige Auftauchen der Kugeln an verschiedenen Orten auf der Erde wirft zahlreiche Fragen auf. Aufgrund ihrer außerordentlichen Festigkeit – kein noch so starker Sprengstoff konnte die Oberfläche beschädigen – kann man die Kugeln nicht untersuchen, weil man ihnen nicht einmal eine kleine Probe entnehmen kann. John Du Plessis, ein südafrikanischer, weltweit anerkannter Experte für Nanotechnik, betont, dass er noch niemals eine Struktur gesehen habe, die gleichzeitig so weich und so robust sei. Wie ist es den Kindern gelungen, in das Innere der Kugeln vorzudringen?

Eine Zeit lang hat man Élodie Mangin, die junge Frau aus Nueil-les-Aubiers, verdächtigt, die Geschichte vom Ver-

schwinden ihres Sohnes Léo in der Kugel in der Nähe ihres Hauses erfunden zu haben – es war das erste Mal, dass man so eine weiße Kugel entdeckte, seitdem wird sie auch Mutterkugel genannt –, aber Augenzeugenberichte aus den verschiedensten Regionen der Erde scheinen ihre Angaben zu bestätigen. Warum wurden diese Kinder entführt? Warum sind einige Kinder auf die Kugeln zugelaufen, als ob sie magisch angezogen würden? Was ist der Ursprung dieses Phänomens? Etliche Menschen vertreten die Hypothese, dass eine Kombination verschiedener mutierter Gene einen neuen Organismus erzeugt hat, aber diese Erklärung gibt keine befriedigende Antwort für das gleichzeitige Erscheinen der Kugeln. Weder der Wind noch Insekten haben einen Aktionsradius, der groß genug wäre, diese Gene in einer so kurzen Zeitspanne über fünf Kontinente zu verteilen. Andere wiederum sprechen von unbekannten Keimen, die durch einen Regen kleiner, beim Eintritt in die Erdatmosphäre pulverisierter Meteoriten verstreut wurden. Aber die Chancen, dass sich eine solche kosmische Saat auf dem ganzen Erdball verteilt hat, sind ebenso gering. Denn dafür hätte es vierundzwanzig Stunden lang, die Zeit einer Erdumdrehung, Meteoriten hageln müssen. Die verschiedenen Observatorien haben in den letzten fünfzig Jahren keine derartige Aktivität festgestellt. Die dritte Hypothese – die zweifelsohne am aufregendsten klingt und am meisten überzeugt – ist, dass außerirdische Lebewesen auf der Erde aufgetaucht sind. Wir wissen nichts über diese Lebensform. Sind die Besucher organischen Ursprungs? Sind sie intelligent? Haben sie die Kinder zu sich gelockt, um sich von ihnen zu ernähren, wie fleischfressende Pflanzen einen unwiderstehlichen Duft verströmen, um Insekten anzulocken, die ihnen als Nahrung dienen? Sind diese Wesen unzerstörbar? Welche Absichten verfolgen sie? Stellen sie eine Bedrohung für die Menschheit dar? Exobiologen wie der Deutsche Arnold Neuer oder der Inder Vikash Shing sind der Meinung, dass wir – da Waffen und Sprengsätze nichts ausrichten können – versuchen sollten, Kontakt mit den Kugeln aufzunehmen. Es gäbe verschiedene Methoden, Sprache, Gestik, Musik, Töne, Vibrationen, Bewegungen oder auch Farben, um den Schlüssel zum Gelingen der Kommunikation zu finden.

Vollkommen unabhängig davon, ob dieses Phänomen genetische, meteoritische oder exobiologische Ursachen hat, das Geheimnis der Kugeln ist auf jeden Fall »eine echte Herausforderung für die Menschheit«, so Lieutenant und Sprengmeister Lucho Herrero, der unter der Mutterkugel eine Sprengladung platziert hatte, mit der man ein sieben- oder achtstöckiges Gebäude zerstören könnte.

Élodie Mangin, die seit dem Verschwinden ihres Sohnes kein Interview geben wollte, hat unsere Fragen gern beantwortet.

Hayet Mehid hielt kurz beim Lesen inne und schaute Camille über ihre Lesebrille hinweg fragend an.

»Sie wollte mit niemandem sprechen?«

»Ich habe ihre Nummer herausbekommen, und meine Fragen hat sie beantwortet.«

»Einfach so?«

Ein einziger Anruf hatte genügt. Élodie Mangin war sofort am Apparat gewesen. Camille hatte sich in Erklärungen verstrickt, aus Angst, ihre Gesprächspartnerin könnte jeden Moment auflegen, aber zu ihrer großen Überraschung hatte die junge Frau aus Deux-Sèvres immer weitergeredet, als ob sie plötzlich das lebensnotwendige Bedürfnis hätte, jemandem ihr Herz auszuschütten.

Camille empfand Mitleid für Élodie, klammerte sich aber am Grundsatz ihrer Branche fest: Ein gute Journalistin lässt sich bei ihrem Urteil nicht von ihren Gefühlen leiten.

»Ich habe Glück gehabt, ich war im richtigen Moment da.«

Der skeptische Gesichtsausdruck von Hayet Mehid zeigte, dass sie Camilles Erklärung nur wenig Glauben schenkte, aber sie fragte nicht weiter nach, denn die Quelle eines Journalisten zu respektieren war ein Prinzip der Presse, das sie mit nie nachlassender Konsequenz anwandte.

»Denken Sie, die Frau wird sich noch anderen Reportern anvertrauen?«

»Sie hat mir versichert, dass sie mit niemandem außer mir sprechen wird.«

Die Chefredakteurin lächelte, was ihre Nase noch länger als gewöhnlich erscheinen ließ und ihr das Aussehen einer Wölfin verlieh.

»Können Sie uns die Umstände beschreiben, unter denen Ihr Sohn verschwunden ist?«

»Als er die Kugel gesehen hat, ist er mir weggelaufen, direkt auf das weiße Ding zu. Ich habe versucht, ihn wieder einzufangen, bin aber zwei Mal hingefallen, das erste Mal vor dem Haus und dann noch mal auf der Weide. Als ich wieder auf beiden Beinen stand, war er verschwunden.«

»Sie haben also nicht gesehen, wie er in die Kugel hineingekommen ist?«

»Nein. Ich habe ziemlich lange die Umgebung abgesucht,

bis ich endlich den Tatsachen ins Auge geblickt habe: Er konnte nirgendwo anders als dort drin sein. Das konnte aber bisher nicht nachgewiesen werden, weil es nicht gelungen ist, die Kugel zu öffnen, aber andere Augenzeugen berichten das Gleiche. Und dann …«

Élodie Mangin schwieg lange Zeit.

»Zweifelsohne werden Sie mich für verrückt halten, aber einmal glaubte ich nachts etwas zu spüren, wie Wellen, die von der Kugel her kamen. Als ob sie versuchen würde, zu kommunizieren.«

»Glauben Sie, dass wir es hier mit intelligenten Wesen zu tun haben?«

»Ich weiß nicht, ob sie intelligent sind. Aber sie sind auf jedem Fall lebendig, und sie vibrieren.«

»Hoffen Sie noch darauf, Ihren Sohn bald wiederzusehen?«

»In manchen Momenten keimt die Hoffnung auf, in anderen verflüchtigt sie sich. Das Schlimmste wäre, niemals zu erfahren, was mit ihm geschehen ist …«

Camille Grosjean

Hayet Mehid lehnte sich in ihrem Stuhl zurück und trank einen Schluck Wasser aus der Flasche, die neben ihrem Computer stand – sie schüttete so viele Liter Flüssigkeit in sich hinein, dass die Kolleginnen sich lachend fragten, wie oft am Tag sie wohl zur Toilette ging.

»Eine ausgezeichnete Mischung aus Information und Emotion, Camille. Das Ende gefällt mir besonders gut, denn hier verdichtet sich das Geheimnis. Allerdings müssen Sie einen neuen Titel finden. Dieser hier ist etwas zu abgedroschen.«

»Eine bescheidene Hommage an Hergés *Der geheimnisvolle Stern.*«

Jetzt blieb die inzwischen fast leere Flasche einige Zentimeter vor ihren Lippen in der Luft stehen. Mit einer energischen Kopfbewegung versuchte Hayet Mehid die braunen Locken zu bändigen.

»Uns bleibt noch ein Tag, um über einen neuen Titel nachzudenken. In drei Tagen erscheint die Zeitschrift, die Druckausgabe und die digitale Version. Ich muss noch einige lizenzfreie Fotos für Ihren Artikel auftreiben. Wenn Ihnen noch etwas anderes für den Titel einfällt …«

Sie entließ ihre Gesprächspartnerin mit einer unzweideutigen Handbewegung. Als Camille die Glastür öffnete, fügte sie noch hinzu:

»Übrigens, Ihr Exklusivinterview wird der Aufmacher dieser Ausgabe.«

BASILE

Das Herz von Basile Traoré schlug schneller, sobald er die weiße Sphäre erblickte. Sie thronte auf der Spitze einiger zerklüfteter Felsen, und es schien, als würde sie jeden Moment in den Abgrund stürzen. Das fahle Licht der aufgehenden Sonne reflektierte von den fluoreszierenden Bändern, die die Sicherheitszone markierten. Zwei Soldaten hielten am Beginn des Pfades Wache, der sich in mehr oder weniger engen Serpentinen über den Hang des Hochplateaus wand. Zwischen den Büschen auf der Felsspitze machte Basile noch einige weitere Silhouetten aus. Er schätzte, dass die Kugel ungefähr dreißig Meter im Durchmesser hatte. Es war die bislang letzte ihrer Art, die auf französischem Boden entdeckt worden war. F5, wie sie genannt wurde, war erst am Vorabend in der Gorges du Tarn aufgetaucht, und wahrscheinlich war sie die von allen in Frankreich verzeichneten am schwierigsten erreichbare.

Basile hatte gehofft, sich der weißen Form ungestört nähern zu können. Jetzt war er enttäuscht, dass die Armee das Gebiet bereits abgeriegelt hatte. Vor einigen Tagen war er nach Nueil-les-Aubiers gefahren, um die Mutterkugel zu beobachten, aber er musste sich damit begnügen, im deprimierenden Nieselregen mit den anderen Neugierigen an der Absperrung zu stehen. Es war ihm auch nicht gelungen, Élodie Mangin zu treffen, die erste Frau, deren Kind von einer Sphäre eingefangen worden war. Ein Nachbar hatte gemeint, sie hätte sich zu ihrer Schwester in den Südosten des Landes geflüchtet, bis die Lage sich beruhigt hätte. Schade. Basile hätte sich gern mit Élodie unterhalten und einige Punkte aufgeklärt. Er wollte sie zum Beispiel nach den Wellen oder Vibrationen fragen, von denen sie sagte, dass sie sie eines Nachts gespürt habe. Zweifelsohne musste man von dieser Seite her anfangen, nach einer Möglichkeit der Kommunikation mit den Kugeln zu suchen. Er verstand nicht, warum die Behörden sich nicht das Interview mit Élodie Mangin besorgt hatten, das in der Zeitschrift *Femme(s)* erschienen war. Die einzige Reaktion der völlig überforderten Regierung bestand darin, überall dort, wo eine Kugel auftauchte, Soldaten aufzustellen, aus Angst, dass die öffentliche Meinung sie mangelnder Sicherheitsmaßnahmen bezichtigte, wenn die Kugeln noch mehr Kinder gefangen nahmen oder giftige Substanzen verströmten.

Auf der Autofahrt hatte Basile fast die ganze Nacht lang Radio gehört. Ein Nachrichtensender hatte gemeldet, dass man inzwischen mehr als zweihundert »Ballons« auf der Erde zählte. Ein angesehener Sprachwissenschaftler hatte im Interview mit dem Moderator erklärt, dass er diesen Terminus für geeigneter hielt. Die Ballons verteilten sich ungefähr gleichmäßig auf allen fünf Kontinenten. Bisher waren einhundertsiebenundachtzig Kinder unter vier Jahren verschwunden, die man mit dem Auftauchen der Ballons in Verbindung bringen konnte. Die Spezialisten verloren sich in Mutmaßungen. Spezialisten wofür eigentlich? Wer konnte von sich behaupten, Spezialist für eine vollkommen unbekannte Lebensform zu sein? Basile war immer entsetzt über die Erklärungen, die Experten aller Art im Fernsehen verbreiteten, da sie meist nur mit wichtigtuerischer Miene Gemeinplätze zusammenstotterten, die auch jeder normale Bürger hätte äußern können. Man musste nur einmal gesehen haben, wie sie sich ans Mikrofon drängten, um die Welt an ihrer Analyse, ihrem Wissen und ihrem Weitblick teilhaben zu lassen. Die einen widersprachen energisch den anderen – schlimmer noch, es kam vor, dass sie sich im Abstand von einigen Stunden selbst widersprachen.

Basile setzte sich auf einen Felsen und holte eine Wasserflasche und ein in Alufolie eingewickeltes Sandwich aus seinem Rucksack. Einige Sterne schienen hartnäckig am wolkenlosen, blassrosa Himmel. Ihm war kein anderer Spaziergänger oder Neugieriger in der Umgebung aufgefallen. Sobald sie die Neuigkeit erfuhren, würden sie zweifelsohne herbeiströmen. Das weiße Phänomen zog immer mehr Schaulustige an. Das konnte Basile ihnen nicht vorwerfen, schließlich gehörte auch er dazu. Er hatte sogar seinen Job als Disponent in einer Transportfirma an den Nagel gehängt, um sich voll und ganz dem Erscheinen der Kugeln zu widmen. Kraftvoll biss er in das gummiartige Brot und riss mit einer ruckartigen Kopfbewegung ein großes Stück heraus. Das plötzliche Auftauchen einer neuen Lebensform auf der Erde schien Basile auf jeden Fall das wichtigste Ereignis seit der Entwicklung des *Homo sapiens* zu sein. Die Menschheit durfte diese Begegnung nicht verpassen, durfte nicht in ihr gewohntes Verhaltensschema »Abwehr – Feindseligkeit – Aggression« verfallen.

Seit seiner Kindheit interessierte sich Basile für UFOs. Er hatte unzählige Bücher zu dem Thema verschlungen, Tausende Internetseiten aufgerufen, Hunderte Videos angesehen; er hatte mehr als zwanzig Vorträge gehört und war auf mindestens zehn Messen zur Ufologie gewesen – und er hatte mit Menschen gesprochen, die behaupteten, mit Außerirdischen Kontakt gehabt zu haben. Er schenkte nur einem Bruchteil dieser Untersuchungen und Augenzeugenberichten Glauben. Wegen seiner obsessiven Leidenschaft hatte Basile in Liebes- und Freundschaftsdingen viele Enttäuschungen erleben müssen. Inzwischen besuchte er niemanden mehr, und niemand besuchte ihn. Er hatte alles auf eine Karte gesetzt, auf die Möglichkeit einer Begegnung mit den Wesen aus einer anderen Welt. Sein Liebesleben existierte nicht mehr, auch weil er abends nicht mehr ausging. Seine sozialen Kontakte beschränkten sich auf die Weihnachtsfeiern, die er bei seiner Familie in der Vorstadt von Toulouse verbrachte, wo sich seine Eltern, die ursprünglich aus Burkina Faso stammten, niedergelassen hatten.

Das Herz war ihm beinahe stehen geblieben, als er zum ersten Mal von den Kugeln gehört hatte. Er hatte intuitiv gespürt – nein, er war überzeugt gewesen –, dass das Auftauchen dieser rätselhaften Kugeln überall auf der Erde das Ereignis war, auf das er immer gewartet hatte, auf das er inbrünstig seit seinem zehnten Lebensjahr hoffte. Das Geheimnis um die verschwundenen Kinder bestärkte ihn in seiner Meinung. Die runden, weißen Formen besaßen eine Art Intelligenz, das bestätigte auch der Artikel von Camille Grosjean in *Femme(s)*. Die Menschenmenge, der Regen und die Soldaten hatten ihn daran gehindert, die Mutterkugel ungestört zu beobachten, aber er glaubte, Wellen gespürt zu haben, die den von Élodie Mangin beschriebenen Vibrationen glichen. Er hätte seine Hand dafür ins Feuer gelegt, dass es ihm ohne die lauten, dummen Gaffer auch gelungen wäre, mit dem fremden Wesen zu kommunizieren. Er musste zu einer einsam gelegenen Kugel, und die auf der Felsspitze über der Gorges du Tarn erschien ihm am geeignetsten. Jetzt musste er nur noch eine Möglichkeit finden, sich der Kugel zu nähern, ohne dass die Soldaten ihn bemerkten. Die zerklüftete Landschaft bot ihm viel mehr Verstecke als das kahle, flache Feld in Nueil-les-Aubiers. Er aß sein Sandwich auf und trank die halbe Wasserflasche, bevor er seinen Weg fortsetzte.

Ihm kam der Gedanke, dass er selbst wie ein Außerirdischer war, und er musste lächeln. Noch nie hatte er bei einer Ufologen-Versammlung einen Kollegen afrikanischer Herkunft getroffen, als ob dieses Phänomen nur die Weißen betraf. Eine Weile lang suchte er seine Umgebung genau ab, bevor er sich für einen Weg entschied: eine fast senkrecht aufragende Felswand mit zahlreichen Felsvorsprüngen, wo er sich beim Hochklettern festhalten konnte. Die Soldaten konzentrierten ihre Überwachung auf den gegenüberliegenden Hügel, an dem sich der Bergpfad wie ein dunkles Band entlangschlängelte. Das Gelände war nicht so steil und die Soldaten meinten wohl, dass niemand eine gefährliche Felswand erklimmen würde, nur um ein weißes, rundes, hermetisch verschlossenes Ding betrachten zu können. Basile nahm einen langen Umweg und hielt immer wieder an, um sicherzugehen, dass die Wachen ihn nicht entdeckt hatten. Obwohl die Außentemperatur nicht mehr als fünf Grad Celsius betrug, schwitzte er am ganzen Körper, als er am Fuß der Wand anlangte. Gleichzeitig war er trotz seiner warmen Kleidung von dem beißenden, eiskalten Wind vollkommen durchgefroren.

Als er davorstand und hinaufsah, kam ihm die Felswand plötzlich viel einschüchternder vor. Nachdem er eine kurze Pause eingelegt und noch einmal Mut gesammelt hatte, begann er die Klettertour nach oben. Diese Chance würde er nicht noch einmal bekommen. Die Felsvorsprünge waren recht dicht beieinander, und er kam ohne größere Schwierigkeiten voran. Nur an den ganz glatten Stellen musste er aufpassen, wo er mit den Händen hingriff und die Füße aufsetzte. Nur zwei Mal zerbröckelte der trockene Untergrund unter seinen Füßen – Basile hoffte, dass der Lärm der herunterfallenden Steine die Soldaten nicht aufschreckte –, ansonsten gelang es ihm beide Male, sich mit den Armen festzuhalten und seinen Weg nach oben fortzusetzen. Ohne Schwierigkeiten kam er oben an der Felswand an, glitt unter dem fluoreszierenden Band der Sicherheitsabsperrung hindurch und streckte sich auf dem ebenen Boden zwischen zwei Büschen aus. Eine Zeit lang holte er tief Luft, dann machte er sich mit der Umgebung vertraut. Ein intensives Gefühl schnürte ihm die Kehle zu, als er feststellte, dass die Kugel, die sich nur zehn Meter von ihm entfernt befand, viel größer war, als er angenommen hatte, und ihn bei Weitem überragte. Ein Stück entfernt standen einige Soldaten mit dem Rücken zu ihm. Im Kriechgang näherte er sich der weißen Kugel. Vögel erhoben sich vor ihm in den Himmel. Er rührte sich nicht, bis die Stille das Gezwitscher der Vögel und das Schlagen ihrer Flügel aufgesogen hatte. Hinter ihm ertönten Stimmen, die sofort vom pfeifenden Wind fortgetragen wurden. Er entdeckte einen Busch am Fuß der Kugel, der höher und dichter war als die anderen. Ein perfektes Versteck, um durchzuatmen und die Kommunikation mit dem außerirdischen Wesen aufzunehmen.

Er setzte sich im Schneidersitz hinter den Busch, dessen Äste und Blätter ihn vor Blicken schützten. Die Sonne ging auf und vertrieb die letzten Sterne und glutroten Schlieren vom Himmel. Basile betrachtete die gewölbte, glatte Seite der Kugel. Tränen traten ihm in die Augen. Die ganzen dreißig Jahre seines Lebens hatte er nur auf diesen Moment gewartet. Die Musik des alten Steven-Spielberg-Films *Unheimliche Begegnung der dritten Art*, ein echter Ohrwurm, fiel ihm wieder ein. Dort kamen keine großen Raumschiffe und auch keine freundlichen, menschenähnlichen Außerirdischen vor, aber dennoch ging es auch um einen ersten Kontakt. Basile zwang sich zu innerer Ruhe, verscheuchte alle störenden Gefühle und Gedanken. Er hatte nur seinen Verstand zur Verfügung, um mit der Kugel Kontakt zu knüpfen. In den Science-Fiction-Geschichten machten sich die Außerirdischen nach ihrer Ankunft auf die ein oder andere Weise bemerkbar – ein paar Musiktöne, akustische oder unterschwellige Nachrichten, Flugkörper, Erscheinungen, kleine Finger in der Luft, Tentakel, schuppige Haut und andere unpassende Dinge … Die Kugeln hingegen hatten seit ihrer Landung kein einziges Zeichen von sich gegeben; sie blieben verschlossen, still, undurchdringlich. Das Verschwinden der Kinder lastete man ihnen an, weil man den

Augenzeugen glaubte. Niemand hatte wirklich gesehen, wie sie ihre kleinen Opfer anlockten und einfingen. Keine Kamera, kein Handy hatte sie auf frischer Tat ertappt, obwohl sie ständig überwacht wurden.

Basiles Telefon vibrierte. Während er fieberhaft, aber so leise wie möglich in seinem Rucksack danach wühlte, gab er sich selbst alle möglichen Schimpfnamen. Er war kurz davor, die wichtigste Begegnung seines Lebens zu machen und hatte nicht einmal daran gedacht, sein Telefon auszuschalten! Er brauchte einige Sekunden, bis er das Telefon, das zwischen Unterlagen, Büchern und Unterwäsche vergraben war, gefunden hatte. In der verlassenen Gegend hallten die Vibrationen so laut wie Donnergrollen wieder. Basile glaubte fast, dass man sie noch im Umkreis von mehreren Kilometer hören würde. Als er endlich den Flugmodus aktiviert hatte, verharrte er lange Zeit still und lauschte. Außer dem viel zu lauten Klopfen seines Herzens hörte er nichts anderes als den pfeifenden Wind und das Rascheln der Blätter.

Der Name des Anrufers erschien auf dem Display: Jean-Marc Antony, ein Ufologe, den er einmal auf einer Messe kennengelernt hatte und mit dem er regelmäßig E-Mails und SMS austauschte. Der fast neunzigjährige alte Mann hatte eine tiefe Zuneigung zu Basile gefasst, ihn sogar zu seinem Schüler ernannt. Jean-Marc Antony überschüttete Basile mit Informationen und Ratschlägen und hatte ihn auch zum Alleinerben eingesetzt – wobei sich das Erbe auf eine Sammlung alter Bücher und ein verfallenes Haus mitten im Larzac beschränkte. Jean-Marc teilte die Ansichten seines jungen Schülers über das Phänomen der Kugeln, aber seine schwache Gesundheit erlaubte es ihm nicht, so weit zu reisen, deshalb erwartete er ungeduldig Basiles ausführlichen Bericht. Basile wurde gerade bewusst, dass er sich seit vier Tagen nicht mehr bei seinem Mentor gemeldet hatte. Er nahm sich fest vor, Jean-Marc gleich nach seinem Weg durch die Tarn-Schlucht anzurufen und hoffte, dass er ihm dann den Austausch mit dem Wesen aus einer anderen Welt in allen Details schildern konnte.

Er stellte den Rucksack wieder ab und bemühte sich, ruhiger zu werden, indem er seine Atmung verlangsamte, störende Gedanken verscheuchte und versuchte, die Energie aufzufangen, die von der Kugel kam. Die ersten Vibrationen spürte er eine Stunde später, als er seine steifen Beine ausstreckte. Wellen breiteten sich von seinem Kopf und seiner Brust her in ihm aus. Anfangs waren sie angenehm, doch dann wurden sie langsam immer wärmer und stärker, als ob sie sich in Mikrowellenstrahlung verwandeln würde, die sein Blut zum Kochen brachte. Sein ganzer Körper war überall mit Schweiß bedeckt. Basile wehrte sich so lange er konnte gegen das Gefühl, innerlich zu verbrennen, aber es fiel ihm zunehmend schwerer. Er klammerte sich an die Vorstellung, dass das fremde Wesen ihm eine reinigende Prüfung auferlegte, bevor es mit ihm kommunizieren würde. Aber die Hitze stieg unaufhörlich an und er bekam immer stärkere Schmerzen, die ihn wie glühend rote Klingen vom Scheitel bis zu den Fußsohlen durchbohrten.

»Ich … ich komme in Frieden«, stammelte er.

Er hatte gerade noch genug Zeit, um zu begreifen, wie dumm dieser Satz gewesen war, bevor er in den Busch sank und das Bewusstsein verlor.

Als er die Augen wieder öffnete, hing ein Gesicht genau über seinem, das ihn mit großer Aufmerksamkeit musterte. Basile brauchte gut zwanzig Sekunden, bis ihm klar wurde, dass der Schatten um den Kopf des Mannes ein Helm war.

Ein Soldat.

»Geht es Ihnen gut?«

Basile spürte heftige Stiche auf der linken Wange und am Hals, aber von dem unerträglichen Brennen in seinem Inneren merkte er nichts mehr. Im Hintergrund erkannte er vage die makellose Oberfläche der Kugel.

»Die Dornen haben Ihnen ganz schön das Gesicht zerkratzt«, fuhr der Soldat fort. »Können Sie aufstehen?«

Basile stand taumelnd auf. Bis auf die Dornenkratzer schien er unversehrt zu sein. Ein zweiter Soldat, der sich in einiger Entfernung hielt, richtete sein Sturmgewehr auf ihn. Die Sonne schien jetzt mit aller Kraft von einem strahlend blauen Himmel.

»Sie müssen weg von hier, Monsieur«, fügte der Soldat hinzu, nachdem Basile aufgestanden war. »Sie haben hier nichts zu suchen. Es ist verboten, diese Zone zu betreten.« Er zeigte mit dem Arm in Richtung der aufgehenden Sonne. »Dort liegt ein Dorf, nicht mehr als drei Kilometer entfernt. Wir begleiten Sie ein Stück.«

Basile brachte keine Einwände vor. Ihm war klar, dass es sinnlos war, mit Soldaten zu diskutieren, die die Aufgabe hatten, jeden Neugierigen von der Sicherheitszone fernzuhalten. Er war von sich selbst enttäuscht, von seiner Schwäche und seiner Unfähigkeit, mit dem außerirdischen Wesen in Kontakt zu treten.

»Sie sind an dieser Seite heraufgeklettert, stimmt's?«,

fragte ihn der Soldat jetzt und wandte sich der Felswand mit den vielen Vorsprüngen zu. »Das zwingt uns, auch hier genauer aufzupassen.«

Basile ließ sich widerstandslos zum Anfang des Pfades begleiten, der einen Kilometer über dem Ufer der Tarn verlief. Jean-Marc Anthony rief er nicht an. Er wagte nicht, ihm von seinem Scheitern zu erzählen. Die Chance war vertan, sie würde nicht wiederkommen.

CLAIRE

In der Redaktion wurde Camille nur noch »Madame Kugel« genannt. Ihre Kolleginnen kamen oft an ihren winzigen Schreibtisch, der zwischen einer Glastrennwand und einer weißen Mauer eingeklemmt war, an der eine riesige, mit bunten Reißzwecken übersäte Weltkarte hing, und baten um Informationen. Fünfzehn Monate war es her, dass sie ihr erstes Interview mit Élodie Mangin geführt hatte, und seitdem waren überall auf der Welt ständig neue Kugeln aufgetaucht. Die Vereinten Nationen hatten sogar schon drei außerordentliche Versammlungen in New York einberufen, um sich über das Phänomen zu beraten. Inzwischen war die Zahl der Kugeln auf über fünftausend gestiegen, von denen einige, und das war neu, sich in der Nähe großer Städte befanden. Obwohl das Militär überall präsent war, obwohl man hohe Metall- oder Elektrozäune um die Kugeln gezogen hatte. In den Nachrichten, in allen sozialen Netzwerken und auf den Handys wurde zwar unablässig gewarnt, aber dennoch hatten die Kugeln auf allen fünf Kontinenten schon mehrere Tausend Kinder unter vier Jahren eingefangen.

Die Redaktionsleitung hatte letztlich eingewilligt, Camilles Reisekosten zu erstatten, und so war die junge Journalistin an die verschiedensten Orte der Welt gereist, um diese riesigen, an der Erde haftenden Heißluftballons aus der Nähe zu sehen. In Frankreich war sie bei mehreren Sprengversuchen des Sonderkommandos, zu dem auch Lieutenant Lucho Herrero gehörte, dabei gewesen. Das Kommando hatte einige einsam gelegene Kugeln ausgewählt, von denen man annahm, dass sie leer waren, denn in der Umgebung war kein einziges Kind als verschwunden gemeldet worden. Der Sprengmeister hatte von Mal zu Mal stärkere Sprengladungen gezündet, alle ohne das geringste Ergebnis. Der Sprengstoff hatte nur tiefe, schwarze Krater unter den intakten Kugeln ausgehoben, sie aber nicht einmal um einen Millimeter verschoben, als wären sie zu schwer, um bewegt zu werden.

Und obgleich der Himmel die ganze Zeit über observiert wurde, hatte kein Beobachter je eine Kugel landen sehen. Sie blieben unsichtbar bis zu dem Moment, in dem man sie entdeckte, Riesenballons mit einem Durchmesser von dreißig Metern, die aus dem Nichts aufgetaucht waren. Man verpasste ihnen zahlreiche Namen: Ei, Kugel, Soufflé, Kuchen, Bauch, Laib, Wampe, Zeppelin, Kürbis, Champignon, Schneckenhaus, Murmel, Blase … Sie wuchsen unregelmäßig, manchmal vergingen Monate, ohne dass sie größer wurden, dann plötzlich erweiterte sich ihr Durchmesser um fünf oder sechs Meter. Die ersten Kugeln, die Mutterkugel aus Nueil-les-Aubiers und die zwanzig danach, hatten inzwischen ein beachtliches Volumen von mehreren Hundert Kubikmetern erreicht.

Keiner einzigen Militär- oder Polizeiabsperrung war es bisher gelungen, eines der Kinder abzufangen, die verschwunden waren.

Auch sie waren unsichtbar.

Monatelang hatte Camille verschiedene Familien befragt, die Kinder verloren hatten. Alle Aussagen stimmten überein: Die besorgten Eltern versicherten sich, dass ihr Sprössling friedlich im Kinderzimmer schlief, manche schlossen sogar die Tür ab, aber am nächsten Morgen fanden alle ein leeres Zimmer vor und es gab kein Anzeichen für ein gewaltsames Eindringen. Und wenn mehrere Kinder in einem Raum schliefen, hatten die älteren im Laufe der Nacht nichts bemerkt. Vor Ort fand sich kein einziger Hinweis auf ihren Verbleib, keine Spur, kein Fußabdruck.

Camille war bestürzt über die Resignation der betroffenen Familien. Schon bei ihren ersten Nachforschungen war ihr Élodie Mangin niedergeschlagen, geradezu fatalistisch vorgekommen, als ob sie überzeugt wäre, ihren Sohn nie wiederzusehen. Da die Kugeln kein Kind wieder hergegeben hatten, da sie undurchdringlich und rätselhaft blieben, kam die junge Journalistin zu dem Schluss, dass sie das unergründliche und unabänderliche Wesen des Todes verkörperten und den betroffenen Eltern keinerlei Hoffnung ließen. Camille hatte einen Blog erstellt, der sich ausschließlich mit dem Thema beschäftigte. Dort schrieb sie über die neuesten Entwicklungen, die zuletzt aufgetauchten Kugeln, aktuelle Statistiken sowie die Maßnahmen, die die verschiedenen Staaten ergriffen, um das Problem zu lösen. Endlose Threads verstopften das Forum zum Blog, das die Besucher im Sturm erobert hatten. Ufologen und andere Verschwörungstheoretiker meldeten sich regelmäßig zu Wort. Sie waren aggressiv, manchmal sogar hasserfüllt. Jeder klammerte sich an seine Hypothese wie eine Muschel an ihren Felsen, weshalb der Administrator die Forumsteilnehmer immer wieder zur Ordnung rufen musste.

Camille teilte die Theorien in drei Kategorien ein:

1. Der Krieg der Welten
2. Die Verschwörung einer geheimen menschlichen Macht
3. Natürliche Ursachen

Vor Camilles Augen fand allerdings nur die Mutmaßung, dass es sich um Außerirdische handelte, Gnade. Nicht, weil das ein besonders aufregendes Abenteuer versprach, sondern weil die beiden anderen Postulate früher oder später in eine Sackgasse führten. Dennoch mischte sie sich nicht in die Diskussionen ein. Sie sammelte lieber die Informationen und ging zu Treffen. So, davon war sie überzeugt, würde letztlich die Wahrheit ans Licht kommen.

»Und, wie geht es, Madame Kugel?«

Claire Sorza lehnte sich, ganz in Schwarz gekleidet, mit einem Becher Kaffee in der Hand gegen die Wand und blickte Camille spöttisch an. Wie gewöhnlich war ihr Lippenstift verschmiert.

»Ich hasse es, wenn man mich so nennt!«

»Das solltest du aber nicht. Zumindest beweist das doch, dass du die Autorität auf diesem Gebiet bist. Mit nur fünfundzwanzig, das ist doch nicht schlecht.«

»Das ist so, als ob man dich Madame Häusliche Gewalt nennen würde …«

Ein bitteres Lächeln verdüsterte Claires Gesicht.

»Ja? Das ist schon vorgekommen. Gibt es was Neues über die Kugeln?«

Camille warf einen Blick über ihre Schulter auf die Weltkarte voller bunter Flecken.

»Ich muss noch neunhundertzweiundzwanzig verschiedenfarbige Reißzwecken hinzufügen.«

»Wozu sind diese Reißzwecken gut?«

»So sieht man auf einen Blick, ob die Kugeln gleichmäßig auf der Erdoberfläche verteilt sind.«

»Gibt es dafür denn keine Internetseiten?«

Einen Augenblick lang schaute Camille ihrer Kollegin beim Kaffeetrinken zu. Claires abrupter Wechsel zwischen fast überschwänglicher Freundlichkeit und undurchschaubarer, verletzender Kälte verunsicherte sie.

»Doch, eine Menge sogar. Aber ich mag es, die große Karte ständig vor Augen zu haben.«

»Sehr gut. Du hast jedenfalls wirklich tolle Arbeit geleistet.«

Claire verschwand im Gang, doch dann kam sie noch einmal zurück.

»Und dein Privatleben? Wie läuft das so?«

Die Journalistin sah Camille mit messerscharfem Blick direkt in die Augen. Ein wissendes Lächeln huschte über Claires blutrote Lippen. Sie schien gut über das Privatleben ihrer jungen Kollegin informiert zu sein, obwohl die sich in der Redaktion niemandem anvertraute. Wie konnte Claire wissen, dass sich die Beziehung zwischen Matteo und ihr soweit verschlechtert hatte, dass sie mit ihm nur noch ein paar SMS oder kurze, auf Post-its gekritzelte Nachrichten austauschte? Matteo und sie schliefen getrennt, sie im Bett, er auf dem Sofa. Sie hatte ihn aus der Wohnung werfen wollen, aber er klammerte sich an seinen Platz im 18. Arrondissement mit einer Kraft und einer Hartnäckigkeit, die sie ihm nie zugetraut hätte. Mehrere Male hatte er sich heimlich zu ihr ins Bett geschlichen und war aufdringlich geworden; sie hatte allergrößte Mühe gehabt, ihn loszuwerden. Seine charmante Art zog nicht mehr bei ihr. Sie hatte keine Lust mehr auf ihn, sie wollte sein jungenhaftes Gesicht und seinen Körper nicht mehr sehen, seine weiche Haut nicht mehr spüren. Camille hatte genug von seinem kurz aufblitzenden Verlangen, von seinen zerknitterten Klamotten und dem zerknautschten Gesicht, von seinen leeren Versprechungen.

Dafür tauschte sie sich ständig mit Lieutenant Lucho Herrero aus, einem Mann, den sie zunächst wegen seiner brutalen Erscheinung abgelehnt hatte. Dann aber war ihr an ihm eine Feinfühligkeit aufgefallen, die sie berührte, ja sogar zutiefst ergriff. Zwischen ihnen war nichts passiert, aber sie schrieben sich täglich E-Mails, es sei denn, Lucho hatte einen Einsatz oder Camille fand sich auf einer ihrer Recherchereisen in einer Gegend ohne Internetverbindung wieder. Grundsätzlich mochte Lucho weder Skype, Messenger oder Face-Time, noch irgendeine Software, bei der die Gesichter auf dem Bildschirm erschienen. Camilles Herz schlug schneller, wenn in ihrem Posteingang die Absenderadresse *LH001@hotmail.com* angezeigt wurde. Sie verschlang Luchos Worte mit einer Begeisterung, der weder seine Rechtschreibfehler noch sein fehlerhafter Satzbau etwas anhaben konnten. Sie beneidete ihn um seine dichterische Freiheit und sein Sprachgefühl. Oft betrachtete sie das Foto von ihnen beiden, das sie mit dem Smartphone aufgenommen hatte, und machte sich mit seinem grob geschnittenen Gesicht, seinen hellen Augen, seinem Bürstenhaarschnitt vertraut – er war fast das genaue Gegenteil von dem Typ Mann, den sie bevorzugte. Das Gegenteil von Matteo. In Luchos Wolfsgesicht erkannte man Melancholie, trotz der miserablen Qualität des Fotos.

»Eigentlich ganz gut«, antwortete sie mit einer vagen Handbewegung.

Claire senkte die Augen und schaute auf ihren Becher. Camille begriff, dass sie ihr die Frage vor allem deshalb gestellt hatte, weil sie von sich erzählen wollte.

»Umso besser«, fuhr Claire fort und hob den Kopf. »Bei mir ist es nicht gerade die reine Freude. Ich habe mit den Kindern die Wohnung verlassen und kampiere im Augenblick bei meiner Schwester. Er hat mir das Leben zur Hölle gemacht.«

Letztendlich hatte Claire das getan, was ihr jeder seit Jahren schon geraten hatte und was sie seit Ewigkeiten in ihren Artikeln über häusliche Gewalt ihren Leserinnen empfahl.

»Wie viele Kinder hast du noch mal?«

»Fünf. Der Kleinste ist gerade drei geworden. Zum Glück gibt es in der Nähe des Wohnorts von meiner Schwester keinen Ballon ...«

»Wo wohnt sie?«

»Marly-le-Roi, Yvelines.«

Camilles Augen glitten gleichmäßig über die Weltkarte an der Wand: In der Region Paris war nur eine Kugel verzeichnet, in Seine-et-Marne, im Tal des Morin. In ganz Frankreich hatte man bis dato neunundzwanzig Kugeln entdeckt, davon ungefähr zehn an der Westküste, fünf im Massif central, weitere fünf im Südwesten des Landes, zwei im

Südosten, zwei ganz im Osten und eine im Norden. Camille hatte ungefähr fünfzehn davon mit eigenen Augen gesehen und fotografiert.

»Weißt du noch, was ich vor anderthalb Jahren zu dir gesagt habe?«, fragte Claire in diesem Moment.

»Sicher. Ich weiß es noch ganz genau: ›Wir haben es hier mit einem Ereignis zu tun, das unsere Sicht auf die Welt völlig verändern könnte.‹ Du hattest recht.«

Claire trank ihren Kaffee aus, bevor sie weitersprach:

»Das ist wirklich merkwürdig, aber ich habe den Eindruck, dass ich ohne diese Geschichte mit den Kugeln niemals den Mut gehabt hätte, meinen Mann zu verlassen.«

Von : LH001@hotmail.com
An: Camille Grosjean
Datum : 23. Mai 2016, 21 Uhr 34

Liebe Camille,
wie geht es Dir? Das Allerneueste bei mir: Ich bin wieder in die Gorges du Tarn geschickt worden, um dort einen neuen Sprengstoff auszuprobieren. Ich darf also ein Feuerwerk veranstalten, wie ich es liebe, mit ordentlich Pulvergeruch in der Luft und richtig viel bums! Und ich kann die Sprengung nach Herzenslust genießen, denn in der gesamten Umgebung gibt es nicht einmal mehr eine streunende Katze. Ich denke, auch diesmal wird sich die Kugel keinen Millimeter bewegen, der Sprengstoff wird wieder nur ein Loch im Boden hinterlassen, tief genug, dass man der Erde unter den Rock gucken kann. Ich nehme an, das ist der letzte Versuch. Danach wird man schwere Geschütze auffahren.

Meine Vorgesetzten sprechen darüber, Raketen auf die Kugeln abzuschießen oder Uranbomben auf sie abzuwerfen. Diese Waffen können Bunker in zehn Meter Tiefe oder eine ganze Kleinstadt zerstören. Ich habe auch gehört, dass man sich in Israel darauf vorbereitet, einen Ballon zu bombardieren, der in der Wüste Sinai geortet wurde. Die gesamte Bevölkerung im Umkreis von fünfzig Kilometern, hauptsächlich Nomaden, wurde evakuiert. Ich habe den Eindruck, dass die Regierungen die Situation mit allen Mitteln in den Griff bekommen wollen. Jetzt betrachten sie die Kugeln als echte Invasion, als einen neuen Feind. Ein komischer Feind, der nicht zurückschlägt, sondern sich damit begnügt, Kinder zu verschlingen und sich von Zeit zu Zeit weiter aufzublähen. Ich durfte einen prinzipiell geheimen Bericht lesen, aber da ich Deine wichtigste Quelle bin:) und Dich mehr als nur gern mag:), erzähle ich Dir davon. Man hat festgestellt, dass es dort, wo es viele Kugeln gibt (zum Beispiel in Nevada), zu Störungen der Strom- und Telefonnetze kommt. Einige Einwohner dieser Regionen sind vollkommen von der Stromversorgung abgeschnitten und können auch nicht mehr telefonieren, weder mit Festnetztelefonen noch mit Handys. Wenn sich diese Beobachtungen bestätigen und die Störungen sich weiter ausbreiten, wird das ein ganz schönes Chaos auslösen. Im Grunde genommen könnte man sagen, ein Schneeschauer, der immer heftiger wird und alles Leben auf der Erde zum Stillstand bringen könnte, abgesehen davon, dass die Schneeflocken riesig sind und selbst bei starker Hitze nicht schmelzen. Ich weiß nicht, ob die Raketen oder die Bomben eine gute Lösung sind, aber es wird in den kommenden Wochen in je-

der Hinsicht mächtig knallen, und meiner Meinung nach wird es auch große Kollateralschäden geben.

Das sind die neuesten Nachrichten von der Front, meine liebe Camille. Ich komme mir vor wie ein Soldat im Ersten Weltkrieg, der seiner Liebsten im Schützengraben einen Brief schreibt. Ich traue mich, Dir zu sagen, dass Du mir fehlst und dass ich Dein hübsches Lächeln gern wiedersehen würde.

Viele liebe Grüße

Lucho

»Warum ausgerechnet Amerika?«

Hayet Mehid hatte sich blonde Strähnchen machen lassen, aber ihr Prestige war dadurch nicht gewachsen. Camille nahm an, dass sie damit die ersten grauen Haare verdeckte. Heute trug sie einen erstaunlich kurzen schwarzen Rock, unter dem schöne Beine hervorschauten, eine leicht getönte Strumpfhose und Schuhe mit endlos hohen Absätzen. Die perfekte Frau in hochkonzentrierter Form. Plötzlich fühlte Camille sich schrecklich ungepflegt, denn sie trug eine alte Jeans, Stiefeletten und ein T-Shirt mit Aufdruck. Sie hatte sich die Haare an den Beinen nicht rasiert, ihre Frisur war zerzaust und ihr Gesicht kaum geschminkt.

»In Nevada hat es wohl Energieprobleme gegeben. Dort gibt es die meisten Kugeln weltweit.«

»Davon habe ich noch nichts gehört …«

»Diese Info ist bis jetzt noch nicht durchgesickert, aber das wird nicht mehr lange dauern.«

»Können Sie das Thema nicht am Telefon oder im Netz recherchieren?«

»Uns bleibt noch eine Woche bis Redaktionsschluss. Wenn ich heute abreise, habe ich noch drei oder vier Tage vor Ort für meinen Artikel.«

Hayet Mehid hob die rechte Hand und schnipste mit den Fingern.

»Sie glauben wohl, dass das Geld auf Bäumen wächst? In der Zeit, die Sie brauchen, um dort hinzugelangen und vor Ort zu recherchieren, hat sich doch schon alles wieder geändert, und die zweitausend Euro, die Ihr kleiner Ausflug kostet, sind zum Fenster hinausgeworfen. Alles ändert sich immer rasend schnell.«

»Ich glaube, hier geht es um ein grundsätzliches Problem. Eine absolut entscheidende Phase. Der Beginn einer neuen Ära.«

Camille nahm noch am selben Abend einen US-Airways-Flug nach Las Vegas. Vor ihrer Abreise benachrichtigte sie Lucho, dass sie einige Zeit fort sein würde und er sich keine Sorgen machen solle, wenn sie sich nicht jeden Tag meldete. Während sie in der Abflughalle des Flughafens Charles-de-Gaulle wartete, wurde ihr bewusst, dass sie dabei war, sich zu verlieben. In einen Soldaten des Minenräumkommandos. Ausgerechnet sie, der Uniformen von jeher verhasst waren. Lucho war ein Feuerkopf und gut zehn Jahre älter als sie. Camille war froh, dass sie den Kontakt zu ihren Eltern abgebrochen hatte. Zumindest war sie nicht verpflichtet, ihnen Lucho vorzustellen.

Matteo hatte sie eine Nachricht auf dem Küchentisch gelegt, in der stand, er solle die Wohnung bis zu ihrer Rückkehr aus den Vereinigten Staaten räumen. Ihm blieb mehr als genug Zeit, um seine wenigen Sachen zusammenzusammeln und sich eine neue Bleibe zu suchen. Die Trennung tat ihr nicht weh, sie spürte nicht einmal Bedauern. Außerdem wollte Lucho sie in seinem nächsten Urlaub besuchen kommen. Wie schon mit ihren Eltern musste sie auch jetzt die zerfransten Fäden, die sie noch mit ihrem alten Leben verbanden, endgültig durchschneiden. Ihr Körper sehnte sich immer stärker nach einem neuen Sinnesrausch, nach zärtlichen Gefühlen, nach einem anderen warmen Körper. Für nächste Woche hatte sie einen Termin in einem Schönheitssalon vereinbart. Dort hatte sie das ganze Programm gebucht: Haarentfernung, Peeling, Massage, Maniküre, Pediküre. Wie lange schon hatte sie sich nicht mehr um sich selbst gekümmert? Wie Claire hatte auch sie den Eindruck, dass sie ohne das Auftauchen der Kugeln nicht den Mut gefunden hätte, endgültig mit ihren Exfreund zu brechen.

Während Camille zu ihrem Gate lief, ging ihr noch durch den Kopf, dass auch für sie eine neue Ära anbrach.

ÉMELINE

Das Haus bestand nur aus einigen bunt zusammengewürfelten Bretterverschlägen rund um einen alten Bus, der unter einem Baum mit kahlen, toten Ästen parkte. Der Wind wirbelte ockergelben Staub auf und trieb Steppenläufer vor sich her – *Salsola tragus* hatte Camille irgendwo gelesen. Wie Derwische durchquerten die rollenden Pflanzen die flache Ebene. Die Sphäre, die etwa hundert Meter entfernt in der flimmernden Hitze kauerte, sah aus wie ein vom Himmel gefallener Eisplanet.

Die Zeitverschiebung und die Hitze machten sie benommen, und Camille musste gegen das dringende Bedürfnis, die Augen zu schließen, ankämpfen. Ein paar Mal wäre sie beinahe in dem Mietwagen, einem Chevrolet, auf der Route 95 zwischen Las Vegas und dem Death Valley eingeschlafen. In einem heruntergekommenen Motel in Indian Springs hatte sie ein Zimmer gemietet. Die Stadt war von fünf Kugeln eingeschlossen, die sich im Umkreis von circa zehn Meilen verteilten. Nach einer lauwarmen Dusche und einem reichhaltigen Mittagessen in einem indianischen Restaurant – scharf gewürztes Lamm und Maisbrot –, wollte sie Lucho eine E-Mail schicken, aber der Motelmanager, ein

Tamile mit leuchtenden Augen, strahlend weißen Zähnen und holpriger Aussprache, erklärte ihr, dass das Netz bereits seit vier Tagen ausgefallen sei. Auch das Fernsehen, das Telefon und das Stromnetz funktionierten nur noch sporadisch, sodass die Einwohner der Stadt gezwungen waren, den Einflussbereich der Kugeln zu verlassen, wenn sie kommunizieren oder etwas Komfort haben wollten – falls sie keinen Generator hatten, der für Licht und warmes Wasser sorgte. Der Motelmanager fügte stolz hinzu, dass sein Haus über einen leistungsstarken Generator verfüge und dass man in der ganzen Umgebung kein anderes, so gut ausgestattetes Hotel für vierzig Dollar die Nacht finden würde.

Eine Frau stieg aus dem Bus und hielt auf dem Tritt inne, um Camille zu mustern. Wilde dunkle Haarsträhnen tanzten vor ihren Augen im Wind. Ihre abgetragenen Kleider, die gar nicht zusammenpassten, schlotterten um ihren mageren Körper. Die dunklen Augen unter den markanten Augenbrauenbögen waren so weit geöffnet wie ein tiefer Brunnen. Die Frau strahlte eine Trostlosigkeit aus, die der Wüstenumgebung glich. Im Hintergrund erschien die Silhouette eines großen Mannes mit nacktem Oberkörper in einer gemusterten blauen Latzhose.

Camille konnte das Misstrauen der beiden ihr gegenüber spüren, es zeigte deutlich, dass Besucher hier nicht besonders willkommen waren. Sie setzte ihr schönstes Lächeln auf und ging zu dem Bus. In ihrem Schulenglisch erklärte sie den beiden, dass sie aus Frankreich gekommen sei, um über das Phänomen der Kugeln zu recherchieren. Gern würde sie ihnen einige Fragen stellen. Die dünne Frau stieg vom Trittbrett herab.

»Mach dir keinen Stress, ich bin ursprünglich aus Frankreich.« Der Mann kam mit schweren Schritten hinterher. Aus der Nähe sah er mit seinen zwei Metern und bestimmt einhundertdreißig Kilo noch beeindruckender aus. Der Wind fuhr durch seine von der Sonne ausgeblichenen Haare. Camilles Blick blieb an dem Griff einer Pistole hängen, die aus einer Tasche der Latzhose hervorschaute.

»Woran hast du denn gemerkt, dass ich Französin bin?«

»Dein Akzent. Wie eine Karikatur. Die Amerikaner lieben das. Du bist nicht der erste Mensch, der hier vorbeikommt. Wir haben schon viele hier gesehen, seit …« Die Worte blieben der Frau im Hals stecken. »… seit unsere Zwillinge verschwunden sind.«

»Sie waren jünger als vier Jahre, nehme ich an?«

Die Frau nickte ernst. Die riesige Hand des Mannes landete ungeschickt auf ihrer Schulter.

»Drei Jahre und zwei Monate. Ein Junge und ein Mädchen. Ted und Simone.«

»Hast du gesehen, wie es passiert ist?«

Ein Steppenläufer rollte mit lautem Knistern an ihnen vorbei. Die Hitze legte sich wie eine Zwangsjacke um Camille. Einhundertzweiundzwanzig Grad Fahrenheit hatte die lokale Wettervorhersage verkündet, das waren gut fünfzig Grad Celsius. Camille atmete nur noch stoßweise in kurzen, flachen Zügen, um zu vermeiden, dass sie sich Kehle und Lunge verbrannte.

»Sie sind auf die Kugel zugelaufen, dann waren sie plötzlich verschwunden, als ob sie in eine andere Welt gelangt wären. Ich habe geglaubt, ich sei verrückt geworden.« Die Frau wies mit einer Kopfbewegung auf den Mann. »Archie und ich haben überall gesucht. Zuerst haben wir geglaubt, dass eine Horde Kojoten die Kinder verschleppt hätte, aber wir haben keine einzige Blutspur, keinen Stofffetzen gefunden. Dann haben wir die Berichte der anderen Familien gehört und begriffen, dass unsere Kinder von der Kugel gefangen wurden. Archie hat versucht, das Ding aufzuschlitzen. Er hat eine Axt benutzt, dann eine Motorsäge, er hat sich sogar auf das Teil draufgeworfen, aber das hat alles nichts genutzt. Die Bullen sind gekommen und haben gesagt, dass sich das Militär jetzt um die Sache kümmert. Wir warten immer noch. Bisher haben wir nicht mal den Schatten einer Uniform hier gesehen.« Einen Moment lang stand die Frau einfach da, den Kopf gesenkt, die Augen halb geschlossen, den Kiefer zusammengepresst, die Lippen zusammengekniffen. »Übrigens, ich heiße Émeline.«

»Camille.«

»Komm und trink einen Kaffee mit uns.«

Das heiße, leicht bräunliche Getränk in den Bechern hatte mit Kaffee nicht mehr gemeinsam als den Namen. Glänzende Donuts lagen in einem Pappkarton mit etlichen Fettflecken am Rand. Im Inneren des Busses, der wie ein Wohnzimmer eingerichtet war, roch es nach altem Leder, Rost, Schweiß und Zimt. Zwei quietschenden Ventilatoren gelang es nicht, die stickige Luft zu bewegen. Immer wieder blähte der Wind die verblassten Vorhänge vor den Fenstern auf.

»Habt ihr Strom?«

»Das Netz reicht nicht bis hierher, wir haben einen Generator.« Émeline zögerte und warf Archie einen fragenden Blick zu, bevor sie fortfuhr: »Wir haben noch niemandem davon erzählt, aber in der letzten Zeit haben wir hier echt komische Sachen erlebt.«

Camille bedeutete ihr mit einer Handbewegung, weiterzusprechen.

»Manchmal haben wir das Gefühl, dass uns Wellen durchdringen. Es ist, als ob sie unsere Körper von innen heraus erhitzen würden. Das kann unerträglich werden. Einmal habe ich sogar das Bewusstsein verloren. Und als ich wieder aufwachte, hatte ich den deutlichen Eindruck, dass meine Kinder während meiner Ohnmacht mit mir gesprochen hatten.«

Émeline sprach einige Worte auf Englisch mit Archie. Wegen ihres harten Akzents verstand Camille sie nicht. Der Journalistin fiel eine E-Mail ein, die sie einige Monate zuvor erhalten hatte. Darin berichtete ein gewisser Basile Traoré, dass er zu der Kugel in der Gorges du Tarn gefahren sei, wo er die wachhabenden Soldaten überlistet und versucht habe, mit dem »Wesen« zu kommunizieren. Dann habe er eine Wärme in sich gespürt, die sehr schnell intensiver wurde, bis sie »unerträglich geworden sei« – er benutzte die gleichen Worte wie Émeline –, sodass er »das Bewusstsein verloren« habe. Sie hatte diese Schilderung nicht ernst genommen. Basile Traoré behauptete von sich, seit seinem zehnten Lebensjahr Ufologe zu sein, und die überwältigende Mehrheit der Jäger fliegender Untertassen war übergeschnappt, verrückt. Aber was Basile beschrieben hatte, stimmte mit Émelines Erzählung überein, und auch mit den Beobachtungen von Élodie Mangin, die meinte, sie habe Wellen wahrgenommen, die von der Kugel in Nueil-les-Aubiers ausgingen. Seltsamerweise erinnerte sich Camille noch genau an das Fazit der E-Mail des Ufologen: *Wir müssen so schnell es geht eine Möglichkeit finden, mit den Wesen, die unseren Planeten besuchen, Kontakt aufzunehmen, oder wir werden das größte Abenteuer verpassen, das die Menschheit je erleben wird.* Sie hatte ihm nicht geantwortet. Jetzt, wo sie der bohrende Blick ihrer Gesprächspartnerin traf, bedauerte sie das. Es herrschte immer noch so viel Ungewissheit über die Kugeln, dass sie keine Spur vernachlässigen durfte.

»Glaubst du, dass diese Dinger uns verrückt machen werden?«

Camille konnte Émeline darauf keine Antwort geben. Madame Kugel, der Titel, den man ihr in der Redaktion von *Femme(s)* verpasst hatte, war nur eine Farce, reine Hochstapelei. Sie wusste auch nicht mehr darüber als dieses Ehepaar, das unter dem Verlust seiner Kinder litt; sie wusste nicht mehr als die Regierungen, ihre Kolleginnen, sämtliche Spezialisten; sie wusste auch nicht mehr als der Rest der Menschheit. Ihre Rolle beschränkte sich darauf, Augenzeugenberichte und Statistiken zusammenzutragen.

»Ich kann euch nur sagen, dass auch andere Menschen die gleiche Erfahrung gemacht haben.«

»Sind die Strom- und Telefonnetze in Frankreich auch gestört?«

»Im Augenblick ist dazu noch nichts gemeldet worden. Aber bei uns gibt es nicht annähernd so viele Kugeln.«

Archie stand auf und setzte sich einen Helm mit einem langen, abgerundeten Visier auf, dann murmelte er etwas mit zusammengepressten Lippen.

»Er fragt, ob wir uns die Kugeln hier in der Gegend ansehen wollen«, übersetzte Émeline. »Hast du Lust?«

Die fünfte und größte Kugel von Indian Springs thronte mitten in einer ockerfarbenen Ebene, die von kleinen Staubhügeln durchzogen war. Sie hatten etwa fünfzig Meilen in einem klapprigen Pick-up auf Pisten voller Schlaglöcher zurückgelegt. Camille hatte in der Verteilung der Kugeln, die jeweils einige Meilen voneinander entfernt lagen, keine Logik erkennen können. Im Gegensatz zu den Kugeln in Frankreich wurden diese hier in keinster Weise überwacht, vielleicht weil sie sich in einer Wüste befanden. An einer der Kugeln stand eine Menschengruppe um einige in den Sand gemalte geometrische Figuren und hielt eine seltsame Zeremonie ab. Eine Frau hatte ihnen mit weit aufgerissenen Augen erklärt, dass die Pentagramme und Mandalas sicherlich da zum Erfolg führen würden, wo die Gewalt versagt hatte. Die Gruppe hatte nichts dagegen, dass Camille sie fotografierte. Ihre teils grotesken Verrenkungen und die bunten Gewänder standen in auffälligem Gegensatz zu der blassen Unbeweglichkeit der Kugel und der rotbraunen Landschaft Nevadas.

Bei der nächsten Sphäre, die zwischen zwei Felsblöcken eingeklemmt war, versuchte eine Handvoll Wissenschaftler, Daten zu erheben, aber die Detektoren und Messapparate, die sie benutzten, funktionierten nicht.

Irgendetwas mache die Geräte kaputt, erklärte ein bärtiger Mann tief enttäuscht. Das Gleiche passierte auch mit Handys und Computern.

Camille fragte den Mann, was er für die Ursache der Störungen hielt. Der Bärtige hob den Kopf und sah sie leicht verächtlich an.

Wie sollte er etwas über die Störungen wissen, wenn die verdammten Geräte keinerlei Informationen lieferten?

Seine Aggressivität verriet seine Verzweiflung, aber Camille ließ sich davon nicht beeindrucken. Vielleicht hatte der Mann ja eine interessante Hypothese.

Der Gesichtsausdruck ihres Gesprächspartners wurde milder. Er deutete auf die Kugel. Die Antwort befand sich dort drinnen. Solange man keine Möglichkeit fand, die Kugeln zu öffnen, würde man nicht wissen, wie sie die Netze störten.

Bei der fünften Kugel war niemand. Sie lag verlassen da, und wahrscheinlich war die bleierne Hitze, die in dieser Gegend herrschte, mit ein Grund dafür. Archie zog die Pistole aus der Tasche seiner Latzhose.

»Steck die Knarre weg, der Ballon wird dich nicht angreifen«, rief Émeline ihm auf Französisch zu. »Und wenn das Ding dich doch angreift, können deine Kugeln wenig dagegen ausrichten.«

Camille fühlte sich vor dieser Kugel mitten in der Wüste Nevadas sehr viel unsicherer als vor denen, die sie in Frankreich gesehen hatte. Kein Soldat, kein Polizist hinderte sie, sich dem weißen Gebilde zu nähern, und diese Freiheit gab ihr den schwindelerregenden und beängstigenden Eindruck, dass sie sich einer unbekannten Gefahr auslieferte. Den Durchmesser der Kugel schätzte sie auf achtzig Meter. Camille umrundete die Kugel mehrere Male und machte viele Aufnahmen. Sie hatte das Gefühl, dass ein Beben durch ihren Körper ging, als ob ganz feiner Strom durch ihre Adern laufen würde, aber vielleicht bildete sie sich das alles auch nur ein. Vielleicht lag es einfach an der Hitze. Als eine warme Flüssigkeit zwischen ihren zitternden Beine herunterrann, biss sie die Zähne aufeinander, um nicht in Ohnmacht zu fallen. Am liebsten hätte sie sich die verschwitzten, klebrigen Kleider vom Leib gerissen. Sie glaubte, zwischen den schwankenden Silhouetten von Émeline und Archie noch eine dritte Person auszumachen. Der Wind trug ihr leise Gesprächsfetzen zu. Camille ging auf die kleine Gruppe zu, dabei konzentrierte sie sich auf jeden ihrer Schritte. Die Erde unter ihr schwankte wie das tosende Meer. Sie fokussierte ihren Blick auf die leuchtenden Augen der dritten Person, dem einzigen verlässlichen Fixpunkt inmitten dieser ineinander verschlungenen, verschwommenen Formen. Die riesige, albtraumhafte Kugel schien kurz davor, sich in Bewegung zu setzen und sie unter sich zu begraben.

»Was ist denn mit dir los?«, fragte Émeline, als sie bei den Dreien angekommen war. »Du bist ja ganz blass.«

»Ich fühle mich … total merkwürdig«, murmelte Camille.

Der neu Hinzugekommene war ein Mann um die sechzig mit langen, grauen Zöpfen, dunkler Haut und schweren Lidern. Er trug ein ausgeblichenes T-Shirt, eine abgewetzte Jeans und spitze Stiefel. Er blickte Camille so durchdringend an, dass seine Augen zu dunklen, blitzenden Schlitzen wurden. Sofort breitete sich eine Hitze wie geschmolzenes Metall in ihr aus.

»Das ist Sam Tsosie, ein Hataali, ein Medizinmann der Navajo-Indianer«, stellte Émeline den Mann vor.

Camille hatte immer mehr Mühe, einen klaren Gedanken zu fassen. Sie sehnte sich danach, sich auf dem trockenen Boden auszustrecken, die Augen zu schließen und in ein wohltuendes Vergessen einzutauchen.

Sam Tsosie sprach leise einige Worte.

»Er spricht über die Notwendigkeit eines tiefgreifenden Wandels«, berichtete Émeline, als ihr klar geworden war, dass die Journalistin den Medizinmann nicht verstanden hatte.

Camille ahnte, dass der Medizinmann von der schmerzhaften Erfahrung sprach, die sie gerade durchlebte. Ihr Körper, im Begriff sich zu verändern, brannte wie weißglühendes Metall.

»Wo ist der Zusammenhang mit … mit den Kugeln?« Die Frage kostete sie so viel Kraft, dass es ihr den Atem nahm.

Émeline wandte sich an Sam Tsosie, der scheinbar endlos lange schwieg, bevor er antwortete.

»Sie nennen sie Blauhäher, die Boten der Veränderung«, übersetzte Émeline. »Uneinigkeit spaltet die Menschheit. Jetzt müssen wir zu einer neuen Welt aufbrechen.«

»Welche neue Welt?«

»Es liegt an uns, diese neue Welt zu suchen, bevor die große Flut uns fortreißt.« Émeline hielt einen kurzen Moment inne. »Und unsere Kinder?«, schrie sie den Medizinmann dann an. »Wer bringt uns unsere Kinder zurück?«

Das waren die letzten Worte, die Camille hörte, bevor sie in einen tiefen Abgrund fiel.

MEHDI

»Ich habe wirklich geglaubt, dass du mich nicht mehr wiedersehen willst«, bekannte Lucho mit einem Lächeln.

»Tut mir echt leid. Nach meiner Rückkehr aus den Vereinigten Staaten war ich krank … Ein Sonnenstich, glaube ich.«

Es war kein Sonnenstich, aber Camille fand nicht die Worte, um das Erlebnis vor der Kugel in Nevada zu beschreiben. Im Flughafen Charles-de-Gaulle war sie ohnmächtig geworden, der Notarzt hatte sie ins Krankenhaus gebracht, wo sie fünf Tage bleiben musste, bevor sie nach Hause durfte. Obwohl die ärztlichen Untersuchungen kein Ergebnis gebracht hatten, musste sie sich noch zwei Wochen lang ausruhen. Ihr Rendezvous mit Lucho Herrero hatte sie daher verschoben, sogar um eine ganze Woche, damit sie noch Zeit hatte, in den Schönheitssalon zu gehen. Zu Hause angekommen, hatte sie als Allererstes ihren Artikel über die Kugeln in Nevada geschrieben. Dann hatte sie den Text Hayet Mehdi gemailt und von ihr eine positive Antwort erhalten. Einige Tage später war Claire Sorza zu Besuch gekommen und hatte ihr ein Exemplar der Zeitschrift mitgebracht. Camilles Artikel und die Fotos waren gut platziert.

»Hast du in Amerika etwas Neues erfahren?«

»Nicht mehr als das, was du mir schon in deiner E-Mail geschrieben hast: Ein hohes Aufkommen von Kugeln stört die Strom- und die Telefonnetze und auch das Internet.«

Das Restaurant war fast menschleer. Der Kellner, ein junger farbiger Mann, rundlich und freundlich, von dem das Schildchen an der Weste verriet, dass er Mehdi hieß, führte Camille und Lucho an einen abgelegenen »Tisch für Verliebte«, wie er mit einem anzüglichen Lächeln bemerkte. Dann beschwerte er sich, dass die Menschen seit dem Auftauchen der Kugeln nicht mehr ausgingen. Aber nicht weil sie Angst hatten, sondern weil sie nicht eine Sekunde der Berichterstattung im Fernsehen verpassen wollten. »Man redet einfach über nichts anderes mehr. Ich glaube nicht, dass wir es mit Außerirdischen zu tun haben. Ich vermute, das ist ein Militärschlag, um ein autoritäres Regime auf der Erde zu installieren. Meinen Sie nicht?«

»Hören Sie mir gut zu, mein Freund«, hatte Lucho erwidert. »Ich bin selbst Soldat, Sprengmeister. Ich habe versucht, einige dieser verdammten Riesenballons in die Luft zu sprengen. Ich kenne kein Material auf der Erde, das der Ladung, die ich darauf abgefeuert habe, widerstehen könnte. Also, Ihr Militärkomplott können Sie sich sonstwo hinstecken.«

Der Kellner schluckte diese Worte, ohne etwas zu erwidern. Camille fand Luchos Reaktion beruhigend. Er ließ sich von niemandem auf die Füße treten. Wenn sie ihn mit ihrem Vater verglich, einem unbedeutenden, engstirnigen und weichlichen Durchschnittsmenschen, konnte sie den unverstellten Charakter des Lieutenant nur bewundern.

»Und du? Wie weit bist du mit den Kugeln gekommen?«

»Die Regierung tastet sich voran, sagt mein Chef. Unsere Politiker sitzen zwischen den Stühlen. Man muss eine Möglichkeit finden, diese Kugeln wegzubewegen, ohne die Öffentlichkeit zu beunruhigen.«

»In deinen E-Mails hast du von Bomben und Raketen gesprochen …«

»Ja, man hat solche Versuche unternommen, in verschiedenen Ländern. Aber das einzige Ergebnis war, dass diese Gebiete im Umkreis von Hunderten von Kilometern verstrahlt wurden und man die Bevölkerung vertrieben hat. Die Kugeln sind unbeschädigt geblieben. Aber wir wollen nicht den ganzen Abend über die Arbeit sprechen.«

»Worüber sollen wir denn dann sprechen, Lieutenant?«

»Nenn mich doch bitte Lucho, so wie in deinen E-Mails. Und lass uns über dich, über mich, über uns oder sonst was sprechen. Ich fange an, wenn du willst.«

Er schilderte ausführlich die Umstände, die seine Eltern gezwungen hatten, Chile Anfang der 1990er-Jahre zu verlassen. Der Grund für das Exil war eine ganz banale Liebesgeschichte, es hatte nichts mit dem Pinochet-Regime zu tun. Sein Vater hatte eine Affäre mit der Geliebten seines Cousins gehabt, einem Mafiaboss aus Valparaíso, und er sah keine andere Möglichkeit, dem sicheren Tod zu entkommen, als nach Frankreich zu flüchten. Seine Eltern hatten sich bald darauf scheiden lassen. Mit nur vierzig Jahren war seine Mutter an Brustkrebs gestorben, und sein Vater war verschwunden und hatte nie wieder ein Lebenszeichen gegeben. Die alte Armbanduhr seines Großvaters war das

Einzige, was Lucho von seiner Familie geblieben war. Da er wenig Freude am Lernen gehabt hatte, war er in die Armee eingetreten und hatte dort seine Begeisterung für Sprengstoffe entdeckt. Er hatte sich zum Sprengmeister und Minenentschärfer ausbilden lassen und war ein wenig in der Welt herumgekommen – eben überall dort, wo es richtig zur Sache ging.

Nachdem der Kellner ihnen schweigend die Vorspeise serviert hatte, begann auch Camille ihre Geschichte zu erzählen. Ihre Familie kam aus der Bourgogne, wo sie in kleinbürgerlichen Verhältnissen aufgewachsen war. Der Vater war Beamter, die Mutter Hausfrau – er inexistent, sie griesgrämig. Ein älterer Bruder, der mit siebzehn bei einem Unfall mit seiner Vespa starb. In ihrer Jugend war sie ein Wildfang, riss mehrmals von zu Hause aus und versuchte sogar einmal, sich das Leben zu nehmen. Dann bestand sie – wie durch ein Wunder – das Abitur und bekam – zweites Wunder – einen Studienplatz an der Journalistenschule in Paris. Die Beziehung zu ihren Eltern wurde immer angespannter, bis sie sich endgültig von ihnen lossagte. Ein drittes Wunder – sie machte den Master mit Auszeichnung, dann ein Praktikum bei der Zeitschrift *Femme(s)* und wenig später – das vierte Wunder – einen befristeten Vertrag mit einem bescheidenen, aber regelmäßigen Gehalt.

»Wenn ich es richtig sehe, sind wir beide Waisen«, bemerkte Lucho, als sie zu Ende erzählt hatte.

Sie ließen sich den Pécharmant schmecken, den Mehdi ihnen empfohlen hatte, der von Weinen zweifelsohne mehr verstand als von der Invasion der weißen Kugeln. Gegen Mitternacht verließen sie das Restaurant, und da die Nacht mild war, beschlossen sie am Canal Saint-Martin spazieren zu gehen.

»Einen schönen Abend noch!«, rief Mehdi ihnen an der Tür des Restaurants nach.

ERWAN

Nach heftigen Diskussionen in der UN-Vollversammlung hatte sich die französische Regierung für unterirdische Sprengungen entschieden, andere Länder hingegen setzten auf Luftangriffe. Die Regierungen lieferten sich einen erbitterten Wettkampf, jede wollte die Erste sein, die ein wirksames System gegen den neuen Feind entwickelte und auf den Markt brachte. Die Zerstörung von fünfzigtausend Kugeln, die man inzwischen zählte, stellte einen riesigen Markt dar. Nach dem Misserfolg der schwachen Uranbomben planten die Vereinigten Staaten von Amerika den Abschuss von Raketen mit Nuklearsprengköpfen auf die vierhundert Eindringlinge, die man in Nevada gefunden hatte. Die Bevölkerung im Umkreis von fünfhundert Kilometern wurde evakuiert. Ordnungs- und Streitkräfte wurden eingesetzt, um auch die Bewohner in ein großes Zeltlager umzuquartieren, die sich widersetzten.

Sechzehn Monate war es her, dass Lucho dem Sonderkommando beigetreten war, das mit der Entwicklung neuer Sprengstoffe und deren Erprobung in einem verlassenen Steinkohlebergwerk in Lothringen in mehr als tausend Meter Tiefe betraut war. Sein früherer Vorgesetzter Colonel

Marchand war in Mali von dem afrikanischen Ableger des sogenannten Islamischen Staates in einen Hinterhalt gelockt und getötet worden. Seitdem war Lucho Général Labeyre unterstellt, einem mageren, schweigsamen Mann, der ständig mit dem Generalstab und dem Ministerium in Verbindung stand. Etwa fünfhundert Männer waren für die Operation Weiße Kugeln ausgewählt worden.

Lucho war sehr stolz darauf gewesen, dieser Eliteeinheit der französischen Armee anzugehören, doch die Realität war desillusionierend: Man gestand den Soldaten des Sonderkommandos nur sehr wenige Urlaubstage zu, weshalb er kaum Zeit mit seiner Frau und seiner inzwischen zweijährigen Tochter verbringen konnte. Camille und er schrieben sich, wie am Anfang ihrer Liebe, täglich, dennoch nahmen sein Frust und seine Enttäuschung stetig zu. Labeyre forderte von seinen Männern, ständig verfügbar zu sein und bis zur Erschöpfung zu arbeiten.

Lucho konnte es kaum erwarten, nach Hause zu kommen und seine Frau und seine Tochter in die Arme zu schließen. Seit einer Woche war seine Truppe dabei, ein kompliziertes Netz von Gräben in einem granithaltigen Boden auszuheben. Der Generalstab hatte das Kommando Weiße Kugeln in die Bretagne entsandt, um einige Versuche an der F734 durchzuführen, eine der zuletzt aufgetauchten Kugeln, die aber schon zu Beginn einen Durchmesser von einhundertzwanzig Metern hatte. Sie war in einer unbewohnten Gegend in der Nähe der Kapelle von Saint-Michel de Brasparts auf einer Hügelspitze der Monts d'Arée erschienen.

Der Plan sah vor, konzentrische Gräben um die F734 zu ziehen und in ihnen schnell aufeinanderfolgende Detonationen auszulösen, in der Hoffnung, die Kugelhülle zu destabilisieren und sie dann vollkommen zu zerstören. Man ging davon aus, dass die unter Denkmalschutz stehende Kapelle einstürzen würde, aber der Protest einiger Hundert Nostalgiker hatte die Entscheidung des Armeeministers nicht ändern können.

Camille und Catel fehlten ihm. Abends, wenn Lucho in dem winzigen Zimmer saß, das er sich mit dem Sprengmeister Erwan Ledec teilte, dachte er traurig an die zwei Frauen in seinem Lebens, mit denen er nicht über Instant-Messaging-Dienste kommunizieren durfte, dazu verpflichtete ihn das Militärgeheimnis. Die Zensurbehörde kontrollierte alle seine E-Mails, bevor sie an ihre Empfänger weitergeleitet wurden. Lucho nahm an, dass seine Liebeserklärungen die Behörden amüsierten, aber das Wichtigste war, dass Camille sie vollständig und ungekürzt zu lesen bekam. Auch die Antworten seiner Frau wurden genau unter die Lupe genommen, bevor sie zu ihm gelangten. Einige Wörter fehlten. Die paranoide Behörde befürchtete zweifelsohne, das Ehepaar könnte eine Geheimsprache benutzen. In Frankreich funktionierten die Strom- und Kommunikationsnetze zumindest noch in Teilen des Landes, aber in Deutschland, Italien, Spanien, Großbritannien, Amerika, Asien, Afrika, Australien und im Pazifik waren nicht einmal mehr die Glasfaserkabelsysteme in Betrieb. Die magnetische Kraft, die von den Kugeln ausging, störte die elektrischen Netze und zwang die Börsen, Banken, Behörden und Unternehmen dazu, ihre Organisation vollständig zu überdenken. Wegen der zahlreichen Flugzeugabstürze war der gesamte Flugverkehr bis auf Weiteres eingestellt worden, und die Dieseltriebwagen, die jetzt die Hochgeschwindigkeitszüge ersetzten, waren langsam und hielten an jedem Bahnhof – die Reise von Paris nach Brest dauerte inzwischen fast zwei Tage. Die interkontinentalen Schiffsverbindungen hingegen erlebten einen beispiellosen Aufschwung. Die Reedereien bauten schnellstmöglich Fischerboote, Frachter und Kreuzfahrtschiffe zu Handelsschiffen um, oft unter Missachtung der Sicherheitsvorschriften – in fünf Jahren hatte es gut einhundert Schiffsunglücke gegeben.

Am Vortag hatte Camille Lucho geschrieben, dass seine Tochter immer besser sprechen lernte. Er riet ihr, die kleine Catel nicht aus den Augen zu lassen: Eine weiße Kugel war in weniger als fünfhundert Meter Entfernung von ihrem Haus in Bonneuil-sur-Marne aufgetaucht. Camille hatte drei Jahre Elternzeit genommen. Sicherlich würde es nicht leicht werden, ihren Platz in der Redaktion nach so langer Abwesenheit wieder einzunehmen. Die Redaktionsleitung verzieh ihr nicht, dass sie ihren Posten zu einer Zeit verlassen hatte, als *Femme(s)* händeringend ihrer Kompetenz bedurfte. Gut ein Drittel der Zeitschrift befasste sich mit dem Phänomen der weißen Kugeln, und sie kannte sich mit dem Thema besser aus als irgendjemand sonst. Hayet Mehid hatte Claire Sorza die Rubrik übertragen, die Camille mindestens einmal pro Tag um Rat fragte und ihr bei der Gelegenheit auch das Neueste aus der Redaktion berichtete. Zwar hatte Lucho seiner Frau angeboten, ein Kindermädchen zu engagieren, damit sie wieder arbeiten konnte, aber Camille wollte ihre Tochter aufwachsen sehen, wie auch das zweite Kind, mit dem sie schwanger war. Sie hatte vor, solange zu Hause zu bleiben wie die finanziellen Mittel reichten, trotz des gesellschaftlichen Drucks auf Frauen, sich beruflich zu verwirklichen.

»Das wird alles nichts nützen«, murmelte Erwan, als er auf der Bettkante saß und seine Stiefel auszog.

Einen Moment lang ruhte Luchos Blick auf dem kahlen, glänzenden Kopf seines Kollegen.

»Es hat gar nichts gebracht, ständig stärkere Ladungen zu zünden. Wir kommen nicht einen Millimeter weiter«, fuhr Erwan fort, ohne den Kopf zu heben. »Ich glaube, wir laufen in die falsche Richtung.«

Lucho nickte. Alle Sprengmeister waren der gleichen Meinung: dass die Sprengungen zum wiederholten Male misslangen war keine Frage der Sprengstoffmenge. Wie wirkungslos ihre Waffen waren, bewiesen auch die eingesetzten Uranbomben und konventionellen Raketen, denn auch sie hatten kein besseres Ergebnis erzielt. Die letzte Hoffnung waren Atomwaffen, aber die zogen unkalkulierbare Kollateralschäden nach sich.

»Hast du eine bessere Lösung?«

Erwan begann seine Tarnjacke aufzuknöpfen, seine Augen blickten ins Leere. Er hatte miterleben müssen, wie sein bester Freund irgendwo im Irak geköpft wurde. Nur durch das Eingreifen eines britischen Sonderkommandos war ihm das gleiche Schicksal erspart geblieben, aber seitdem verdunkelten Traurigkeit und Schuldgefühle seine hellgrünen Augen.

»Die gibt es wahrscheinlich nicht. Ständig tauchen noch mehr von diesen verdammten Kugeln auf. Am Ende werden sie uns verschlingen, so wie sie schon unsere Kinder gefressen haben.«

»Bis jetzt wissen wir noch nicht, was die Kugeln mit den Kindern gemacht haben«, wandte Lucho ein.

»Wann wurden die ersten Kinder gefangen, vor sechs oder sieben Jahren? Inzwischen sind es fast fünfhunderttausend Kugeln, und bis jetzt wurde kein einziges Kind zurückgegeben. Langsam denke ich, wir sind gegen diese Schweinerei machtlos.«

»Man kann nicht gerade behaupten, dass die Kugeln aggressiv wären …«

»Noch nicht. Ich bin sicher, sie warten, bis es hier genug von ihnen gibt, dann werden sie aktiv. Meiner Meinung nach spielen sie Katz und Maus mit uns.«

Eine Zeit lang konzentrierte Lucho sich auf die Nachrichten, die in Endlosschleife Bilder von den Kugeln übertrugen. Der Bildschirm an der Wand wurde kurz schwarz. Niemand konnte vorhersagen, wann das Fernsehen gar nicht mehr funktionieren würde. Die Satellitensender waren größtenteils schon unterbrochen worden.

»Wir haben keinen Beweise dafür, dass sie eine Absicht verfolgen«, sprach Lucho weiter.

»Warum nehmen sie uns dann die Kinder weg?«

Lucho wischte sich mit der Hand den Mund ab.

»Vielleicht um sie zu essen …«

Als er diese Worte aussprach, hatte er das Gefühl, eine Gotteslästerung auszustoßen. Seit er Vater geworden war, hatte eine große Angst von ihm Besitz ergriffen und die Melancholie verdrängt, die ihn beherrscht hatte, bis Camille in sein Leben getreten war. Jetzt fand er den Gedanken unerträglich, seine geliebte Catel könnte in dem Bauch einer dieser mysteriösen weißen Formen enden, die willens schienen, die gesamte Erdoberfläche zu überwuchern.

»Sie sehen gar nicht aus wie Raubtiere.«

»Sie sehen nicht aus wie irgendwas, das wir kennen. Hast du Kinder?«

Bisher hatte Lucho dieses Thema gegenüber seinem Kollegen niemals angeschnitten, er wollte nicht taktlos erscheinen. Der Bretone nickte traurig.

»Drei, ein Mädchen, sieben, und zwei Jungen, vier und ein Jahr alt. Und du?«

»Ein Mädchen, sie ist zwei.«

Erwan stand auf, um seine Hose auszuziehen.

»Früher habe ich es noch geschafft, meine Kinder zu sehen, selbst als ich in Afrika oder im Mittleren Osten im Einsatz war. Aber seit der Generalstab diese verdammte Operation Weiße Kugeln ins Leben gerufen hat, konnte ich genau zwei Mal nach Hause.«

»Wo wohnst du?«

»In der Provinz Trégor, bei Saint-Brieuc.«

»Dann ist das gar nicht weit weg von hier, oder?«

Erwan ließ seine Hose herunter, eine graue Unterhose und kahle, schneeweiße Beine kamen zum Vorschein. Nur das Pfeifen des Windes durchbrach die Stille, die die Häuser – ein ehemaliges Feriencamp – umgab.

»Ich denke, ich werde mal für eine Nacht abhauen und meine Familie besuchen, aber bis jetzt hatte ich noch keine Gelegenheit.«

»Pass gut auf. Wir sind im Krieg. Wenn du geschnappt wirst, behandeln sie dich wie einen Deserteur.«

Erwan streckte sich auf dem Bett aus und zündete den Joint an, den er kurz zuvor gerollt hatte. Der unverwechselbare Geruch von Marihuana überdeckte den Gestank des Eingeschlossenseins, der diesem Ort anhaftete.

»Mach dir keine Sorgen, ich treffe meine Vorsichtsmaßnahmen.« Er zog drei Mal an seinem Joint, dann hielt er ihn Lucho hin. »Immer noch nicht?«

Lucho schüttelte den Kopf. Er rauchte kein Gras mehr, seit er, total high, in den Gassen von Damaskus beinahe von einem Selbstmordattentäter überrascht worden war. Er betäubte sich lieber mit Alkohol, wenn er die zerfetzten Leiber und andere grausige Bilder, die sein Metier mit sich brachte, vergessen wollte. Seit seiner Heirat mit Camille war er nur ein einziges Mal in eine Bar gegangen, um so lange zu trinken, bis er vom Hocker fiel. Im Morgengrauen war er auf dem Bürgersteig wieder aufgewacht.

»Ich sage dir, auch unser nächstes Feuerwerk wird einfach nur ein weiteres Loch in die Erde reißen«, sagte Erwan mit schon schwerer Zunge.

Während die Ministerialbeamten und der Kabinettschef sich in das baufällige Gebäude zwängten, das zu einem Bunker umfunktioniert worden war, verteilten sich die vier Kampfmittelexperten in den Stollen, um ein letztes Mal die Sprengladungen und deren Verbindungen zu überprüfen. In den frühen Morgenstunden waren die letzten Demonstranten auf Lastwagen zusammengepfercht und ungefähr zehn Kilometer weit weg transportiert worden. Da sich auch Frauen unter ihnen befanden, war die Aufgabe den Soldaten nicht leicht gefallen. Sie lagen ausgestreckt auf dem Boden und wehrten sich wie wild gewordene Katzen, kratzten und bissen die Männer, die sie zu den Wagen bringen mussten. Das Fernsehteam eines öffentlichen Senders filmte das Geschehen, deshalb lautete die Anweisung, jegliche Gewalt zu vermeiden.

Im Schein seiner Stirnlampe inspizierte Lucho die Drähte, die den Stollen entlang verliefen. Am Stollenende hatte er eine Sprengladung deponiert, die eine Kleinstadt zerstören konnte. Diese Explosion würde einen Krater von drei- oder vierhundert Metern Durchmesser und fünfzig Metern Tiefe in die Erde reißen. Das gesamte Gelände im Umkreis von mehreren Kilometern konnte einstürzen – auch wenn ein Geologe behauptete, dass der Granitboden der Explosion standhalten würde.

Das alte Walkie-Talkie in Luchos Hand rauschte.

»Bereit?«, ertönte die atemlose Stimme von Capitaine Muchat, der die Aufgabe hatte, die Arbeit der einzelnen Sprengmeister aufeinander abzustimmen.

»Bereit.«

»Zündung erfolgt in fünfzehn Minuten.«

»Verstanden.«

Lucho machte kehrt und legte einen Zahn zu. Er konnte den Geruch des Sprengstoffs auch unter dem schweren, dunklen Aroma des Erdinneren wahrnehmen. Das Echo seiner Schritte verhallte in der Unendlichkeit, sodass er den Eindruck hatte, zehn Mann würden aus dem Stollen rennen. Schließlich sah er das Licht, das von oben hereinfiel. Er warf einen letzten Blick auf den Draht, den er mit einigen gebogenen Nägeln an der Wand befestigt hatte. Da sich die weiße Kugel über dem Stollen befand, hatte man sich für eine elektrische und nicht für eine elektronische Zündung entschieden. Dann kletterte Lucho so schnell er konnte die Leitersprossen hinauf.

Frische, feuchte Morgenluft empfing Lucho an der Schachtöffnung. Er schaute auf die Armbanduhr seines Großvaters, das letzte Erinnerungsstück der Familie an Chile. Er hatte noch zehn Minuten, um die Strecke bis zum Unterstand zurückzulegen. Er musste sich nicht umblicken, um den großen Schatten der Kugel zu bemerken; einen Moment lang glaubte er, sie würde sich in Bewegung setzen und die Verfolgung aufnehmen. Die anderen Sprengmeister waren ebenfalls aus den verschiedenen Schächten geklettert und rannten den Abhang hinunter, dann weiter quer über das Heidefeld in Richtung Unterstand, ein Betonbunker mit einer horizontalen Schießscharte. Dreihundert Meter trennten die Kugel von der kleinen Kapelle, dem großen Stausee und dem Rundwall, der den Deutschen im Zweiten Weltkrieg als Vorposten gedient hatte. Der Gipfel des Hügels und alles, was sich darauf befand, würde bald in Schutt und Asche liegen.

Eine Schande, dachte Lucho. Wenn die Explosion kein nennenswertes Ergebnis lieferte, hätten sie eine wunderschöne Landschaft für nichts und wieder nichts zerstört. Gern hätte er mit Camille und Catel den einzigartigen Himmel und die Sonnenuntergänge auf dem Mont d'Arrée bewundert und die salzige Luft eingeatmet, die immerfort über die kahlen Hänge wehte. Zusammen wären sie in der gleichzeitig magischen und tragischen Atmosphäre dieses Orts versunken.

Alle vier Sprengmeister glitten fast gleichzeitig in den Bunker und verteilten sich links und rechts von Capitaine Muchat an der Schießscharte. Zehn Drähte gingen von der grauen Zündkapsel auf einem Steinsockel aus. Sie führten, von Kabelmänteln geschützt, über einen halben Kilometer hinweg in die Schächte und Stollen. Capitaine Muchat richtete sein Fernglas auf die Kugel. Die Kapelle schien winzig neben der einhundertzwanzig Meter durchmessenden F734.

»Ich nehme jetzt die Zündung vor«, erklärte Muchat und legte das Fernglas auf der Mauer der Schießscharte ab.

Bevor Lucho die Schutzbrille aufsetzte, vertiefte er sich noch einmal in den Anblick der kargen Landschaft. Das Klacken des Hebels brach das Schweigen, und die brennenden Drähte begannen zu zischen. Einige Sekunden später erhellte eine Reihe von Explosionen den Gipfel des Mont Saint-Michel de Brasparts. Dicker, schwarzer Rauch und herunterregnender Staub tauchten den anbrechenden Tag in Dunkelheit. Erdbrocken und Felsstückchen flogen gegen das Dach und die Mauern des Bunkers.

Mit klopfendem Herzen warteten Lucho und seine Kollegen, bis der Wind den Rauch vertrieben hatte. Als Erstes erkannten sie den immens großen Krater, den die Sprengung in die Erde gerissen hatte, als ob man den Berg gewaltsam geöffnet hätte. Keine Spur mehr von der Kapelle und dem Stausee. Die F734 schwebte etwa dreißig Meter über der schwarzen, verwüsteten Erde, unbeschädigt und vollkommen intakt.

»In drei Gottes Namen!«, rief Erwan aus. »Wir werden diese Mistdinger nie aufbrechen!«

»Sie haben bestimmt eine Schwachstelle«, murmelte Muchat. »Irgendwann werden wir die finden.«

Aber dem Ton seiner Stimme konnte Lucho entnehmen, dass der Capitaine nicht daran glaubte. Lucho hoffte, dass dieses erneute Scheitern das Ende der Operation Weiße Kugeln bedeutete und er endlich nach Hause fahren konnte.

JEAN-MARC

»Warum ausgerechnet Kinder unter vier Jahren?«

Auf der runzeligen Stirn von Jean-Marc Antony erschienen neue Falten. Ein Sonnenstrahl fiel durch das Fenster seines Arbeitszimmers und erhellte die vielen Stapel Manuskriptseiten, die den ganzen Tisch bedeckten.

Basile Traoré hatte den Blick auf die karge Hochebene geheftet, die an ein ockerfarbenes, erstarrtes Meer erinnerte. In der unmittelbaren Umgebung war keine einzige Kugel entdeckt worden. Basile hatte fast einen ganzen Tag für die Strecke von Toulouse nach Millau gebraucht. Sein Auto war vor einigen Tagen liegen geblieben. Als er in dem überfüllten Zug saß, der mehr als vierzig Mal anhielt, und nicht nur an Bahnhöfen, bedauerte er es, keinen Mietwagen genommen zu haben – eine Frage des Geldes. Auf dem Vorplatz des Bahnhofs von Millau hatte sich ein fröhlicher Autofahrer bereit erklärt, ihn in der alten Templerstadt La Couvertoirade abzusetzen. Die letzten sechs Kilometer bis zum Haus von Jean-Marc Antony war er zu Fuß über das Kalksteinplateau gelaufen.

»Ich fühle mich in die Zeit zurückversetzt, als ich zwanzig war«, sagte der alte Mann jetzt und zeigte auf den schwarzen Bildschirm seines Computers. »Keine Computer mehr, kein Fernsehen, kein Radio, kein Handy, nur etwas Strom und das gute, alte Festnetztelefon.« Er versuchte mit der flachen Hand seine weiße Mähne glattzustreichen. »Die Sphären zwingen uns eine Regression auf, die es so in den letzten zweitausend Jahren nicht gegeben hat.«

»Die Frage ist doch, ob das mit Absicht geschieht.«

Mit seinen knotigen Fingern bewegte Jean-Marc Antony einige Seiten, zwischen denen kleine Staubwolken entwichen, die im Sonnenlicht hell leuchteten.

»So viele Fragen und keine Antworten.« Seine junge, feste Stimme stand in bemerkenswertem Gegensatz zu seiner schlechten körperlichen Verfassung. »Das Phänomen ist doch schon vor über zehn Jahren aufgetaucht. Wie viele Kugeln hat man auf der Welt bisher gezählt?«

»Ungefähr siebenhunderttausend. Sie erscheinen immer öfter in der Nähe von Ballungsräumen. Sie verschlingen auch einige Gebäude, aber sie fangen keine Menschen älter als vier Jahre ein, die schieben sie nur vor sich her. Einige Menschen fanden sich Hunderte Meter von ihren Wohnungen entfernt wieder und verstanden gar nicht, was mit ihnen passiert war.«

»Und die Flachköpfe in der Regierung haben keine bessere Idee, als Raketen mit Nuklearsprengköpfen auf die Kugeln zu feuern.«

»Die meisten davon sind danebengegangen, weil die Elektronik der Geräte nicht mehr funktioniert. Die wenigen Attacken, die ihr Ziel erreicht haben, haben große Schäden im Umkreis von einhundert Kilometern angerichtet, aber sie hatten nicht die geringste Wirkung auf die Kugeln. Mehrere

Gebiete sind so stark verstrahlt, dass sie auf unbestimmte Zeit abgeriegelt wurden.«

Basile schwieg und ließ seinen Blick wieder über die ockerfarbene Landschaft gleiten. Ihm ging durch den Kopf, dass auch er keinen Weg gefunden hatte, mit den weißen Damen, wie er sie nannte, zu kommunizieren. Ein Gedanke hatte sich in seinem Kopf festgesetzt, den er vergeblich zu verscheuchen suchte: Er hatte die erste Begegnung in der Gorges du Tarn vermasselt und seine Chance nicht genutzt. Diese Gelegenheit würde sich ihm nicht wieder bieten. Bei seinen zahlreichen Besuchen der Kugeln in ganz Frankreich hatte er nie wieder diese Vibrationen und auch nicht die starke Hitze gespürt. Obwohl man sich den Kugeln jetzt ungehindert nähern konnte – Polizei und Ordnungskräfte waren nicht in der Lage, jede der eintausendzweihundert Kugeln im Land zu umstellen. Die Regierung beschränkte sich darauf, die Verbreitung der Kugeln zu überwachen und riesige Warnschilder aufzustellen. Jedes Mal, wenn Basile allein vor einer Sphäre gestanden hatte, meist nachts, hatte er versucht, eine Kommunikation herzustellen, aber er hatte stets nur niederschmetterndes Schweigen geerntet.

Es war demütigend.

»Was wurde denn in der letzten UN-Versammlung beschlossen?«, fragte Jean-Marc Antony.

»Im Radio haben sie von einer engen Zusammenarbeit aller Mitgliedsstaaten berichtet. Zumindest theoretisch. Die Besucherinnen aus dem Weltall sind inzwischen eine internationale Angelegenheit von höchster Priorität.«

Ein Lächeln breitete sich auf den faltigen Lippen des alten Ufologen aus.

»Wir verdanken ihnen die Unterbrechung verschiedener Konflikte. Und sie haben die großen Religionen erschüttert. Jetzt gibt es immer mehr neue Religionsgemeinschaften.«

Basile setzte sich auf die Tischkante. Müdigkeit breitete sich in ihm aus wie dicker, zäher Schlamm. Er hatte in Jean-Marcs Gästezimmer nur schlecht geschlafen. An seiner Schlaflosigkeit waren aber nicht nur das unbequeme Bett und die eisige Kälte schuld. Im Haus herrschte eine düstere Atmosphäre, als ob das Leben schon lange von hier geflohen war.

»Bei einigen Kugeln bin ich ein paar von diesen Bekloppten begegnet«, begann Basile.

Jean-Marc Antony zuckte die Schultern und zog eine Grimasse, die sein Gesicht in die Länge zog und ihm das Aussehen eines Wasserspeiers gab.

»Die Mehrzahl der Menschen zählt auch uns Ufologen zu dieser Kategorie. Für irgendjemanden ist man immer der Bekloppte.«

Basile beugte zustimmend den Oberkörper vor. Er erinnerte sich an die vor Erstaunen und Entsetzen weit aufgerissenen Augen seiner letzten Eroberung, als er ihr seine Leidenschaft gestanden hatte. Eilig hatte die junge Frau sich angezogen und ihre Sachen zusammengesucht. Nachdem sie ihre Tasche genommen und ihn angebrüllt hatte, dass sie ihn nie wiedersehen wolle, war die Tür knallend hinter ihr ins Schloss gefallen. Auch im Kreis seiner Familie vermied Basile es, das Thema Ufologie anzuschneiden; sprach weder mit seinen Eltern noch mit seinem Bruder oder seinen Schwestern darüber. Für seine Nichten und Neffen war er ein Typ, dem man besser aus dem Weg ging, als hätte er die Pest. Aber obwohl er einen hohen Preis dafür gezahlt hatte, wäre ihm nie eingefallen, seine Leidenschaft aufzugeben. Seine Sturheit war zum Teil einfach absurd. Eine starre Logik. Er hätte es nicht ertragen, sich einzugestehen, dass er den falschen Weg eingeschlagen hatte, seine Zeit vergeudet, dass er einen Teil seines Lebens Hirngespinsten geopfert hatte. Die Kugeln schienen ihm endlich recht zu geben. Er hatte die richtigen Entscheidungen getroffen, aber solange er keinen Kontakt mit ihnen aufnehmen konnte, behielt er ein Gefühl der Leere, einen bittereren Geschmack zurück.

»Bis jetzt war das aufgrund meiner schlechten Gesundheit nicht möglich, aber ich werde nicht von dieser Erde verschwinden, ohne eine dieser verfluchten Kugeln aus der Nähe gesehen zu haben«, sagte Jean-Marc Antony. »Würdest du mich zu der von Saint-Martin-de-Londres begleiten?«

»Ich habe kein Auto.«

»Ich auch nicht. Wir gehen zu Fuß.«

»Das sind zwanzig Kilometer. Ist das nicht zu weit für dich?«

Der alte Mann stand so abrupt auf, dass seine Gelenke knackten.

»Ich fühle mich dazu absolut in der Lage.«

Er ging zum Fenster, um die steinernen Hügel des Hochplateaus zu betrachten. Jean-Marc Antony trug einen seiner braunen Cordanzüge, einen unförmigen Pullover, ein kariertes Hemd mit großem Kragen und rissige Bergschuhe. Ein undefinierbarer Geruch ging von ihm aus, eine Mischung aus Staub, Lavendel und Mottenpulver.

»Ich habe mir alles liefern lassen, was wir brauchen, um uns auf dem Weg zu stärken. Ich würde dich nur darum bitten, den Proviant zu tragen, mein junger Freund. Meine Arthrose in der Schulter ...«

»Wann brechen wir auf?«, fragte Basile. Ihm war bewusst, dass er die Entscheidung des Älteren nicht mehr ändern konnte.

»Jetzt gleich. Das wird ein schöner Tag heute.«

Die Kugel F989 war in der Nähe von Saint-Martin-de-Londres aufgetaucht, in einem Ort namens Roc Blanc im Département Hérault, und hatte inzwischen beachtliche zweihundert Meter Durchmesser erreicht. In der Umgebung wurde das Verschwinden von zwei Kindern beklagt, ein Mädchen, das in dem zwei Kilometer weit entfernten Dorf wohnte, und ein Junge, der von einem abgelegenen Bauernhof etwa drei Kilometer Richtung Westen stammte.

Jean-Marc Antony hatte die Causse, das Kalkplateau, im Laufe seines Lebens so oft durchwandert, dass er sich ohne einen Moment des Zögerns zurechtfand. Seine schnellen, großen Schritte überraschten Basile, der Mühe hatte, auf den steilen Hängen das Tempo zu halten. Nur seine pfeifende Atmung verrieten Jean-Marc Antonys zweiundneunzig Jahre. Langsam erwärmte die Frühlingssonne die Luft, und es kam ein trockener Wind auf.

Kurz vor Mittag trafen sie auf dem Weg ein braungebranntes Paar, beide sportliche Fünfzigjährige mit Wanderausrüstung. Die beiden erzählten, dass die Kugel von Roc Blanc noch sechs oder sieben Kilometer entfernt läge. Sie waren gerade dort gewesen und keiner Menschenseele begegnet. Auch wenn die Kugeln die Existenz der Menschen auf den Kopf stellten, war das Phänomen an sich inzwischen alltäglich geworden und weckte keine Neugierde mehr.

»Sogar an das Verschwinden der Kinder hat man sich gewöhnt«, sagte die Frau, nachdem sie einen Schluck Wasser aus ihrer Trinkflasche genommen hatte.

»Uns bleibt nichts anderes übrig, als uns damit abzufinden«, fügte der Mann hinzu.

»Sie haben keine eigenen Kinder?«, fragte Jean-Marc Antony.

»Die sind schon groß!«, rief die Frau lachend aus. »Aber sie machen keine Anstalten, uns Enkelkinder zu schenken. Man kann wirklich nicht sagen, dass die Sphären das Bevölkerungswachstum begünstigen, nicht wahr?«

Basile setzte sich auf einen Felsen und suchte im faltigen Gesicht seines alten Ufologenfreundes nach Anzeichen der Erschöpfung. Er bemerkte nichts Ungewöhnliches, auch nicht in Jean-Marcs blassen Augen. Dann beobachtete er die Frau und den Mann im Gespräch mit ihm. Er hätte wie sie sein können, so hin- und hergerissen zwischen ökologischen Fragen und Konsumansprüchen, und zufrieden damit, über die Jahre die schlanke Figur, die Vitalität und die Kaufkraft beibehalten zu haben. Wie sein Bruder oder seine Schwestern hätte er eine Familie gründen können, am besten mit einer Französin, um Kinder mit hellerer Haut zu bekommen und seine Herkunft zu verschleiern. Basile wurde sich bewusst, dass die Ufologie, »diese dämliche Jagd auf kleine grüne Männchen«, wie seine Mutter sich ausdrückte, diese seinem Vater zufolge »kindische Beschäftigung«, ihn vor den unbewussten Mechanismen, die das Verhalten seiner Familie und der meisten anderen Menschen bestimmten, bewahrt hatte. Die Möglichkeit der Existenz intelligenten außerirdischen Lebens relativierte die Probleme der Menschheit, die schäbigen Auseinandersetzungen um Hoheitsgebiete, Religionen, Gesellschaft, wirtschaftliche oder militärische Vormacht. Plötzlich freute er sich über sein doppeltes Außenseitertum: freundlicher Bekloppter in den Augen seiner Familie einerseits, unorthodoxe Erscheinung in der Gemeinschaft der Ufologen aufgrund seiner schwarzen Hautfarbe andererseits.

»Da ist sie.«

Mit zitterndem Zeigefinger deutete Jean-Marc Antony auf die weiße Sphäre oberhalb der grünen Waldlinie. Nachdem sie am Fuße eines kahlen Hügels ein Picknick gemacht hatten, waren sie schließlich auf die Landstraße 122 gelangt. Inzwischen hatten sie schon drei oder vier Kilometer auf der Straße zurückgelegt. Bei Jean-Marc konnte man erste Anzeichen von Erschöpfung erkennen – unsicherer Gang, schwere Atmung, immer häufiger Pausen. Basile machte sich zunehmend Sorgen. Mehrmals schon hatte er sein Handy hervorgezogen, in der Hoffnung, dass ein kleiner Teil des Netzes nicht von den Kugeln gestört wurde, aber das Wunder war nicht eingetreten. Sollte seinem alten Freund etwas zustoßen, konnte er keine Hilfe holen. Er würde bis zum nächsten Bauernhof rennen müssen, aber bei dem langen Hin- und Rückweg lief er Gefahr, zu spät zu kommen.

Für den letzten Kilometer brauchten sie fast eine Stunde. Schwere Äste versperrten den Weg durch den Wald, und mehr als einmal mussten sie einen Umweg nehmen. Jean-

Marc saß zusammengekauert auf einem Baumstumpf und hustete ganze zehn Minuten lang; Basile glaubte schon, er würde nicht mehr aufstehen können.

Die F989 thronte inmitten einer von glatten, runden Felsen umgebenen Lichtung, die wie kleine, gräuliche Nachbildung der riesigen Kugel wirkten.

»Heiliger Strohsack …«

»Der Durchmesser beträgt bestimmt zweihundertzwanzig Meter«, sagte Basile.

Sie standen ganz allein vor der Kugel. Kein einziges Geräusch durchbrach die Stille, als ob der Wind nicht zu wehen und die Vögel nicht zu zwitschern wagten. Die Sonne begann langsam unterzugehen, eingehüllt in einen goldbraunen Schleier, der bereits die Abenddämmerung ankündigte.

»Sie kommt aus einer anderen Welt.«

Entzücken schwang in der Stimme und dem Blick des alten Mannes. Plötzlich wurde er wieder zu dem Kind, das er vor fast einem Jahrhundert gewesen war. Einmal hatte er Basile erklärt, woher seine Leidenschaft für die Ufologie stammte: Im Alter von sieben Jahren hatte er einen hellen Lichtstrahl mit großer Geschwindigkeit über seinem Kopf hinweg sausen sehen. In dem Moment war ihm schwindelig geworden, und er war so ergriffen, dass er beschlossen hatte, sein Leben der Erforschung unbekannter Phänomene zu widmen.

»Einige Wissenschaftler vertreten die Auffassung, dass es sich um eine genetische oder chemische Mutation handelt, vielleicht von Champignons«, sagte Basile ohne Überzeugung.

»Absolute Dummköpfe! Wie sollte ein Pilz unterscheiden können, ob ein Mensch jünger oder älter als vier Jahre ist?«

»So, wie bestimmte Parasiten den Organismus wählen, bei dem sie die günstigsten Entwicklungsbedingungen finden.«

Jean-Marc Antony stöhnte vor Verärgerung laut auf.

»Die Wissenschaftler sträuben sich, die Existenz intelligenten außerirdischen Lebens anzuerkennen. Denn dann müssten sie eingestehen, dass der Mensch nicht an der Spitze der Evolution steht. Und sie müssten all unsere armseligen Kenntnisse infrage stellen. Sie müssten ihre Vormachtstellung auf der obersten Stufe der Wissensleiter hinterfragen.«

Mit langsamen Schritten ging der alte Mann auf die Kugel zu.

»Aber wir haben keine Beweise dafür, dass sie intelligent sind«, rief Basile ihm hinterher.

»Ich bin überzeugt davon«, erwiderte Jean-Marc, ohne sich umzudrehen. »Und du im Übrigen auch, sonst hättest du nicht versucht, Kontakt zu ihnen herzustellen.«

Je näher sie der weißen Dame kamen, desto beeindruckender wurde ihre unirdische Schönheit. Sie war nicht vollkommen rund, sondern leicht länglich, wie ein riesiger Zeppelin mit abgeflachter Oberseite und abgerundeten Enden. Aufgrund ihrer Größe schien sie einen beinahe zu erdrücken, deshalb hielten die beiden Besucher etwa fünfzig Schritte Abstand.

Jean-Marc trank aus seiner Wasserflasche, dann wischte er sich energisch den Mund mit dem Ärmel ab.

»Wir müssen noch ein bisschen näher ran. Ich will sie berühren.«

»Das habe ich doch schon getan, und ich habe nichts dabei erfahren«, wandte Basile ein.

Der alte Mann warf ihm einen ironisch-missbilligenden Blick zu.

»Einerseits muss meine Erfahrung nicht zwangsläufig wie deine sein, andererseits habe ich dir doch beigebracht, immer unvoreingenommen auf Gesprächspartner und Ereignisse zuzugehen.«

Die Bemerkung traf Basile mit voller Wucht. In letzter Zeit hatte er sich ein paar Gewissheiten angeeignet, die ihn lähmten und unfrei machten.

Eine Bewegung erregte seine Aufmerksamkeit. Einen Moment lang glaubte er an eine optische Täuschung, bevor die Silhouette erneut hinter den Felsen rechts von der Kugel auftauchte und in ihre Richtung lief.

»Da kommt jemand«, murmelte er.

Seine Worte rissen Jean-Marc Antony aus seinen Gedanken.

»Sieht aus wie ein Kind.«

Es war tatsächlich ein Kind, ein Mädchen mit langen goldenen Haaren, das eine türkisfarbene Kombi mit silbernen Stickmotiven trug. Es ging mit schnellen Schritten auf die F989 zu.

»Warum treibt die Kleine sich hier wohl rum?«, murmelte der alte Mann vor sich hin.

Die Antwort durchfuhr Basile mit der Heftigkeit eines glühenden Schwerts.

»Sie will sich in die Kugel werfen!«

»Wir müssen …«

Jean-Marc Antonys Stimme versagte. Er sank zu Boden

wie ein welkes Blatt. Seine plötzliche Blässe erschreckte Basile, und er ging neben ihm in die Hocke.

»... sie um jeden Preis davon abhalten«, fuhr der alte Mann mit abgehackter Stimme fort. »Kümmere dich nicht um mich. Mir ist nur etwas schwindelig, es geht schon wieder.«

Basile zögerte einige Sekunden lang, aber als er sah, dass das Mädchen sich unaufhörlich der Kugel näherte, stand er auf und rannte in seine Richtung.

Das Mädchen schien seine Anwesenheit gar nicht bemerkt zu haben. Seine hellblauen Augen waren auf die Kugel geheftet. Es ging immer schneller, mit ausgestreckten Armen, wie ein Kind, das beim Abholen von der Schule gerade seine Mutter oder seinen Vater entdeckt hat. Basile beschleunigte sein Tempo, um das Mädchen abzufangen, bevor es bei der weißen Dame angekommen war.

»Stopp!«

Er dachte, dass der Ton seiner Stimme den Bann durchbrechen würde, aber das Mädchen blieb nicht stehen.

»Komm zurück! Du hast da nichts zu suchen!«

Er stürzte los, holte das Mädchen ungefähr zwanzig Meter vor der Kugel ein und hielt es am Arm fest.

Es war, als wäre er mit einer Hochspannungsleitung in Berührung gekommen. Ein unerträglich grelles Licht blendete ihn.

Stechender Schmerz zwang ihn, das Mädchen loszulassen. Der Boden wankte, dann tat er sich unter ihm auf.

Als Basile wieder zu sich kam, breitete sich der Schatten der Abenddämmerung über der Lichtung aus. Er brauchte eine ganze Weile, bis er sich wieder an alles erinnern konnte. Dann suchte er die Umgebung mit den Augen ab.

Sein Blick fiel auf eine reglose Gestalt in etwa fünfzig Meter Entfernung.

Jean-Marc Antony.

Basile stand auf und ging mit wackeligen Beinen zu dem alten Mann hinüber. Er lag vollkommen still da, war leichenblass und seine Augen starrten ins Leere – Basile musste nicht einmal mehr seinen Puls fühlen, um zu wissen, was geschehen war. Einzig das schwache Lächeln auf den halb geöffneten, bläulichen Lippen seines geistigen Vaters hielt ihn davon ab, in völliger Verzweiflung zu versinken.

JAYA

»Das muss man verhindern! Um jeden Preis!«

Die gellende Stimme von Claire Sorza zerrte an Camilles Nerven. In der vergangenen Nacht war sie drei Mal aufgestanden, um Nathan zu beruhigen, der seit zwei Tagen an einer schlimmen Bronchitis litt. Catel, die von dem Hin und Her aufgewacht war, wollte danach nur noch im Elternbett schlafen. Camille hatte keine Kraft gehabt, ihrer Tochter den Wunsch abzuschlagen. Lucho war immer noch nicht nach Hause gekommen, und ihre Niedergeschlagenheit lastete immer schwerer auf ihr. Wo hatte er diese Nacht geschlafen? Auf dem Bürgersteig? In einer Ausnüchterungszelle? In einem anderen Bett? Seit die französische Regierung das Sonderkommando Weiße Kugeln aufgelöst hatte, war Lucho in einer Depression versunken, die seine alten Dämonen zu neuem Leben erweckt hatte. Die Regierung hatte ihre Truppen aus den verschiedenen Konfliktzonen in die Heimat zurückgeholt, weil man einen unmittelbaren Angriff der Sphären auf eigenem Boden befürchtete. Die Armee hielt sich bereit, jeden Moment den Kampf gegen einen möglichen Feind aufzunehmen, den sie selbst mit den stärksten Bomben nicht zerstören konnte. Camille und ein Großteil der Bevölkerung fanden dieses Vorgehen grotesk.

»Ist dir überhaupt klar, was hier vorgeht, Camille? Man redet darüber, Kinder zu opfern, um die Kugeln zu zerstören.«

»Wie denn das?«

Ihr Verstand war so vernebelt, dass sie Claire Sorza gar nicht richtig zugehört hatte. Nathans Husten beunruhigte sie, Catels unaufhörliche Forderungen zehrten an ihren Nerven, und Luchos schlechte Verfassung machte ihr große Sorgen. An diesem Morgen war sie nicht in der Stimmung, mit ihrer Kollegin zu reden.

»Sie wollen Kinder aus einem indischen Waisenhaus benutzen.«

Camille bemühte sich, ein Minimum an Ordnung in ihre Gedanken zu bringen. Ihr fiel nichts Besseres ein als:

»Das ist ja total wahnsinnig!«

»Diese Information sollte eigentlich geheim bleiben, aber ein UN-Mitarbeiter hat es der *Washington Post* verraten, für einen hübschen Batzen Geld, nehme ich an.«

»Wer ist denn auf diese Idee gekommen?«

Claire Sorza schwieg eine Zeit lang. Langes, geräuschvolles Atmen drang durch das Rauschen der Telefonleitung.

»Hast du wieder angefangen zu rauchen?«, fragte Camille.

»In der Redaktion haben alle wieder angefangen. Auf der ganzen Welt ist der Tabakkonsum erheblich gestiegen. In etwa demselben Maß wie die Vermehrung der Kugeln. Und das sage ich nicht, um eine Ausrede zu haben.«

Claires gezwungenes Lachen endete in einem markerschütternden Hustenanfall. Catel, die am Tisch vor einer

Schüssel Müsli saß, schaute ihre Mutter empört an. Camille gab ihr ein Zeichen, dass sie sich um sie kümmern würde, sobald sie zu Ende telefoniert hatte. Hübsch, schlau und hartnäckig wie sie war, ging Catel davon aus, dass sich die ganze Welt nur um sie drehte, dass das Leben der anderen nur den Sinn hatte, ihr zu dienen. Sie war gerade sieben Jahre alt geworden – im Prinzip ja das Alter der Vernunft.

»Ich habe versucht, das zu recherchieren, aber ich habe nicht herausgefunden, woher die Idee stammt. Ich weiß nicht einmal, welches Land das vorgeschlagen hat. Kurz gesagt: Da die Bombardements fehlgeschlagen sind, will man sich die Tatsache zunutze machen, dass die Kugeln Kinder einfangen. Man will sie von innen zum Explodieren bringen.«

»Das heißt also …«

»Kinder, die mit Sprengladungen und Zeitzündern ausgerüstet sind. Sie töten sich selbst. Die Kinder sind Bomben.«

Camille schaute ihre Tochter an, deren Schmollmund Verärgerung verriet. Seit Catel ihren vierten Geburtstag gefeiert hatte, war Camilles Angst um sie verflogen. Die Kugel F729 in der Nähe ihres Wohnorts Bonneuil-sur-Marne würde nicht ihr eigen Fleisch und Blut mit sich nehmen, so wie sie schon zehn Kinder aus der Umgebung gefangen hatte. Merkwürdigerweise war ihre Angst um Nathan nicht so groß, als ob sie mit der Zeit abgestumpft wäre.

»Sie haben sich für Waisenkinder entschieden, um Probleme mit den Eltern zu vermeiden«, fuhr Claire fort. »Sie wollen gleichzeitig zehn Versuche an weißen Kugeln in Rajasthan starten.«

»Das ist ja ungeheuerlich.«

Camille hatte nur aus Reflex protestiert. Tief in ihrem Inneren regte sich der Gedanke, dass es besser war, Waisen zu opfern als Kinder, die noch Eltern hatten, um diese Plage zu bekämpfen. Ein abscheulicher und absolut egoistischer Gedanke, das war ihr bewusst, aber er war hartnäckig, und sie konnte ihn unmöglich verdrängen.

»Es ist total schwierig, die Weltöffentlichkeit zu alarmieren«, sagte Claire. »Von den sozialen Netzwerken ist praktisch keines mehr aktiv, der Luftverkehr wurde noch nicht wieder aufgenommen, das Reisen ist furchtbar langsam und riskant geworden. Ich weiß einfach nicht, wie man auf sinnvolle Weise gegen dieses Projekt protestieren soll. Bis genügend Demonstranten zusammenkommen, haben die indischen Behörden schon lange mit den Versuchen begonnen und bei vollem Bewusstsein und mit dem Segen der anderen Länder zahllose Kinder geopfert.«

Und wenn das die einzige Möglichkeit war? Wenn dieses Opfer dem Rest der Menschheit erlaubte, wieder ein normales Leben zu führen? Camille fühlte sich niederträchtig, aber vergebens, sie konnte die Flut ihrer Gedanken nicht eindämmen; wie eine Boa constrictor erwürgte sie ihre Vernunft.

»Ich habe mit Jaya telefoniert, unserer Korrespondentin in Dehli. Sie will versuchen, die Bevölkerung vor Ort zu mobilisieren.«

Das wird ihr nicht gelingen, durchfuhr es Camille. Die Menschen, wo immer sie auch wohnten, dachten nur daran, die Sphären zu vergessen, und die heimtückische Angst, die sie ihnen einflößten. Und wenn diese Waisenkinder, die zu

Selbstmordattentätern wurden, die Lösung waren, würden die Menschen es als das kleinere Übel hinnehmen, solange es sie nur nicht selbst betraf.

Ihre Kollegin konnte diesen Gedanken nicht verstehen: Ihre Kinder hatten alle das schicksalhafte Alter von vier Jahren bereits überschritten.

»Halt mich auf dem Laufenden, Claire.«

Die Kollegin zögerte einige Sekunden, bevor sie leise sagte: »Geht es dir gut, Camille?«

»Ja, wieso fragst du?«

»Du wirkst so abwesend, als hättest du Kummer …«

»Mein Kleiner ist krank und hat mich die ganze Nacht wachgehalten.«

»Und dein Mann?«

»Zur Zeit macht er nicht viel, aber das wird schon wieder.«

»Denkst du darüber nach, bald wieder arbeiten zu gehen?«

Die Frage wirbelte in Camille einen Strudel Gedanken auf. Das Ende ihrer Elternzeit nahte, und sie dachte schon seit Monaten über ihre Zukunft nach. Die Beziehung zu Lucho wurde von Woche zu Woche schlechter, daher spürte sie ein wachsendes, fast drängendes Bedürfnis, aus dem Haus zu kommen. Vor zehn Tagen hatte Hayet Mehid sie angerufen und ihr versichert, dass die Zeitschrift sie, ihre Kompetenz und ihr Talent brauche. Und da sie den Roman, den sie schreiben wollte, nicht beendet hatte – worüber sie sehr enttäuscht war–, zog sie ernsthaft in Betracht, in die Redaktion von *Femme(s)* zurückzukehren. Nur zwei Dinge hielten sie davon ab, eine endgültige Entscheidung zu treffen: Lucho würde ihre Pläne nicht unterstützen, und sie sträubte sich dagegen, ihre Kinder einem Kindermädchen anzuvertrauen.

»Auf jeden Fall.«

Jaya Ashipoor versuchte, die Reihe der Soldaten zu durchbrechen, aber die Uniformierten rückten näher zusammen und bedrohten sie mit ihren Gewehren. Hinter ihr erstarrte das kleine Grüppchen, das sie am Vortag des Experiments mit den Kindern zusammengerufen hatte. Es waren Männer und Frauen des indischen Bürgertums, Europäer und Amerikaner, die in den Botschaften und Kulturinstituten von Dehli arbeiteten. Alles in allem waren vielleicht fünfhundert Menschen gekommen, ein winziger Prozentsatz in Anbetracht einer Bevölkerung von eins Komma drei Milliarden. Als sie versucht hatte, die Öffentlichkeit aufzurütteln, musste Jaya erkennen, dass die Inder eine niederschmetternde Gleichgültigkeit für das Schicksal der zehn Waisenkinder an den Tag legten, auf die ein schrecklicher Tod wartete.

Die vier weißen Kugeln, IN107, IN869, IN2072 und IN3456, waren im Abstand von wenigen Monaten in einem Teil der Steinwüste von Rajasthan aufgetaucht. Sie lagen jeweils nur einige Hundert Meter voneinander entfernt und wurden deshalb die Siedlerinnen genannt. Sie waren die am besten zu beobachtende Gruppe von Kugeln auf der ganzen Welt. Nachdem sie dem Raketenhagel der indischen Armee in den vergangenen Jahren widerstanden hatten, wurden sie regelmäßig größer. Die Explosionen hatten das Gebiet mit tiefen Kratern übersät, der Boden war zerklüftet und voller

Risse. Die Kugeln schwebten darüber, bis sie sich behutsam wieder auf der Erde absetzten. Als die Regierung endlich begriffen hatte, dass die Waffen nicht zum Ziel führten, hatten sie das Gebiet abgeriegelt, damit Anwohner und Touristen die giftige Luft nicht einatmeten – Jaya hatte den Verdacht, dass die Machthaber auch Raketen mit Nuklearsprengköpfen eingesetzt hatten.

»Sie beschützen Kindermörder!«, schrie die Journalistin.

Die Soldaten rührten sich nicht. Auf der anderen Seite des Kordons befanden sich Offiziere, Regierungsvertreter, zwei Sprengmeister aus Israel, vier indische Sprengstoffexperten, drei Psychologen, ausländische Beobachter und Elitekommandos zur Überwachung der Umgebung. Überall in den Felsen entdeckte Jaya Scharfschützen. Sie würden nicht zögern, auf jeden zu schießen, der auf die Idee kam, die Operation zu stören. Durch die Unterstützung der Vereinten Nationen war die indische Regierung von den üblichen Vorsichtsmaßnahmen befreit. Premierminister Narenda Modi, dessen rechtskonservative Partei BJP die letzten Wahlen gewonnen hatte, war nicht gekommen, obwohl der Kongress und sogar die Oppositionspartei sich mit dem »außergewöhnlichen Einsatz von Menschen als Versuchskaninchen« einverstanden erklärt hatten. Die Politiker wollten nicht mit dem Blut unschuldiger Kinder befleckt sein, für den Fall, dass das Experiment fehlschlug; dann würden sie mit der Hand auf dem Herz schwören, dass die unfähigen Soldaten ihre Anweisungen falsch verstanden hätten.

Jaya kletterte auf einen Felsen, um die Szene besser überblicken zu können. Sie bedauerte, dass sie eine Jeans angezogen hatte, ein langärmeliges Hemd und Bergstiefel. Die Sonnenstrahlen fielen auf die Wüste wie Säulen geschmolzenen Bleis. In Rajasthan herrschte die größte Dürre seit mehr als hundert Jahren. Die drei Monate, die noch bis zum Beginn des Monsun blieben, würden endlos sein, und der Regen müsste auch zum richtigen Zeitpunkt kommen. In den letzten drei Jahren hatte man zudem eine dramatische Verkürzung der Monsunzeit festgestellt. Bei dieser unerträglichen Hitze – bestimmt waren es über fünfzig Grad –, hätte sie besser einen Salwar tragen sollen, aber mit der westlichen Kleidung und den kurzen Haaren bekundete Jaya ihre Unabhängigkeit, auch wenn die Männer sie dann lüstern ansahen und die Frauen empört tuschelten. Für Jaya war das eine Art, gegen die Rückkehr zur Tradition der indischen Gesellschaft zu kämpfen, die durch die wiederholten Triumphe der Hindu-Nationalisten beschleunigt wurde.

Die ausländischen Beobachter versuchten vergeblich, sich mithilfe von Sandelholzfächern, die von uniformierten Dienern verteilt wurden, frische Luft zuzuwedeln. Die indischen Sprengmeister zogen den in einer Reihe stehenden Kindern die Sprengstoffwesten an. Drei Psychologen überwachten mit ernster Miene das Geschehen – sie taten so wichtig, weil sie im Grunde gar nichts tun konnten. Anschließend überprüften die israelischen Spezialisten die Verkabelungen und programmierten die Zeitschaltuhren. Die Kinder rührten sich nicht, sie protestierten nicht, als wäre ihnen das, was um sie herum geschah, vollkommen gleichgültig. Jaya nahm an, dass man ihnen ein Beruhigungsmittel verabreicht hatte. Obwohl man ihnen die Haare abrasiert hatte, wie den meisten Waisen des Landes, und obwohl sie alle das gleiche Gewand trugen, zählte Jaya sieben Mädchen und drei Jungen. Ihrer dunklen Haut nach zu schließen gehörten sie einem der Stämme aus dem Süden an – Kerala, Tamil Nadu, Karnataka –, die am meisten verachteten Unberührbaren in Indien. Die Kinder waren perfekt ausgewählt: Die Bevölkerung würde nicht um zehn Waisenkindern irgendeines Nomadenstamms weinen.

»Noch können wir diesen Wahnsinn aufhalten!«, schrie Jaya.

Fragend schaute sie zu den anderen Protestierenden, die unter ihr stehen geblieben waren. Sie reagierten nicht. Jaya wurde klar, dass ihre humanistische Haltung einem Automatismus entsprang. Im Grunde hatten sie nie an diesen Protest geglaubt. Sie bedauerten es, dass sie sich hatten überreden lassen, und wünschten sich nur noch, zurück in ihre klimatisierten Autos und Wohnungen zu kommen. Selbst der Sekretär der britischen Botschaft, Michael Brighton, der sie normalerweise mit sehnsüchtigem Blick verfolgte, vermied es, sie anzusehen und versteckte sich im Schatten seines weißen Regenschirms.

Jaya wollte noch etwas rufen, aber Tränen traten ihr in die Augen und ihre Kehle war wie zugeschnürt. Stattdessen zog sie ihre Sonnenbrille aus der Hemdtasche, die einen Mini-Fotoapparat verbarg – immerhin zwanzigtausend Pixel. Die Armee duldete die Anwesenheit von oppositionellen Gruppen im Namen der Demokratie, aber nur unter der Bedingung, dass niemand einen Fotoapparat oder eine Kamera bei sich trug. Sollte die Operation erfolgreich sein, würde die Öffentlichkeit den mehr oder weniger kritischen Zeitungsartikeln keinerlei Aufmerksamkeit schenken. Die emotionale Kraft der Bilder hingegen konnte allgemeine

Entrüstung hervorrufen, und die Regierung konnte dadurch geschwächt, letztlich sogar gestürzt werden.

Jaya schloss das rechte Auge, damit der Unterschied zwischen den zwei Gläsern sie nicht störte. Das linke Brillenglas zeigte den Blick durch das Kameraobjektiv, das andere war ein normales, getöntes Glas. Sie tat so, als würde sie das Hornbrillengestell auf der Nase zurechtrücken, während sie den kaum erkennbaren Auslöser drückte und erste Aufnahmen von den Siedlerinnen in der Ferne machte. Dann betätigte sie den Zoom, der an einer Seite der Brille installiert war, und schoss Nahaufnahmen von den Sprengmeistern bei der Arbeit, den Psychologen und den Kindern. Als erfahrene Journalistin ließ sie sich nicht von ihren Gefühlen, ihrer Wut vereinnahmen. Sie vergaß die Hitze, den heißen Wind und den Staub und konzentrierte sich voll und ganz auf die Bilder. Ihre einzige Sorge war, dass die Elektronik der Brille von dem Magnetismus der Kugeln gestört werden könnte, obwohl das Gehäuse aus einem ultraleichten und zugleich schützenden Nanomaterial hergestellt war. Da sie das Experiment nicht abbrechen konnte und das offensichtlich auch sonst niemand wirklich wollte, würde sie zumindest mit ihren Bildern Zeugnis ablegen und die geopferten Kinder auf diese Weise würdigen.

Nachdem die Sprengmeister ihre Arbeit beendet hatten, zogen sie sich zurück. Ein Offizier des Sonderkommandos brüllte inbrünstig einige Befehle, was Jaya lächerlich vorkam. Die Soldaten stellten sich zu allen Seiten der Waisen auf und zwangen sie, in Richtung der Kugeln zu marschieren. Mit besonnenen Schritten liefen die Kinder los. Hinter sich wirbelten sie rostbraunen Staub auf, der die Sicht behinderte. Die Militärs und ausländischen Beobachter verfolgten den Zug mit Ferngläsern, die man ihnen eigens gebracht hatte. Jaya ließ die Kamera ununterbrochen auf die Szene gerichtet, in der Hoffnung, dass Rajiv, der brillante Bastler aus Old Dehli, der sie mit technologischen Spielereien versorgte, eine Festplatte mit mehreren Gigabyte Speicher in den Apparat eingebaut hatte.

Die Soldaten, die ihre Befehle über Walkie-Talkies erhielten, blieben stehen und überließen die Kinder ihrem Schicksal. Jaya sah, wie die winzigen Silhouetten ihr Tempo immer weiter beschleunigten. Der Anblick faszinierte sie wider Willen, und sie zoomte so nah wie möglich heran, um die Kinder auf ihrem Weg in Richtung der Kugeln zu begleiten. Drei Kinder lösten sich aus der kleinen Kolonne und liefen auf IN107 los, die älteste und größte der Siedlerinnen. Die Journalistin konzentrierte sich auf die kleine Gruppe, während sie auf den dichten roten Staub schimpfte, den sie aufwirbelten. Die Kinder sahen jetzt aus wie Ameisen, die einen riesigen Felsen erklimmen wollten. Plötzlich waren sie verschwunden. Jaya versuchte, sie wiederzufinden, aber die Kamera fing nur noch die vom Wind fortgetragenen Staubwolken ein. Einige Sekunden lang suchte sie die unmittelbare Nähe der Sphären ab, dann wurde ihr bewusst, dass die drei Kinder sich in Luft aufgelöst hatten. Da sie keine Zeit mehr hatte, die anderen Kinder vor ihr Teleobjektiv zu bekommen, konzentrierte sie sich weiterhin auf die IN107.

Mit klopfendem Herzen wartete sie auf die Explosion.

Sie hörte nichts. Ein paar Sekunden lang zitterte das weiße Material, dann wurde die Kugel gräulich, zog sich zusammen und büßte langsam die Hälfte ihres Volumens ein. Die Verantwortlichen der Operation brachen in Triumphgeschrei aus, als auch die anderen drei Kugeln, von den Explosionen erschüttert, scheinbar wie kaputte Ballons die Luft verloren.

Jaya machte noch ein paar Aufnahmen, bevor ihre Gefühle sie erneut überwältigten. Unfähig sich auf den Beinen zu halten, sank sie zu Boden und ließ endlich ihren Tränen freien Lauf.

ALICIA

»Man kann überhaupt nichts tun, um es zu verhindern«, murmelte Claire mit düsterer Miene.

Die Informationen aus verschiedenen Regionen der Erde erwiesen sich als lückenhaft, oft sogar als unzuverlässig. Ein Puzzle, dem etliche Teile fehlten. Dennoch konnte man ihnen entnehmen, dass das in Rajasthan durchgeführte Experiment ein konkretes, wenn auch zwiespältiges Ergebnis gebracht hatte: Die Sphären waren von den Kinderbomben erschüttert worden, sie hatten eine gräuliche Farbe angenommen und waren sichtlich geschrumpft. Nach einiger Zeit aber hatten die Kugeln sich stabilisiert und auch ihr ursprüngliches Weiß wieder angenommen. Die Oberfläche hatte keine Risse, nichts war abgebröckelt; im Gegenteil, die Kugeln hatten ihre anfängliche Solidität, ihre Unverletzbarkeit, ihr Geheimnis bewahrt. Man stellte fest, dass ihr Volumen offenbar dauerhaft kleiner geworden war, und auch ihre magnetische Kraft war spürbar geringer – ein Mut machender Fortschritt angesichts der erfolglosen Bombardierungen und unterirdischen Explosionen. Die indische Regierung beabsichtigte, bald schon eine zweite Welle Kamikazekinder gegen die Siedlerinnen loszuschicken.

Camille und ihre Kollegin hatten alle französisch- und englischsprachigen Artikel auf Papier gesammelt, die sie finden konnten. Jetzt versuchten sie, die Zusammenhänge zu begreifen. Jaya Ashipoor hatte ihnen die Ausgaben verschiedener indischer Zeitungen mit Berichten über das Experiment geschickt und ihnen auch schockierende Fotos versprochen. Aber dann hatten sie nichts mehr von ihr gehört. Die indische Kollegin hatte weder auf Anrufe noch auf E-Mails reagiert. Schließlich war es Camille gelungen, den Chefredakteur einer Zeitung, für die Jaya arbeitete, zu kontaktieren. Er hatte geschrieben, dass die Journalistin schon seit gut zwei Wochen keinen Fuß mehr ins Redaktionsgebäude des *Sunday Pioneer* gesetzt hatte, obwohl es sonst nicht ihrer Art entsprach, so lange ohne Nachricht fortzubleiben.

»Die Regierungen versuchen, die Sache im Keim zu ersticken«, meinte Claire. »Wenn es ihr wirklich gelungen ist, Fotos zu machen, dann ist sie jetzt in großer Gefahr.«

Camille las zum wiederholten Mal einen Artikel, den Jaya geschickt hatte und der von einer gewissen Durga Shoor verfasst worden war, was aller Wahrscheinlichkeit nach ein Pseudonym der indischen Journalistin war – Jaya bedeutete Sieg und war einer der vielen Namen der Göttin Durga. Camille kehrte allmählich in das Berufsleben zurück, sie verließ morgens immer früher das Haus und kehrte abends immer später heim, oft nachdem die Kinder schon im Bett waren. Alicia, die ecuadorianische Kinderfrau, die sie unter den sechs oder sieben Anwärterinnen ausgewählt hatte, strahlte eine in Sanftmut gehüllte Autorität aus, die für die Kinder viel besser war als ihre eigenen Stimmungsschwankungen. Eine Nachbarin, die eine achtjährige Tochter hatte, nahm Catel mit zur Schule und brachte sie am Nachmittag nach Hause. So konnte Alicia den ganzen Tag bei Nathan bleiben, der erst nach seinem vierten Geburtstag in den Kindergarten gehen würde.

Lucho verschwand manchmal für mehrere Tage. Camille dachte daran, die Scheidung einzureichen. Als sie ihn eines Abends auf dem kleinen Flur zwischen Schlafzimmer und Bad mit dem Thema konfrontiert hatte, war er vor Wut außer sich geraten und hatte mit wilden Fausthieben auf die Schranktüren eingeschlagen. Seitdem zog sich Camille jedes Mal vor Angst der Magen zusammen, wenn sie einen Schlüssel im Schloss und das Knarzen des Parketts hörte. Ihr Stolz verbot ihr, mit ihrer Familie oder ihren Kolleginnen über die Situation zu sprechen.

»Nehmen wir mal an, das Experiment gelingt«, fuhr Claire fort. »Zweihundertfünfzigtausend Kugeln sind auf der Erde verzeichnet. Wenn wir davon ausgehen, dass man drei oder vier Kamikazekinder braucht, um eine Kugel zu zerstören, müsste man eine Million Kinder finden. Eine Million Waisen.«

»Die neuesten Statistiken sagen, dass es mindestens dreißig Millionen Waisen unter fünf Jahren auf der Welt gibt.«

Camille wurde bewusst, dass ihr Argument wie eine Rechtfertigung, eine Kapitulation klang. »Das ist also nicht das Problem«, fügte sie hinzu.

»Und was ist dann das Problem?«

Camille ließ ihre Augen über die letzten Zeilen des Artikels gleiten und pickte auf gut Glück einige Wörter heraus: *shame ... blood ... children ...*

»Das Problem sind die Sphären«, antwortete sie schließlich. »Man hat bisher kein Mittel gefunden, sie aufzuhalten, und wenn sie sich weiter so stark verbreiten, bringen sie die gesamte Menschheit in Gefahr.«

Ungläubig und entrüstet riss Claire die Augen auf, ihr Gesicht erstarrte zu einer Grimasse.

»Willst du mir etwa sagen, dass du damit einverstanden bist, Kinder als Bomben zu benutzen?«

Camille lehnte sich zurück und breitete die Arme aus.

»Wer will schon den Tod eines Kindes? Aber was kann man denn sonst tun? Die Kugeln haben jeden Versuch, sie zu zerstören, überstanden. Sie drohen, uns zu überrollen.«

Claire ging um den Schreibtisch herum und stellte sich direkt vor ihre Kollegin.

»Das sind Kinder, Camille. Kinder.«

»Leider sind sie scheinbar die einzigen schlagkräftigen Soldaten in diesem Krieg.«

»Kleinkinder, nicht älter als vier, sollen Soldaten sein?«

»Niemand sonst kann in die Kugeln eindringen. Schlag eine andere Lösung vor.«

»Du weißt genau, dass ich keine habe.«

»Niemand hat sie. Weder Regierungschefs noch Wissenschaftler noch Militärs. Ich hoffe, dass bald ein Weg gefunden wird, aber im Moment erzielen nur die Kamikazekinder Erfolge.«

»Du sprichst von Erfolgen, aber die Sphären sind nicht zerstört worden.«

»Ihr Volumen ist kleiner geworden und ihre magnetische Kraft geringer. Das ist ein Anfang.«

Claire stützte sich mit den Händen auf den Schreibtisch und beugte sich vor.

»Wie kommt es, dass du dich so sehr verändert hast?«

Camille entfuhr ein entnervter Seufzer, dann murmelte sie: »Ich bin jetzt Mutter.«

»Unsinn. Ich bin auch Mutter und trotzdem nicht total verblödet.«

Claire richtete sich ruckartig wieder auf, als würde sie vor ihren eigenen Worten zurückschrecken.

»Ich nehme an, wir sind alle mal verblödet«, erwiderte Camille mit kalter Stimme. »Du bist doch die große Spezialistin für häusliche Gewalt, und dennoch bist du jahrelang bei einem Mann geblieben, der dich …«

Das Telefonklingeln unterbrach sie. Camille hob ab. Am anderen Ende war die abgehackte Stimme von Alicia zu hören.

»Madame … Madame …«

»Was ist los?«

»Es geht um Nathan.«

Ein eiskalter Schraubstock drückte Camilles Herz zusammen.

»Was ist mit Nathan?«

»Ich kann ihn nicht mehr finden. Er ist verschwunden!«

Vor Schluchzen versagte der Kinderfrau die Stimme.

»Haben Sie überall im Haus gesucht?«

Alicia rang um Atem und war unfähig, ein Wort herauszubringen.

»Nehmen Sie sich zusammen!«

»Ich habe alle Zimmer überprüft, Madame. Ich habe ihn nirgends gefunden.«

»Wie konnte er Ihnen entwischen?«

»Ich war in der Küche und habe das Mittagessen vorbereitet. Er war im Wohnzimmer und hat sich eine alte DVD angesehen.«

»Die Türen waren alle richtig abgeschlossen?«

»Wie immer, Madame.«

»Die Kellertür auch?«

Die schwere Atmung der Kinderfrau übertönte das Rauschen der Leitung.

»Das weiß ich nicht, Madame.«

»Worauf warten Sie noch? Gehen Sie nachsehen. Ich bleibe in der Leitung.«

Camille hörte, wie Alicias Schritte sich entfernten, dann, nach einer scheinbar endlosen Wartezeit, erklang wieder die atemlose Stimme der jungen Ecuadorianerin im Hörer.

»Die Tür ist offen, Madame.«

»Wie lange ist Nathan schon weg?«

»Ungefähr fünfzehn Minuten.«

»Laufen Sie schnell zur F729. Wissen Sie, wo die sich befindet?«

»Sie glauben also …«

»Ich fahre sofort los und treffe Sie dort.«

»In Ordnung, Madame.«

Camille sprang so schnell vom Stuhl auf, dass die auf ihrem Schreibtisch ausgebreiteten Zeitungen links und rechts auf den Boden segelten.

»Was ist passiert?«, fragte Claire.

»Die weiße Sphäre bei uns in der Nähe, die F729 … sie hat vielleicht meinen Sohn gefangen.«

Camille drückte das Gaspedal durch. Zum Glück war die A4 frei, dann nahm sie die A86 bis zur Ausfahrt 22, dann die Schnellstraße bis Créteil-Pointe-du-Lac, raste durch Bonneuil bis nach Morbras. Dort befand sich F729, nur wenige Hundert Meter von ihrem Haus in der Rue du Moulin-Bateau entfernt.

Sie parkte direkt bei dem Metallzaun, den die Stadt vor einigen Jahren gezogen hatte. Die herausgerissenen und eingedrückten Streben hielten niemanden mehr vom Betreten des Geländes ab. Schaulustige jeden Alters hatten an vielen Stellen Durchgänge geschaffen, die nicht mehr zugemacht worden waren. Auch das große Schild, auf dem die Anwohner vor der Gefahr der weißen Sphäre gewarnt wurden, war vollkommen mit Graffiti beschmiert. Hier, wie überall sonst auch, hatte man sich an die Anwesenheit der Besucherinnen gewöhnt. Und auch wenn der Stadtrat wort- und tränenreich das Verschwinden von sechs Kindern beklagt hatte, hatten die Behörden letztendlich entmutigt aufgegeben. Camille suchte die Absperrung nach Nathan ab. Der Ort war vollkommen verlassen. Die schwarzen Wolken, die über einen atemberaubend blauen Himmel zogen, und die heftigen Windböen deuteten darauf hin, dass es bald ein Gewitter geben würde. Auch keine Spur von Alicia. Camille zögerte kurz, dann schlüpfte sie, unfähig noch länger zu warten, durch das nächstgelegene Loch. Sie gab Acht, dass sie nicht an den rostigen Spitzen des Zauns hängen blieb, und betrat das große, brach liegende Gelände um die weiße Kugel. Efeu und Brombeersträucher hatten den Ort erobert und bedeckten auch die Überreste der Gebäude, die man einige Jahre vor Ankunft der Sphäre zu bauen begonnen hatte.

»Nathan?«

Claires Stimme verhallte in der Stille. Ein verzweifeltes Gesicht kam ihr wieder in den Sinn, während sie auf die F729 zumarschierte: Élodie Mangin, die erste Mutter, die das Verschwinden ihres Kindes gemeldet hatte. Camille erinnerte sich an das Gespräch mit ihr, an ihren resignierten Tonfall. Sollte sie wirklich das gleiche Schicksal treffen wie die junge Frau aus Deux-Sèvres? Oder wie Émeline, die nach Nevada ausgewanderte Französin? Sie schob diesen Gedanken sofort mit aller Kraft beiseite. Da sie keine festen Schuhe anhatte, knickten ihre Füße in von Pflanzen verdeckten Löchern im Boden ein. Sie rechnete nach, wie viel Zeit Nathan brauchte, um zu der Kugel zu gelangen: mindestens eine halbe Stunde. Und ein kleiner Junge, der allein durch die Straßen lief, zog auch unweigerlich die Aufmerksamkeit der Passanten und Ladenbesitzer auf sich. Es war also nicht sehr wahrscheinlich, dass er bereits bei der weißen Kugel von Morbras angelangt war.

Camille überquerte die dreihundert Meter freies Gelände. Die F729 überraschte sie durch ihr riesiges Ausmaß. Seit bald zwei Jahren hatte sie die Kugel nicht mehr näher betrachtet, auch wenn sie ihre Rundung vom Fenster ihres Zimmers aus sehen konnte und auch Veränderungen daran wahrnahm. Die Sphäre hatte ihr Volumen praktisch verdreifacht und thronte über ihrem chaotischen Reich wie eine fette, unersättliche Königin. Sie war immer noch so strahlend weiß wie bei ihrer Ankunft. Kein Efeu, kein anderer Parasit wagte sich ihre runde Außenseite hinauf. In ihrer Umgebung herrschte eine Stille, die die Geräusche der Stadt zu dämpfen schien. Camille rechnete damit, die brennenden Vibrationen zu spüren, die Élodie Mangin und Émeline beschrieben hatten, aber sie fühlte nichts anderes als das Hämmern ihrer eigenen Wut. Sie ertrug den Gedanken nicht, dass diese dämliche Kugel Eltern ganz ungestraft ihre Kinder entreißen konnte. Was auch immer die Idealisten davon hielten, man konnte nicht mit einer Lebensform kommunizieren, die so unterschiedlich, so unzugänglich war. Was auch immer Claire Sorza sagte, wenn es die einzige Möglichkeit war, die Eindringlinge zu vernichten, musste man Waisen als Kamikaze einsetzen.

»Nathan?«

Keine Antwort. Camille lief um die weiße Kugel herum. Auf der anderen Seite verlief die gräuliche Marne mit ihren dichten Uferböschungen. Einige Boote vermoderten auf dem schlammigen Ufer. Auf der anderen Seite des Flusses, hinter einem eingestürzten Zaun und dichten Laubbäumen, konnte man die Häuser von Saint-Maur-des-Fossés erkennen. Dort war niemand. Das synchronisierte Ächzen und Stöhnen einer Gruppe Ruderer übertönte einen Moment lang das Rascheln der Blätter und Gräser. Camille sah ein, dass ihre Suche nichts brachte, und machte sich auf den Rückweg.

Alicia erwartete sie völlig außer Atem neben ihrem Auto. Als sie den verzweifelten Gesichtsausdruck der jungen farbigen Kinderfrau sah, wusste Camille, dass auch Alicia Nathan nicht gefunden hatte.

Lucho kam um drei Uhr morgens nach Hause, er stank nach Alkohol, Zigaretten und billigem Parfum. Als er Camille,

Catel und Alicia auf dem Sofa im Wohnzimmer entdeckte, wurde er schlagartig wieder nüchtern. Ein Blick in ihre verzweifelten Gesichter genügte, und er wusste, dass etwas Schlimmes passiert war.

Camille stand auf, stellte sich vor ihren Mann hin und durchbohrte ihn mit einem Blick aus ihren von Kummer und Wut geröteten Augen.

»Wo warst du?«

Er hatte keine Zeit zu antworten, schon schlug sie mit beiden Fäusten auf seine Brust ein. Er packte sie an den Handgelenken, sodass sie ihre Arme nicht mehr bewegen konnte.

»Was ist los?«

»Du Dreckskerl! Du warst nicht da, um deinen Sohn zu beschützen, um die weiße Kugel daran zu hindern …«

Sie fiel rückwärts aufs Sofa wie ein kaputter Hampelmann.

»Was?«

Sie sagte nichts, aber trotz seines vernebelten Gehirns fing Lucho allmählich an zu verstehen. Er sah fragend zu Alicia.

»Nathan?«

Die Kinderfrau nickte, und in der Bewegung fielen ihr Tränen von den Wimpern.

»Wann?«

»Er ist ungefähr gegen Mittag aus dem Haus verschwunden, Monsieur. Wir haben überall gesucht, aber wir konnten ihn nirgends finden.«

»Aber Sie werden doch dafür bezahlt, ständig auf ihn aufzupassen, verdammt noch mal!«

In Luchos Stimme schwang Wut mit.

»Ich … ich habe gerade in der Küche das Essen gemacht, er hat ferngesehen. Ich dachte, alle Türen sind abgeschlossen. Als ich ins Wohnzimmer kam, um ihn zu holen, war er nicht mehr da.«

»Die Türen waren also nicht abgeschlossen?«

»Die Kellertür nicht, nein.«

Alicia senkte den Kopf. Catel nahm ihre Hand und setzte sich auf ihren Schoß.

Lucho fiel ein, dass er in der vergangenen Nacht in den Keller gegangen war, um eine Flasche alten Rum zu holen, während ein früherer Kollege auf der Straße auf ihn wartete. Er hatte die Tür nicht abgeschlossen, denn er war in den Garten hinausgegangen, ohne noch einmal zurückzukommen. Plötzlich verließen ihn all seine Kräfte, er wankte und musste sich auf einen Stuhl setzen.

»Vielleicht hat er sich in den Straßen von Bonneuil verlaufen.«

Seine Stimme schien von weit weg zu kommen; sie klang fremd, dunkel, als ob sie einen Brunnen voller Schlamm durchdringen musste. Die Wut, die noch vor wenigen Augenblicken in ihm gelodert hatte, war einer tiefen Verzweiflung gewichen, die ihm den Atem nahm.

»Wir haben schon alle Polizeistationen in der Umgebung angerufen.« Camille starrte mit einer beunruhigenden Intensität auf das gerahmte Foto von Nathan im Bücherregal.

»Niemand hat sich gemeldet und gesagt, er habe einen dreijährigen Jungen aufgegriffen. Oder auch nur gesehen.«

Lucho nahm seinen Kopf in die Hände und unterdrückte so gut er konnte das heftige Bedürfnis, sich zu übergeben.

Diese verfluchten Kugeln hatten ihm einen Großteil seines Lebens gestohlen, und jetzt versetzten sie ihm den Todesstoß.

SAM

»Wie haben Sie mich gefunden?«

Basile Traoré sah die Besucherin an, die im rötlichen Licht der untergehenden Sonne stand. Er versuchte, sich an ihr Gesicht zu erinnern, aber ihre erste Begegnung lag fünfzehn Jahre zurück. Sie hatte behauptet, dass er ihr damals eine lange E-Mail geschrieben habe, als sie noch Journalistin bei der Zeitschrift *Femme(s)* war. Er hatte nach dem Auftauchen der Kugeln so viele Nachrichten verschickt, dass er sich an diese eine nicht mehr erinnern konnte. Aber den Namen der Besucherin, Camille Grosjean, hatte er nicht vergessen, und auch nicht den Artikel, den sie über die weißen Damen geschrieben hatte. Er war einer der allerersten über das Phänomen gewesen.

»Ich habe Ihre E-Mail wiedergefunden, als ich mein Archiv geordnet habe. Da das Internet praktisch gar nicht mehr funktioniert, habe ich in alten Telefonbüchern nachgeschaut, und schließlich habe ich Sie dort auch gefunden. So einfach war das.«

Auch wenn die Jahre nicht spurlos an ihr vorübergegangen waren – ihre Wangen waren eingefallen und sie hatte Falten im Gesicht –, war Camille immer noch eine schöne Frau. Basile trug einen dichten weißen Bart, der einen scharfen Kontrast zu seinem dunkelbraunen Gesicht und seinem kahlen Kopf bildete.

»Warum wollten Sie mich treffen?«

Sie kauerte sich in den Sessel, als ob sie noch ein wenig mehr unter einer unsichtbaren Last zusammensinken würde.

»Ich weiß es nicht genau. Aber zweifellos suche ich nach Antworten.«

»Antworten worauf?«

Camille zeigte auf die Kugel, die in der Mitte des ockerfarbenen Plateaus thronte und einen Großteil der Fensterscheibe einnahm.

»Mein Sohn ist in einer ihrer Schwestern verschwunden, der F729. Mein Mann hat sich umgebracht, meine Tochter ist noch nicht einmal zwanzig und leidet schon an einer schweren Depression. Die Sphären haben mein Leben vergiftet. Meinen Rang als ›Madame Kugel‹ in der Redaktion von *Femme(s)* habe ich teuer bezahlt.«

Basile stand auf und ging ans Fenster. Seit vier Jahren hatte die F1674 ihren Umfang nicht mehr verändert. Sie war sechs Jahre nach dem Tod seines Mentors Jean-Marc Antony, als er das Haus von dem alten Ufologen geerbt hatte, aufgetaucht. Basile ging jeden Tag zu der Kugel, um Kontakt aufzunehmen, aber die Kugel zeigte nicht die geringste Reaktion. Sie und ihre Schwestern hüteten hartnäckig ihr Geheimnis. Er hatte nicht gesehen, dass ein Kind sich der Kugel genähert hätte, aber das bedeutete nicht, dass sie keines gefangen hatte. Er hatte von kleinen Mädchen und Jungen von den umliegenden Bauernhöfen gehört, die verschwunden sein sollten, aber es war ihm nicht gelungen, die Wahrheit aus diesen oft im Alkoholrausch verkündeten Berichten herauszufiltern.

»Sie sind nicht die einzige Frau auf der Welt, die dieses Schicksal erleiden musste.«

Das war eine Plattitüde, die ihm sofort leid tat, aber etwas anderes fiel ihm nicht ein. Er war genauso hilflos wie sie, wie alle Menschen.

»Das tröstet mich nicht«, murmelte sie mit einer Stimme, die vor Wut und Enttäuschung brüchig klang.

»Ich habe diesem Phänomen fast zwanzig Jahre meines Lebens gewidmet und weiß nicht mehr als am ersten Tag. Ich weiß nur, dass wir die Kugeln weder zerstören noch verhindern können, dass sie sich ausbreiten.« Er drehte sich um und deutete auf die Zeitung, die auf seinem Schreibtisch lag. »In diesem Käseblatt steht, dass es mehr als zwei Millionen Kugeln auf der Erde gibt. Und es werden immer mehr. Sie stören die Stromnetze. Immer häufiger kommt es zu Ausfällen, und die dauern auch immer länger.«

»Und dass immer mehr Atomkraftwerke geschlossen werden, hat vielleicht auch etwas mit dem Thema zu tun.«

»Schon möglich, aber diese Gegend wird von einem Wasserkraftwerk versorgt, und wir haben die gleichen Probleme wie in Paris und in anderen Großstädten. Immerhin ist unser Stromverbrauch gesunken. Wie sind Sie überhaupt hierhergekommen?«

»Ich bin zwanzig Stunden Zug gefahren, von Paris nach Toulouse. Dann hatte ich eine Mitfahrgelegenheit, die mich einen Kilometer von Ihrem Haus entfernt abgesetzt hat. Die Fahrt war sehr anstrengend. Sitzplätze sind teuer und hart umkämpft, die Leute streiten sich wegen jeder Kleinigkeit. Manchmal werden sie sogar handgreiflich.«

Basile setzte sich wieder an seinen Schreibtisch. Inzwischen hatte er sich an die klösterliche Atmosphäre des Hauses gewöhnt, ja, er schätzte die Zurückgezogenheit sogar. Er hatte keine Wahl gehabt: dieser schmucklose Kasten in Lazarc und die kleine Monatsrente aus einer Lebensversicherung von Jean-Marc glichen den Verlust seines Einkommens und den endgültigen Bruch mit seiner Familie aus. Sein Dasein war einsam. Er hielt das Haus instand, den Rest der Zeit beschäftigte er sich mit den weißen Damen. Seine einzigen Kontakte zur Außenwelt waren das Festnetztelefon, der Briefträger und der Lebensmittelhändler, der einmal in der Woche kam und ihn mit Vorräten versorgte.

Er schlug eine Zeitungsseite um.

»Die Kugeln haben nicht nur negative Auswirkungen. In diesem Artikel steht, dass es auf der Erde kaum noch Kriege gibt. Die Menschen brauchen Feinde. Sie haben ihre ganze Energie auf die weißen Kugeln konzentriert und darüber ganz vergessen, sich gegenseitig zu bekämpfen. Die großen Religionen haben sich quasi selbst abgeschafft. Niemand hofft mehr auf Gottes Hilfe oder bittet darum.«

»Und Sie? Was glauben Sie?«

Basile schüttelte lächelnd den Kopf.

»Ich bestehe darauf, dass wir die weißen Damen, wie ich sie nenne, nicht als Feinde betrachten sollten. Aber das ist zweifelsohne naiv von mir.«

»Obwohl sie uns so viele Kinder wegnehmen?«, hakte Camille mit vor Entrüstung zitternder Stimme nach.

»Wir bekämpfen sie, wir leeren die Waisenhäuser auf der

gesamten Erde, um eine endlose Welle von Kamikazekindern auf sie loszulassen, aber sie breiten sich dennoch aus.«

»In einigen Gegenden sind die Kugeln kleiner geworden, was wohl beweist, dass wir auf dem richtigen Weg sind.«

»Aber welchen Preis zahlen wir dafür? Wir opfern Hunderttausende Kinder. Wir haben uns auf das Niveau der Anbeter von Baal herabgelassen. Was passiert, wenn keine Waisenkinder mehr übrig sind?«

Camille schwieg. Politiker, die es gewagt hatten, öffentlich diese Frage zu stellen, hatten das Vertrauen ihrer Wählerschaft verloren. Man tat so, als wäre die Quelle an Waisenkindern unerschöpflich.

»Sind Sie als Journalistin bei *Femme(s)* geblieben?«, fragte Basile.

Camille stand auf, trat zu Basile ans Fenster und heftete ihre Augen auf die F1674. Ihr Blick war voller Wut und Traurigkeit. Sie konnte nicht richtig um Nathan trauern, solange sie nicht wusste, was die Sphären mit ihrem Sohn gemacht hatten. Sie wollte es unbedingt herausfinden, auch wenn dafür Tausende anderer Kinder geopfert werden mussten. Aber sie konnte auch diese innere Stimme nicht abschalten, die ihr zuflüsterte, dass sie einer Menschheit angehörte, die genauso abscheulich war wie die alten Karthager und Phönizier, die ihre Neugeborenen den Göttern opferten.

Angst und Schmerz hatten einen grenzenlosen Egoismus zur Folge.

»Ich wollte die Rubrik wechseln, aber die Redaktionsleitung hat das abgelehnt, deshalb habe ich gekündigt. Seitdem lebe ich von der Hinterbliebenenrente meines Mannes, einem ehemaligen Soldaten.«

»Dann sind wir also beide Rentner!«, rief Basile und lachte kurz auf.

Camille warf ihm einen fragenden Blick über die Schulter zu.

»Ein alter Freund hat mir sein Haus vererbt und mich zum Nutznießer seiner Lebensversicherung gemacht. Mit der kleinen Monatsrente komme ich gerade so über die Runden.«

»Er hatte keine Familienangehörigen?«

»Er war der Letzte in dieser Linie der Familie. Ein Lehrer und ein Freund. Er ist vor einer Kugel ungefähr zwanzig Kilometer von hier gestorben.«

Camille bewunderte die schöne Landschaft vor dem Haus, den schier endlosen Ausblick, die Felsspitzen, die sanften Hügel, die braunen und ockerfarbenen Töne, die grünen Flecken dazwischen, den hellblauen Himmel.

»Woher wollen Sie wissen, dass diese weißen Damen nicht unsere Feinde sind?«

Basile zuckte die Schultern.

»Ich kann Ihnen keine Beweise liefern, aber meiner Meinung nach haben sie keine Absichten, weder gute noch schlechte. Das allein bedeutet aber noch nicht, dass sie nicht gefährlich sind. Obwohl sie nicht menschlich sind, schreiben wir ihnen menschliche Gefühle zu, und wir reagieren auf sie genauso wie auf menschliche Feinde. Wir sollten diese anthropomorphischen Reflexe überwinden und versuchen zu verstehen, wie die Kugeln funktionieren.«

»Wie sollen wir das tun? Sie geben uns überhaupt keine Informationen …«

Basile massierte sich den Nacken. Die vielen Jahre seiner

ergebnislosen Recherche lasteten schwer auf seinen Schultern.

»Seit zwanzig Jahren suche ich nach einer Möglichkeit, mit den weißen Damen Kontakt aufzunehmen. Dabei stütze ich mich auf die Berichte der Menschen, die Vibrationen und eine intensive Hitze gespürt haben, die von den Kugeln ausgehen. Diese Erfahrung habe ich auch selbst gemacht, und Sie haben darüber in Ihrem ersten Artikel geschrieben ...«

Camille nickte zustimmend. Zahlreiche Menschen hatten ihr in Interviews von solchen Wahrnehmungen berichtet. Sie selbst hatte es in Nevada gespürt, aber von den Wissenschaftlern hielten das einige schlichtweg für Halluzinationen, andere für psychologische Störungen, die durch die magnetische Aktivität der Kugeln hervorgerufen wurden.

»Die weißen Damen sind ein Rätsel, sicherlich das größte Rätsel, das der Menschheit seit grauer Vorzeit aufgegeben wurde«, fuhr Basile fort. »Sie sind eine Aufforderung, unser gewohntes Verhalten abzulegen.«

Camilles Augen hefteten sich wieder auf die Kugel. Wieder einmal unterdrückte sie die Tränen, so gut sie konnte. Wie viele Tränen hatte sie schon vergossen, seit Nathan verschwunden war?

»Seine Gefühle kann man nicht einfach so ablegen, und seinen Kummer auch nicht«, sagte sie mit tonloser Stimme.

»Das stimmt zweifellos, aber wir können verhindern, dass unsere Gefühle uns manipulieren. Gefühle zwängen uns ein, sie hindern uns daran, uns zu öffnen. Das Gleiche gilt für die Regierung. Die Politiker haben solche Angst, der Öffentlichkeit zu missfallen, dass sie übertrieben emotional reagieren. In der ganzen Welt gibt es nur einige wenige Wissenschaftler und Ufologen, die versuchen, anders über die Kugeln zu denken. Ich bin regelmäßig in Kontakt mit diesen Leuten. Wir tragen all unsere Daten zusammen.« Basile deutete auf das alte Kabeltelefon, das auf seinem Schreibtisch stand. »Das verdanke ich diesem Apparat hier, von dem man dachte, er wäre für immer und ewig von der Bildfläche verschwunden. Und auch der guten alten Briefpost. Wir notieren jeden unserer Schritte, jeden einzelnen Versuch. Persönliche Einschätzungen werden ausgemerzt, wir gehen nach dem Ausschlussverfahren vor. Seit das Telefon wieder ein wichtiges Hilfsmittel geworden ist, geht ein Großteil meines Budgets für die Telefonrechnungen drauf.«

Basile trat zu Camille ans Fenster. Die Anwesenheit der ehemaligen Journalistin verunsicherte ihn. In den vergangenen fünfzehn Jahren hatte keine Frau sein zurückgezogenes Leben geteilt. Jetzt stieg die Erinnerung an leidenschaftliche Umarmungen, verführerisch weiche Haut, berauschende Gerüche und warmen Atem in ihm auf.

»Wie wollen Sie anders als mit Gefühlen auf das Verschwinden von Kindern reagieren?«, fragte Camille.

»Ganz offensichtlich verdienen nicht alle Kinder die gleichen Gefühle. Sonst würden wir vehement gegen den Einsatz von Kamikaze-Waisenkindern protestieren.«

»Was können wir denn sonst tun?«, murmelte sie. Ihr war bewusst, dass ihre Frage wie ein Schuldeingeständnis klang. »Die Kinder, die mit Kameras ausgestattet zu den Kugeln geschickt wurden, haben kein einziges Bild zurückgebracht, nicht den kleinsten Hinweis.«

»Die magnetische Aktivität. Wenn wir …«, Basile zögerte.

Er lief Gefahr, seinen Besuch zu verärgern, und im Grunde wollte er die knisternde Spannung, die zwischen ihnen aufgekommen war, nicht vertreiben. »Wenn wir die Anwesenheit der weißen Damen als Chance begreifen würden, und nicht als Prüfung, wenn wir sie als Freunde ansehen würden, und nicht als Feinde …«

»Dann hätten sie es uns wissen lassen«, unterbrach ihn Camille schroff. »Ihre vollkommene Verschlossenheit verspricht nichts Gutes. Sie werden einfach immer mehr und verschlingen so viele Unschuldige, wie sie können.«

Basile widersprach nicht. Das Verschwinden ihres Sohnes hatte Camille tief verletzt, und bei diesem ersten Treffen hatte er keine Chance, sie zu überzeugen. Wenn sie genauso fühlte wie er, wenn er sich dieses Knistern nicht nur einbildete, dann würde er noch Gelegenheit bekommen, das Thema anzusprechen.

»Wissen Sie schon, wo Sie übernachten? Ich vermute, Sie haben keine Lust, heute noch eine zwanzigstündige Bahnfahrt anzutreten.«

Sie sah ihn erstaunt an, als hätte sie darüber noch gar nicht nachgedacht.

»Sie vermuten richtig«, antwortete sie lächelnd. »Darf ich das als Einladung verstehen?«

»Ja, Sie haben richtig verstanden. Sie können hierbleiben, solange Sie möchten.«

»Ein oder zwei Tage sollten genügen. Vielen Dank für das Angebot.«

Basile bereitete für Camille das Zimmer im ersten Stock vor, das auf die Hochebene hinausging, wo sich die Sphäre befand. Es war das Zimmer, in dem auch er geschlafen hatte, wenn er früher bei Jean-Marc Antony zu Besuch gewesen war. Er hatte angefangen, den Raum zu renovieren, hatte Dämmplatten an der Decke und den Wänden angebracht, diese aber noch nicht gestrichen. Nachdem er saubere Bettwäsche und ein Handtuch geholt hatte, half er Camille, das Bett zu beziehen. Das ist bestimmt umsonst, fuhr es ihm ungehörigerweise durch den Kopf.

Sie küssten sich nach dem Abendessen, ihre vom Wein glühenden Augen sprengten die Fesseln der Einsamkeit mit jugendlicher Leidenschaft. Seit Luchos Tod hatte Camille keinen Mann mehr getroffen, ihr Schmerz um Nathan füllte sie vollkommen aus. Sie wusste nicht und sie wollte auch gar nicht wissen, warum sie sich Basile Traoré in die Arme warf. Sie genoss einfach den Augenblick, seine Lippen auf den ihren, die flüchtigen Berührungen, mit denen er ihre Haut streichelte, seine kräftigen Bewegungen, die ihren Körper wärmten.

In Basiles Zimmer liebten sie sich mit sanftem, zärtlichem Ungestüm. Er war ein aufmerksamer und geduldiger Liebhaber, und mit fast fünfzig Jahren entdeckte Camille erogene Zonen an sich, die sie noch nie erforscht hatte. Sie schliefen wenig, sondern unterhielten sich viele Stunden lang in diesem verwirrenden und zugleich wunderbaren Zustand, den die körperliche Nähe und die Euphorie der Zweisamkeit hervorrufen.

Im Morgengrauen beschlossen sie, sich den Sonnenaufgang anzusehen. Rasch zogen sie sich etwas über – Basile fand, dass Camille in seinem alten, gestreiften, ihr viel zu großen Bademantel wahnsinnig verführerisch aussah – und kletterten auf einen Felsvorsprung in der Nähe der F1674.

Ganz allmählich überließ sich Camille dem Frieden des anbrechenden Tages. Seit Nathans Tod, nein, seit seinem Verschwinden hatte sie so eine innere Ruhe nicht mehr verspürt, durchdrungen von dem erhabenen Schweigen und dem diffusen Licht der Morgendämmerung. Die Sterne erloschen einer nach dem anderen am noch blassen Himmel.

»Hörst du das?«

Sie konzentrierte sich auf die Geräusche, nahm aber nichts anderes als das Rascheln der Gräser wahr, die sanft im Wind hin und her wogten. Sie fröstelte, zog sich den Bademantel fest um den Körper und wollte Basile fragen, was er meinte, aber er saß mit halb geschlossenen Augen da und schien tief in Gedanken versunken. Auch Camille schloss die Augen und richtete ihre Aufmerksamkeit auf die Empfindungen in ihrem Inneren.

Nach einigen Minuten spürte sie die Vibrationen. Sofort fühlte sie sich nach Nevada vor fünfundzwanzig Jahren zurückversetzt. Wieder hörte sie die Stimme von Sam Tsosie, dem Schamanen, der von der Notwendigkeit der Veränderung sprach, und erinnerte sich mit schmerzhafter Intensität an die unerträgliche Hitze in ihrem Körper.

Sie sind die Blauhäher, die Boten der Veränderung, wir müssen zu einer neuen Welt aufbrechen, eure Kinder haben euch niemals gehört …

Ihr wurde bewusst, dass Basile recht hatte: Die Antworten ruhten ganz tief in ihrem Inneren, aber ihr Leid hatte sie gefangen gehalten, hatte sie daran gehindert, sich dem Neuen, der Veränderung zu öffnen.

CATEL

Catel war immer noch wütend auf ihre Mutter, die den weiten Weg nicht auf sich nehmen wollte, um ihren Enkel Ulysse zu sehen. Auch wenn das Reisen langwierig und kompliziert geworden war und sie sich sehr viel seltener sahen, seit Camille das Haus in Bonneuil verkauft und sich in Millau niedergelassen hatte, fand Catel, dass ihre Mutter keine Entschuldigung hatte. Ulysse war fast fünf Monate alt, und seine Großmutter hatte ihn immer noch nicht besucht.

Unruhig lief Catel in der kleinen Wohnung im 14. Arrondissement auf und ab, wo sie mit Raphaël, Ulysses Vater, lebte. Sie musste sich noch einen Monat lang gedulden, bis sie wieder arbeiten konnte. Sie kümmerte sich um neues Personal bei der Post und würde bei ihrer Rückkehr in den Job alle Hände voll zu tun haben, denn der öffentliche Dienst stellte fortlaufend neue Mitarbeiter ein, um den stetig ansteigenden Briefverkehr bewältigen zu können. Seit auch das Telefon immer öfter ausfiel, war die Briefpost das sicherste Kommunikationsmittel. Die Postunternehmen auf der ganzen Welt arbeiteten zusammen, um Briefe und Pakete so schnell wie möglich zu befördern. Catel war Raphaël auf den Gängen der Filiale in der Rue de Vaugirad begegnet.

Seine Abteilung war mit der ständigen Verbesserung der Kommunikationsmittel befasst und beschäftigte sich unter anderem mit Brieftauben, Laufburschen und Telegrafie.

Es war Liebe auf den ersten Blick.

Nur zwei Monate, nachdem sie sich kennengelernt hatten, waren sie zusammengezogen und hatten auch schon bald ein Kind bekommen. Raphaël hatte sich von Catels Neigung zu Depressionen nicht entmutigen lassen, er war ein ruhiger, in sich gekehrter Mensch, und er gab ihr Halt. Normalerweise war Catels Stimmung mit den Medikamenten, die ihr der Arzt verschrieb, ausgeglichen. In diversen Therapien hatte sie herausgefunden, dass ihr Beruf und die Melancholie ihres Vaters mit ein Grund für ihre Beschwerden waren, wie auch das Verschwinden ihres kleinen Bruders Nathan, für das sie sich fälschlicherweise verantwortlich fühlte. Während der Schwangerschaft hatte sie keinerlei Probleme gehabt, aber die Geburt war trotz der PDA lang und schmerzhaft gewesen. Der Blick in Raphaëls besorgte Augen hatte ihr den Mut gegeben, die Geburt bis zum Ende durchzustehen. Eine unbeschreibliche Freude hatte sie ergriffen, als sie das kleine zitternde Wesen zum ersten Mal in die Arme schloss. Doch eine Stimme, vielleicht Nathans Geist, hatte ihr zugeflüstert, sie solle ihren Sohn nicht zu sehr lieb gewinnen.

Stundenlang betrachtete sie Ulysse beim Schlafen, als ob sie fürchtete, ein unsichtbarer Schlund könne ihn verschlingen. Ihre Zuneigung für ihr Kind hatte nicht abgenommen; im Gegenteil, sie war so sehr gewachsen, dass es wehtat. Zwar hatten sich die Sphären noch nicht bis ins Zentrum von Paris ausgebreitet, dennoch schwebte diese Sorge wie eine dunkle Gewitterwolke über ihr. Tief im Inneren wusste sie, dass der nie nachlassende Schmerz ihrer Mutter auch sie erfassen und ihre Angst vergrößern konnte. Sicherlich war es besser, wenn sie beide sich vorerst nicht sahen. Vielleicht mussten sie sogar bis zu Ulysses viertem Geburtstag warten, dem Zeitpunkt, ab dem die Sphären keine Gefahr mehr für ihn darstellten.

Das erlösende Alter.

Bis zu seinem vierten Geburtstag würde Ulysse weder die Freuden der freien Natur noch die des Meeres kennenlernen. Das war der Preis für seine Sicherheit und für das ruhige Gewissen seiner Eltern. Die Tagesmutter, die sich um Ulysse kümmern würde, hatte die strikte Anweisung, ihn niemals auf die andere Seite der Ringautobahn zu bringen.

Nachdem Ulysse eingeschlafen war, schaltete Catel, ohne darüber nachzudenken, den Fernseher an. Sie fand einen Funkwellensender, den man nur noch in Großstädten empfangen konnte. Gebannt von dem ernsthaften, fast tragischen Gesichtsausdruck des Nachrichtensprechers machte sie den Ton lauter, achtete aber darauf, dass sie Ulysse nicht aufweckte.

»*… der Kampf gegen die außerirdischen Eindringlinge wird auf der ganzen Welt härter …*«

Bilder von der weißen Kugel, der US5672 mitten im Central Park von New York, die zum Symbol der neuesten Entwicklung geworden war, veranschaulichten die Worte des Sprechers.

»*… In seiner letzten Rede hat UN-Generalsekretär Theodore Valky die Verdienste der zwei Millionen Waisen gewürdigt, die ihr Leben in diesem für den Fortbestand der Mensch-*

heit entscheidenden Krieg gelassen haben. Er erklärte, dass die Vereinten Nationen bis zum heutigen Tag keine andere Möglichkeit als den Einsatz von Kindern gefunden hätten, um die Vermehrung der Sphären aufzuhalten. Die Kinder sind die einzigen wirkungsvollen Soldaten auf diesem vollkommen neuartigen Schlachtfeld. Spezialisten aus allen Ländern haben sich zusammengefunden, um wirksame Sprengstoffe zu entwickeln. Die letzten Versuche wecken Hoffnung: Die neuen Sprengstoffe haben das Volumen ihrer jeweiligen Ziele um zwei Drittel reduziert, und mehr als ein Monat ist vergangen, bis die Kugeln ihre ursprüngliche Farbe wiedererlangt hatten. Theodore Valky ist der Meinung, dass wir diese Richtung weiterverfolgen müssen. Aber schon bald wird es nicht mehr genügend Waisenkinder im erforderlichen Alter geben – nur zu Ihrer Erinnerung: Sie müssen zwischen zwei und vier Jahre alt sein –, was uns dazu zwingt, unsere Kampfmaßnahmen grundsätzlich zu überdenken. Deshalb bereitet die UNO ein Gesetz vor, das für alle Nationen gelten und das kein Mitgliedsstaat ablehnen wird: Isaaks Gesetz …«

Die Geschichte von Isaak, Abrahams einzigem Sohn, den er Gott opfern sollte, um seinen Glauben unter Beweis zu stellen, fiel Catel in diesem Moment wieder ein. Starr vor Schreck saß sie auf dem Sofa und blickte zu der Wiege im Nebenzimmer, wo ihr Sohn schlief.

»Dieses Gesetz verlangt von jeder Familie, dass sie ein Kind an seinem dritten Geburtstag den mit der Erfassung und Beförderung beauftragten Brigaden übergibt.«

Der Sprecher legte eine Pause ein, um seinen Worten den notwendigen Ernst zu verleihen. Catels Gedanken wirbelten durcheinander. Die Vorstellung, Soldaten könnten an ihrer Tür klingeln und ihren Sohn mitnehmen, löste heftige Panik in ihr aus. Sie stand auf und lief ins Nebenzimmer, wo sie sich über die Wiege beugte und sich vergewisserte, dass Ulysse noch atmete. Sie musste sich zurückhalten, ihn nicht an sich zu reißen. Eine ganze Weile stand sie bedrückt neben der Wiege, unfähig, sich zu bewegen.

Die gewichtige Stimme des Sprechers ähnelte immer mehr einem bedrohlichen Flüstern.

»*… Alles deutet darauf hin, dass das Gesetz angesichts der Dringlichkeit der aktuellen Situation schnell verabschiedet wird. Die genauen Modalitäten der Einberufung sind noch nicht bekannt. Da diese Regelung alle Familien betrifft, wird empfohlen, nicht nur ein Kind zu bekommen, sondern zwei oder besser noch drei, um den Verlust zu kompensieren. Theodore Valky betonte die Notwendigkeit der Kinderopfer, damit die Menschheit wieder Hoffnung schöpfen kann. Verschiedene Kommissionen, die mit dem Phänomen der Sphären betraut sind, vertreten die Auffassung, dass die Kugeln sämtliche Lebensformen auf der Erde vernichten wollen. Wir müssen nun alle verfügbaren Kräfte sammeln, um diesen Krieg zu gewinnen. Es ist zweifellos der wichtigste Krieg in der Geschichte der Menschheit.*«

In Catel stieg der dringende Wunsch auf, die Stimme ihrer Mutter zu hören. Sie ging zum Telefon und hoffte, dass die Verbindung zwischen Millau und Paris funktionieren würde. Sie musste die Nummer ihrer Mutter vier Mal wählen, dann ertönte endlich das Freizeichen. Gleich darauf hörte sie das Keuchen ihrer Mutter am anderen Ende der Leitung.

»Maman, hast du die Nachrichten gesehen?«

»Guten Tag, mein Kind. Wie geht es dir, und wie geht es Ulysse?«

»Es geht ihm gut, er wartet auf den Besuch seiner Großmutter.«

»Catel, du fängst doch nicht schon wieder damit an, oder? Darüber haben wir doch schon mindestens zwanzig Mal geredet.«

Catel widersprach nicht. Raphaël war der Meinung, dass sie zu ihrer Mutter in den Süden fahren sollten. Er hatte sogar vorgeschlagen, im nächsten Urlaub ein Auto zu mieten und auf dem Weg nach Millau ein paar Sehenswürdigkeiten zu besuchen. Catel aber weigerte sich: Solange Ulysse nicht vier Jahre alt und außer Gefahr war, würde sie ihn nicht in die Nähe der Sphären lassen.

»Hast du die Nachrichten gesehen?«

»Hier bei uns in der Gegend können wir keinen Fernsehsender mehr empfangen.«

»Sie haben gesagt, dass … dass …«

Vor Angst versagte Catels Stimme.

»Was denn?«

»Jede Familie wird gezwungen, ein Kind abzugeben, um die weißen Kugeln zu bekämpfen.«

»Es gibt keine Waisenkinder mehr, stimmt's?«

Die Gleichgültigkeit in der Stimme ihrer Mutter brachte Catel zur Verzweiflung.

»Das scheint dich ja nicht besonders zu beeindrucken. Du fühlst dich nicht mehr davon betroffen, schätze ich …«

»Das ist es nicht. Basile hatte geahnt, dass das passieren würde. Es ist nur viel früher eingetreten als gedacht.«

Allein die Tatsache, dass ihre Mutter Basiles Namen aussprach, machte Catel schon wütend: Dieser Ufologe mit den verrückten, verhängnisvollen Ideen hatte ihre Mutter dazu gebracht, sich von ihrer Familie zu entfernen und in den Süden zu ziehen.

»Ihr habt die Wahl«, sprach Camille weiter. »Ihr könnt Widerstand leisten, bevor man euch eure Kinder wegnimmt und sie den Sphären zum Fraß vorwirft. Oder ihr könnt euch einreden, dass das eine große Chance für die Menschheit ist und die Kleinen heiter und gelassen auf ihr Fortgehen vorbereiten.«

»Das sagst ausgerechnet du, Maman! Du hast nach Nathans Verschwinden Höllenqualen gelitten!«

Schweigen breitete sich aus, sodass Catel schon glaubte, die Verbindung sei unterbrochen worden.

»Mein Kummer hat mich ungerecht werden lassen«, sagte Camille schließlich. »Das Schicksal von Hunderttausenden von Kindern war mir gleichgültig. Ich wurde zu einer Komplizin. Wir haben geglaubt, wir könnten uns ohne größeren Schaden aus dieser Situation befreien, indem wir die schwächsten unter uns opfern, die Kinder, die keine Familien mehr haben. Aber damit haben wir einen Mechanismus in Gang gesetzt, der uns früher oder später in unserem tiefsten Inneren schmerzlich treffen wird.«

»Sagst du das, oder spricht da Basile?«

Catel fuhr die Krallen aus, aber auf Camille hatte das keine Wirkung.

»Ich sage das«, erwiderte sie unbeeindruckt. »Basile hat mir die Augen geöffnet. Er und einige seiner Kollegen denken, dass wir die falsche Richtung eingeschlagen haben. Und nach allem, was geschehen ist, scheinen sie recht zu haben.«

»Was weißt du darüber?«

Ein paar Sekunden lang wurde Camilles Stimme von störendem Knistern überdeckt. Catel drehte sich um, ihr Blick blieb an der weißen Holzwiege von Ulysse hängen.

»Bald werden die Störungen der magnetischen Aktivität uns zwingen, auf die gute, alte Telegrafie zurückzugreifen«, rief Camille und lachte kurz auf. »Gerade habe ich gesagt, dass ich nichts mit Sicherheit weiß. Ich versuche nur, wie Basile auch, anders zu denken. Vielleicht irren wir uns, aber es ist jetzt fünfundzwanzig Jahre her, dass die Kugeln aufgetaucht sind, und unsere Politiker, Wissenschaftler und Militärs haben keine Lösung gefunden. Wir können die Kugeln nicht vertreiben. Auf eine haben sie einen Hochgeschwindigkeitszug zurasen lassen, und sie hat ihn angehalten, ohne sich auch nur einen Millimeter zu bewegen.«

»Die neuen Sprengstoffe scheinen etwas mehr zu bewirken.«

»Atomenergie kann die Sphären nicht öffnen. Damit kann man nur vorübergehend ihr Volumen reduzieren.«

Catel seufzte entnervt auf.

»Und welche Lösung schlagt ihr vor?«

»Im Augenblick keine. Wir suchen noch nach einer Lösung.«

»Aber die Vereinten Nationen müssen ja etwas unternehmen, während wir darauf warten, dass euch eine geniale Idee kommt«, spottete Catel.

»Lange Zeit habe ich geglaubt, dass die Kinderbomben ein notwendiges Übel wären. Wenn du das immer noch glaubst, dann finde dich damit ab, dass du dein eigenes Kind verlieren wirst.«

»Du bist …« Die Wut loderte wie Feuer in Catel auf. »… abscheulich! Ich hätte dich nicht anrufen sollen. Und ich werde dich nicht mehr anrufen, solange du unter der Fuchtel dieses Mannes stehst!«

»Er macht mich sehr glücklich.«

»So sehr, dass du Papas Andenken vergisst!«

Camille schwieg eine Weile, dann murmelte sie mit kaum hörbarer Stimme:

»Sprich nicht über Dinge, von denen du keine Ahnung hast. Ich habe deinen Vater niemals vergessen. Aber mein Körper und mein Geist brauchen Zuwendung, und Basile ist ein sehr aufmerksamer Mann.«

»Du widerst mich an!«, stieß Catel aus, dann legte sie auf.

Lange Zeit weinte sie, auf Knien vor der Wiege ihres Sohnes, die Stirn gegen den Holzrahmen gedrückt.

»Lass uns umziehen.«

Raphaël warf Catel über die Weinkaraffe hinweg einen kritischen Blick zu.

»Ich weiß nicht, warum wir das tun sollten. Der Jardin du Luxembourg ist zwei Kilometer weit weg von uns.«

»Wir kennen den Aktionsradius der Sphären nicht.«

»Sobald Ulysse laufen kann, wird er immer unter der Aufsicht seiner Tagesmutter sein.«

»Meinen kleinen Bruder hat seine Tagesmutter auch nicht aus den Augen gelassen, und dennoch ist er letztlich im Inneren einer Kugel gelandet.«

Seit eine Sphäre eines Morgens im Jardin du Luxembourg entdeckt worden war, hatte die Angst Catel fest im Griff.

Unter der Bevölkerung der Hauptstadt hatte diese erste Kugel, die im Stadtkern von Paris aufgetaucht war, eine Panikwelle ausgelöst. Den Bulldozern war es nicht gelungen, die Kugel mit dem eher geringen Durchmesser von nur fünfzig Metern zu bewegen. Sie wurde fortwährend von einem Soldatenkordon überwacht. Man sah kein einziges kleines Kind mehr auf den Straßen und Plätzen. Die Kugel störte den Radio- und Fernsehempfang ebenso wie die Elektro- und Telefonleitungen. Raphaël meinte, dass der Brieftauben-Dienst, an dem seine Abteilung noch arbeitete, ein Riesenerfolg werden würde. Die Regierungsmitglieder würden auf ihn zurückgreifen, denn sie wussten die Zuverlässigkeit der Tauben zu schätzen. Die Post hatte Scharfschützen engagiert, um Bussarde und andere Raubvögel auszumerzen, die von den vielen geflügelten Boten über den Dächern von Paris angezogen wurden. Außerdem hatte man auf den höchsten Punkten der Stadt – dem Eiffelturm, dem Tour Montparnasse, der Basilika Sacré-Cœur, dem Arche de la Défense und einigen anderen Türmen, die man vor dem Auftauchen der Sphären errichtet hatte – Semaphoren installiert, um eine Kommunikation über größere Distanzen hinweg zu ermöglichen.

»Und wer sagt uns, dass in der Nähe einer neuen Wohnung nicht gleich wieder eine Kugel auftaucht?«, wandte Raphaël ein.

»Anscheinend brauchen die Kugeln eine Grünfläche, wo sie sich absetzen können. Der Parc Montsouris ist nicht mal vierhundert Meter von uns entfernt. Wir könnten irgendwohin ziehen, wo es kein Grün gibt. In den 18. Arrondissement zum Beispiel.«

Raphaël schenkte sich ein Glas Wein ein. Catel fiel auf, dass er immer mehr trank, genau wie ihr Vater, der Sprengmeister, den die Kriegsjahre zermürbt hatten.

»Alle Leute stellen dieselbe Überlegung an. In den Arrondissements im Norden von Paris explodieren die Quadratmeterpreise. Mit dem, was wir für diese Wohnung hier bekommen, können wir uns dort gerade mal eine Ein-Zimmer-Wohnung leisten. Mach dir bitte keine Sorgen. Bis zu seinem vierten Geburtstag werden wir alles tun, was für seine Sicherheit notwendig ist.«

Catel schwieg. Es war seltsam und beunruhigend, wie sich die gleichen Mechanismen in jeder Generation wiederholten: Die Vorsichtsmaßnahmen ihrer Mutter hatten nicht verhindern können, dass ihr Bruder verschwand, so wie ihre eigene Angst Ulysse nicht vor den Sphären schützen würde; ihr Vater war in einer schweren Alkoholsucht versunken, so wie Raphaël in einen schleichenden Alkoholismus abrutschte.

»Das Beste, was wir im Kampf gegen diese verfluchten Kugeln tun können, ist, noch ein Kind zu bekommen«, sagte Raphaël, nachdem er einen großen Schluck Wein genommen hatte. »Und danach noch zwei weitere.«

»Warum sagst du das?«

Auch wenn sie die Antwort schon kannte, Catel wollte sie jetzt nicht hören.

MARIO

»Das ist Mario, ein befreundeter Ufologe. Er ist zu Besuch gekommen. Bei seinem Namen denkt man an Italien, aber Mario ist Deutscher und spricht perfekt Französisch.«

Camille schüttelte dem Mann, der aufgestanden war, um sie zu begrüßen, die Hand. Mario war ein dunkelhaariger Typ mit kräftigen Armen und breiten Schultern.

Auf der Causse herrschte brütende Hitze, und nachdem sie den Weg von der Bushaltestelle zu Basiles Haus zu Fuß zurückgelegt hatte, war Camille schweißgebadet. Im Bus hatte sie die meiste Zeit im Mittelgang gestanden: Die fortwährenden elektronischen und elektrischen Störungen hatten dazu geführt, dass wieder verstärkt Diesel und Schiefergas eingesetzt wurden, und der durchdringende Geruch hatte sie die ganze Fahrt über nicht losgelassen. Die öffentlichen Verkehrsmittel waren mit der Situation überfordert, denn die Reserven waren schnell aufgebraucht und an den Zapfsäulen kletterten die Preise in schwindelerregende Höhen. Keiner der männlichen Fahrgäste, ob jung oder alt, hatte ihr seinen Platz angeboten. Die gesamte Gesellschaft versank in einer Gleichgültigkeit, die zum Verzweifeln war, als ob das Opfern der Waisenkinder und Isaaks Gesetz, das vor einem Monat verabschiedet worden war, die Gefühle der Menschen betäubte. Zu Beginn der 2040er-Jahre herrschte in allen Gegenden der Erde eine Atmosphäre der Resignation und der Trostlosigkeit.

Mario Götze kam aus Bayern, einem Bundesland, das sechshundertachtzig Kugeln zählte, von denen die ältesten bereits fünfundzwanzig Jahre alt waren. Für die Reise von München nach Millau hatte er fast zwei Wochen gebraucht. An der Grenze war sein Zug nicht mehr mit Kraftstoff versorgt worden und drei Tage auf freiem Feld stehen geblieben. Die deutsche und die französische Bahngesellschaft hatten sich gegenseitig die Schuld in die Schuhe geschoben, aber keinen Moment daran gedacht, die Passagiere mit Wasser und Nahrung zu versorgen. Ein paar gerissene Kerle hatten in den umliegenden Bauernhöfen Lebensmittel besorgt und diese zu horrenden Preisen an ihre unglücklichen Mitreisenden weiterverkauft.

»Die Luft ist auf dieser Seite der Grenze genauso schmutzig wie auf der anderen«, erläuterte Mario. »Der Diesel wird jedes Jahr schlechter.«

»Ach was, da ist sowieso kaum noch ein Tropfen Öl drin«, wandte Basile ein.

»Das ist aber keine gute Nachricht, denn dann nehmen die Schiefergasbohrungen zu. Überall werden Löcher in die Erde gebohrt. Dann tritt zwangsläufig Methangas aus, das verstärkt den Treibhauseffekt. Der hat wiederum zur Folge, dass unglaubliche Mengen Wasser verbraucht werden. Letztlich wird ein Großteil der Bevölkerung dem Verdursten nahe sein.«

Mario, der trotz der kühlen Luft im Haus stark schwitzte, fuhr sich regelmäßig mit einem Stofftaschentuch über die Stirn. Etwas an diesem Mann störte Camille, vielleicht der verstohlene Blick seiner hellblauen Augen, oder auch die Art, wie er seine Argumente mit schneidender Stimme vorbrachte. Er schien nicht den leisesten Zweifel an seinen Ansichten zu hegen. Seine fleischigen Hände glitten so regelmäßig wie ein Metronom durch die Luft. Wo sein schmutziges Hemd am Bauch auseinanderklaffte, sah man seine schwarz behaarte, weiße Haut. Basile und er schrieben sich seit mehr als zwanzig Jahren Briefe, oder sie telefonierten, aber sie hatten sich noch nie persönlich getroffen.

»Warum hast du dich entschlossen, Basile zu besuchen, wo das Reisen doch inzwischen so langwierig und schwierig geworden ist?«, fragte Camille. »Warum ausgerechnet jetzt?«

Mario sah sie überrascht an, als ob er ihre Anwesenheit erst jetzt bemerken würde.

»Ich habe meinem lieben Freund Basile ein Experiment vorgeschlagen, das ich in Deutschland nicht durchführen kann.«

Er legte eine Pause ein und trank einen Schluck Wasser, das ihm sein Gastgeber gebracht hatte. Das Geschrei eines vorbeiziehenden Dohlenschwarms durchbrach das betretene Schweigen im Haus.

»In Deutschland«, sprach Mario weiter, »hat die Regierung ganz offiziell verboten, sich den Sphären zu nähern. Eine reine Vorsichtsmaßnahme. Wir können also keine der zehntausend Kugeln gründlich untersuchen. Da ist mir mein alter Freund Basile eingefallen, der mir von einer Kugel in der Nähe seines Hauses erzählt hat. Deshalb habe ich beschlossen, die beschwerliche Reise auf mich zu nehmen, um mein Experiment hier erfolgreich durchzuführen.«

Basile, der auf einem Stuhl saß, hob den Kopf.

»Was für ein Experiment?«

»Ich will mich freiwillig in einer Sphäre einschließen lassen.«

»Wie soll das gehen? Sie fangen nur Kinder ein.«

Mario verlieh seinem Unmut mit einem Zungenschnalzen Ausdruck.

»Das wissen wir. Aber wenn sie ihr Volumen vergrößern, nehmen sie auch Bäume, Gras, Felsen, manchmal sogar ganze Gebäude in sich auf.« Er zeigte auf die F1674 draußen vor dem Fenster. »Ich denke, wenn ich im Moment ihrer Ausdehnung ganz dicht bei ihr bin, wird sie mich ebenso verschlingen wie die Landschaft hier.«

»Was soll es denn bringen, in einer Kugel zu verschwinden, wenn du nicht zurückkommen und von deinen Erfahrungen berichten kannst?«

Mario reagierte auf Camilles Einwand mit einem halb verächtlichen, halb erzürnten Blick, der sie wütend machte.

»Der Unterschied besteht darin, dass ich ein Erwachsener bin. Ich werde ein Kommunikationssystem bei mir haben.«

»Aber das nützt dir gar nichts, wenn du im Inneren der Kugel gleich zerquetscht wirst«, hielt Camille dagegen.

Ein Lächeln glitt über Mario Götzes Gesicht, und für einen flüchtigen Moment erkannte man den Jungen, der er einmal gewesen war.

»Das Risiko nehme ich in Kauf. Ich habe weder Frau noch Kinder, und meine Eltern sind seit Langem tot. Die einzige Angehörige, die ich noch habe, ist meine Schwester. Sie weiß Bescheid, und sie unterstützt mein Vorhaben.«

»An welches Kommunikationsmittel hast du gedacht?«, schaltete sich Basile ein. »Die Kameras und Mobiltelefone, die man an den Bombenkindern festgemacht hat, haben nie auch nur ein einziges Bild oder irgendwelche Töne aufgezeichnet.«

»Ich verwende ein Kabel, das unterirdisch zwischen deinem Haus und der Kugel verläuft. Die Enden sind mit zwei Sender-Empfänger-Schaltern verbunden, die weder elektrisch noch elektronisch funktionieren. Ich habe die Dinger selbst gebaut.«

»Und wenn das Kabel reißt, sobald du in die Kugel eindringst?«

Mario brach in ein fröhliches, helles Gelächter aus, das so gar nicht zu ihm passte.

»Dann schreie ich so laut ich kann und hoffe, dass ihr mich hört!«

»Und außer dir ist noch niemand auf die Idee gekommen, so einen Versuch durchzuführen?«, warf Camille ein.

»Nicht dass ich wüsste. Das würde wohl auch niemand sonst freiwillig tun, fürchte ich. Selbst das Militär hat das nie probiert, trotz seiner zahlreichen Möglichkeiten.«

»Die F1674 hat sich schon seit sieben Jahren nicht mehr verändert …« Basile stand auf und goss sich ein Glas Wasser ein. »Es ist überhaupt nicht sicher, dass sie sich in den kommenden Tagen und Wochen ausdehnt.«

»Die Statistiken aller Länder sagen, dass die Sphären sich mindestens einmal im Lauf von acht Jahren ausdehnen. Und genau aus diesem Grund habe ich die F1674 für meinen Versuch ausgewählt: weil du mir erzählt hast, dass sie sich seit sieben Jahren nicht mehr verändert hat.«

»Und ich dachte, du hattest einfach nur Lust, mich zu besuchen«, entfuhr es Basil mit einem heiseren Lachen.

»Ich glaube, ihr Franzosen sagt dazu: das Angenehme mit dem Nützlichen verbinden …«

Mario und Basile benötigten zwei ganze Tage, um die Anlage zu installieren. Mario war hin- und hergerissen zwischen seinem fast krankhaften Perfektionismus und der Notwendigkeit, schnell zu handeln, um keinen unerwarteten Schub der Sphäre zu verpassen.

Zwischen Basiles Haus und der F1674 hoben die beiden Männer einen etwa ein Meter tiefen Graben aus, auf dessen Grund sie ein fest ummanteltes Kabel verlegten. Sie hatten nur eine Hacke und einen Spaten zur Verfügung, was die Arbeit in dem harten Boden beschwerlich machte. Die drückende Hitze tat ihr Übriges dazu. Der Graben verlief bis zum Fuß der Kugel, zu der Stelle, wo der Deutsche sich aufhalten würde. Mario arbeitete mit nacktem Oberkörper. Er bekam schnell überall rote Streifen, und mehrere Schweißbäche liefen ihm kreuz und quer über Brust und Rücken. Basile erfasste das verwirrende, beängstigende Gefühl, dass die weiße Dame ihr Tun beobachtete.

Während die beiden Männer sich abmühten, ging Camille sämtliche Unterlagen durch, die Basile in den vergangenen zwanzig Jahren gesammelt hatte. Sie hoffte, auf einen Hinweis zu stoßen, der ihrem scharfen Blick bis jetzt entgangen war, der den Menschen eine neue Richtung aufzeigte und die gesetzlich angeordneten Kinderopfer überflüssig machte. Doch allein die ausgedruckten E-Mails, die Basile sich mit anderen Ufologen und Wissenschaftlern geschrieben hatte, die Briefe, Mitschriften von Telefonaten, Zeugenberichte und persönlichen Notizen machten insgesamt fünftausend Seiten aus, die schwierig zu lesen waren, da sie mit Notizen in Basiles unregelmäßiger Handschrift übersät waren. Von dieser Datenmenge ging eine Mut- und Machtlosigkeit aus, die nicht einmal mehr einen kleinen Hoffnungsschimmer aufkommen ließ. Diese Textsammlung schilderte minutiös das Ende der Welt, das vorprogrammierte Aussterben einer Spezies.

Fünfundzwanzig Jahre. So lange war die Evolution schon unterbrochen worden. Die Menschheit machte in rasendem Tempo Rückschritte. Sie war nicht in der Lage, das Problem zu lösen, das die Besucherinnen aus einer anderen Welt darstellten – auch wenn sich inzwischen alle über die außerirdische Herkunft der Sphären einig waren. Ein Vierteljahrhundert war vergangen, und man wusste immer noch nicht mehr über sie als am ersten Tag: Sie lockten Kinder unter vier Jahren an und fingen sie ein, sie vermehrten sich und hin und wieder vergrößerten sie sich auch. Man hatte versucht, sie zu vergiften, man hatte Sprengstoffe aller Art an ihnen ausprobiert, sogar Mini-Atombomben, so stark wie die von Hiroshima. Man hatte versucht, die Kugeln mit Feuer zu verbrennen oder auszuräuchern, sie mit Säure zu verätzen, sie irgendwie von der Stelle zu bewegen. Die Chinesen hatten um eine Kugel ein riesiges Wasserreservoir gebaut. Doch alles war ohne den geringsten Erfolg geblieben. Nur die von den Kamikazekindern ausgelösten Explosionen erreichten, dass die Kugeln kleiner wurden und eine Zeit lang ihr Erscheinungsbild veränderten. Die Vereinten Nationen hatten sich auf diesen winzigen Erfolg gestürzt und keine weiteren Versuche in andere Richtungen mehr unternommen.

Am Ende des zweiten Tages schlossen sie die beiden Kabelenden an die Sender-Empfänger-Schalter an, die Mario gebaut hatte. Dabei handelte es sich um Resonanzkörper in Form von Trompetenschnecken, die durch ein ausgeklügeltes System vibrierender Lamellen verstärkt wurden. Bei Einbruch der Nacht probierten sie die Einrichtung zum ersten Mal aus. Sie waren gut hundert Meter voneinander entfernt, doch die Stimmen hallten mit erstaunlicher Klarheit in den Metallkopfhörern, als ob ein Gesprächspartner dem anderen direkt ins Ohr flüstern würde.

Nach einem einfachen Abendessen verkündete Mario seinen Entschluss, in der Nähe der Kugel zu schlafen.

»Glaubst du, die Kugel wird sich heute Nacht ausdehnen?«, fragte Camille.

Der Deutsche warf ihr einen seiner süffisanten Blicke zu, die sie so verabscheute.

»Wir hatten schon Glück, dass sie sich nicht während unserer Arbeiten aufgebläht hat«, antwortete er. »Es wäre dumm, die nächste Gelegenheit zu verpassen, jetzt, wo alles bereit ist.«

»Wie viel Zeit willst du investieren, wenn sie sich nicht bewegt?«, fragte Camille in spitzem Ton nach.

»Nach meinen Berechnungen dehnt sie sich spätesten in drei Monaten aus.«

»Du bist also bereit, drei Monate in der Nähe der Kugel zu verbringen, ohne dich von ihr fortzubewegen?«

Mario deutete mit dem Kinn auf Basile.

»Mein lieber Freund Basile und ich haben alles geregelt. Er bringt mir Essen und Wasser, um mich zu waschen. Meine Notdurft verrichte ich vor Ort. Basile reinigt den Topf jeden Tag. Und genügend Geld für seine Unkosten habe ich ihm auch schon gegeben.«

Camille senkte den Kopf, damit man ihr den Ärger nicht ansah. Sie war gekränkt, mehr als sie sich selbst eingestehen wollte, weil sie nicht ins Vertrauen gezogen worden war.

Mario breitete an der Stelle, wo das Kabel endete, eine Luftmatratze und eine Decke aus. Basile brachte den Wasserkanister, den Topf für die Notdurft und eine Rolle Toilettenpapier. Der Deutsche legte die Hände auf die glatte, weiße Oberfläche der Kugel.

»Endlich werde ich im Schatten einer weißen Sphäre schlafen!«

Die beiden Männer betrachteten einen Moment lang den Sternenhimmel, dann ging Basile zum Haus zurück. Camille war nicht im Bett. Sie hatte sich wohl ins Gästezimmer zurückgezogen, das war ihre Art, ihm ihre Verärgerung zu zeigen. Er ging nicht zu ihr. Ihre Streitereien dauerten nie länger als ein paar Stunden. Mit etwas Glück würde sie in der Nacht zu ihm ins Bett kommen; wenn nicht, würde sie mit ihrer mürrischen Stimmung bis zum nächsten Morgen allein bleiben und erst beim Frühstück wieder mit ihm reden.

Camille nutzte einen Moment, in dem die Telefonverbindung funktionierte, um ihre Tochter zu benachrichtigen, dass sie noch eine Zeit lang bei Basile bleiben würde, vielleicht drei Monate. Catel murrte und schimpfte vor sich hin, ehe sie Camille erzählte, dass sie und Raphaël bald in eine

Wohnung im Norden von Paris umziehen würden. Die genauen Gründe wurden ihr nicht ganz klar, aber sie nahm an, dass das Auftauchen einer Sphäre im Jardin du Luxembourg, nur wenige Hundert Meter von Catels Wohnung entfernt, bei dieser Entscheidung eine Rolle spielte.

Das Experiment von Mario Götze begeisterte Camille. Wenn sie morgens aufstand, ging sie als Erstes zum Fenster und öffnete die Läden, um nachzuschauen, ob die Sphäre Mario verschlungen hatte. Sie nahm das Fernglas vom Fensterbrett und war enttäuscht, wenn sie durch die Vergrößerungsgläser die massige und plumpe Gestalt des Deutschen unter der Decke herausgucken sah.

»Nichts Neues?«

Als sie Basiles tiefe Stimme hörte, drehte sie sich um und lächelte ihn an. Ihre Gerüche vermischten sich und umgaben sie wie einen Schatten.

»Ich frage mich, wie lange es noch dauern wird …«

Der Kontrast zwischen Basiles dunklem Körper, unbehaart und schlank, und dem zerknitterten Weiß des Laken war schön.

»Einige Wochen, vielleicht auch noch Monate.«

»Glaubst du an diese Geschichte vom achtjährigen Zyklus?«

»Mario hat viele Fehler, aber er ist sehr gründlich. Seiner Arbeitsweise kann man absolut vertrauen. Stört es dich, dass er da ist?«

Camille setzte sich neben Basile aufs Bett und legte den Kopf auf seine Schulter.

»Ich habe den Eindruck, dass du der Diener eines faulen Königs bist!«

Basile fing laut an zu lachen.

»Ich nehme an einem Experiment teil, wo jeder seine Rolle zugewiesen bekommt. Meine besteht darin, Mario alles Lebensnotwendige zu besorgen und regelmäßig seinen Topf zu leeren. Ich fühle mich weder ausgenutzt noch erniedrigt.«

Camille sah ihn mit großen, besorgten Augen an.

»Wohin gehen wir, Basile? Ich meine, was wird aus der Menschheit werden?«

»Wer das voraussagen kann, ist wirklich klug. Entweder sind wir fähig, uns den weißen Damen anzupassen, oder wir werden verschwinden. Welche Bedeutung hat das schon? Schließlich gibt es auf der Erde nicht nur eine Lebensform. Der Mensch ist ein Parasit, der sich durchgesetzt hat. Vielleicht ist es jetzt Zeit, Platz zu machen.«

»Du hast aber auch schon mal gesagt, dass die Sphären uns wohlgesonnen sind …«

Basile runzelte die Stirn.

»Wohlgesonnen … das weiß ich nicht. Aber ich glaube nicht eine Sekunde lang daran, dass sie die Absicht haben, uns zu töten. Wenn wir nicht bald den fehlenden Schlüssel zur Kommunikation mit den weißen Damen finden, werden wir uns selbst ins Verderben stürzen und aussterben, weil wir dieses Planeten nicht mehr würdig sind.«

Zwei Wochen vergingen. Jeden Tag bereiteten Basile und Camille drei Mahlzeiten für Mario vor und brachten sie ihm. Sie wuschen seine Kleidung, füllten den Wasserkanister und reinigten den Nachttopf. Den Rest der Zeit widmeten sie Basiles Archiv und lasen alles noch einmal aufmerksam durch. Mario Götze zweifelte nicht einen Augenblick an seinem Tun; er war überzeugt, dass die Sphäre bald aus ihrem Schlaf erwachen würde. Glücklicherweise parkten die zwei Menschen, die mit dem Auto zu Basiles Haus kamen, der Lebensmittelhändler und der Briefträger, ihre Wagen auf dem Hof vor dem Haus, von wo aus sie die Kugel nicht sehen konnten.

In den Zeitungen, die Basile abonniert hatte, wurde weiterhin ausführlich über den Beschluss 4078 A der Vereinten Nationen geschrieben, der im Volksmund Isaaks Gesetz hieß. Jede Familie musste ein Kind bestimmen, das im Alter von drei Jahren den mit der Rekrutierung befassten Brigaden übergeben und in ein Sammellager gebracht wurde. Die Regierungen schickten Kontrolleure zu den Familien, die die Richtigkeit der Angaben überprüften – Änderung der Familienverhältnisse, Wohnortwechsel, Todesfälle, alles musste gemeldet werden. Die Vereinten Nationen rieten den Mitgliedsstaaten, harte Sanktionen für den Fall eines Betrugs einzuführen. In Frankreich und einigen anderen Ländern sprach man darüber, jede Täuschung des Staats wie eine Fahnenflucht nach dem Standrecht abzuurteilen und mit dem Tod zu bestrafen.

Camille erhielt einen Brief von Catel, in dem sie schrieb, dass Raphaël und sie noch zwei weitere Kinder bekommen wollten, um ihre Bürgerpflicht zu erfüllen. Sie antwortete nicht darauf. Die Propaganda der UN, die vom französischen Staat weitergetragen wurde, hatte sich bereits in den Köpfen der Menschen festgesetzt. Catel würde nichts begreifen, bis sie die Konsequenzen all dessen erlebte; bis sie am eigenen Leib erfuhr, was es bedeutete, wenn einem sein Kind entrissen wurde.

Camille dachte mit Bitterkeit, dass die schreckliche Maschinerie der Regierung eines ihrer Enkelkinder verschlucken würde, als ob der Fluch der Kamikazewaisen nun alle Menschen erfasst hatte. Sie beschloss, keinen Kontakt zu ihren Enkelkindern zu knüpfen. Die Wunde, die Nathans Verschwinden gerissen hatte, war nicht verheilt, und Camille fehlte die Kraft, diesen tiefen Schmerz noch einmal durchzustehen.

An diesem Morgen öffnete Basile die Fensterläden. Mit zärtlichem Blick betrachtete Camille seinen nackten Körper, dem das Alter nichts anhaben konnte. Mit ihm hatte sie die wahre Liebe entdeckt, in seinen Armen war sie zur Frau geworden. Sie dachte daran, ihre Wohnung in Millau zu verkaufen, um ganz in das Haus auf der Causse zu ziehen.

»Es ist was passiert!«, rief Basile.

Sie sprang aus dem Bett und lief zu ihm ans Fenster. Die kühle Morgenluft ließ sie frösteln. Die F1674 hatte sich um gut ein Drittel ihres Volumens vergrößert. Sie riss Basile das Fernglas aus der Hand und suchte fieberhaft den Fuß der weißen Sphäre ab.

Keine Spur von Mario. Der Deutsche war verschwunden, genauso wie das Stück Land, das die Kugel in sich aufgenommen hatte.

JASON

»Ich habe Arbeit gefunden, Maman.«

Mit einem triumphierenden Lächeln trat Jason in die Küche. Élodie konnte nicht verhindern, dass sie ihn wieder einmal mit Léo verglich. Jason hatte sich immer alle Mühe gegeben, ihr zu gefallen – vergeblich. Er würde niemals so anmutig und intelligent sein wie sein verschwundener Bruder. Sie hatte ihn spät bekommen; hatte geglaubt, dass ein weiteres Kind ihr helfen würde, ihren ersten Sohn zu vergessen. Aber das Gegenteil war der Fall gewesen: sie war noch mehr als zuvor in Trauer versunken. Zumal Ethan, Jasons Vater, ein angeberischer, mittelmäßiger Typ aus Toulon, nach einem Autounfall sieben Monate im Koma gelegen hatte, bis die Ärzte im Krankenhaus entschieden, sämtliche lebenserhaltenen Maßnahmen abzuschalten, und sie wieder allein dastand.

Irgendetwas hatte Élodie davon abgehalten, eine enge Bindung zu Jason zu entwickeln – sein wenig attraktives Äußeres, seine Ungeschicklichkeit, sein verzweifeltes Bedürfnis, es ihr recht zu machen, seine mangelhafte Aussprache, sein Körpergeruch oder auch seine Tischmanieren. Vielleicht war nach Léo aber auch ihre Mütterlichkeit aufgebraucht und ihr Herz zu Stein erstarrt. Sie kannte die Gesten, die Emotionen, die Reflexe der Liebe nicht mehr, als ob ihr Kopf und ihr Körper sie vor ihr selbst verstecken würden. Sie fragte sich oft, warum das Leben so grausam zu ihr war, warum man ihr Léo fortgenommen und Jason verschont hatte.

»Was für eine Arbeit denn?«

»Ich werde zur Rekrutierungsbrigade gehen, die in Toulon stationiert ist.«

Élodie brauchte ein gute halbe Minute, um eine Verbindung zwischen Jasons Ankündigung und einem Zeitungsartikel herzustellen, den sie vor einigen Tagen in *Provence Nouvelle* gelesen hatte. Seit die weißen Sphären in den Parks Borély und Grand Séminaire aufgetaucht waren und sie weder Radio noch Fernsehen empfangen konnte, hatte sie eine der vielen Tageszeitungen abonniert, die sich in Marseille, wie auch in allen anderen Großstädten, großer Nachfrage erfreuten.

»Dann gehörst du zu denen, die von Haustür zu Haustür gehen, um die Kamikazekinder abzuholen?«

Jason lächelte. Offenbar waren ihm die Konsequenzen seiner zukünftigen Arbeit nicht bewusst.

»Ich bekomme zweitausendfünfhundert Euro pro Monat während der Ausbildung, danach dreitausendfünfhundert. Außerdem eine Dienstwohnung und noch etliche andere Sozialleistungen.«

Beinahe hätte Élodie ihn angeschrien, dass er nur ein idiotischer Junge war, dass er Verzweiflung über die Menschen bringen würde, ein Unglücksbote, aber ihr fehlte der Mut dazu, und sie wollte es auch gar nicht. Die UN-Mitgliedsstaaten hatten sich einstimmig darauf geeinigt, jeder Familie ein Kind wegzunehmen, und man brauchte Leute, die diese dreckige Arbeit erledigten. Jason würde endlich seinen Lebensunterhalt selbst verdienen und ihr mit seinen fünfundzwanzig Jahren nicht mehr auf der Tasche liegen. Andere Mütter würden den Schmerz des Verlusts eines Kindes kennenlernen. Und so wie sie vor dreißig Jahren das Leid der turkmenischen Mutter auf sich genommen hatte, als diese im Fernsehen aufgetreten war, hoffte sie nun, auch wenn sie es sich nicht eingestand, dass die Verteilung der Last auf viele Schultern ihre eigene leichter machen würde.

»Wann fängst du an?«

»Nächste Woche. Wir werden zunächst in früheren Marinekasernen untergebracht. Dann werden die Brigaden in der Region verteilt.«

»Du hast keine Angst …«

Sie zögerte weiterzusprechen. Sie durfte ihn nicht entmutigen. Er sollte so schnell wie möglich aus ihrem Leben verschwinden. Sie fühlte sich alt, verbraucht, unnütz. Sie hatte nur noch einen Wunsch: sie wollte in der Einsamkeit und der Erinnerung an Léo versinken.

»Wovor?«

»Dass einige Familien sich heftig dagegen wehren.«

Jason blickte selbstsicher drein und plusterte sich auf wie ein Pfau – das kannte sie von ihm nicht. »Wir sind bewaffnet, und wir haben die Erlaubnis zu schießen, wenn man sich uns widersetzt.«

Seine braunen Augen leuchteten. Die Armee würde keine Mühe haben, ihn für ihre Zwecke zu formen. Er würde sämtliche Drecksarbeiten perfekt ausführen. In Élodie keimte ein Gefühl auf, das noch nie zuvor aus den Tiefen ihrer Seele emporgestiegen war: Verachtung. Sie fragte sich, wie in ihrem Inneren ein Wesen heranwachsen konnte, das so schwach und mittelmäßig war. Sie gab Ethan die Schuld dafür. Er war ein unbedeutender Mann in ihrem Leben gewesen, der krankhaft eifersüchtig gewesen war. Dann machte sie sich wegen ihrer eigenen Reaktion Vorwürfe.

»Ich werde dann wohl meine Sachen packen«, sprach Jason weiter.

»Mach dir keine Gedanken, ich helfe dir.«

Er kam auf sie zu, wie eine Katze, die gestreichelt werden wollte.

»Freust du dich für mich, Maman?«

Sie legte ihre Hand auf seinen Unterarm. Die Berührung widerte sie an. Das Geschrei von Fußball spielenden Kindern im Hof drang nach oben. Der Bürgermeister hatte früher vorgehabt, die Siedlung abzureißen und die Bewohner in neuen Wohnhäusern unterzubringen, aber als die Sphären auftauchten, wurde das Projekt auf den Sankt-Nimmerleinstag verschoben. Nachdem sie bei der Versicherungsgesellschaft in Deux-Sévres gekündigt hatte, war sie für kurze Zeit zu ihrer Schwester in die Nähe von Cannes gezogen. Danach hatte Élodie große Schwierigkeiten gehabt, wieder Arbeit zu finden. Schließlich hatte sie sich mit einem Job als Verkäuferin in einer Bäckerei begnügen müssen und konnte sich nur eine kleine Zwei-Zimmer-Wohnung in dem heruntergekommenen Viertel La Granière leisten. Dort hatte sie Ethan getroffen, der sieben Jahre jünger war als sie. Als er kurze Zeit später aus seiner Wohnung hinausgeworfen worden war, war er bei ihr eingezogen. Sie wusste bis heute nicht genau, warum sie eine Beziehung mit ihm angefangen, und noch weniger, warum sie ihn zum Vater ihres zweiten Kindes gemacht hatte. Die meiste Zeit hatten sie miteinander gestritten. Ethan war ein Langzeitarbeitsloser, er hatte keine neue Stelle gesucht, und er hatte sich auch nicht um seinen Sohn gekümmert. Lieber hatte er mit seinen Kumpanen Karten gespielt. Sobald Élodie von der Arbeit heimgekommen war, war er abgehauen und hatte sich seinen Zigaretten- und Cannabis-Schiebereien gewidmet. Am Morgen nach einer dieser nächtlichen Expeditionen hatte man seinen Wagen – Élodies Auto – am Fuß einer Steilküste gefunden. Eingezwängt in den kaputten Blechhaufen rang Ethan mit dem Leben. Die Polizei war zu dem Schluss gekommen, dass es ein Unfall gewesen war, hatte aber auch von einer Abrechnung unter Schiebern gesprochen.

»Natürlich freue ich mich für dich«, antwortete sie schließlich. »Jetzt hast du eine Zukunft.«

»Ich werde dich regelmäßig besuchen kommen.«

Élodie zwang sich zu einem Lächeln.

»Davon gehe ich aus.«

Er fuhr sich nervös über die Lippen.

»Ich habe zufällig ein paar Fotos von Léo gefunden …«

»Und?«, fragte sie mit eisiger Stimme.

Jasons Augen füllten sich mit Tränen.

»Ich habe nicht geschafft, dass du ihn vergisst, stimmt's?«

Sie versuchte, seinen Worten zu entkommen, indem sie einen Schritt zurückwich.

»Was sagst du da? Es gibt gar keinen Grund, warum ich Léo vergessen sollte. Ihr steht nicht in Konkurrenz zueinander.« Sie hatte den Eindruck, dass die Lügen wie hässliche

Kröten aus ihrem Mund sprangen. »Léo war gerade mal drei Jahre alt, als er verschwand. Im Gegensatz zu dir habe ich ihn nicht aufwachsen sehen.«

Mit einer schnellen Bewegung streckte Jason den Arm aus, fasste das Kinn seiner Mutter und zwang sie, den Kopf zu heben.

»Schau mir in die Augen, Maman. Und sag mir noch mal, dass du Léo und mich nie miteinander verglichen hast.«

»Lass mich los! Du tust mir weh ...«

Plötzlich bekam sie Angst. Er hatte den Verstand eines Kindes, aber die Kraft eines Mannes. In diesem Moment glich er seinem Vater: angeschwollene Halsadern, weit aufgerissene Augen, den Mund vor Wut verzerrt. Sein Arm schwebte über ihr, die Hand zur Faust geballt. Ethan hatte sie auch zweimal geschlagen, einmal ins Gesicht und einmal auf die rechte Brust. Mehrere Wochen lang hatte sie starke Schmerzen gehabt. Jetzt versuchte sie, sich zu wehren, aber Jason drückte sie so heftig gegen die Wand, dass es ihr den Atem nahm. Die Worte, die sich in ihrer Kehle drängten, konnte sie nicht aussprechen: Nein, ich habe dich niemals geliebt, ja, du bist nur ein blasser Abklatsch deines Bruders, ja, ich bedauere, dass ich dir das Leben geschenkt habe, ja, ich kann es gar nicht abwarten, dass du endlich abhaust, nein, ich will dich nicht wiedersehen.

»Die weißen Sphären«, stotterte sie. »Sie haben alles verdorben. Sie haben uns alle zu Monstern gemacht.«

Tränen traten in ihre Augen und liefen ihr über die Wangen. Jason ließ sie los, trat mit gesenktem Kopf zwei Schritte zurück und murmelte:

»Jetzt habe ich meine Antwort.«

Er war nicht so dumm, wie sie glaubte. Sie hatte sich nie Zeit für ihn genommen. Sie kannte ihn nicht.

»Du musst meine Sachen nicht zusammensuchen«, sagte er und ging in den Flur. »Ich gehe heute noch, und ich komme auch nicht mehr wieder.«

Sie versuchte nicht, ihn zurückzuhalten. Ihr Herz war wie aus Stein. Sie fragte nur mit lauter Stimme:

»Brauchst du Geld?«

»Behalt deine Kohle für dich.«

Die Tasche über die Schulter geschwungen, irrte Jason fast den ganzen Tag durch Marseille und grübelte. Ein beißender Geruch nach Diesel, Gas und Fäulnis hing in den Straßen der Stadt. Zwischen dem Boulevard de la Libération und La Canebière begegnete er einem Zug von Frauen und Männern, die Plakate und Spruchbänder schwangen. Die große Gruppe bewegte sich in Richtung Vieux-Port. Die Sprüche waren in rot und schwarz gemalt: *Unsere Kinder gehören uns! Rühr mein Kind nicht an! Isaaks Gesetz = Schurken-Gesetz. UN: Kinderschänder!*

Jasons Blick traf den einer etwa zwanzigjährigen Demonstrantin mit rundem, munteren Gesicht. Unter einem bunten Haarband schienen dunkle Locken hervor. Ihr Lächeln war einladend, und er ging auf die junge Frau zu. Sie trug ein Schild, auf dem in krummen Buchstaben stand: *UNO = Baal.*

»Was heißt das, Baal?«

Sie sah ihn überrascht an, dann antwortete sie:

»Liest du keine Zeitungen?«

Er schüttelte enttäuscht den Kopf. Ihm war klar, dass sich das Gespräch nicht gerade zum Besten entwickelte.

»Baal ist ein Gott der Antike, dem die Karthager und die Phönizier ihre Kinder opferten.«

Er verzichtete darauf, zu fragen, wer die Karthager und die Phönizier waren.

»Warum redest du von Opferungen?«, fragte er. »Es geht doch nur darum, die Sphären zu bekämpfen, und bis jetzt haben wir noch kein anderes Mittel gefunden als die Kamikazekinder.«

Die junge Frau zog die Augenbrauen zusammen.

»Das sagst du, weil du keine Kinder hast.«

»Hast du denn welche?«

»Noch nicht. Aber ich will auf jeden Fall Kinder bekommen, und ich will bestimmt nicht, dass jemand kommt und mir eins von ihnen wegnimmt, um ihm einen Bombengürtel umzuschnallen.«

»Das ist aber deine Pflicht, oder?«

In ihren Augen erkannte er den gleichen flüchtigen Ausdruck von Verachtung, den er nur wenige Stunden zuvor bei seiner Mutter wahrgenommen hatte.

»Ich habe die Pflicht, die Unschuldigen zu beschützen, und ganz sicher nicht, sie in den Tod zu schicken.«

»Dir ist es also lieber, wenn die Sphären uns alle vernichten?«

Mit einem Ruck fuhr sie zurück, als ob sie sich von einer Giftschlange entfernen würde. »Du scheinst ja das Sprachrohr der UN zu sein!«

Er verstand nicht, warum seine Worte wie eine Beleidigung klangen. Ihm schienen die Vereinten Nationen der einzige Schutz gegen die Ausbreitung der Kugeln zu sein.

»Du hast meine Frage nicht beantwortet.«

»Ich ziehe es vor, zusammen mit dem Rest der Menschheit unterzugehen, als bei einer solchen Gräueltat mitzumachen!«

»Und warum haben die Menschen nicht demonstriert, als man die Waisen in den Tod geschickt hat?«

Sie keuchte und zuckte verdrossen mit den Schultern. Hinter ihr zogen weiterhin Demonstranten die Straße entlang und verfluchten lauthals die Vereinten Nationen und die französische Regierung. Der Himmel wurde dunkel, zwischen den Gebäuden schlich sich heimtückisch die Nacht heran.

»Auf welchem Planeten lebst du eigentlich? Überall auf der Welt protestieren mutige Menschen, ganz gleich welcher Religion sie angehören, welche Überzeugungen sie haben, gegen den wiederholten Einsatz von Kamikazewaisen. Aber bisher wurden sie immer von der Armee und von der Polizei, häufig unter Anwendung extremer Gewalt, zum Schweigen gebracht.« Sie deutete mit dem Arm zum Ende des Zugs. »Die Bullen warten darauf, dass wir uns im Vieux-Port zusammendrängen. Dann rücken sie an. Und sie werden uns nichts schenken.«

»Du hast noch genug Zeit, abzuhauen …«

»Und ihnen recht geben? Kommt nicht infrage. Sie können uns nicht gegen unseren Willen zu Barbaren machen.«

»Wie heißt du?«

Sie reihte sich wieder in den Zug der Demonstranten ein.

»Wieso fragst du? Glaubst du, wir sehen uns wieder?«

Trotz ihres verächtlichen Gesichtsausdrucks sah sie hübsch aus.

»Das kann man nie wissen. Ich heiße Jason.«

Die junge Frau fand zu einem fröhlichen Lächeln zurück.

»Na, zumindest haben wir eines gemein: die griechische Mythologie. Ich heiße Iphigénie.«

Der Strom der Demonstranten riss sie mit sich.

Jason lief mit schnellen Schritten den Boulevard de la Libération bis zur Avenue des Chartreux hinauf. Er hatte es eilig, nach Toulon zu kommen und seine Ausbildung zu beginnen.

ACHILLE

Inzwischen zählen wir mehr als zweieinhalb Millionen Kugeln. Vielleicht sind es noch mehr, einige befinden sich an unzugänglichen Orten. Ihre magnetische Aktivität wird immer stärker und stört unsere Strom- und Telefonnetze. Die Verwendung von Elektronik und Informationstechnologie ist nicht mehr möglich. Als Folge davon erleben wir eine rückläufige Entwicklung der Technologie, wie wir sie noch nie erlebt haben. Wir müssen dringend andere Kommunikationsmittel finden. Vielleicht sollten wir im Bereich der künstlichen DNA suchen, die fantastische Möglichkeiten verspricht. Die Außerirdischen, mit denen wir gerade konfrontiert werden und die von den Menschen auf aller Welt nur die Sphären genannt werden, halten uns zurzeit in Schach. Dennoch, die neuen, von den Pädokaze – so nennt man die Bombenkinder jetzt – getesteten Sprengstoffe weisen auf eine vielversprechende Zukunft hin. Einige der Sphären schienen von dem Volumenverlust ernsthaft mitgenommen zu sein. Sie haben ihren Umfang auf ein Drittel des ursprünglichen Volumens reduziert und über mehrere Wochen hinweg eine dunkelgraue Farbe angenommen, die man bis dahin noch nie an ihnen beobachtet hatte. Wir sollten also in dieser Richtung weitermachen. Wir sollten Isaaks Gesetz weiterhin anwenden und, so schrecklich es auch scheinen mag, die Rekrutierung der Kinder verstärken. Wir haben keine anderen Soldaten, mit denen wir die Eindringlinge, die uns auf machiavellistische Art und Weise auslöschen wollen, bekämpfen können. Wir müssen unsere Meinungsverschiedenheiten beilegen, um gemeinsam voranzuschreiten. Die führenden Persönlichkeiten der Weltreligionen, Christen, Juden, Muslime, Hindus und Buddhisten unterstützen uns offiziell in diesem Kampf …

Basile hörte auf zu lesen, legte die Zeitung auf seinen Schreibtisch und rückte seufzend seine Brille zurecht.

»Der Rest ist genauso für die Tonne«, fügte er mit müder Stimme hinzu. »Unser Präsident hat nicht viel Fantasie. Er gleicht einem Papagei, der sich damit begnügt, Wort für Wort die Argumente des UN-Generalsekretärs zu wiederholen. Sicher wird es etliche Protestkundgebungen geben, aber die Masse der Bevölkerung wird sich nicht gegen Isaaks Gesetz wehren. Die Tumulte, zu denen es ab und zu überall auf der Welt mal kommt, sind einfach nur Aufwallungen vollkommener Verzweiflung. Die Menschen sind wie Insekten, die in einem Glas gefangen sind.«

Camille stand gegen das Fenster gelehnt und hatte ihre Augen auf die F1674 geheftet. Seitdem sie sich vor sieben Monaten so plötzlich aufgebläht hatte, war sie still und unbeweglich. Man hätte sie für tot halten können, oder für einen Stein, wenn sie nicht weiterhin die Schwingungen und Vibrationen ausgesendet hätte, die Basile und Camille in Kopf und Körper spürten. Der Versuch von Mario Götze hatte nicht funktioniert. Sie hatten den Deutschen hinter der weißen Sphäre gefunden, lebendig und halb nackt. Die Kugel hatte ihn nicht in sich aufgenommen, sondern ihn beim Ausdehnen hatte lediglich wie ein Bulldozer etwa fünfzig Meter vor sich hergeschoben und ihm dabei einige Kleidungsstücke zerrissen. Die weiße Materie hatte sich geweigert, sich zu öffnen, und ihn einfach beiseite gewälzt. Sie konnte also zwischen menschlichen Organismen und pflanzlichen oder mineralischen Gebilden unterscheiden; genauso machte sie einen Unterschied zwischen Menschen über oder unter vier Jahren, was eine hochentwickelte Intelligenz bewies.

Der Lebensmittelhändler hatte angeboten, den am Boden zerstörten Mario zum Bahnhof von Millau zu fahren. Camille wollte nicht mehr in die düstere Atmosphäre der Stadt zurückkehren, die sich unter ihrem berühmten Viadukt zusammenkauerte. Sie hatte Basile ihren Wunsch gestanden, in der stillen Karsthochebene von Larzac zu bleiben. Die Entscheidung hatte den Ufologen sehr gefreut.

Nach einem langen, harten Winter versetzte die Rückkehr des Frühlings Camille in heitere Stimmung.

»Was können wir tun?«, murmelte sie.

»Weitermachen. Bis zum bitteren Ende. Denn egal, was die Verantwortlichen behaupten, die Pädokaze können die weißen Sphären nicht zerstören.«

»Ich hasse dieses Wort, es macht mir Angst«, unterbrach ihn Camille.

»Die Angst rührt von seiner Bedeutung her, nicht vom Wort ›Pädokaze‹. Die weißen Damen ziehen sich nach den Explosionen nur zusammen wie verletzte Tiere, und nach einiger Zeit regenerieren sie sich. Wir müssen weiterhin versuchen, mit ihnen in Kontakt zu treten und diesen Wahnsinn hier zu beenden.«

Die Erinnerung an Nathan stieg in Camille auf, das Gefühl glich einer sanften, wohlduftenden Brise. Sie fragte sich, was wohl aus Élodie geworden war, der jungen Frau aus Deux-Sèvres, die sie damals interviewt hatte, und aus Claire Sorza und Hayet Mehid, von der sie schon lange nichts mehr gehört hatte. Die Zeit, die sogar Kinder verschlang, nahm sie selbst nur sehr langsam in sich auf.

»Die Angst treibt uns in die Irre.« Sie wandte den Blick von der Sphäre und stellte wieder einmal fest, dass sie durch die glatte, weiße Oberfläche nicht hindurchsehen konnte. »Wir haben uns immerzu Feinde ausgedacht, um unser absurdes Verhalten zu rechtfertigen …«

Sie wurde von Motorendröhnen unterbrochen.

»Erwartest du jemanden?«, fragte Basile.

»Nein, niemanden. Und du?«

Es klopfte mehrmals heftig an der Tür. Basile ging in die Eingangshalle, Camille folgte ihm. Vier junge Männer in blauen Uniformen mit Sturmgewehren und blauen Helmen standen im Hof.

»Wir kommen im Auftrag der Volkszählung«, erklärte einer der Soldaten. Die dunklen Spangen auf seiner Schulter und die auf seiner Brust aufgestickten Buchstaben UN-F deuteten darauf hin, dass er ein Offizier war. In einiger Ferne parkte der Wagen der Miliz, ein imposanter, blauer Geländewagen mit Blaulicht auf dem Dach. Auf der Motorhaube und den Türen prangte golden das Symbol der UN.

»Unsere Brigaden kontrollieren den Sektor Millau. Würden Sie bitte einige Fragen beantworten?«

»Und wenn wir uns weigern?«, entgegnete Basile.

»Sie haben keine Wahl. Wenn Sie sich widersetzen, sind wir berechtigt, Gewalt anzuwenden.«

»In dem Fall ...«

Basile trat einen Schritt zurück, um den Mann eintreten zu lassen. Ein zweiter junger Mann kam mit ihnen, die zwei anderen überprüften die Umgebung des Hauses. Im Esszimmer setzten sich die Soldaten an den großen Tisch. Der Offizier zog ein Formular aus der Tasche seiner Uniform und breitete es sorgfältig auf der Tischdecke aus.

»Da die Computer nicht mehr funktionieren, arbeiten wir wieder wie in alten Zeiten mit Papier und Bleistift. Die ausgefüllten Datenblätter werden im Innenministerium zentral gesammelt und unserer Kontrollbehörde übergeben, die uns dann mit neuen Informationen versorgt.«

»Das System scheint gut organisiert zu sein.«

Der Mann warf Camille einen scheelen Blick zu. Weder seine Ordensspangen, noch sein Helm, noch sein Gewehr konnten ihm das stattliche Aussehen und die Autorität eines Befehlshabers verleihen.

»Es wird gerade eingerichtet, Madame. Ich brauche Ihre Vor- und Nachnamen und Ihre Geburtsdaten.«

Sie gaben ihm die gewünschten Informationen. Der Offizier füllte akkurat die Kästchen des Formulars aus, nur manchmal zögerte er.

»Sonst wohnt niemand mehr im Haus?«

»Nur wir beide.«

Basile sprach mit gelassener Stimme, er bemühte sich, die Ruhe zu bewahren und allen Schwierigkeiten aus dem Weg zu gehen. Er wollte die Unterredung so schnell wie möglich beenden. Die Besucher waren jung und gründlich konditioniert worden. Sie würden den geringsten Anlass zum Vorwand nehmen, ihre Autorität zu beweisen, indem sie von ihren Waffen Gebrauch machten.

»Sie haben keine Familie?«

»Meine Eltern sind tot. Ich habe noch zwei Schwestern, die in der Nähe von Toulouse leben.«

»Keine Kinder?«

»Nicht dass ich wüsste!«

Basiles ironische Bemerkung ließ den Mann kalt.

»Und Sie, Madame?«

»Ich habe eine Tochter, die in Paris wohnt.«

»Hat sie Kinder?«

»Ich nehme an, dass Ihre Kollegen in Paris schon bei ihr waren oder demnächst zu ihr gehen.«

Der Offizier hob wieder den Kopf und sah Camille drohend an.

»Zweifellos. Aber wir haben die Anweisung, unsere Informationen abzugleichen. Ich wiederhole: Hat Ihre Tochter Kinder?«

»Eines, soviel ich weiß.«

»Die Adresse?«

Camille erkannte Missbilligung in Basiles Augen. Auch sie hatte kein Interesse daran, den Zorn ihres Gesprächspartners zu erregen, aber es fiel ihr furchtbar schwer, sich zu beherrschen. Die Arroganz des jungen Gockels in der nagelneuen Uniform ihr gegenüber zehrte an ihren Nerven.

»Sie ist umgezogen. Die neue Adresse ist mir nicht bekannt.«

Obwohl sie sich um einen sachlichen Ton bemühte, schwang unterdrückte Wut in ihrer Stimme.

»Der Name Ihrer Tochter?«

»Catel Grosjean. Falls sie nicht den Namen ihres Ehemannes angenommen hat.«

»Wie schreibt man Catel?«

»C A T E L. Und Sie, junger Mann, wie heißen Sie?«

Der Offizier schrieb alles auf, dann ließ er seinen Blick betont langsam über die zwei Menschen ihm gegenüber gleiten.

»Ich muss Sie darauf hinweisen, dass wir in Kriegszeiten leben und deshalb jede Falschangabe mit einer schweren Gefängnisstrafe geahndet wird.«

»Sie können das ganze Haus durchsuchen oder sogar unsere Gehirne öffnen, sie werden nichts weiter finden«, erwiderte Camille.

Vor Verärgerung stieß der Mann einen lauten Seufzer aus. Seine Lippen zuckten. Basile warf Camille einen zugleich entschiedenen und flehentlichen Blick zu. Sie hatten Besseres zu tun, als den Zorn dieser aufgeblasenen, arroganten Soldaten zu erregen.

Der Offizier deutete mit dem Arm aus dem Fenster, das auf die Causse hinausging.

»Ist die Kugel schon lange da?«

»Die F1674? Ungefähr seit fünfzehn Jahren«, antwortete Basile ruhig und in der Absicht, die Gemüter wieder zu beruhigen.

»Sie stören sich nicht an ihr?«

»Nicht, solange sie nicht bis zum Haus kommt. Wir haben Glück, sie wächst nur langsam.«

»Dann hoffen wir für Sie, dass wir eine Lösung des Problems finden, bevor die Kugel Ihr Haus verschluckt. Sie sollten hier besser nicht wohnen bleiben.«

»Wir denken daran, uns Brieftauben zuzulegen, damit wir eine Verbindung zur Außenwelt haben.«

Der Offizier nickte, dann stand er auf und wandte sich zur Tür. Sein Kamerad folgte ihm. Die Hand auf der Türklinke, drehte er sich noch einmal um.

»Ich habe mich noch gar nicht vorgestellt: Mein Name ist Achille Bonchamps. Vielen Dank, dass Sie uns empfangen haben. Ich wünsche Ihnen noch einen schönen Tag.«

Die zwei Männer verließen das Haus. Camille brütete noch einen Moment vor sich hin, dann sprudelte es aus ihr hervor:

»Man könnte fast meinen, wir seien im letzten Jahrhundert gelandet! Diese kleinen Idioten glauben, sie haben das Recht, über Leben und Tod ihrer Mitbürger zu entscheiden! Wie die Miliz im Zweiten Weltkrieg!«

»Sie sind wie alle jungen Leute, die man im Namen des Gesetzes mit Macht und Waffen ausstattet.«

Camille ließ ihre Hand in Basiles gleiten.

»Ich habe den Eindruck, dass jetzt die Nacht über die Welt hereinbricht.«

»Das ist schon eine Weile so. Meine Haut ist schon ganz schwarz geworden!«, rief Basile aus und lachte.

»Hast du das mit den Tauben ernst gemeint?«

»Eigentlich nicht, aber vielleicht sollten wir wirklich darüber nachdenken …«

Camille fragte sich, wie Catel reagieren würde, wenn die Männer in blauer Uniform an ihrer Tür klingelten, um ihr

ihr Kind wegzunehmen. Wie würden all die anderen Mütter reagieren? Waren sie fähig, die Liebe zu ihrem Kind zu ersticken, um ihre Pflicht zu erfüllen?

Basile betrachtete durch das Fenster die runde, beeindruckende Form der weißen Kugel.

»Und wenn sie unsere letzte, unsere einzige Hoffnung sind?«

PELOPS

Catel hatte den Namen ihres dritten Kindes, das sie als Pädokaze gemeldet hatte, in einem Lexikon der Mythologie gefunden. Ulysse, der Älteste, hatte vor zwei Monaten das erlösende Alter erreicht, und Diane, die Jüngste, wurde bald zwei Jahre alt. Sie war gerade zur Welt gekommen, als die Brigade plötzlich in der Wohnung im 18. Arrondissement aufgetaucht war. Catel hatte die Befreiung ihrer Tochter hart verhandelt; sie hatte eine Erklärung unterschrieben, in der sie sich verpflichtete, in den nächsten zwölf Monaten noch ein weiteres Kind zu bekommen, das sie, egal ob Junge oder Mädchen, der Rekrutierungsstelle übergeben würde. Raphaël war mit Camilles Namenwahl für ihren jüngsten Sohn einverstanden gewesen: Pelops, der Sohn von Tantalos, den sein Vater den Göttern des Olymp zum Essen serviert hatte.

Catel bemühte sich, keine Zuneigung zu dem Kind zu fassen. Sie zog ihn auf wie ein Tier, das für den Schlachthof bestimmt war. Deshalb gab sie ihm auch nicht die Brust, wie ihren zwei anderen Kindern, sondern verabreichte ihm einfach eine minderwertige Pulvermilch, die man seit gut drei Jahren in jedem Supermarkt kaufen konnte. Die Hersteller hatten diesen Produkten Namen wie »Ersatzmilch«

oder »Milch des Verzichts« gegeben, zweifellos handelte es sich um ein billiges Lebensmittel für die Pädokaze, die man auch Isaaks nannte. Catel nahm Pelops niemals auf den Arm, die Windeln wechselte sie erst kurz bevor sie überliefen und gebadet wurde er auch nur, wenn er sehr stark roch. Dann hielt sie den Brausekopf fest in der Hand, um seinen Körper nicht zu berühren, und puderte anschließend schnell den roten Hintern und die Oberschenkel ein. Zwischen den Mahlzeiten ließ sie ihn stundenlang allein in seinem Bettchen liegen, sie kam nicht zu ihm, wenn er nachts herzzerreißend weinte, und sie verbot seinen Geschwistern, seine kleine, zum Zimmer umfunktionierte Kammer zu betreten. Sie bedauerte bitterlich, dass Raphaël und sie nicht einfach bis zu seinem dritten Lebensjahr eine Kinderfrau anstellen konnten. Die Lebenshaltungskosten waren beträchtlich gestiegen, aber die Gehälter bei der Post waren nicht angepasst worden. Außerdem hatte ihr Chef sie zu drei Jahren Elternzeit gezwungen. Die Regierung hatte ein Gesetz erlassen, das einen Elternteil verpflichtete, auf das angemeldete Kind bis zum Tag der Rekrutierung zu Hause aufzupassen. Die UAKI, Unternehmen zur Aufzucht der Kleinen Isaaks, schossen überall wie Pilze aus dem Boden. Sie übernahmen die komplette Betreuung der Pädokaze bis zu ihrem dritten Lebensjahr, übergaben die Kinder dann direkt der zuständigen Behörde und stellten ein entsprechendes Zertifikat aus. Aber dieser Service blieb einer reichen Minderheit vorbehalten. Die meisten Familien mussten sich selbst um ihre kleinen Isaaks kümmern.

Catel schenkte ihre ganze Zuneigung ihren zwei anderen Kindern: Ulysse, ein schelmischer, charmanter Junge, und

Diane, ein äußerst lebhaftes Mädchen, das ihrer Großmutter verblüffend ähnlich sah. Catel überhäufte diese zwei mit Liebkosungen, Küssen und Aufmerksamkeiten jeglicher Art. Grundkenntnisse im Lesen und Schreiben vermittelte sie ihnen selbst. Ulysee würde nächsten Herbst in die Schule kommen, aber Diane würde noch bis zu ihrem vierten Lebensjahr in der geschlossenen Wohnung bleiben – auch wenn in der Umgebung ihres neuen Zuhauses keine Sphäre entdeckt worden war. Das Mädchen fragte ständig, wann es denn mal nach draußen dürfe, aber Catel erklärte ihr jedes Mal geduldig, dass die Welt da draußen für ein Kind ihres Alters sehr gefährlich sei. Sie durfte nur ab und zu auf den Balkon, um frische Luft zu schnappen. Die zwölf Quadratmeter große Fläche umgab eine hohe Glasbalustrade, die auch einige Grünpflanzen schmückten.

Raphaël interessierte sich ebenfalls wenig für Pelops. Er hatte keinen Grund, sich seinem Sohn zu nähern, zumal er die lästige Pflicht des Fütterns und Windelwechselns allein Catel überließ. Er sprach nie über sein drittes Kind, als ob er den Jungen schon vor seinem Verschwinden aus seinem Gedächtnis gestrichen hatte. Abends kam er immer später nach Hause. Dann war er mit Einkaufstaschen beladen, seine Augen glänzten, und er roch nach Alkohol. Er aß zu Abend, ohne einen Ton von sich zu geben, sein Schweigen umgab ihn wie eine Mauer. Später spielte er ein wenig mit den beiden ältesten Kindern und trank dabei den ersten Whisky des Abends. Sobald die Kinder im Bett waren, las er die Zeitung und kippte sich noch drei oder vier weitere Gläser Whisky hinter die Binde. Dann ging er ins Schlafzimmer, zog sich aus und fiel, ohne die Zähne zu putzen, ins

Bett, wo er augenblicklich wie ein Stein schlief. Catel fasste er nicht mehr an, als fände er ihren Körper seit ihrer letzten Schwangerschaft abstoßend. Es stimmte, die Haut am Bauch war schlaff, ihre Beine und Oberschenkel waren dicker geworden und ihr Busen hing ein wenig, aber wenn sie sich in dem großen Standspiegel im Bad betrachtete, fand sie ihr Aussehen alles in allem annehmbar, vor allem, wenn sie sich mit einigen Freundinnen verglich, die mit vierzig richtig dick geworden waren. Auch Raphaël bot nicht mehr die stattliche Erscheinung, die sie bei ihrer ersten Begegnung so fasziniert hatte. Er war füllig geworden, und ein grauer Schatten hüllte ihn ein, der sich zuerst in seinen Haarwurzeln festgesetzt hatte. Eine Zeit lang hatte sie ihn verdächtigt, eine Affäre zu haben, dann hatte sie sich gesagt, dass er, vom Alkohol betäubt, keine Kraft mehr hatte, sein Verlangen auszuleben.

Catel hatte auch nichts von ihrer Mutter gehört, die ihre Wohnung in Millau verkauft hatte, um sich auf der Karsthochebene von Larzac niederzulassen. Auf die Karten, in denen sie von Dianes und Pelops Geburt geschrieben hatte, hatte sie keine Antwort erhalten, obwohl sie darauf geachtet hatte, die Post an Basiles Adresse zu schicken. Hatte ihre Mutter entschieden, endgültig die Brücken hinter sich abzubrechen? Und wenn ja, warum? Catel verlor sich in Vermutungen. Ihre Mutter und sie hatten sich so oft gestritten – im Grunde jedes Mal, wenn sie miteinander sprachen –, dass ihre letzte Auseinandersetzung nicht der Grund für den Abbruch der Beziehung sein konnte. Hatte sie einen Unfall gehabt? War sie schwer erkrankt? Catel glaubte keines von beiden. Sie war vielmehr der Meinung, dass Camille unter

Basiles Fuchtel stand, der sie zwang, den Kontakt zu ihrer Tochter aufzugeben. Catel hatte vor, in den Süden zu reisen, sobald sie Pelops den Rekrutierungsbrigaden übergeben hatte und Diane vier Jahre alt geworden war. Raphaël hatte schon angekündigt, dass er sie auf dieser Reise nicht begleiten würde. Er hatte kein Interesse an einer Schwiegermutter, die bei der Geburt ihrer Enkelkinder keinerlei Reaktion gezeigt hatte. Catel würde also allein ein Auto mieten und in den Larzac fahren müssen, während Raphaël in Paris zur Arbeit ging, um die Miete und die Rechnungen zu bezahlen.

Es klopfte an der Tür. Zwei Soldaten der Rekrutierungsbrigade standen auf dem Treppenabsatz. Sie trugen Helme und waren mit Sturmgewehren bewaffnet. Einer von ihnen war bereits wenige Tage nach Dianes Geburt da gewesen. Der sanfte Flaum, den er damals oberhalb der Lippe gehabt hatte, war zu einem Schnurrbart geworden und hatte dieselbe kastanienbraune Farbe wie seine Haare. Jetzt zog er ein Blatt aus einer Tasche seiner Uniform und hielt es ihr hin.

»Guten Tag, wir sind gekommen, um zu überprüfen, ob … äh … ob Sie, wie vereinbart, Ihr drittes Kind zur Welt gebracht haben.«

Seinem Akzent nach zu schließen stammte er aus dem Osten Frankreichs, vielleicht aus den Vogesen. Catel bedeutete den Männern einzutreten und führte sie zu der Kammer, wo Pelops' Wiege stand.

»Sehen Sie selbst.«

Der schnurrbärtige Soldat beugte sich vor, um das Kind aus der Nähe zu betrachten.

»Ein hübscher Junge«, sagte er, zweifellos in dem Glauben, der stolzen Mutter damit zu schmeicheln.

Catels Blick fiel auf das Gesicht ihres Sohnes. Plötzlich wurde ihr bewusst, wie schön Pelops war, als würde sie ihn in diesem Moment zum ersten Mal sehen. Perfekte Gesichtszüge, blonde Engelslocken, große, himmelblaue Augen, ein wunderhübsches Gesicht. Eine eiskalte Klinge durchfuhr sie vom Kopf bis in den Magen.

»Welche Bedeutung hat das schon«, murmelte sie, kurz davor, in Tränen auszubrechen, »wenn man bedenkt, wofür Sie ihn benutzen werden? Warum Sie gekommen sind? Ich habe das Kind zu Hause zur Welt gebracht, aber die Hebamme hat die Geburt den Behörden gemeldet.«

Der Soldat warf ihr einen unfreundlichen Blick zu.

»Wir überprüfen die Wohnungen, um jede Gesetzesverletzung anzeigen zu können. Immer mehr Kinder werden heimlich geboren.«

»Und wenn ich eine Fehlgeburt erlitten hätte, oder wenn Pelops etwas zugestoßen wäre, was wäre dann passiert?«

»Solange Sie uns ein ordnungsgemäßes ärztliches Attest vorlegen können, bekommen Sie keine Schwierigkeiten. Wenn Ihre Tochter altersmäßig noch infrage kommt, nehmen wir sie als Ersatz. Wenn sie älter ist, müssen Sie uns einen neuen Isaak liefern. Und wenn sie keine Kinder mehr bekommen können, müssen Sie eine Solidaritätssteuer zahlen.«

Catel legte die Hand auf Dianes Kopf, die den Besuch in der Wohnung genutzt hatte und klammheimlich durch den Türspalt in die abgedunkelte Kammer geschlichen war. Dieser Bruder, den sie nicht sehen durfte, weckte in ihr eine brennende Neugier, die sie nicht unterdrücken konnte. Die Vorstellung, dass man ihr Diane wegnehmen könnte, ließ Catel erschaudern und bestärkte sie in ihrem Entschluss. Nein, Pelops war nicht goldig, nicht mal hübsch, er war nur ein Pädokaze, ein Organismus, der im Bauch einer weißen Sphäre zerstört werden würde.

»Er macht einen gesunden Eindruck«, fügte der Soldat mit einem hässlichen Lächeln zurück. »Pelops, was für ein komischer Vorname …«

»Der ist mir als Erster eingefallen.« Catel hatte nicht die Absicht, eine ausführliche Erklärung abzugeben, die letztlich nur Schuldgefühle in ihr weckte. »Der Name stammt aus der griechischen Mythologie …«

Der Mann hob den Kopf und rückte dann den Helm zurecht, der ihm etwas zu groß war.

»Diese griechischen Namen werden immer häufiger. Wir werden jetzt gehen. Vielen Dank für Ihre Kooperation, Madame.«

Catel begleitete die Soldaten nicht zur Tür, sie blieb regungslos neben der Wiege stehen und drückte wie erstarrt Dianes Gesichtchen an ihre Beine. Eine Weile später fiel ihr auf, dass ihr Tränen über die Wangen liefen.

»Wir könnten von hier weggehen, uns irgendwo verstecken.«

Die Gabel in Raphaëls Hand blieb auf halben Weg zwischen dem Teller und seinem Mund in der Luft stehen. Er sah Catel verblüfft an.

»Warum?«

»Damit wir … Isaaks Gesetz entkommen.«

Die Verblüffung in Raphaëls Augen verwandelte sich in Missbilligung.

»Warum willst du das Gesetz nicht befolgen?«

Geistesabwesend kaute sie die Hähnchenbrust und antwortete nicht. Raphaël trank sein Glas Wein in einem Zug leer und füllte es sofort mit leicht zitternder Hand nach.

»Die Brigade ist heute vorbeigekommen. Ich möchte Pelops nicht in die Hände dieser Männer geben.«

Ulysse und Diane waren schon seit einer Stunde mit dem Abendessen fertig und warteten in ihrem Zimmer darauf, dass ihr Vater ihnen einen Gutenachtkuss gab.

»Es geht nicht darum, was du willst. Das ist das Gesetz«, betonte er. Wegen des Alkohols war seine Aussprache undeutlich und schwerfällig. »Wir haben uns verpflichtet, ihnen Pelops zu geben, deshalb trägt er ja auch diesen Namen. Und das werden wir auch tun.«

»Wir können doch darüber sprechen, oder nicht?«

»Weißt du, welches Risiko wir dann eingehen würden? Die Familien, die sich den Brigaden widersetzt haben, sitzen im Knast, und ihre Kinder hat man ins Erziehungsheim gesteckt. Ich dachte, du hättest keine Gefühle für Pelops.«

»Habe ich auch nicht. Aber die Soldaten kamen mir wie Viehhändler vor, die ein für den Schlachthof bestimmtes Tier inspizieren.«

»Aber genau das ist er ja«, unterbrach Raphaël sie barsch. »Die Schlachter haben auch keine Zuneigung zu dem Vieh, das sie töten.«

Catels Blick fiel auf ihre Messerklinge.

»Wir sind die Schlachter.«

Raphaël fegte das Argument mit einer raschen Handbewegung vom Tisch und hätte um ein Haar die Weinflasche umgestoßen.

»Wir haben keine andere Möglichkeit. Wir sind im Krieg. Die weißen Sphären sind dabei, uns auszurotten.«

»Sie haben keine Waffen.«

Er leerte sein Glas in einem Zug. Seine Augen waren rot unterlaufen.

»Ihre magnetische Aktivität macht unsere gesamte Technologie kaputt. Am Ende werden wir sicher alle verrückt.«

»Gerade du musst dich darüber beschweren! Genau wegen dieser Probleme hast du doch einen Job bei der Post gefunden, der dir ein gemütliches Leben ermöglicht. Außerdem hätten wir die weißen Kugeln gar nicht gebraucht, um verrückt zu werden.«

Er stand ruckartig auf und streckte seinen Arm über den Tisch hinweg aus. Sie hatte keine Zeit, sich wegzudrehen. Raphaëls Hand legte sich wie eine Zange um ihren Hals.

»Meine Güte, manchmal bist du wirklich genau wie deine Mutter! Was willst du eigentlich? Willst du uns etwa in Schwierigkeiten bringen?«

»La… lass mich los!«

Raphaëls Finger schlossen sich noch fester um Catels Hals. Sie rang nach Luft und packte ihn am Handgelenk, aber er lockerte seinen Griff nicht. Die Weinflasche fiel um, rollte über den Tisch und zerschellte auf dem Parkettboden.

»Wir übergeben ihnen Pelops zum geforderten Zeitpunkt, was auch immer passiert. Schreib dir das hinter die Ohren.«

Sie wollte schreien, aber weil sie keine Luft mehr bekam, brachte sie nur einen unheimlichen, glucksenden Laut heraus.

»Wir arbeiten für den Staat, verstehst du das, für den Staat!« Jetzt brüllte er hemmungslos, als ob der gesamte Frust der vergangenen Jahre den Damm seiner Vernunft durchbrechen würde. »Wir müssen ein Vorbild sein! Wenn wir uns weigern, Pelops der Rekrutierungsbrigade zu übergeben, wird das unsere Familie vernichten. Vollkommen vernichten. Verstehst du das denn nicht, du blöde Kuh?«

Catel konnte keinen klaren Gedanken mehr fassen.

»Papa, Maman!«

Ulysses Stimme brach durch das drückende Schweigen, das plötzlich wieder in der Wohnung herrschte. Er stand mit seiner Schwester an der Hand in der Zimmertür. Beide Kinder sahen aus, als würden sie gleich in Tränen ausbrechen. Raphaëls Finger lockerten sofort den Griff um Catels Hals. Catel sank auf ihren Stuhl und schnappte nach Luft. Sie wartete, bis sie wieder richtig atmen konnte, dann ordnete sie ihre Kleidung, stand, immer noch keuchend, auf und machte ein paar wackelige Schritte auf ihre Kinder zu. Vor Ulysse und Diane ging sie in die Hocke und umarmte beide fest. Ihre Tränen mischten sich mit denen ihrer Kinder.

IPHIGÉNIE

Jason lag ausgestreckt im Gras, den Kolben des Sturmgewehrs gegen die Hüfte gedrückt. Es war noch nicht vollkommen dunkel in der Petite Camargue. Der Bauernhof warf einen schwachen Schatten auf die andere Seite des im Wind zitternden Schilfrohrs. Auf dem angrenzenden Feld grasten Pferde, die ab und an den Kopf hoben, als ob sie fürchteten, von einem Rudel Raubtiere angegriffen zu werden.

Auf Befehl ihres Vorgesetzten hin hatte sich eine Abteilung der Brigade Arès, insgesamt dreißig Männer, um das Gebäude verteilt. Vogelgesang durchbrach das ins Rascheln der Gräser und Büsche eingehüllte Schweigen. In der Ferne erkannte man undeutlich die klare Form einer Sphäre. Sie sah aus wie ein im Sumpf gelandeter Riesenmond.

Jason zitterte, die bevorstehende Offensive machte ihn nervös. Es war sein erster Einsatz, seit er sich beim Rekrutierungsdienst verpflichtet hatte. Nachdem er drei Jahre mit der Erfassung und der Überprüfung der Pädokaze befasst gewesen war, hatte er sich freiwillig bei der Interventionsbrigade Arès gemeldet, die die Dissidenten verfolgte, die sich Isaaks Gesetz entziehen wollten. Eine zweimonatige militärische Intensivausbildung hatte ihn mit dem Umgang mit

Waffen ebenso vertraut gemacht – während der ersten drei Jahre hatte er kein einziges Mal zur Waffe greifen müssen – wie mit den verschiedenen Taktiken, mit denen die Armee die Rebellen in städtischen und ländlichen Gebieten aufspürte. Nachdem Jason die Prüfungen erfolgreich bestanden hatte, war er zu der kleinen Familie von Soldaten unter dem Befehl von Commandant Persée gestoßen, den er wie ein Sohn seinen Vater voller Zuneigung verehrte. Da Jason bereits einen Heldennamen hatte, hatte er, im Gegensatz zu seinen Kameraden, kein Bedürfnis gehabt, einen anderen zu wählen, als er auf die neue Stelle abkommandiert worden war.

Der Abendwind trug ihm leise die Worte von Lieutenant Ajax zu: »Halten Sie sich bereit.«

Dem Geheimdienst zufolge befanden sich in dem Bauernhaus eine schwer bewaffnete Terroristengruppe, eine Fälscherwerkstatt und ein Schleppernetzwerk, das den Dissidenten ermöglichte, irgendwo anders ein neues Leben zu beginnen. Sobald die ersten Sterne am Himmel leuchteten, verschlang die hereinbrechende Nacht die letzten rötlichen Streifen am dunklen Himmel.

Seit er die blaue Uniform gegen den grünbraunen Drilichanzug eingetauscht hatte, war Jason der Ansicht, dass er ein bedeutender Mann geworden war. Er wünschte sich, seine Mutter wüsste, dass er inzwischen einer Eliteeinheit im Dienst des Volkes angehörte. Er sehnte sich danach, den Stolz in ihren Augen funkeln zu sehen. Die Verachtung, die er bei ihrem letzten Gespräch gespürt hatte, nagte an ihm und ließ ihm keine Ruhe. Aber sein Stolz verbot ihm, wieder Kontakt mit ihr zu suchen. Sein Bruder Léo, der mit drei

Jahren solche Bedeutung gewonnen hatte, dass er alles andere überschattete, hatte eine unüberwindbare Grenze zwischen ihm und Élodie gezogen. Jason wusste nicht einmal, ob sie noch lebte. Er hatte lange Zeit versucht, die Erinnerung an seine Mutter zu verdrängen, aber sie schlich sich immer wieder in seine Gedanken ein. Zwar hatte er mit einigen Frauen seines Ausbildungsjahrgangs Bekanntschaft geschlossen, aber keine von ihnen hatte ihm mehr erlaubt, als Hand in Hand auf dem Gelände des Ausbildungszentrums spazieren zu gehen.

Drei Leuchtsignale drangen durch die Dunkelheit.

»Das Zeichen. Es geht los!«

Die sechs Männer luden ihre Sturmgewehre durch. Jason spürte keinerlei Angst, die kugelsichere Weste, der Helm und die Nähe seiner Kameraden gaben ihm Sicherheit. Die Gruppe rückte auf das Haus vor, dabei hielt jeder Soldat zum nächsten gut zehn Meter Abstand. Das Flügelschlagen eines Vogels, vielleicht ein Reiher, durchbrach die Stille einige Sekunden vor dem ersten Schuss. Dann zischte eine Kugel zwischen Jason und dem nächsten Kameraden durch und schlug in den Boden ein. Kleine Erdbrocken flogen in die Höhe.

»Wir greifen an!«, schrie Ajax.

Der Lieutenant beschleunigte das Tempo und legte im Laufschritt die fünfzig Meter bis zum ersten Gebäude, einer Scheune mit halb eingefallenem Dach, zurück.

Es fielen immer mehr Schüsse. Ein Schrei ertönte, gefolgt von den Geräuschen eines Sturzes. Jason gelang es, sich mit seinem Kameraden Minos hinter einem Haufen Bauschutt zu verstecken. Anhaltende Detonationen in einiger Entfernung deuteten darauf hin, dass die Terroristen andere Einheiten der Brigade angriffen.

»Los jetzt!«

Sie rannten weiter auf das Haupthaus zu, dessen Lage und Bauweise sie sich vor der Operation gut eingeprägt hatten. Um sie herum prasselten Kugeln hernieder, und Pulvergeruch breitete sich in der lauen Luft aus. Ajax drückte sich zwischen zwei mit Holzläden verschlossenen Fenstern gegen die Wand. Einige Sekunden später schlossen seine Männer zu ihm auf.

»Alle da?«

»Enée ist getroffen worden«, erwiderte jemand.

»Jason, Minos, ihr kümmert euch um den ersten Stock. Hector, Thésée, kommt mit mir zum Haupteingang im Erdgeschoss.«

Jason und Minos schlichen sich sofort zu der hölzernen Wendeltreppe, die außen am Haus hinaufführte. Ein Knirschen verriet ihnen, dass die Schützen sich auf den Balkon im ersten Stock zurückgezogen hatten. Jason erklomm so leise wie möglich die ersten Stufen. Eine Holzlatte knarzte unter seinen Sohlen und sofort zerbarst alles um ihn herum in einem Kugelhagel. Jason war gezwungen, sich gegen das Geländer zu drücken. Er wartete, bis die Salven kurz abbrachen, dann stieg er mit angelegtem Gewehr weiter die Treppe hinauf. Er feuerte auf einen Schatten, der sich von der tiefen Dunkelheit abhob. An einem Schrei erkannte er, dass er sein Ziel getroffen hatte.

Klacken. Ein anderer Schütze hatte gerade das Magazin seines Sturmgewehrs gewechselt. Mit ein, zwei Sätzen nahm Jason die letzten Stufen und stürzte auf die Terrasse. Reflexartig rollte er sich zusammen, als er eine Silhouette ausmachte, die eine Waffe auf ihn gerichtet hatte. Die Kugeln schlugen auf dem Waschbetonboden Funken, durchbohrten schließlich die Wand und prallten am schmiedeeisernen Geländer als Querschläger ab. Jason richtete sich erneut auf und eröffnete seinerseits das Feuer. Sein Gegner brach mit einem erstickten Seufzer zusammen und krümmte sich auf dem Boden. Jason wartete einige Sekunden, dann blickte er sich um, aber nichts bewegte sich.

»Jason? Alles klar?«

Minos näherte sich ihm, die Augen vor Schrecken aufgerissen. In der Dunkelheit der Nacht glich sein bleiches Gesicht einer Totenmaske.

»Sie waren nur zu zweit«, antwortete Jason.

»Ich … ich hätte bei dir sein sollen …«

»Mach dir keine Gedanken. Der Angriff ist noch nicht zu Ende.«

Eine Leiche war die einer ungefähr sechzigjährigen Frau. Eine Kugel hatte ihr eine Hälfte des Gesichts weggerissen, eine andere hatte ihren Hals durchbohrt. Der zweite Schütze war ein ziemlich korpulenter Mann, der sicherlich noch nicht einmal dreißig Jahre alt war. Sein blutdurchtränktes Hemd war voller Einschusslöcher.

Zwei Türen gingen auf die Terrasse, auch sie waren mit Holzläden verschlossen. Um die beiden Soldaten herum dröhnten weiter die Maschinengewehre.

»Was sollen wir jetzt machen?«, flüsterte Minos.

»Wir versuchen hiermit reinzukommen.«

Jason zog eine Handgranate aus seiner Gürteltasche hervor.

»Bist du dieses Mal bereit?«

Minos stimmte eifrig nickend zu. Jason entsicherte die Granate und rollte sie in Richtung einer der beiden Türen. Die beiden Männer zogen sich auf die Treppe zurück. Dem hell blitzenden Licht und dem Lärm nach zu schließen war die Granate nur wenige Meter von ihnen entfernt hochgegangen. Eine Minute später wagten sie sich aus ihrem Versteck. Inmitten des dichten, dunklen Rauchs, der die Fassade einhüllte, war ein Loch wie ein dunkler, weit aufgerissener Mund zu erkennen. Unter ihnen ertönte eine zweite Explosion. Eine andere Gruppe der Brigade versuchte ebenfalls in das Haus einzudringen.

»Gehen wir rein …«

Jason näherte sich ohne Angst, mit der Leichtigkeit eines Windhauchs; er fühlte sich unsichtbar und unbesiegbar. Das Blut pochte in seinen Adern, ein seltsamer Rausch breitete sich in seinem Kopf und im ganzen Körper aus. Seine Feinde umzubringen kam ihm schrecklich einfach vor, ein Fingerdrücken, ein leichtes Zittern des Kolbens, und nicht weit weg von ihm sackten die Ziele zu Boden wie Hampelmänner, denen man die Fäden durchgeschnitten hatte …

Sie stiegen über den aus der Wand gerissenen Holzladen, stellten sich zu beiden Seiten der Maueröffnung auf, zählten bis zehn und stürzten dann ins Innere des Hauses. Kein einziger Lichtstrahl erhellte den Raum. Jason und Minos ließen ihre Taschenlampen durch das große Zimmer gleiten, ein Schlafzimmer mit drei ungemachten Doppelbetten. Jason glaubte eine Bewegung zwischen dem hintersten Bett und der Mauer bemerkt zu haben. Mit zwei großen Schritten lief er hin, den Zeigefinger am Abzug seiner Waffe. Das grelle Licht seiner Taschenlampe traf zwei vor Angst und Schrecken erstarrte Gesichter. Zwei Kinder, vielleicht zwei oder drei Jahre alt …

»Alles okay, das sind …«

Hinter ihm wurde eine Salve abgegeben, und er brach mitten im Satz ab. Die getöteten Kinder fielen ohne einen Laut gegen die Mauer.

»Habe ich sie getroffen?«, schrie Minos.

Jason musste sich beherrschen, seinem Kameraden nicht an die Gurgel zu gehen.

»Verdammte Scheiße, das waren Kinder!«

Minos kam zum Fußende des Betts und richtete seine Taschenlampe auf die kleinen, zusammengekrümmten, blutverschmierten Leichen.

»Mist, ich hatte geglaubt …«

Plötzlich war Jasons Rausch verflogen, ein bitterer Geschmack breitete sich in seiner Kehle aus. Erst als im Korridor Schritte hallten, wurde er aus seiner Teilnahmslosigkeit gerissen.

»Licht aus und duck dich!«, flüsterte er Minos zu.

Sie versteckten sich hinter einem Bett. Aus dem Erdgeschoss drang lautes Knallen und Schreien zu ihnen herauf. Zwei der drei Personen platzten ins Zimmer.

»Sarah? Abel?«, rief eine weibliche Stimme.

Jason erhob sich und schaltete seine Taschenlampe wieder ein. Der Lichtstrahl fiel auf zwei Frauen und einen Jungen im Türrahmen. Sie waren nicht bewaffnet.

»Nicht bewegen. Sie sind verhaftet.«

Der Schein von Minos' Lampe wanderte über die vor Überraschung und Angst erstarrten Gesichter. Jason stockte der Atem, als er das Gesicht einer der Frauen erkannte. Augenblicklich fühlte er sich knapp fünf Jahre zurückversetzt, in die Straßen von Marseille. Ein Vorname kam ihm wieder ins Gedächtnis: Iphigénie. Er hatte sie nicht vergessen, obwohl er sie nach der Demonstration gegen Isaaks Gesetz niemals wiedergesehen hatte.

Iphigénies Blick fiel auf die kleinen Leichen, die zwischen Bett und Wand am Boden lagen. Ihre Augen waren vor Entsetzen weit aufgerissen.

»Sarah? Abel?«

Ein Schrei drang aus ihrer Kehle. Sie ging auf die Knie, hob die reglosen Körper auf und umklammerte sie mit herzzerreißendem Schluchzen.

»Es tut mir leid«, sagte Jason. »Sie wurden aus Versehen getötet.«

Die andere Frau und der Junge hielten sich die Hände vor die Augen, um sich vor dem grellen Licht der Taschenlampe zu schützen.

»Sie und Ihre Kameraden, ihr seid nur Mörder«, murmelte die Frau mit zitternder Stimme.

»Wir vertreten nur das Gesetz.«

Jasons Blick blieb immer wieder an der völlig niedergeschlagenen, blutüberströmten Iphigénie hängen. In diesem Moment blutete auch sein Herz.

»Welches Gesetz? Etwa das, das Kinder mit Bomben am Körper in den Bauch der weißen Sphären schickt?«

»Wir versuchen nur, den Fortbestand der menschlichen Rasse zu sichern.«

Die Kämpfe im Erdgeschoss waren beendet, laute Stimmen hatten das Stakkato der Waffen verdrängt. Das Geräusch schneller Schritte wurde lauter, kurz darauf stand ein Soldat im Zimmer.

»Im Erdgeschoss ist die Lage klar. Treffpunkt unten.«

Die Terroristengruppe umfasste ungefähr dreißig Erwachsene und etwa zehn Kinder. Zwölf waren im Laufe des Angriffs getötet worden, darunter auch die zwei Kinder, die Minos erschossen hatte. Von der Brigade waren drei Männer gestorben und zwei verletzt worden. Die anderen Soldaten versammelten die Überlebenden im Erdgeschoss. In den verschiedensten Winkeln des Hauses hatte man nicht nur die Fälscherwerkstatt zur Herstellung falscher Personalausweise und Urkunden entdeckt, sondern auch einen beachtlichen Papiervorrat und Tampons. Es gab auch ein Waffen- und Munitionslager, beides war wahrscheinlich von einem geheimen Netzwerk im Mittleren Osten geliefert worden. Commandant Persée und die vier Lieutenants besprachen sich in der Küche. Der Generator im Nebenraum surrte leise und die nackten Glühbirnen flackerten schwach. Iphigénie war aufgefordert worden, die Körper ihrer Kinder neben die der zehn anderen Leichen zu legen. Sie hatte sich zuerst geweigert; erst als man ihr einen Gewehrkolben in die Nierengegend gestoßen hatte, war sie der Aufforderung nachgekommen. Anschließend hatte sie sich in ihrer blutdurchtränkten Kleidung mit blassem, abgespanntem Gesicht in der Mitte der Gruppe niedergelassen, die die Soldaten in Schach hielten.

Jasons Blick hatte den ihren mehrere Male gekreuzt. Sie schien ihn nicht wiederzuerkennen. Obwohl die Verzweiflung sich in ihr Gesicht gegraben und ihre Augen verfinstert hatte, obwohl ihr Blut aus den Haaren über ihren Hals lief, fand er sie schön und so begehrenswert wie bei ihrer ersten Begegnung auf La Canebière. Er fragte sich, in welcher Verfassung sie in fünfzehn Jahren – dieses Strafmaß erwartete sie – das Gefängnis verlassen würde. Minos neben ihm machte einen besorgten Eindruck. Commandant Persée hatte das Gesicht verzogen, als man ihm erklärt hatte, was in dem Zimmer im ersten Stock geschehen war. Die Regierung brauchte dringend Pädokaze, und die Brigade Arès sollte es tunlichst vermeiden, die Kinder zu töten, die man sich gerade zurückgeholt hatte.

Persée und seine Männer kamen in das Wohnzimmer zurück und stellten sich vor den Gefangenen auf.

»Sie werden in das Untersuchungsgefängnis in Arles gebracht«, verkündete Persée. »Von dort werden Sie auf die verschiedenen Strafanstalten in der Region verteilt, bis Sie einem Sondergericht vorgeführt werden.«

»Das ist illegal«, protestierte ein Mann in der ersten Reihe. »Sie verstoßen gegen die Grundsätze der französischen Verfassung.«

Der Commandant näherte sich dem Mann mit einem leichten Lächeln auf den Lippen.

»Wahrscheinlich haben Sie noch nicht das neueste Gesetzesblatt gelesen.« Der Mann blieb stumm, was einer Zustimmung gleichkam. Commandant Persée fuhr fort: »Die Regierung verlängert bis auf Weiteres die Notstandsgesetze, die zum Kampf gegen die Sphären verhängt wurden. Die Notstandsgesetze verbieten und ahnden jegliches Tun, das das Handeln der Regierung behindert. Sie werden wegen Terrorismus verurteilt werden.«

»Sie bezeichnen als Terrorismus, was wir Widerstand nennen und als unsere Pflicht ansehen«, wehrte sich der Mann, ein großer, dunkelhaariger Typ in abgerissenen Klamotten.

Jason bemerkte überrascht, wie Iphigénie den Mann anblickte, durchdringend, leidenschaftlich. Ihm wurde klar, dass die beiden ein Paar waren, und Enttäuschung stieg in ihm auf. Er tröstete sich damit, dass der Mann wahrscheinlich die Todesstrafe bekommen würde, während sie endlose Jahre in einer modrigen Zelle dahinvegetieren würde.

»Sparen Sie sich Ihre Argumente für den Richter auf«, erwiderte Persée scharf. »Unsere Rolle beschränkt sich darauf, Sie zu verhaften.«

»Was geschieht mit unseren Toten?«

»Die Leichen werden morgen abgeholt und in einem Sammelgrab bestattet.«

Die Soldaten pferchten die Gefangenen unter strenger Aufsicht auf zwei offene Lastwagen. Jason gelang es, auf den Wagen zu klettern, wo auch Iphigénie saß. Mit einer unangebrachten Freude stellte er fest, dass der große, dunkle Typ in den anderen Lastwagen eingestiegen war. Nur eine Frau saß zwischen ihm und Iphigénie. Ungeniert betrachtete Jason Iphigénies Brüste unter der blutverschmierten Bluse. Heftiges Verlangen stieg in ihm auf. Er hatte nur mit einer einzigen Frau geschlafen, einer Prostituierten in Toulon, die ihm in wenigen Minuten die Grundzüge der körperlichen Liebe beigebracht hatte. Er erinnerte sich nicht mehr an sie, zumindest nicht an ihr Gesicht, sie war wie ein Geist, aber er hatte noch den Duft ihres Parfüms in der Nase, eine betörende Moschusmischung. Das und sein eigenes schnelles, heftiges Vergnügen und das darauffolgende Gefühl der Leere waren ihm im Gedächtnis geblieben.

Der Lastwagen setzte sich in Richtung Arles in Bewegung. Unter einem hellen Sternenhimmel ging es auf einem holprigen Weg bis zur Straße. Nach ungefähr zwanzig Minuten Fahrt erhob sich Jasons Nachbarin und setzte sich etwas weiter weg von ihm wieder hin. Iphigénie rückte an ihn heran, blickte ihn eine Weile durchdringend an und flüsterte schließlich: »Erinnerst du dich an mich?«

Mit einem Wimpernschlag bejahte er. Ein intensiver Geruch nach getrocknetem Blut ging von ihr aus. Ein Geruch nach Schlachthof. Ihre Augen waren vom vielen Weinen gerötet.

»Iphigénie«, flüsterte er.

»Warum hast du mich nicht getötet, Jason?«

Er versicherte sich, dass seine Kameraden sie nicht beobachteten.

»Du hast mein Leben nicht bedroht.«

»Und meine Kinder, haben sie dein Leben bedroht?«

Sie hatte die Worte mit großer Heftigkeit ausgestoßen, sodass einige Soldaten aus ihrem Dämmerschlaf aufschreckten.

»Wir konnten nicht wissen, dass das deine Kinder waren.«

»Sarah und Abel. Zwillinge.«

»War ihr Vater auch Mitglied in eurer Gruppe?«

Sie antwortete nicht, und er fragte nicht nach. Im Grunde wollte er es auch gar nicht wissen.

»Es war ein Irrtum«, sagte er dann. »Mein Kamerad hat die Nerven verloren.«

Sie packte ihn am Handgelenk und drückte so fest zu,

dass ihre Fingernägel einen Abdruck auf seiner Haut hinterließen.

»Ihr betet Baal an! Das ist aus euch geworden.«

Durch den Ausschnitt ihrer blutverschmierten Bluse sah er die Rundung ihrer Brust, und noch einmal durchfuhr in heftiges Verlangen. Iphigénie stand ruckartig auf und stürzte zum Heck des Lastwagens. Niemand hatte Zeit, sich ihr in den Weg zu stellen, als sie einen Satz über die Heckklappe machte und ins Leere sprang.

»Scheiße!«

Sie fiel hin und rollte über die Straße. Jason konnte Ménélas, der am Ende der Bank postiert war, nicht davon abhalten, sein Gewehr auf sie zu richten und in rascher Folge mehrere Schüsse abzugeben.

ENZO

Catel hatte ungefähr zwei Stunden, um alles für ihre Reise vorzubereiten. Raphaël hatte die Wohnung wie gewöhnlich um halb acht Uhr morgens verlassen. Sie hatte ihm nichts von ihren Plänen erzählt, denn sie glaubte, es wäre besser, wenn er nichts von ihren Absichten erfuhr. Er bestand weiterhin hartnäckig darauf, Isaaks Gesetz zu befolgen, aber sie war nicht mehr damit einverstanden, Pelops den Rekrutierungsbrigaden zu übergeben. In letzter Zeit hatte sich ihr Zusammenleben auf einige Gemeinplätze reduziert, die sie beim Essen austauschten. Im Bett ertrug Catel Raphaël nicht mehr, der wegen seines gewaltigen Alkoholkonsums laut schnarchte. Sie kauerte sich auf ihrer Seite des Ehebetts zusammen und vermied jegliche Berührung. Ihre Abneigung gegen ihn wuchs unaufhörlich. Sie war wie ein Gift, das langsam aber sicher in jede Zelle ihres Körpers drang.

Nachdem die großen Kinder gefrühstückt hatten, packte Catel schnell Kleidung und Wasserflaschen in zwei Koffer, gab Pelops, der schon ungeduldig wurde, seine Flasche, dann duschte sie alle drei Kinder und zog sie an. Ulysse und Diane stellten ihr unentwegt Fragen. Sie antwortete stets, dass sie auf eine lange Reise gingen, dass sie brav und geduldig sein müssten, denn ihre Mutter war allein, musste Auto fahren und sich gleichzeitig um die Kinder kümmern. Sie hoffte, dass sie genügend Geld für Mietwagen, Benzin, Mautgebühren, Hotel und Essen bei sich hatte. Es war ihr gelungen, etwas mehr als zweitausend Euro von dem Bankkonto abzuheben, das sie mit Raphaël gemeinsam hatte, ohne dass er, der sonst meist misstrauisch und geizig war, etwas bemerkt hatte.

Ein wichtiger Punkt war noch offen: Hatte ihre Mutter den Brief erhalten, den sie ihr vor einigen Wochen geschrieben hatte? Sie hatte ihr ein Treffen am 11. Mai gegen Abend in der Autovermietung in Millau vorgeschlagen, wo sie den Mietwagen zurückgeben wollte. In dem Brief hatte sie Camille gebeten, nicht zu antworten. Auf gar keinen Fall durfte Raphaël ein Brief von Camille in die Hände fallen, denn so würde er von dem Ziel ihrer Reise erfahren – bislang war er weiterhin davon überzeugt, dass Catel und ihre Mutter zerstritten waren. Um 9 Uhr 45 nahm sie den Aufzug, Pelops in der Babytrage, die zwei Koffer und die zwei anderen Kinder zog sie hinter sich her. Glücklicherweise lag die Autovermietung nur fünfzig Meter die Straße hinauf von ihrer Wohnung entfernt. Den Wagen hatte sie bereits vor einer Woche bestellt, das günstigste Modell im Angebot, einen kleinen Tata, der mit Diesel und Gas fuhr. Die Sonne stand noch nicht hoch am Himmel, verbreitete jedoch schon eine drückende Hitze über Paris. Die Temperaturen kletterten jedes Jahr höher. Ein Bus fuhr an ihnen vorbei und stieß eine dicke, schwarze Rauchwolke aus. Diane drückte sich ihr Schmusetier an die Brust, einen grauen, unförmigen Bären, während Ulysse sich besorgt umsah.

In der Autovermietung legte ein Mitarbeiter Catel verschiedene Papiere zur Unterschrift vor und überprüfte in ihrem Beisein den Zustand des Wagens. Dann händigte er ihr den Zündschlüssel aus. Catel fand es merkwürdig, wie eindringlich der Mann Pelops in der Babytrage ansah.

»Bleiben Sie lange fort?«, fragte er.

»Eine Weile ...«

»Millau liegt ja auch nicht gleich um die Ecke.«

Ulysse und Diane setzten sich auf die Rückbank, währenddessen verstaute Catel das Gepäck in dem winzigen Kofferraum und schnallte Pelops in dem Kindersitz vorne neben dem Fahrer fest.

»Ach was, in zwei Tagen sind wir da.«

Mit einer raschen Handbewegung strich er die Haarsträhne vor seinen Augen zurück und schenkte Catel ein ebenso breites wie falsches Lächeln.

»Dann bleibt mir nichts anderes mehr, als Ihnen eine gute Reise zu wünschen. Ich hoffe, Sie sind mit unserem Service zufrieden.«

Catel brauchte fast eine Stunde, bis sie die Porte de la Chapelle hinter sich lassen und endlich auf die Ringautobahn einbiegen konnte, wo ein kilometerlanger Stau alles blockierte.

»Ich muss mal Pipi, Maman«, quengelte Diane.

Die Reise fing ja gut an.

Sie wartete mit der ersten Pause, bis sie die Mautstelle von Saint-Arnoult passiert hatte und sich auf der Autobahn nach Orléans befand. Diane hatte schon lange ins Höschen gemacht. Catel erkannte mit Entsetzen, dass nur fünfhundert Meter von der Raststelle entfernt eine Sphäre thronte. Sie nahm Dianes Hand und ließ sie nur los, damit die Kleine sich die Hände waschen konnte und auch, um sie in dem winzigen Raum, der für das Wickeln von Kleinkindern bestimmt war, umzuziehen. Ulysse saß auf einer bunt bemalten Bank und passte auf seinen kleinen Bruder auf, der gegen einige Kissen lehnte. Mit seinen acht Monaten unternahm Pelops nicht die geringste Anstrengung, um sich zu bewegen. Er versuchte nicht, sich aufzurichten, und er krabbelte auch nicht, ganz im Gegensatz zu seinen zwei älteren Geschwistern, als ob seine Entwicklung verzögert wäre. Mit Pelops auf dem Arm und Diane an der Hand kaufte Catel einige Sandwiches und süße Teilchen und setzte dann ihre Reise bei brütender Hitze fort. Die Klimaanlage im Auto funktionierte nicht, sie musste die Fenster öffnen, damit etwas Luft durch den Wagen zog. Hinter Orléans wurde der Verkehr flüssiger, aber sie war schon sechzehn Stunden unterwegs und es war noch eine weite Fahrt bis Clermont-Ferrand, wo sie die Nacht verbringen wollte. Die Sphären, die sie im Vorbeifahren auf den umliegenden Feldern sah, wirkten wie eine leise Drohung. Catel hatte die Welt vor den Eindringlingen nicht mehr kennengelernt. Oft hatte sie gehört, wie die Alten von den guten Zeiten erzählten, als das Leben sich ungehindert entfalten konnte, als die Technologie sich rasant weiterentwickelte und eine blendende Zukunft erahnen ließ. Sicher, auch damals gab es Krieg und soziale Konflikte, ein Teil der Bevölkerung lebte in Angst und Armut, die Menschen töteten sich im Namen der Religionen, um Grenzen zu verteidigen oder sich Energievorkommen zu sichern, aber alles in allem kam die Menschheit voran, wohingegen das Auftauchen der Sphären den Startschuss für eine nie dagewesene Regression in technologischen und sozialen Bereichen, aber auch in moralischer Hinsicht gegeben hatte.

Der Tata war nicht besonders leistungsfähig und kaum fähig, die endlose Lastwagenschlange auf der Autobahn zu überholen. Doch obwohl sich ihr Magen vor Angst zusammenzog, die Müdigkeit ihr in den Nacken kroch, obwohl sich Ulysse und Diane unaufhörlich zankten und Pelops gellend schrie, und trotz des ohrenbetäubenden Motorenlärms fühlte Catel, wie sie wieder auflebte. Das Blut floss von Neuem in ihren Adern, ihr Herz pochte wieder regelmäßig in der Brust, ihre Haut sog die warme Berührung der untergehenden Sonne auf. Die Tage in der engen Wohnung im 18. Arrondissement, die zuletzt einem Albtraum geglichen hatten, waren nur noch eine dunkle Erinnerung. Während ihr Leben wie ein Film an ihr vorüberzog, wurde ihr bewusst, dass sie stets große Energie darauf verwendet hatte, ihren Vater zu idealisieren, trotz der bedrückenden Situationen, die sie noch im Gedächtnis hatte. Ihre Mutter hatte ihre bohrenden Fragen stets sehr einsilbig beantwortet. Bruchstückhafte Informationen hier und da. Catel konnte sich daran erinnern, dass Lucho Herrero, dessen Namen sie bis zu ihrer Heirat getragen hatte, Sprengmeister gewesen war. Er hatte als einer der Ersten Sprengsätze an den Sphären ausprobiert. Als Soldat war er in verschiedenen Kriegsgebieten in Afrika und im Mittleren Osten im Einsatz gewesen, und als man seine Einheit aufgelöst hatte, war er dem Alkohol verfallen. Nach Nathans Verschwinden hatte er sich das Leben genommen. In Catel hatte er eine Leere hinterlassen, die weder der unablässige Streit mit ihrer Mutter noch ihre Liebesbeziehungen füllen konnten.

Bei Einbruch der Dämmerung, sie war gerade an Bourges vorbeigefahren, verengte eine Reihe leuchtender Pfosten die zwei Autobahnspuren auf eine, weshalb die Fahrzeuge abrupt abbremsen mussten und im Schritttempo an einem imposanten Soldatenkordon vorbeifuhren. Catel gab sich Mühe, die blau Uniformierten nicht anzuschauen, um keine Aufmerksamkeit auf sich zu ziehen. Vergeblich: Ein Mann bedeutete ihr mit einem weißen Stab, auf dem Seitenstreifen zu halten.

Das pausbäckige Gesicht des Soldaten erschien am offenen Seitenfenster. Seine dunklen Augen inspizierten das Wageninnere. Einige Sekunden lang ruhte sein Blick auf den Kindern.

»Wo fahren Sie hin?«

Seine Stimme krächzte, als ob er noch nicht im Stimmbruch gewesen wäre.

»In den Süden.«

»Wohin genau?«

»In die Nähe von Montpellier.«

»Was ist der Grund Ihrer Reise?«

»Ein Besuch bei meiner Mutter.«

Er nickte, aber er wirkte nicht überzeugt.

»Wie alt sind Ihre Kinder?«

»Fünf Jahre, drei Jahre, der Kleine ist acht Monate alt.«

»Haben Sie eines der Kinder zum Pädokaze erklärt?«

Catel zögerte einen Moment, bevor sie mit dem Finger auf den schlafenden Pelops deutete.

»Sie haben doch nicht etwa die hirnrissige Idee, sich Ihrer Pflicht zu entziehen?«

Sie musste sich beherrschen, den Mann nicht als Idioten zu beschimpfen. Zweifellos glaubte er wirklich, sie würde ihm hier, am Rande dieser Autobahn, in der Dunkelheit, alles gestehen.

»Wenn Sie wollen, dass ich Ihnen das Kind mit drei Jahren gesund und munter übergebe, bleibt mir nichts anderes übrig, als es mit auf diese Reise zu nehmen.«

Sie hoffte, dass er nicht die Wut in ihrer Stimme bemerkt hatte.

»Haben Sie die Bescheinigung bei sich?«

Catel holte das Dokument aus ihrer Handtasche und reichte es ihm. Der Soldat richtete sich auf und las es so aufmerksam, dass sich Falten auf seiner Stirn bildeten.

»Warten Sie hier, ich bin gleich wieder da.«

Er ging weg und sprang in ein Auto.

»Maman, wann sind wir da?«

Diese Frage hatten Ulysse und Diane sicherlich schon mehr als hundert Mal gestellt, seit sie Paris verlassen hatten.

»Habt bitte noch etwas Geduld, meine Lieben.«

»Was will der Mann?«

»Er will überprüfen, ob unsere Papiere in Ordnung sind.«

»Was ist ein Pädokaze?«

Catel biss sich auf die Unterlippe, um die Tränen zurückzuhalten, die plötzlich auf ihren Wimpern lagen. Der Uniformierte kam zurück und reichte ihr die Bescheinigung durch das offene Fenster.

»In Ordnung. Sie können weiterfahren.«

Catel befürchtete, dass diese Kontrolle die Fahndung

nach ihr, die bald eingeleitet werden würde, vereinfachen könnte, aber sie dachte nicht einen Augenblick daran, umzukehren. Ohne noch einmal anzuhalten erreichte sie am Abend Clermont-Ferrand. Die Kinder schliefen im Auto, als sie vor einem anonymen Hotel anhielt, die in Gewerbegebieten wie Pilze aus dem Boden schossen. Im Herzen des Massif Central war die Luft etwas kühler. Die Rezeptionistin bot ihr für einhundertfünfzig Euro ein Zimmer mit zwei Doppelbetten, Dusche und einem kalten Abendessen. Erschöpft wie sie war, nahm sie das Angebot an, erleichtert, dass sie sich nicht mehr ums Essen kümmern musste. Catel und die zwei Großen aßen die geschmacklosen Speisen, die ein Zimmermädchen ihnen gebracht hatte, dann putzte Catel ihnen die Zähne. Sie legte Ulysee und Diane in ein Doppelbett und Pelops in das andere. Dann legte sie zwei Kissenrollen schützend um ihn und betrachtete das schlafende Kind. Sie fand ihn jeden Tag schöner, aber sie konnte ihn nicht liebkosen, als ob die ersten Monate der Gleichgültigkeit jede Verbindung zu ihm durchgetrennt hatten. Sie nahm eine Dusche, dann, als sie schon im Begriff war, ins Bett zu gehen, änderte sie ihre Meinung und kleidete sich wieder an. Sie verspürte das unwiderstehliche Bedürfnis, an die frische Luft zu gehen. Noch einmal schaute sie nach, ob die Kinder schliefen, dann schloss sie sorgfältig die Zimmertür ab. Sie hatte vor, in zehn Minuten zurück zu sein.

Zuerst begab sich Catel auf die Hotelterrasse, wo sie eine Zeit lang den Sternenhimmel bewunderte, dann entdeckte sie auf der anderen Seite des Parkplatzes eine geöffnete Bar. Sie, die fast nie Alkohol trank, hatte plötzlich Lust auf ein Glas Wein.

Es waren nicht viele Leute in der Bar: Ein Pärchen saß hinten im Halbdunkel auf einer Bank und ein Mann thronte auf einem Barhocker an der Theke. Catel nahm einen Meter von ihm entfernt Platz. Nachdem sie bei dem Barkeeper, der so finster wie ein Vampir dreinblickte, ein Glas Weißwein bestellt hatte, spürte sie auch schon einen feurigen Blick auf ihrem Gesicht ruhen. Sie trank ihr Glas aus und holte ihr Portemonnaie hervor, um die zehn Euro für das Getränk zu bezahlen.

»Ich übernehme das, und ich lade Sie auch auf ein zweites Glas ein.«

Der Gast an der Theke kam zu ihr. Ein schöner Mann, groß, breite Schultern, ein streng geschnittener Anzug im Stil der 2020er-Jahre, weißes Hemd, braune Haare, undefinierbare Augenfarbe.

»Enzo Mattei.«

»Catel Pern … Herrero.«

»Also, was sagen Sie zu meinem Angebot?«

Sie senkte den Kopf als Zeichen der Zustimmung. Der Mann setzte sich auf den Barhocker neben ihr. Bei Catel fingen irgendwo in ihrem Hinterkopf Alarmglocken an zu läuten: *Verführer.* Sie hatte einige Männer dieser Sorte gekannt, bevor sie Raphaël getroffen hatte, und sie hatte öfters den Fehler begangen, ihren Annäherungsversuchen nachzugeben. Letztlich war von diesen Begegnungen aber nur Abscheu und Bedauern übrig geblieben. Sobald sie mit diesen Typen allein gewesen war, hatten sie ihre Anziehungskraft augenblicklich eingebüßt. Und war ihre Mittelmäßigkeit erst einmal ans Licht gekommen, hatten sie es eilig, davonzukommen.

»Was machen Sie hier in der Gegend?«

»Ich fahre in den Süden, um dort meine Mutter zu besuchen. Und Sie?«

»Ich bin beruflich unterwegs.«

»In welcher Branche arbeiten Sie?«

»Papier. Ein Bereich mit enormem Wachstum. Nachdem es kein Internet mehr gibt und Fernsehen und Radio große Schwierigkeiten haben, erleben Bücher, Zeitschriften und Zeitungen einen neuen Aufschwung. Und Sie?«

Der Barkeeper stellte ihnen zwei Getränke hin, einen Weißwein für sie, einen Kognak für ihn.

»Ich arbeite bei der Post, aber im Augenblick bin ich in Elternzeit.«

Catel meinte, eine leichte Enttäuschung in seinen Augen zu erkennen.

»Ach, Sie haben Kinder?«

»Ja, sie schlafen im Hotel nebenan.«

»Ist ein Pädokaze unter ihnen?«

»Ein Junge. Mein jüngster.«

Er schüttelte traurig den Kopf.

»Ich musste ihnen meine einzige Tochter geben. Meine Frau konnte keine Kinder mehr bekommen. Wir haben uns getrennt.« Er legte eine Pause ein, dann fuhr er fort: »Ich bin im selben Hotel wie Sie abgestiegen. Ich bleibe einige Zeit in der Gegend, denn ich muss eine Menge Kundenbesuche machen. Wissen Sie, dass es hier nur so vor Sphären wimmelt? So ein Mist! Es sind Hunderte. Eine befindet sich sogar in nur wenigen Metern Entfernung.«

Enzos Worte wirkten auf Catel wie ein Elektroschock. Ihr fiel ein, dass Diane mit ihren drei Jahren noch nicht außer

Gefahr war. Rasch leerte sie in einem Zug ihr Glas und stellte es dann auf der Theke ab.

»Entschuldigen Sie mich. Ich muss zurück ins Hotel.«

»Ich begleite Sie.«

Auf dem Parkplatz deutete er in Richtung der Hügel, deren unbewegliche Schatten über die Häuser zu wachen schienen.

»Dort ist sie. F992. Sehen Sie sie?«

Sie erkannte die helle Rundung der Kugel, die sich von der Landschaft abhob. Die Sorge erfasste sie wie eine Sturmbö. Enzo folgte ihr bis zu ihrer Zimmertür, die sie einen Spalt breit hinter sich offen stehen ließ, kam aber nicht mit hinein. Auch nachdem sie sich versichert hatte, dass alle drei Kinder im Zimmer schliefen, dauerte es dennoch eine ganze Weile, bis ihre Hände zu zittern aufhörten und ihr Herz wieder normal schlug.

»Catel?«

Als sie Enzos Stimme hörte, stand sie auf und ging zu ihm auf den Flur.

»Alles in Ordnung? Ist nichts passiert?«

»Alles in bester Ordnung. Danke und gute Nacht.«

Er legte seine Hand auf ihre Schulter.

»Wir werden doch jetzt nicht einfach so auseinandergehen.«

»Ich kann meine Kinder nicht unbeaufsichtigt lassen. Meine Tochter ist noch keine vier Jahre alt.«

»Ich begreife nicht, warum diese verfluchten Blasen nur Kinder unter vier Jahren einfangen.«

»Niemand begreift das.«

Er zog sie an sich und beugte sich hinunter, um sie zu küssen. Sie wich ihm aus. Er ließ sie nicht los und sah ihr tief in die Augen.

»Ich weiß, dass du es genauso sehr willst wie ich.«

»Woher wollen Sie das wissen?«

»Dein Körper strahlt das aus.«

»Sie können in den Körpern lesen?«

»Ich kann auch in der Seele lesen«, ergänzte er lächelnd.

»Ich … ich bin nicht allein.«

Mit einer Kinnbewegung deutete er auf den Flur.

»Hier ist niemand.«

Als er seine Lippen dieses Mal zu ihr hinunterneigte, hatte sie keine Kraft, sich zu wehren. Fieberhaft streichelte er ihren Körper, ließ seine Hand in ihren BH gleiten, hob ihren Rock hoch, zog ihr das Höschen runter und nahm sie im Stehen gegen die Trennwand gedrückt, wobei er sie etwas hochhielt, damit sie auf derselben Höhe waren. Nach wenigen kraftvollen Stößen und leisem Stöhnen war er fertig, ohne seiner Partnerin die geringste Chance zu geben, selbst Vergnügen zu haben. Sein ergiebiger, zähflüssiger Samen lief an Catels Oberschenkeln herab.

Sie fühlte sich gedemütigt. Missbraucht. Beschmutzt. Das gleiche Reuegefühl wie nach den jämmerlichen Abenteuern mit den Draufgängern von der Post plagte sie. Und sie ärgerte sich über sich selbst, dass sie nicht einmal auf einem Kondom bestanden hatte. Seit Pelops Geburt hatte sie nicht wieder mit der Pille angefangen. Das Kondom hätte sie zumindest vor dem direkten Kontakt und dem schrecklichen Gefühl, widerliches Leben in sich aufzunehmen, geschützt.

Er trat einen Schritt zurück, um Luft zu holen, seine Haare in Ordnung zu bringen und seine Hose zuzuknöpfen.

»Ich hoffe, wir sehen uns wieder …«

Er glaubte kein Wort von dem was er sagte. Er dachte nur daran, von hier wegzukommen.

»Gute Nacht«, brachte sie stimmlos hervor.

Sie schlug sich den Rock wieder über die Beine, sammelte das Höschen ein, trat ins Zimmer und verriegelte die Tür. Dann schlich sie ins Bad, in der Hoffnung, dass das Wasser seinen Schmutz fortspülen würde.

MORGAN

»Ich habe von Nathan geträumt. Er hat mit mir gesprochen. Er hat gesagt, ich soll mir keine Sorgen machen, und dass es ihm gut geht.«

Camille senkte den Blick auf ihren Kaffeebecher – es war dumm von ihr, aber Basile sollte ihre Tränen nicht sehen. Fast dreißig Jahre waren seit dem Verschwinden ihres Sohnes vergangen, und sie fand, dass die Gefühle, die aus ihr herausbrachen und die so heftig waren wie in ihren Gedanken an Nathan einem Eingeständnis ihrer Schwäche gleichkamen.

Basile legte seine Hand auf ihre.

»Du kannst mir vertrauen, Liebste. Du kannst ruhig vor mir weinen.«

Sie hob den Kopf und deutete ein Lächeln hinter ihren dichten grauen Haaren an. Sie hatte unglaubliches Glück gehabt, Basile zu begegnen. Seine Geduld und seine Ruhe versöhnten sie mit den Menschen. Mit seinem weißen Bart, seinem kahlen Schädel und dem schelmischen Blick glich er einer Holzfigur eines der Heiligen Drei Könige, die sie als Kind so behutsam jedes Jahr in der Familienkrippe aufgestellt hatte.

»Ist die Verabredung mit Catel heute?«, fragte Basile weiter.

»Morgan Mauléon wird mich nach seiner Runde in Millau absetzen. Er hat auch angeboten, uns beide dann nach Hause zu fahren …« Sie zögerte, weiterzusprechen. Basile drückte zur Ermutigung leicht ihre Hand. »Ich meine, zwischen den Zeilen gelesen zu haben, dass Catel die Absicht hat, gegen Isaaks Gesetz zu verstoßen und nun ein Versteck für ihren jüngsten Sohn sucht. Du bist nicht verpflichtet, sie und ihre Kinder aufzunehmen. Sie werden dich in Gefahr bringen.«

Basile entfuhr ein dunkles Lachen.

»Kennst du mich so wenig, Camille? Glaubst du wirklich, meine Angst ist so groß, dass ich mich weigere, deine Tochter und deine Enkel hier zu empfangen? Glaubst du, ich würde ihnen nicht helfen, Isaaks Gesetz zu bekämpfen, ich, der ich diese Pflicht für menschenunwürdig halte? Deine Tochter und deine Enkel sind hier herzlich willkommen, und sie können bleiben, solange sie wollen.«

Camille stand auf und ging um den Tisch herum. Sie beugte sich von hinten über Basile, schlang ihre Arme um seine Taille und legte ihren Kopf auf seine Schulter.

»Ich habe nicht daran gezweifelt, dass du so reagieren würdest«, flüsterte sie. »Aber es schien mir angebracht zu fragen.«

Nach dem Frühstück besuchten Camille und Basile wie jeden Tag die F1674. In den vergangenen Wochen war sie gewachsen. Zwar hatte sie nicht so einen riesigen Satz gemacht wie beim letzten Mal, es war eine regelmäßige Ausdehnung, die dank Basiles Markierungen gemessen werden konnte. Ihre konvexe Seite grenzte bereits an eine Hecke am Ende des Gartens, deren Blätter in der extremen Hitze schon gelb geworden waren. Betrachtete man die Szene vom Gipfel des benachbarten Hügels aus, erkannte man, wie winzig das Haus im Vergleich zur weißen Dame war, die bei Sonnenauf- und -untergang ihren langen Schatten über die gesamte Umgebung warf. Die abgeplattete Kugel müsste sich nur einmal um ihre Längsachse drehen, schon hätte sie das Haus zerstört oder verschlungen.

»Welchen Durchmesser hat sie jetzt?«, fragte Camille.

»Ungefähr dreihundert Meter. Sieht fast so aus, als würde sie aufwachen. Als bereitete sie etwas vor.«

Basile deutete auf den Apparat, den Mario Götze ihm nach seinem Besuch auf der Causse dagelassen hatte.

»Die magnetische Aktivität ist stärker geworden. Ich habe den Eindruck, dass das mit deinem Traum zu tun hat, aber frag mich nicht, warum das so ist.«

Camille hätte es nicht beschwören können, aber es kam ihr so vor, als wäre die Oberfläche der F1674 heller geworden.

»Ist es klug, hier in der Gegend zu bleiben?«

Ihre Worte stiegen in der Stille der Morgendämmerung in die Höhe wie ein Vogel mit Seidenflügeln.

»Ich denke nicht, dass wir etwas riskieren.«

»Catels Tochter hat das erlösende Alter noch nicht erreicht. Sie kann eingefangen werden.«

»Wir müssen natürlich aufmerksam sein, aber meiner Meinung nach ist der beste Schutz, keine Angst zu haben.«

»Du hast gut reden. Du bist nicht betroffen.«

Basile wischte Camilles Bemerkung mit einer Handbewegung fort.

»Vielleicht, ja. Aber alle Vorsichtsmaßnahmen der Welt zusammengenommen können nicht verhindern, dass jemand von seinem Schicksal ereilt wird.«

»Das Schicksal ist immer eine gute Ausrede.«

Basile schaltete das Messgerät aus und packte es wieder in die Hülle.

»Wenn du auf dein Leben zurückblickst, Camille, kannst du mir sagen, wann etwas wirklich ganz allein deine Entscheidung war?«

Sie widersprach energisch.

»Ich habe mich für meine Arbeit, meinen Mann und mein Haus entschieden.«

»Gut. Kannst du mir sagen, wann genau sich Türen geöffnet oder geschlossen haben?«

Sie überlegte, die Augen auf die riesige Sphäre geheftet, die den Horizont ausfüllte. Sie musste zugeben, dass sie überhaupt keinen Einfluss auf ihre Anstellung bei der Zeitschrift *Femme(s)* gehabt hatte, dass sie sich ganz unerwartet in Lucho verliebt hatte, dass sie das Haus in Bonneuil-sur-Marne gekauft hatten, weil es das einzige war, das sie sich leisten konnten, dass all ihre Vorkehrungen nicht verhindert hatten, dass Nathan in einer Sphäre verschwunden war.

»Was willst du mir damit beweisen?«, stieß sie unwirsch hervor.

»Nichts. Ich denke nur, dass unser Schiss uns davon abgehalten hat, mit dieser Kugel und ihren Schwestern in Kontakt zu treten. Wenn deine kleine Enkeltochter bei uns ist, müssen wir unsere Angst vergessen.«

»Da könntest genauso gut eine Maus bitten, die Katze in der Nähe zu vergessen.«

Camille machte auf dem Absatz kehrt und ging zum Haus zurück. Sie konnte die dunkle Wut, die aus ihrem tiefsten Inneren emporschoss wie aus einer giftigen Quelle, nicht zurückhalten. In ihrem Zimmer legte sie sich aufs Bett, um die Anspannung loszuwerden. Sie warf sich vor, sich Basile gegenüber falsch verhalten zu haben. Es war seine Art, sie auf diese Weise mit ihren eigenen Widersprüchen und ihren dunklen Seiten zu konfrontieren. Er tat das nicht aus Niederträchtigkeit, sondern weil er einen sehr scharfen Blick auf das Leben hatte, eine Art Weisheit, zu der er wahrscheinlich während seiner langen, einsamen Jahre auf dem Larzac gelangt war. Er war so standhaft wie ein Felsen im Sturm, als ob das Auf und Ab der Gefühle ihm nichts anhaben könnte. Dennoch waren seine Güte und seine Fähigkeit zu lieben riesig, viel größer als bei anderen Männern, die sie gekannt hatte. Basile, der von seiner eigenen Familie abgelehnt worden war, hatte seine Liebe aus sich selbst geschöpft. Er strahlte eine wohltuende, beständige Wärme aus, wie eine Sonne, die niemals brannte. Als sie ihn ins Haus kommen hörte, stand sie auf, sauste die Treppe hinunter und warf sich in seine Arme.

Camille trat auf den schattigen, von Arkaden gesäumten Platz, wo es mehrere Restaurants und Geschäfte gab, darunter auch die Autovermietung, und ließ sich auf einer Bank nieder. Die drückende Hitze, die auf der Stadt lag, war ein deutliches Zeichen, dass der Hochsommer schon vor längerer Zeit begonnen hatte. Morgan Mauléon, der fahrende Lebensmittelhändler, hatte Camille im Stadtzentrum abgesetzt und mit ihr vereinbart, dass er sie um neunzehn Uhr abholen und wieder auf die Causse fahren würde. Morgan war ein liebenswürdiger Mensch mit vielen kleinen Lachfalten und grauen Haaren, dessen Kleidung nach Lavendel duftete. Er erzählte von der Zeit vor den weißen Sphären mit einer Nostalgie, die nur von seinem singenden Akzent und seiner Redseligkeit abgemildert wurde. Er vermisste vor allem das Fernsehen, die vielen Sender und die Reality-Shows, die ihm und seiner Frau so viel Vergnügen bereitet hatten. Seine vier Kinder hatten ihm dreizehn Enkelkinder geschenkt, von denen vier kleine Isaaks waren. Seine zwei Töchter und Schwiegertöchter hatten nicht sehr gelitten, als die Brigaden gekommen waren, um die Kleinen mitzunehmen. Alle hatten fleißig an den Vorbereitungskursen teilgenommen, die von der Regierung angeboten wurden, und gelernt, in die Isaaks nicht so viele Gefühle zu investieren wie in ihre anderen Kinder. Die Psychologen hatten ihnen geraten, sich daran zu erinnern, dass die Pädokaze nicht ihnen gehörten, dass sie nur für eine gewisse Zeit bei ihnen waren und dass sie dazu bestimmt waren, im Krieg gegen die weißen Sphären zu kämpfen. Die Frauen waren auch davon überzeugt, dass die Kinder nicht umsonst geopfert wurden, dass sie Glieder in einer Kette von Helden waren, die zum Sieg der Menschheit führen würde. Morgans Meinung nach machte die Forschung große Fortschritte, die Qualität der Sprengstoffe wurde besser, der Erfolg würde zwangsläufig eintreten.

»Wussten Sie, dass eine Sphäre in Sibirien beinahe verschwunden wäre? Sie ist fast schwarz geworden und auf die Größe eines vierstöckigen Hauses zusammengeschrumpft.

Man hatte schon geglaubt, die Lösung gefunden zu haben, aber nach einigen Wochen ist sie wieder heller geworden, und sechs Monate später war sie wieder so groß wie vorher. Aber das macht nichts, wir haben es fast geschafft. Ich bin sicher, dass wir diese verdammten Dinger bald los sind. Dann wird alles wieder wie früher.«

Camille rief sich Basiles Berechnung ins Gedächtnis. Von den zwei Millionen Sphären, die man auf der Erde zählte, wurden an etwa zehn Prozent, also zweihunderttausend, Sprengstoffversuche durchgeführt, wofür man auch Kamikazekinder einsetzte. Wenn man also von zehn kleinen Isaaks pro Monat pro Kugel ausging, waren das alles zusammengenommen, fünfundzwanzig Millionen Kinder, die jedes Jahr geopfert wurden. Da die Geburtenzahl auf sechzig Millionen Kinder auf der ganzen Erde gesunken war und die Rekrutierung zunehmend schwieriger wurde, war abzusehen, dass die Regierungen bald nicht mehr genügend Kinder zur Verfügung haben würden. Und ein weiteres Absinken der Geburtenrate gefährdete den Fortbestand der Generationen. Die weißen Damen hatten keine Gewalt anwenden müssen: Ihre bloße Präsenz hatte genügt, um die Menschheit ins Verderben zu stürzen. Camille war jedes Mal entsetzt, wenn ihr bewusst wurde, wie schnell die Menschen sich daran gewöhnt hatten, unschuldige Kinder zu opfern, die sie vormals geliebt und wie einen Schatz gehütet hatten.

Mehrere Tauben flogen hoch über dem Laub der Bäume. Wie viele von ihnen überbrachten Nachrichten? Überall im Land hatte die Post Taubenzuchten eröffnet, wo Privatpersonen die geflügelten Boten mieten oder kaufen konnten.

Der Lieferwagen von Morgan Mauléon fuhr, wie verabredet, gegen neunzehn Uhr vor. Der Lebensmittelhändler war gern bereit, noch zu warten, und nutzte die Gelegenheit, das am Nachmittag unterbrochene Gespräch wieder aufzunehmen. Eine Viertelstunde später bog ein kleines, weißes Auto der Marke Tata auf den Platz ein. Camilles Herz schlug schneller. Obwohl sie Catel seit sieben oder acht Jahren nicht gesehen hatte, erkannte sie sie augenblicklich. Das junge Mädchen aus ihrer Erinnerung war zu einer Frau mit markanten, fast harten Gesichtszügen geworden.

Sie verbarg ihre Ungeduld, so gut sie konnte, und ließ Catel erst einmal Zeit, um das Auto vor Geschäftsschluss zurückzugeben. Als Catel die Autovermietung verließ, konnte Camille endlich ihre Enkelkinder betrachten. Sie drängten sich eingeschüchtert an ihre Mutter. Catel blieb still stehen, unfähig, auch nur die kleinste Regung anzudeuten.

»Guten Tag, Maman. Ich stelle fest, du hast meinen Brief erhalten.«

»Willkommen im Süden, *ma fille*. Hattest du eine gute Reise?«

Ein paar Schritte entfernt beobachtete Morgan Mauléon die Begegnung mit Erstaunen. In seiner Familie wurde ein Wiedersehen von Gefühlsausbrüchen, Freudenschreien und Gelächter begleitet.

»Bis auf eine Kontrolle auf der Autobahn war alles in Ordnung.«

Den widerwärtigen Abend mit dem Papierhändler im Motel bei Clermont verschwieg Catel.

»Stell mir deine Kinder vor«, bat Camille.

»Ja, natürlich. Besser spät als nie.«

Sie hatte sich nicht geändert. Selbst in diesem Moment der Unsicherheit, selbst wenn sie Hilfe brauchte, behielt sie ihre aggressive Art bei. Sie schob Ulysse nach vorn, der Camille misstrauisch ansah.

»Sag deiner Großmutter Guten Tag, Ulysse.«

Der Junge drehte sich um und drückte sein Gesicht gegen den Bauch seiner Mutter. Seine Unnahbarkeit, die hellen Augen und die kantigen Züge erinnerten Camille an Lucho.

»Und das ist Diane.«

Das Mädchen war weniger schüchtern, es trat einen Schritt vor und ließ sich widerstandslos küssen. Catel holte ihren Jüngsten aus der Babytrage und hielt ihn ihrer Mutter hin.

»Und das ist Pelops.«

Camille nahm das Baby auf den Arm. Sie war überrascht, wie schwer er war. Mit seinem runden Gesichtchen, den großen blauen Augen, dem vollen Mund und den blonden Locken war er absolut goldig. Sie küsste ihn auf den Hals, ganz bezaubert von ihrem kleinen Enkel, der sie mit abwesendem Blick ansah, als ob er sich in sein tiefstes Inneres zurückgezogen hätte.

Der Lebensmittelhändler räusperte sich, um zu zeigen, dass er noch da war.

»Das hier ist Morgan Mauléon. Er ist fahrender Lebensmittelhändler. Er bringt uns auf die Causse.«

Sie pferchten sich in den Lieferwagen zwischen die leeren Regale.

»Es stinkt!«, rief Diane.

»Es duftet nach Käse, Obst und Gemüse«, verbesserte Mauléon lächelnd das Mädchen.

Sie begegneten keinem anderen Wagen, bis sie die Hochebene von Larzac erreicht hatten. Die Nacht brach herein, und es ging ein leichter, kühler Wind.

Camille, die neben dem Lebensmittelhändler saß, warf regelmäßig einen Blick über die Schulter nach hinten. Ihre Tochter, die mit ihren Kindern auf einigen Kissen auf dem Boden hockte, war eine Fremde geworden. Sie würden beide einen langen Weg zurücklegen müssen, um sich wiederzufinden; einen Weg, der genauso schmal und verschlungen war wie die Straße, die auf die Causse hinaufführte. Camille musste das tun, weil sie nie um ihren Sohn, und Catel, weil sie nie um ihren Vater getrauert hatte.

FANNY

Man soll ein Buch nicht nach seinem Umschlag beurteilen, dachte Élodie.

Jason gab sich Mühe, in seiner blauen Paradeuniform umher zu stolzieren, die für offizielle Anlässe oder für den Ausgang bestimmt war, wie er mit ehrfürchtiger Stimme erklärt hatte. Wenn er im Einsatz war, trug er den khaki- oder sandfarbenen Drillichanzug, der weniger elegant, aber sehr viel praktischer war.

Élodie bedauerte, dass sie auf seinen Vorschlag, zu Besuch zu kommen, eingegangen war. Sie hatten sich mehrere Jahre nicht gesehen. Élodie hatte es für ihre Mutterpflicht gehalten, ihn zu sehen. Zweifelsohne hatte sich in diesem Moment ihr Gewissen gemeldet. Er hatte sein Kommen vor einem Monat per Post angekündigt und auch geschrieben, dass er nicht allein sein würde. Da seine Einheit in Toulon stationiert war, hatte er es nicht weit bis nach Marseille. Jason hatte inzwischen einen Führerschein gemacht und sich auf Kredit einen Fengshen gekauft, ein chinesisches Modell, das mit Gas lief.

Élodie wusste ebenso wenig etwas mit ihm anzufangen wie mit seiner Begleiterin, die Jason als seine Verlobte vorgestellt hatte. Sie war eine junge Frau mit einem Spatzenhirn, die den niedlichen Namen Fanny trug, eine Dunkelhaarige, die neben Jasons gewöhnlichem Aussehen erstaunlich hübsch wirkte. Hatte sie sich von der Uniform hinreißen lassen?

»Du solltest dir bei der Post ein paar Brieftauben besorgen«, sagte Jason.

»Was soll ich mit Tauben?«

»Die Kommunikation ist viel schneller. Du ziehst drei oder vier in einem Taubenschlag groß. Dann gibst du mir eine oder zwei, ich gebe dir eine oder zwei von meinen, und so können wir in nicht mal zwei Stunden Neuigkeiten austauschen. Das ist der beste Ersatz für die Mobiltelefone.«

Sie verzichtete darauf, ihm zu sagen, dass sie keine Nachrichten mit ihm austauschen wollte. Vier Jahre waren vergangen, seit er fortgegangen war, und für sie war das Leben ohne ihn unendlich viel angenehmer.

Jason zeigte mit dem Finger auf den biegsamen Fernseher, der immer noch an der Wohnzimmerwand befestigt war.

»Warum tust du dieses alte Ding da nicht weg?«

»Ich behalte den Bildschirm für den Tag, an dem das Fernsehen wieder sendet.«

»Sicher wird es dann neue Bildschirme geben, und neue Normen.«

Besorgt fragte sich Élodie, ob die beiden über Nacht bleiben und in dem kleinen Bett im zweiten Zimmer schlafen wollten.

»Und, was macht deine Arbeit?«

»Seit es Vorbereitungskurse für die Trennung von den Pädokaze gibt, müssen wir nicht mehr ganz so oft eingreifen.

Aber es gibt noch genug Kriminelle und Terroristen. Hauptsächlich in den Religionsgemeinschaften, bei den Christen, Muslimen, Juden und Buddhisten … Sie halten das Leben für heilig. Aber Isaaks Gesetz stammt auch aus der Bibel.«

»Könntest du bei einem deiner Einsätze sterben?«

»Ich habe gesehen, wie einige meiner Kameraden gefallen sind, aber ich hatte Glück. Die Kugeln haben mich verschont.«

»Und die Pädokaze, gelingt es ihnen, die Sphären zurückzudrängen?«

»Sie verlangsamen ihre Ausbreitung. Ohne die Pädokaze wäre die gesamte Erde mit Kugeln bedeckt.«

»Aber nicht einer einzigen von ihnen konnte man den Bauch aufschlitzen?«

Für einen Moment setzte Élodies Atmung aus. Vielleicht würde sie jetzt endlich eine Antwort auf die Frage bekommen, die sie seit fünfunddreißig Jahren quälte: Was war aus Léo im Bauch der Kugel geworden, die damals gegenüber von ihrem Haus in Deux-Sèvres aufgetaucht war? Sie las keine Zeitungen mehr, weil sie es leid war, immerzu dieselben Informationen vorgesetzt zu bekommen – genauer gesagt, dieselbe Abwesenheit von Informationen. Der Kampf gegen die Sphären war härter geworden. In verschiedenen Regionen der Erde brachen Tumulte aus, die die jeweiligen Regierungen mit einer allgemeinen Angst erklärten; hier und dort waren die Armeen der Vereinten Nationen eingeschritten, um rebellische Länder zur Befolgung von Isaaks Gesetz zu zwingen; Psychologen erklärten ausführlich, wie man sich vom Pädokaze-Syndrom erholte; man entwickelte neue Technologien, um die magnetische Sättigung zu beseitigen; sehr bald schon würde man die digitale und telefonische Kommunikation wieder aufnehmen und auch Radiowellen senden; man baute die Butan- und Schiefergasförderung aus; man erklärte, dass die Klimaerwärmung im Moment unvermeidlich sei, aber man würde Abhilfe schaffen, sobald der Krieg gegen die Eindringlinge gewonnen war und die Kernkraftwerke wieder gefahrlos betrieben werden konnten; man schätzte, dass sich der Import billiger Autos aus Asien in den letzten zwanzig Jahren verzehnfacht hatte und einen verhängnisvollen Niedergang der europäischen Autobauer zur Folge hatte; man ermutigte die Menschen, die Krisensituation mit Mut und Gelassenheit zu ertragen; man versprach allen eine bessere Zukunft. Die Zahl der Kinder, die von den Sphären gefangen oder als Kamikaze benutzt worden waren, wurde nicht veröffentlicht.

»Noch nicht«, antwortete Jason. »Ihre Schale ist viel fester als die von Nüssen.«

Fanny, der der Humor ihres Verlobten zu gefallen schien, brach in so schrilles Lachen aus, dass Élodie fast das Trommelfell platzte.

»Du bist berühmt, weißt du das überhaupt?«, fragte Jason.

»Wie denn das?«

»Du weißt sehr gut, dass du der erste Mensch gewesen bist, der eine Sphäre gesehen hat.«

Er versuchte, seine Freundin zu beeindrucken. Élodie weigerte sich, bei dem Spiel mitzumachen: »Ich bin schon vor langer Zeit in Vergessenheit geraten. Inzwischen interviewt mich niemand mehr zu dem Thema.«

Er musste mit ihrer Reaktion gerechnet haben, denn er

zog ein zerknittertes Papier aus der Tasche seiner Uniform, faltete es auseinander und hielt es ihr unter die Nase.

»Lies das.«

Das Verfasser war ein gewisser Mayeul d'Estienne d'Orves. In dem Artikel stand, dass man die ältesten Kugeln, die ersten Tausend, die man gezählt hatte, Élodies nannte, nach Élodie Mangin, der ersten Frau (eine Französin!), die einer Sphäre gegenübergestanden hatte – genau die, die als F(für Frankreich) 1 und W (für Welt) 1 bekannt wurde.

»Ich bin gar nicht stolz auf dieses Erlebnis. Für mich ist das keine schöne Erinnerung. Es ist mir wirklich vollkommen egal, dass man die Kugeln nach mir benannt hat.«

Jason nickte wie ein geprügelter Hund.

»Léo«, murmelte er.

Dieser unbekannte Bruder und seine erdrückende Abwesenheit würden ihn noch bis zu seinem Tod überschatten. Élodie hielt es für klüger, das Thema zu wechseln und wandte sich an Fanny.

»Wie sehen eure Pläne für die Zukunft aus?«

»Wir wollen so bald wie möglich heiraten«, antwortete die junge Frau mit dem fröhlichen Akzent ihrer Heimat im Département Var. »Wir hoffen natürlich, dass du zur Hochzeit kommst.«

»Wo wird die stattfinden?«

»In La Seyne-sur-Mer, da kommt meine Familie her.«

»Hast du auch eine Arbeit?«

Sie blickte Jason fragend an und wartete auf ein Zeichen von ihm oder auf seine Zustimmung, dann antwortete sie:

»Ein Gehalt reicht uns. Ich werde mich um unsere Kinder kümmern.«

»Und wie viele Kinder wollt ihr haben?«

»Ich hätte gern fünf, Jason wären vier lieber. Unser zweites oder drittes Kind geben wir dann den Rekrutierungsbrigaden.«

Sie neigte sich zu Élodie, als wollte sie sie ins Vertrauen ziehen und eine Art geheime Verbindung zu ihrer Schwiegermutter knüpfen.

»Wenn eine Frau sich entschlossen hat, bekommt sie immer, was sie will, nicht wahr?«

Élodie hatte niemals bekommen, was sie sich gewünscht hatte, weder den Mann, noch das Leben, das sie wollte, aber Jason – tadellose Uniform, Pistole am Gürtel, gekonnte Großsprecherei –, schien bereits jetzt unter der Fuchtel seiner zukünftigen Frau zu stehen. Die kleine Zicke hatte ihn fest im Griff. Wahrscheinlich hatten sein Gehalt und sein sicherer Job sie gelockt, und jetzt spielte sie ihre wichtigsten, um nicht zu sagen, ihre einzigen Trümpfe aus: ihren attraktiven Körper und ihr hübsches Gesicht. Sie gehörte zu den Frauen, bei denen der Überlebensinstinkt und etwas Raffiniertheit die Intelligenz ersetzten.

»Habt ihr euch schon einen Termin überlegt?«

»In sechs Monaten«, erwiderte Jason. »Ich schicke dir noch eine schriftliche Einladung. Es sei denn, du schaffst dir bis dahin ein paar Brieftauben an.«

»Jason, du glaubst doch selbst nicht, dass ich in dieser Wohnung einen Taubenschlag aufstelle!«

»Wir haben das auch gemacht«, schaltete sich Fanny ein. »Und unsere Wohnung ist nicht viel größer als deine. Man kann den Taubenschlag ja auf dem Balkon haben.«

»Du machst, was du willst«, unterbrach Jason. Er sah

seiner Mutter fest in die Augen. »Kommst du? Zu unserer Hochzeit?«

»Natürlich, was für eine Frage!«

Während sie diese Worte aussprach, suchte sie schon nach einer Ausrede, warum sie nicht an dieser Hochzeit teilnehmen konnte. Dass Jason heiraten und Kinder zeugen konnte, kam ihr wie der Gipfel der Absurdität vor.

Manche Familienzweige verdienten es nicht, sich fortzupflanzen. Das glückliche Lächeln ihres Sohnes änderte nichts an ihrer Entscheidung.

Jason stand auf.

»Wenn wir noch vor Anbruch der Nacht wieder in Toulon sein wollen, müssen wir jetzt losfahren.«

Élodie fiel eine schwere Last von den Schultern.

»Ihr wollt nicht hier schlafen?«

»Wir müssen unsere Tauben füttern. Und du hast auch gar kein Bett, das groß genug für uns beide wäre.«

Fannys kleines, hohes Lachen unterstrich noch den unwiderstehlichen Witz des Mannes, den sie zum Gatten gewählt hatte.

»Ich mag sie nicht, deine Mutter.«

Fanny hatte gewartet, bis sie den Moloch Marseille hinter sich gelassen hatten, um das auszuspucken, was ihr auf dem Herzen lag. Wegen des lauten Motors musste sie beinahe schreien.

»Warum?«

»Sie ist falsch. Sie sagt nicht, was sie wirklich denkt.«

»Woher willst du das wissen?«

»Eine Frau spürt solche Dinge.«

»Auch eine Frau kann sich mal irren, oder nicht?«

»Ich bin sicher, dass sie mich nicht mag. Und dich mag sie auch nicht.«

Jason zog sich in ein griesgrämiges Schweigen zurück, bis sie Toulon erreichten. Fanny hatte recht: Seine Mutter würde ihm nie die Liebe geben, die er von ihr erwartete, um die er sie anbettelte. Sie hatte alles ihrem ersten Sohn gegeben.

»Sie wird nicht zu unserer Hochzeit kommen«, fing Fanny wieder an, als sie von der Autobahn in Richtung Stadtzentrum abbogen. »Das ist auch nicht weiter schlimm. Du musst den Kontakt zu ihr abbrechen. Unbedingt.«

»Und was würdest du sagen, wenn ich so etwas von dir verlangen würde?«

»Das ist nicht das Gleiche. Meine Eltern lieben mich, und dich mögen sie auch sehr gern.«

»Dein Vater sieht mich immer so komisch an.«

»Das bildest du dir ein.«

»Und du bildest dir das mit meiner Mutter nicht ein?«

Sie schnalzte verärgert mit der Zunge, und damit war das Gespräch beendet. Wenn er eine friedliche Nacht verbringen wollte, durfte er nicht auf seinem Standpunkt beharren. Fanny konnte jederzeit schlechte Laune bekommen oder in Tränen ausbrechen, bis zum Morgengrauen abwechselnd jammern, schmollen, drohen, wegzugehen oder ihn beleidigen. Es war schon öfter vorgekommen, dass er nach nur ein oder zwei Stunden Schlaf zu einem Einsatz musste und beinahe von Terroristen überrascht worden wäre, die bis zum bitteren Ende kämpften. Er fragte sich, ob Fanny ihn wirklich so sehr liebte, wie sie immer sagte. Er hing der naiven Vorstellung an, dass man immer nur das Beste für die Menschen wollte, die man liebte. Und Fanny nahm manchmal überhaupt keine Rücksicht auf ihren zukünftigen Ehemann.

Es war schon Nacht, als sie das Auto auf ihrem Parkplatz vor dem Haus in der Avenue Joseph-Louis-Ortolan abstellten. Aus der Entfernung erkannte Jason Schatten auf dem Balkon ihrer Wohnung im dritten Stock, die sich am Taubenschlag zu schaffen machten. Die Stadtverwaltung von Toulon, in der seit den letzten Wahlen auch die Partei *Neue Hoffnung für Frankreich* vertreten war, hatte den Verzicht auf sämtliche öffentliche Beleuchtung verfügt; eine Sparmaßnahme, die eine spektakuläre Zunahme von Einbrüchen, Gewalttaten und anderen Problemen zur Folge hatte.

»Da ist jemand in unserer Wohnung«, flüsterte Jason. »Bleib im Wagen.«

Er zog seine Pistole aus dem Halfter.

»Was willst du tun?«

Aus Angst kniff Fanny die Augen zusammen und rümpfte die Nase, was sie zwanzig Jahre älter aussehen ließ. Ihr Gehabe erinnerte flüchtig an einen Boxer.

»Mich selbst darum kümmern. Bis die Polizei hier ist, sind diese Schweinehunde längst über alle Berge.«

»Jason, das ist gefährlich!«

Er blickte sie milde lächelnd an.

»Du machst dir also doch Sorgen um mich?«

Sie legte ihm die Hand auf den Unterarm.

»Ich hoffe, dass du daran nie zweifelst.«

Er entsicherte die Pistole, öffnete die Autotür und verschwand in der dunklen Nacht. Auf dem Balkon glitten die Schatten weiter von einer Seite zur anderen. Das Gurren und Flügelschlagen deuteten darauf hin, dass die Einbrecher die Tür des Taubenschlags aufgebrochen hatten, um die Vögel zu stehlen. Durch einen Fensterspalt sah Jason, dass sich noch ein oder zwei Personen im Wohnzimmer befanden. Er schätzte, dass die Bande vier oder fünf Mitglieder zählte, und schlich sich so leise und unauffällig wie möglich ins Haus. Den alten, langsamen Aufzug ließ er links liegen und lief, immer vier Stufen auf einmal nehmend, die Treppe hinauf. Auf dem Treppenabsatz des dritten Stocks holte er kurz Luft. Kein Lichtstrahl drang aus der einen Spalt offenstehenden Wohnungstür. Die Zeitungen hatten vor wenigen Tagen von einer Gang berichtet, die in Toulon und Umgebung ihr Unwesen trieb. Es ging das Gerücht um, dass die Diebe im Dunkeln sehen konnten. Er musste den Lichtschalter erreichen und die Schrecksekunde nutzen, wenn das Licht sie blendete. Hoffentlich war die Stromverbindung nicht gekappt worden.

Er bereitete sich mental darauf vor, dann schlich er in die Wohnung. Vorsichtig tastete er an der rechten Wand nach dem Lichtschalter und drückte ihn mit einem Ruck herunter. Die Glühbirnen flackerten zunächst, aber nach drei oder vier Sekunden war es hell. Jason richtete die Pistole auf die zwei schwarz gekleideten Gestalten, die zwischen dem Sessel und dem Ledersofa hin und her geschlichen waren. In ihren Augen, die nur durch den Schlitz in den Masken zu erkennen waren, stand Angst geschrieben. Die silbernen Kerzenständer, ein Verlobungsgeschenk von Fannys Eltern, ragten aus der Stofftasche, in der die beiden ihr Diebesgut verstaut hatten.

Einer der Einbrecher, der auf dem Balkon zugange war, stürzte ins Wohnzimmer. Jason meinte, eine Waffe zu sehen, die der Mann auf ihn gerichtet hatte, und drückte den Abzug seiner Pistole. Er traf den Eindringling in den Kopf. Die schwarze Gestalt stolperte rückwärts und brach dann an der großen Fensterscheibe zusammen, wo sie eine lange Blutspur hinterließ. Der Einbrecher hatte keine Waffe in der Hand gehalten, sondern eine Taube, die erschreckt aufflog und mit voller Wucht gegen die Decke prallte.

Eine der zwei Gestalten im Raum schrie gellend auf und stürzte sich auf den leblosen Körper.

Der vierte Einbrecher, eine kleine Person, kam ins Wohnzimmer. Er trug eine große Tasche über der Schulter, die offenbar noch weitere Tauben enthielt. Jason bedeutete ihm mit seiner Waffe, stehenzubleiben, dann trat er zwei Schritte zurück, um die Bande besser im Blick zu haben.

Die Gestalt, die sich über den toten Körper gebeugt hatte, richtete sich auf und zog sich die Maske vom Kopf. Lange schwarze Haare, ein feines Gesicht und Wangen, über die Tränen liefen, kamen zum Vorschein.

»Sie haben meinen Mann getötet!«

»Ihr Beruf bringt ein gewisses Risiko mit sich«, erwiderte Jason. »So etwas passiert eben, wenn Sie sich das Heim eines Soldaten aussuchen.«

»Sie haben auf einen unbewaffneten Mann geschossen!«

»Sie sind nicht in der Position, mir eine Lektion zu erteilen! Das können Sie dem Richter erklären!«

Jason hörte Schritte hinter seinem Rücken. Er drehte sich um, den Zeigefinger auf dem Abzug seiner Waffe, dann erkannte er die massige Gestalt von Aimé, seinem Nachbarn.

»Gibt es Ärger, Jason?«

»Einbrecher. Einen musste ich erschießen.«

Aimé trat mit schweren Schritten ins Licht. Jason sah seinen dicken Hals, das gerötete Gesicht mit den hervorstehenden Augen und die spärlichen Haare auf dem Kopf. Unter seinem Bademantel zeichnete sich sein wabbeliger Bauch ab. Er trug abgetretene Hausschuhe und hielt ein altes Jagdgewehr in der Hand.

»Sie wollten wohl sagen, dass sie ihn wie ein Stück Vieh abgeschlachtet haben!«, schluchzte die dunkelhaarige Frau.

»Genau das war er. Genau das seid ihr«, flüsterte Aimé. »Galgenvögel. Halt sie in Schach, Jason, während mein Sohn die Polizei holt. Wo ist deine Frau?«

»Im Auto.«

»Sie kann bei uns in der Wohnung bleiben, bis die Polizei deinen reizenden Besuch weggeschafft hat.«

Nachdem Aimé gegangen war, befahl Jason den anderen zwei maskierten Einbrechern, sich zu der Frau zu stellen und ihre Masken abzunehmen. Er war überrascht, wie jung sie waren. Ein Junge mit hellen, intensiven Augen, der nicht älter als fünfzehn sein konnte, und ein Mädchen mit einem schmalen Gesicht, das ungefähr zwölf Jahre alt sein musste.

»Machen Sie Ihre Einbrüche immer mit der ganzen Familie?«

»Wir haben nichts mehr«, antwortete die Frau resigniert. »Und alles nur, weil wir uns geweigert haben, der Regierung einen Isaak zu geben. Man hat uns das Kind mit Gewalt weggenommen und uns für vier Jahre in den Knast gesteckt. Unsere zwei anderen Kinder waren solange in einem Erziehungsheim. Seit wir wieder draußen sind, haben wir keinerlei Rechte mehr, keine Arbeit, kein Haus.«

»Warum wollten Sie unsere Tauben klauen?«

»Die Post kann keine Tauben mehr liefern. Auf dem Schwarzmarkt sind die Vögel sehr viel wert.«

»Können Sie in der Dunkelheit sehen?«

»Unsere Kinder können nachts sehen wie Katzen. Man hat uns mal erklärt, dass das die Folge einer Genmutation ist.«

Die Tauben in der Tasche fingen an, mit den Flügeln zu schlagen. Zwei konnten den Verschluss öffnen und entkommen. Wie ihre Artgenossen nur wenige Minuten zuvor flogen sie panikartig gegen die Wände und die Fensterscheibe.

»Ich werde bis zum Ende meiner Tage im Knast sitzen«, fuhr die Frau fort und fing erneut an zu weinen. »Mir ist das egal. Ich bin mit meinem Mann gestorben.« Sie deutete auf ihre Kinder. »Aber was wird aus ihnen?«

Was wird aus uns?, dachte Jason. Er war gefangen in einem Käfig, wie seine Tauben. Er hatte den Eindruck, dass er sich, wo er auch hinging, was er auch tat, den Kopf an einer Wand, einer Decke, einem Gitter stieß – und sein Gefängnis würde den süßen Namen Fanny tragen.

DIANE

»Hast du immer noch nichts von Raphaël gehört?«

Catel, die zwischen der Sphäre und dem Haus saß, warf ihrer Mutter einen Blick über die Schulter zu. Bevor sie nach draußen getreten war, hatte sie nachgeschaut, ob die Kinder schliefen und ihre Zimmertür sowie die zwei Fenster fest verschlossen waren. Es war schon seit zwei Stunden dunkel, aber es war immer noch fast genauso heiß wie am Tag.

»Wie soll ich denn etwas von ihm gehört haben?«, antwortete Catel schroff. »Er weiß doch gar nicht, wo wir sind. Zumindest hoffe ich das.«

»Er hätte doch schreiben können, für alle Fälle.«

Camille setzte sich neben ihre Tochter. Sie hatte den Eindruck, sich an einem Dornenbusch zu stechen. Seit einem Monat wohnte Catel nun bei Basile, und wenn sie auch ihrem Gastgeber gegenüber recht freundlich war, unternahm sie doch keinerlei Anstrengung, die Beziehung zu ihrer Mutter zu verbessern.

Die riesige F1674 leuchtete aus der Finsternis hervor und verbreitete eine bedrohliche Atmosphäre. Nur das Säuseln des hohen Grases und der Büsche durchbrach die Stille.

Catel zeigte auf die Sphäre.

»Ich habe Schiss vor ihr.«

»Basile sagt, man solle seine Angst einfach ignorieren.«

»Basile ist nichts weiter als ein Träumer. Er hat gar keinen Sinn für die Realität.«

Camille fand die Bemerkung ihrer Tochter unpassend, entschied sich aber, die Wut, die in ihr schlummerte, zu ignorieren.

»Er versucht nur, anders zu denken, und damit ist er nicht allein auf der Welt. Aber wenn du so realistisch denkst, warum versuchst du dann, Pelops zu retten?«

Catel riss die Augen auf. Verständnislosigkeit, gemischt mit Missbilligung, spiegelte sich in ihrem Blick.

»Die Antwort kennst du doch schon: Du hast ein Kind verloren. Ich will keines verlieren. Ich habe wirklich versucht, mich von ihm zu lösen, aber …«

»Hast du einen dieser Kurse besucht, die die Regierung zur Vorbereitung auf die Trennung anbietet?«

»Ich habe darauf geachtet, keine emotionale Bindung zu Pelops aufzubauen. Deswegen trägt er auch diesen Vornamen. Aber als die Soldaten von der Brigade bei uns vor der Tür standen, konnte ich den Gedanken, ihnen Pelops zu übergeben, nicht mehr ertragen. Diese Männer haben sich wie Viehhändler benommen, die eine Kuh oder ein Pferd begutachten. Ich hatte das Gefühl, etwas absolut Abscheuliches zu tun.«

»Ich weiß, ich kenne die Geschichte von Tantalos' Sohn.«

»Mein drittes Kind sollte den Sphären zum Fraß vorgeworfen werden. Ich habe geglaubt, dass mir sein Name hilft, mich an den Gedanken zu gewöhnen.«

»Letztlich hat sich die gesamte Menschheit an dieses abscheuliche Verhalten gewöhnt. Das ist der Realitätssinn, von dem du sprichst.«

Catel seufzte nur verärgert.

»Hör doch endlich auf, mir ständig Moralpredigten zu halten, Maman! Ich bin kein Kind mehr. Wenn ich auf Basile und dich hören würde, dann könnte Diane vollkommen allein in der Nähe eurer weißen Dame herumtollen.«

»Das ist nicht unsere weiße Dame, sie gehört uns nicht.«

»Das habe ich nur so …«

Catel brach mitten im Satz ab. Ihr Blick fiel auf den hellen Umriss in etwa dreißig Meter Entfernung, der die Dunkelheit spaltete, ein rechteckiges Licht, das sich vor der Haustür abzeichnete. Catel zuckte zusammen, als sie den kurzen Schlafanzug, die blonden Haare, Dianes Gestalt erkannte. So schnell sie konnte sprang sie auf und rannte auf das kleine Mädchen zu, packte es an den Schultern und schüttelte es wie einen Pflaumenbaum.

»Was hast du hier draußen zu suchen? Wie ist es dir gelungen, aus dem Zimmer zu kommen?«

Diane antwortete nicht. Obwohl sie die Augen weit geöffnet hatte, schien sie ihre Mutter nicht wahrzunehmen. Vollkommen außer sich gab Catel ihr eine Ohrfeige.

»Antworte!«

»Hör auf!«, mischte sich Camille ein, die näher gekommen war.

»Das geht dich nichts an, Maman. Sie hat mir nicht gehorcht. Das muss ich allein mit ihr regeln.«

»Siehst du denn gar nicht, dass sie gar nicht sie selbst ist?«

Catel hob Diane ohne ein weiteres Wort hoch und trug

sie zum Haus. Das Mädchen wehrte sich nicht gegen die schroffe Behandlung durch seine Mutter.

In diesem Moment trat Basile aus dem Haus und kam auf sie zu.

»Was ist denn hier los?«

»Hier ist los, dass meine Tochter gerade drauf und dran war, zu eurer verdammten Sphäre zu laufen!«, fuhr ihn Catel mit rauer Stimme, in der sich Wut und Angst mischten, an. »Aber du hast natürlich nichts gesehen.«

»Ich war in meinem Arbeitszimmer.«

»Und, bist du jetzt immer noch der Meinung, dass ich Diane frei herumlaufen lassen soll?«

Basile blickte Diane, die sich in den Armen ihrer Mutter zusammengekuschelt hatte, eine Zeit lang schweigend an.

»Ich glaube, dass du Diane langfristig nicht von der weißen Dame fernhalten kannst. Letztlich wird sie dir entwischen.«

»Bei dir steht das auf jeden Fall schon von vornherein fest«, stieß Catel mit schriller Stimme hervor. »Ich werde mir eine andere Bleibe suchen. Und jetzt binde ich das Kind an seinem Bett fest.«

»Glaubst du wirklich, dass das genügt?«

»Sie ist immerhin noch nicht so stark, dass sie sich allein losmachen könnte!«

»Du hast die Tür abgeschlossen und beide Fenster verbarrikadiert. Wie ist Diane aus dem Zimmer gekommen?«

Catel fragte sich, ob sie den Schlüssel richtig im Schloss umgedreht hatte. Sie ging durchs Wohnzimmer und stieg die Treppe hinauf. Die Arme taten ihr weh, weil ihr Diane langsam zu schwer wurde. Sie setzte das Mädchen auf den Treppenabsatz und ging zur Zimmertür. Als sie die Tür nicht öffnen konnte, holte sie einen großen, rostigen Schlüssel aus der Tasche ihrer Shorts. Nachdem sie den Schlüssel im Schloss umgedreht hatte, trat sie, mit Diane an der Hand, in das Zimmer. Ulysse schlief friedlich auf einer der Matratzen, die nebeneinander lagen, aber Pelops lag wach in seinem Gitterbettchen und starrte an die Decke.

Catel überprüfte die Fenster. Die schweren Bretter, die sie quer vor den Scheiben positioniert hatte, waren nicht angerührt worden. Basiles Frage dröhnte wieder in ihrem Kopf: Wie war Diane aus dem Zimmer gekommen? Sie verdrängte die Angst in ihrem flatternden Magen, um ihre Tochter wieder ins Bett bringen zu können. In den Augen des Mädchens entdeckte Catel nicht die leiseste Aufregung.

»Es tut mir leid, mein Schatz, ich hätte dich nicht ohrfeigen sollen.«

Sie beugte sich vor, um Diane zu küssen. Tränen schossen ihr in die Augen und fielen auf den Schlafanzug des Mädchens. Dann verließ Catel den Raum. Sie schloss die Tür ab, stieg die Treppe hinunter und fiel im Wohnzimmer neben Camille aufs Sofa.

»Eure Kinder sind nicht eure Kinder.«

Basile goss den Kräutertee in die weißen Tassen.

»Das lässt sich leicht sagen, wenn man keine Kinder hat«, wandte Catel ein.

»Der Satz stammt nicht von mir, sondern von Khalil Gibran«, fügte Basile hinzu. »Wir sollen unsere Kinder lieben und begleiten, aber dann müssen wir sie loslassen.«

»Genau das verlangt auch Isaaks Gesetz von uns.«

»Isaaks Gesetz bringt die Menschen nicht dazu, sich von ihren Kindern zu lösen. Es dient nur dazu, sie zu opfern, und zwar für politische und gesellschaftliche Zwecke. Das ist wie bei den alten Phöniziern, die versuchten, Baals Gunst zu erlangen, indem sie ihm das Blut ihrer eigenen Kinder anboten. Das Opferritual, und nichts anderes ist Isaaks Gesetz inzwischen geworden, hat zunächst die Wirkung einer Katharsis, es ist die Läuterung der Seele von Leidenschaften, wie Aristoteles es nennt. Das Opferritual ändert zwar nichts an der Situation, aber es gibt den Menschen die Möglichkeit, ihr Schicksal zu ertragen. Es ist auch eine Flucht in den Selbstmord. Wenn wir in dem Tempo weitermachen, werden die Vereinten Nationen bald zwei Pädokaze pro Familie fordern. Khalil Gibran sagt über die Kinder: ›Sie sind die Söhne und Töchter der Sehnsucht des Lebens nach sich selbst. Sie kommen durch euch, aber nicht aus euch. Sie gehören euch nicht.‹«

»Was hat das mit den Sphären zu tun?«

Mit der Tasse in der Hand setzte sich Basile in den Sessel gegenüber vom Sofa und trank vorsichtig einen Schluck Kräutertee. Camille verstand nicht, wie er bei dieser Hitze so heißen Tee trinken konnte.

»Diane ist aus freien Stücken auf die F1674 zugelaufen.«

»Aus freien Stücken?«, protestierte Catel. »Wie kannst du bei einem dreijährigen Mädchen von einem eigenen Willen reden?«

»Ich zitiere noch einmal Gibran: ›Ihr dürft ihnen eure Liebe geben, aber nicht eure Gedanken, denn sie haben ihre eigenen Gedanken. Ihre Seelen wohnen im Haus der

Zukunft, und das bleibt euch verschlossen, selbst in euren Träumen.‹«

Catel wandte sich an ihre Mutter.

»Du hast doch die gleiche Erfahrung gemacht, Maman. Glaubst du, Nathan ist von sich aus zu der Kugel gerannt?«

Camille hielt den Blick auf die Tasse gesenkt, die leicht in ihrer Hand zitterte. Es war noch nicht lange her, dass sich die Leere, die Nathans Verschwinden hinterlassen hatte, durch die vielen Gespräche mit Basile allmählich wieder füllte. In ihrem tiefsten Inneren vermisste sie ihn immer noch, sie konnte diese Amputation, die ihre Daseinsberechtigung als Mutter ins Wanken gebracht hatte, auch heute noch spüren, aber sie hatte endlich aufgehört, die Schuld bei sich zu suchen und sich unentwegt ihre Fehler vorzuwerfen. Seit sie akzeptiert hatte, dass auch Nathan einen Anteil an dem Geschehenen hatte, war sie langsam wieder aus dem tiefen Schmerz aufgetaucht.

»Ich weiß nur, dass ich, genau wie du, sämtliche Vorsichtsmaßnahmen treffen wollte und letztlich nicht verhindern konnte, dass Nathan fortging«, antwortete Camille. »Es war, als hätte ein anderer Wille, nicht meiner und auch nicht seiner, die Führung übernommen. Jetzt ist das wieder so. Ein anderer Wille als deiner und der von Diane scheint die Führung zu übernehmen. Dieses Vertrauen meint Basile.«

»Wie kann man Wesen vertrauen, die in jeder Hinsicht so hermetisch verschlossen sind?«, unterbrach Catel wütend.

Sie stellte ihre Tasse auf dem niedrigen Tisch ab, stand auf und ging zum dritten Mal nachsehen, ob Diane noch in ihrem Zimmer war.

»Deine Tochter hat dir doch bewiesen, dass es, genau genommen, gar nichts bringt, die Tür abzuschließen«, sagte Basile, als sie wieder ins Wohnzimmer kam.

»Ich bin immer noch ihre Mutter, und ich treffe die Entscheidungen, die mir richtig erscheinen.«

»Ich glaube, dass die Kugeln einem Kind, das sie anlocken wollen, außergewöhnliche Fähigkeiten verleihen, die unsere normalen Kenntnisse übersteigen. Sonst hätte Nathan nicht das Haus verlassen und den Weg bis zur F729 allein zurücklegen können. Und Diane wäre nicht aus einem abgeschlossenen Zimmer entwischt.«

»Was willst du mir damit sagen? Soll ich Diane der Sphäre anbieten, wo ich doch hierhergekommen bin, um Pelops nicht zu opfern?«

Basile nickte ernst.

»Die Tugend, die Dinge zu akzeptieren wie sie sind, das ist weder Resignation noch Unterwürfigkeit. Was auch immer passiert, wir müssen mit der Bewegung gehen. Wenn wir uns gegen sie stellen, verschlimmern wir die Situation. Es gibt da diesen Indianer-Spruch, der mir schon immer sehr gefallen hat: Heute ist ein schöner Tag zum Sterben. Für mich ist dieser Satz das Sinnbild des Vertrauens, des fließenden Lebens. Da die Ereignisse sind, lasst uns die Ereignisse sein. Die Pädokaze stehen nur für die Weigerung, die uns geradewegs ins Verderben führt. Das Leben läuft nicht rückwärts, und es hält sich auch nicht mit dem Gestern auf. Wir hätten unsere gewohnten Denkschemata ablegen müssen, um den Besuch der weißen Damen zu begreifen, aber dazu waren wir nicht fähig.«

»Und du, mit deinen ganzen Theorien und deinen schönen Worten, zu welchem Ergebnis bist du gelangt?«

Basile trank seine Tasse aus und stellte sie auf der Sessellehne ab.

»Ich habe es aufgegeben, das Mysterium verstehen zu wollen. Ich versuche einfach nur, etwas auf sie zuzugehen.«

»Was du da predigst ist die Haltung eines Gläubigen. Du erinnerst mich an einen Steinzeitmenschen, der das Gewitter verehrt, weil er es sich nicht erklären kann.«

»Der Unterschied ist, dass die Menschen der Steinzeit von der Angst getrieben wurden. Ich will damit sagen, und sicher drücke ich mich schlecht aus, dass die Angst uns nicht von den weißen Damen fernhalten darf. Wir dürfen nicht das Gefühl haben, dass sie zu fremdartig sind. Nicht das Gefühl, dass sie mit uns sprechen, aber wir sie nicht verstehen.«

Ein lauwarmer Luftzug wehte durch die Fenster und die offene Haustür. Grillenzirpen lullte die Nacht ein. Die drückende Junihitze kündigte einen brütend heißen Sommer an.

»Ich werde im Zimmer der Kinder schlafen«, sagte Catel und stand auf. »Sonst kriege ich kein Auge zu.«

»Brauchst du Hilfe? Ich kann dir beim Hinübertragen deiner Sachen helfen«, bot Basile an.

»Nein, danke. Ich lege mich zu Diane.«

Catel verschwand in dem Zimmer, schloss sorgfältig die Tür hinter sich ab und rutschte zwischen Ulysse und Diane auf die Matratze. Sie band ein Ende ihres Bademantelgürtels um den Arm ihrer Tochter, das andere um ihr eigenes Handgelenk. Im Zimmer war es heiß und stickig. Catel konnte nicht einschlafen, weil Diane sich unruhig im Schlaf hin und her warf und immer wieder heftig an dem Gürtel zog. Außerdem summte noch eine Mücke über ihrem Kopf. Manchmal hatte sie den Eindruck, Vibrationen wahrzunehmen, die unter ihrer Schädeldecke ein brennendes Beben auslösten. Ab und zu fiel sie in einen fiebrigen Halbschlaf, und wenn sie dann schweißgebadet hochschreckte, streckte sie sofort die Hand aus, um sicherzugehen, dass Diane noch da war.

Ein Lichtstrahl, der sich durch den Spalt eines Fensterladens schlich, fiel auf ihre geschlossenen Augen. Ihr Hals war trocken. Ulysses pfeifender Atem hinter ihr durchbrach die friedliche Morgendämmerung. Irgendwann war sie in einen unruhigen Schlaf gefallen, der ihr Albträume beschert hatte. Jetzt öffnete sie die Augen. Der Bademantelgürtel lag locker auf der Matratze. Am anderen Ende war niemand mehr.

Nur der Zipfel eines verknitterten Lakens.

ARTHUR

Jason liebte es, seine Hand auf Fannys Bauch zu legen, der mit jedem Tag runder wurde. In letzter Zeit hatten heftige Unruhen Frankreich erschüttert, und er hatte nicht viel Zeit mit seiner Frau verbringen können. Die Brigade Arès stand an vorderster Front den Rebellen gegenüber, die gut organisiert und oft auch bewaffnet waren. An manchen Orten wiegelten die Gegner der Vereinten Nationen und der französischen Regierung die Massen so auf, dass daraus ein Volksaufstand wurde. Die Menschen prangerten die Regierung an, die nicht in der Lage war, das Problem der Sphären zu lösen, trotz des massiven Einsatzes der Pädokaze. Die Menge forderte eine neue, radikalere Politik und den Einsatz schärferer Waffen. Man sprach davon, riesige Gruben auszuheben, um die teuflischen Kugeln darin zu begraben. Die meisten Menschen waren einverstanden, der Regierung einen Isaak zu übergeben, aber dafür wollten sie Ergebnisse sehen. Andernfalls würde der Aufstand weiter wachsen und die Regierung letztendlich gestürzt.

In der Zeitung hatte Jason gelesen, dass nicht nur Frankreich von dieser Entwicklung betroffen war, sondern dass der Widerstand, der oft von Religionsgemeinschaften auf der Suche nach Einfluss organisiert wurde, auch in den europäischen Nachbarländern, den USA, Südamerika, Afrika und Asien erstarkte. Jason hatte beträchtliche Mengen Munition auf laut protestierende Menschenmengen abgeschossen; mehr als einmal war er über einen Leichenteppich gelaufen und hatte den beißenden Geruch von Schießpulver und den süßlichen von Blut in der Nase gehabt, bis ihm übel wurde. Er hatte mit den Soldaten der Armee sympathisiert, für die die Brigaden sonst nur Verachtung übrig hatten. Sämtliche Ordnungskräfte, auch die Gendarmerie und die Polizei, waren mobil gemacht worden, um die Welle der Gewalt, die das ganze Land erfasst hatte, aufzuhalten. Die erschöpften Verteidiger des Staats hatten nur äußerst selten Urlaub bekommen. Ein Besuch zu Hause hatte genügt, dass Fanny von Jason schwanger wurde. Es war ihre einzige sexuelle Begegnung seit der Hochzeit, und sie war nicht befriedigend gewesen. Seit sie ein Kind erwartete, erlaubte Fanny ihrem Ehemann nur noch flüchtige Küsschen und fahrige Berührungen. Sie war nicht bereit, mit ihm zu schlafen, bevor sie nicht das Kind zur Welt gebracht hatte. Jasons Mutter war nicht zur Hochzeit gekommen, genau wie Fanny es vorausgesagt hatte. Jason hatte vermutet, dass Élodie krank geworden war, und hatte ihr mehrere Briefe geschickt, auf die sie aber nicht geantwortet hatte. Er nahm sich vor, sie bei der nächsten Gelegenheit zu besuchen. Hoffentlich ging es ihr gut, und sie war nicht Opfer der enormen Protestbewegungen geworden, die Marseille erschütterten.

»Diese Gruppe hier spielt zweifellos eine entscheidende Rolle«, erklärte Commandant Persée mit lauter Stimme.

»Sie kommen aus verschiedenen Regionen des Südens, von Montpellier bis Nizza. Es sind mehrere Hunderttausend, und die Hälfte von ihnen ist bewaffnet. Die Brigade wird mit mehreren Panzerdivisionen und Spezialkräften zusammengeschlossen. Wir sind dem Befehl von Général Szczezepiak unterstellt. Morgen früh um vier Uhr brechen wir auf und beziehen die uns genannte Stellung. Das ist keine Strafe, im Gegenteil, die Führung erweist uns eine Ehre, weil man unsere Leistung anerkennt. Mir ist bewusst, dass die Zeiten schwierig sind und dass Ihnen viel abverlangt wird. Auch deshalb rate ich Ihnen, jetzt sofort in Ihre Quartiere zurückzugehen und sich auszuruhen. Morgen erwartet Sie alle ein harter Tag.«

Jason fand keinen Schlaf. Sein Feldbett quietschte jedes Mal, wenn er sich umdrehte, und das laute Schnarchen seines Zimmerkameraden Amar zerrte an seinen Nerven. Er dachte an Fanny, an ihren Bauch und ihre Brüste, die sich mit Milch füllten, an ihre weiche, warme Haut, an ihr hübsches Gesicht, das, wie ihr restlicher Körper, runder wurde. Vergessen waren die plötzlichen Stimmungsschwankungen, ihr schwieriger Charakter, ihre hohen Ansprüche. Er erinnerte sich nur noch an ihr Lächeln und ihre Sinnlichkeit. Tatsächlich waren sie nur wenige Kilometer voneinander entfernt.

Gegen Mitternacht war ihm klar, dass er in dieser Nacht nicht mehr schlafen würde. Er stand auf, zog sich an, trat aus dem Gebäude und lief über den Hof in Richtung der Seitentür, wo nur ein Mann Wache stand, Hector, ein sympathischer Kerl aus der Charente. Da er Nachtdienst hatte, würde er bei dem großen Kampf am nächsten Tag nicht dabei sein.

Die Sterne funkelten am Himmel, wo der kalte, trockene Wind alle Wolken fortgeweht hatte.

»Jason? Was machst du hier draußen?«

»Ich konnte nicht schlafen. Eine Kippe?«

Jason hielt Hector seine Packung hin. Der Kamerad nahm sich eine Zigarette heraus, steckte sie in den Mund und zündete sie mit seinem Sturmfeuerzeug an. Ein intensiver Benzingeruch erfüllte die Luft.

»Es stinkt mir, dass ich morgen nicht dabei sein kann«, sagte Hector, nachdem er ellenlange Rauchfahnen aus Mund und Nase ausgestoßen hatte.

»Ich beneide dich. Du hast großes Glück. Ich habe mich schon oft genug herumgeprügelt.«

Eine Zeit lang rauchten sie schweigend.

»Ich hätte gern noch etwas Zeit mit meiner Frau verbracht.«

»Wohnt sie weit weg?«

»Gerade mal drei Kilometer von hier.«

»Ich nehme an, du würdest lieber bei ihr schlafen, als bei diesem Großmaul Amar.«

»Du sagst es! Zumal sie auch noch schwanger ist. Ist dir klar, dass ich in nicht mal fünf Minuten bei ihr wäre?

»Wo ist deine Karre?«

»Auf dem Parkplatz da hinten.«

Hector zog verzweifelt an seiner Zigarette, deren rote Glut sein hohlwangiges Gesicht mit einem goldbraunen Glanz überzog.

»Wenn du jetzt abhaust und, sagen wir mal, gegen halb drei wieder da bist, eine halbe Stunde, bevor meine Wache endet, kriegt keiner was mit.«

Jason packte Hector an der Schulter.

»Du bist ein echter Kamerad.«

»Du schuldest mir einen Gefallen. Hau ab, bevor ich es mir anders überlege. Und pass auf, dass du nicht in ihren Armen einschläfst, wenn du fertig bist. Ich will keinen Ärger bekommen.«

Hector drückte die Zigarette mit dem Absatz aus und öffnete die Gittertür. Jason lief schnell zu dem hundert Meter entfernt liegenden Parkplatz, wo sein Auto stand. Die Sorge, die ihn jedes Mal befiel, wenn er einem Befehl zuwiderhandelte, wurde von der Freude, Fanny zu sehen, weggefegt.

Er war ungewöhnlich vorsichtig, während er durch die Straßen von Toulon fuhr – er wollte auf keinen Fall Aufmerksamkeit erregen. Nach fünfzehn Minuten erreichte er die Avenue Ortolan. Er hatte noch fast zwei Stunden Zeit und hoffte, dass Fanny sich über seinen Überraschungsbesuch freuen würde. Bei ihr wusste man nie genau, wie sie reagieren würde.

Aus der Wohnung im dritten Stock drang kein Licht. Wahrscheinlich schlief sie, obwohl sie oft an Schlafstörungen litt, die sie mit dem Lesen von Frauenzeitschriften bekämpfte. Jason stieg so leise wie möglich die Treppe hinauf. Er wollte auf keinen Fall die Nachbarn aufschrecken. Die Wohnungstür war nicht abgeschlossen. Er hatte Fanny geraten, jeden Abend die zwei Sicherheitsriegel vorzuschieben, die er selbst angebracht hatte, aber sie hatte es wieder einmal vergessen.

Leise betrat Jason den Flur. Als er den Finger auf den Lichtschalter legte, hörte er Keuchen, Seufzen, das in Stöhnen überging, und unterdrücktes Lachen.

Das Blut gefror in seinen Adern.

Eine Weile stand er unbeweglich da, unfähig, sich zu rühren. Dann jagte rasende Eifersucht durch seine Adern und die Wut sammelte sich in seinem Bauch. Er zog seine Pistole aus dem Halfter, dieselbe Waffe, mit der er vor wenigen Monaten den Einbrecher niedergestreckt hatte, entsicherte sie und näherte sich dem Schlafzimmer.

Mehrere Minuten lang blieb er vor der halb offenen Tür stehen und lauschte den typischen Geräuschen einer Liebesnacht. Sein Verstand brauchte einige Zeit, bis er das Unvorstellbare akzeptieren konnte. Die Wut verteilte sich in seinem Körper, sie drang bis in Finger und Zehen vor. Er wollte schon wieder gehen, als ihm einfiel, dass er Mitglied in einer der gefürchtetsten Brigaden Frankreichs war. Er beschloss, sich der Situation zu stellen. Ganz leise betrat er das Zimmer, wo er deutlich zwei sich bewegende Schatten erkannte. Seine zitternde Hand tastete nach dem Lichtschalter.

Sein Zeigefinger umklammerte den Abzug der Pistole, als das grelle Licht auf Fanny fiel, und auf den Mann, mit dem sie im Bett war. Sie reagierte schneller als ihr Liebhaber, richtete sich blitzschnell auf und bedeckte ihren nackten Körper mit einem Laken. Ihre dunklen Haare klebten verschwitzt zusammen, und auch von ihrer Stirn rannen Schweißperlen. Ihre Augen weiteten sich vor Schreck, als sie ihren Ehemann und die auf sie gerichtete Pistole in seiner Hand bemerkte. Auch der Mann erhob sich und versuchte, seinen erigierten Penis mit der Hand zu bedecken. Jason kannte ihn: Es war Arthur, Fannys Trauzeuge. Die beiden kannten sich seit ihrer Kindheit, er war ein enger Freund, ein Nichtsnutz, dessen einziger Verdienst seine blonden Locken und sein verheißungsvolles Lächeln waren. Das Entsetzen, das ihm ins Gesicht geschrieben stand, amüsierte Jason einen kurzen Moment lang und dämpfte seine Wut. Dann wurde ihm seine eigene Naivität bewusst, und er fühlte sich schrecklich gedemütigt.

»Was machst du denn hier?«, flüsterte Fanny.

»Offensichtlich wurde ich nicht erwartet.«

»Ich dachte, dass … dass du in deinem Quartier bleiben müsstest.«

»Ich bin abgehauen, um dich vor der großen Schlacht morgen noch einmal zu sehen.«

Jason richtete den Pistolenlauf abwechselnd auf Fanny und Arthur.

»Geht das schon lange mit euch beiden?«

Fanny hob den Kopf und blickte ihn herausfordernd an. Jason fand sie so begehrenswert, dass es fast schmerzte.

»Schon ewig. Meine Familie wollte nichts von ihm wissen.«

»Warum hast du mich geheiratet?«

»Ich wollte Kinder.«

»Von mir?«

Sie schüttelte den Kopf und verzog die Mundwinkel.

»Nein, von ihm. Ich hätte dich glauben lassen, dass es deine wären.«

»Das Kind in deinem Bauch ist nicht von mir?«

»Arthur und ich, wir haben es auf der Hochzeitsfeier getrieben, auf der Toilette.«

Arthur warf Fanny einen Blick zu, der besagte, dass solche Enthüllungen in der Gegenwart eines bewaffneten, gehörnten Ehemannes nicht ratsam waren.

»Wie kannst du dir so sicher sein?«

»Ich kenne meinen Körper.«

Jason wurde plötzlich schwindelig, und er lehnte sich mit der Schulter an die Zimmerwand.

»Ich war schon schwanger, als wir zum ersten Mal miteinander geschlafen haben«, fügte sie niederträchtig hinzu.

Er streckte den Arm in ihre Richtung, die Pistole zitterte in seiner Hand.

»Mach keine Dummheiten«, schaltete sich Arthur ein.

»Du hältst mich wohl für blöd, was?«

Jason dachte an die Verachtung, die seine Mutter für ihn empfand. Sie zog ihm einen abwesenden Sohn vor, genauso wie Fanny ihm einen Kindheitsfreund vorzog. Die zwei Frauen in seinem Leben ersetzten ihn durch Gespenster. Ihn packte der heftige Drang, sich den Pistolenlauf in den Mund zu rammen und seinem Leben ein Ende zu bereiten. Niemand würde ihn vermissen, nicht mal seine Kameraden von der Brigade, denn die waren daran gewöhnt, dass nach jedem Einsatz ein paar von ihnen fehlten. Dann fasste er den Entschluss, dem Tod auf andere Weise gegenüberzutreten, Auge in Auge, und sich von seinem Feuer verzehren zu lassen. Fanny würde eine Witwenpension bekommen, die es ihr erlaubte, mit ihrem Liebhaber all die Kinder zu bekommen, die sie sich wünschte. Ihre einzige Strafe, ihr einziges Leid bestünde darin, ein oder zwei dieser Kinder den Rekrutierungsbrigaden übergeben zu müssen, eine Aussicht, die ihn seltsamerweise erleichterte.

»Meine Mutter hat dein Spiel durchschaut«, sagte er mit schwacher Stimme. »Deshalb hast du sie gleich nicht gemocht.«

»Sie ist nur dem Namen nach deine Mutter.«

Jason hätte beinahe die Tränen vergossen, die er sein ganzes Leben lang zurückgehalten hatte. In diesem Moment wurde er wieder zu dem kleinen Jungen, der er niemals hatte sein dürfen, um das Andenken an Léo nicht zu zerstören.

»Ich gehe jetzt. In meinem nächsten Urlaub treffen wir eine Entscheidung. Allerdings bin ich nicht sicher, ob ich die Schlacht morgen überlebe. Sollte mir etwas zustoßen, wird man dich benachrichtigen.«

Er schob den Sicherungshebel herunter und steckte die Pistole wieder in den Halfter, dann ging er mit schweren Schritten zur Wohnungstür. Fanny holte ihn ein, als er gerade im Flur war. Sie war nackt und betörend schön mit ihrem runden Bauch und den großen Brüsten.

Sie packte ihn am Arm.

»Es tut mir leid.«

Er schenkte ihr ein trauriges Lächeln.

»Glaub nicht, dass du mir jetzt vorspielen musst, wie sehr du das alles bereust. Wenn ich tot bin, bekommst du die Hälfte meines Gehalts. Davon kannst du gut leben. Und du kannst lieben, wen du willst.«

Große Tränen liefen über Fannys Wangen. Er hatte sie noch nie weinen sehen, weder vor ihm noch heimlich allein.

»Bleib am Leben«, murmelte sie.

»Um die Kinder von anderen Männern großzuziehen?«

Sie nahm seine Hand und legte sie auf ihren Bauch.

»Ob du es glaubst oder nicht, das Kind ist von dir.«

»Vorhin hast du etwas anderes gesagt.«

»Ich … ich wollte dir wehtun.«

»Warum?«

»Weil du mich überrascht hast. Weil du gesehen hast, wie ich in Wirklichkeit bin. Weil ich dich nicht mehr austricksen kann.« Ihre Finger umklammerten sein Handgelenk. »Ich flehe dich an, bitte bleib am Leben, sonst habe ich das Gefühl, dass ich dich umgebracht habe.«

»Das ist deine Strafe«, erwiderte er mit einem schwachen Lächeln.

Plötzlich riss er sich von ihr los, drehte sich um und verließ die Wohnung. Er weinte. Die Welt um ihn herum verschwamm, als er auf dem Parkplatz ankam. Die eisige Kälte schmerzte auf den Wangen und drang durch seinen Drillichanzug. Er stieg in den Wagen, legte die Stirn auf das Lenkrad und blieb sitzen, bis der Kummer, der ihn quälte, allmählich verflog. Er hatte das Gefühl, jemand würde ihn beobachten und hob den Kopf. Fanny stand, immer noch nackt, vor dem Auto. Mit den Händen versuchte sie ihre Brüste zu bedecken. Ihre Haut, ihre Lippen waren kreidebleich vor Kälte. Mit ihren weit aufgerissenen Augen sah sie aus wie eine Geistererscheinung.

Er ging zu ihr, legte die Arme um sie und drückte sie fest an sich.

»Geh wieder rein, du holst dir noch den Tod.«

Sie lehnte den Kopf gegen seine Schulter.

»Ich möchte nicht, dass du stirbst«, murmelte sie. »Ich möchte, dass du zurückkommst. Ich möchte dir zeigen, dass ich anders sein kann. Ich habe Arthur weggeschickt und ihm gesagt, dass er nicht wiederkommen soll.«

»Du liebst ihn nicht mehr?«

»Ich habe ihn noch nie geliebt, aber als Kinder haben wir uns ewige Treue geschworen.«

Er begleitete sie zum Hauseingang zurück. In diesem Moment kam Arthur heraus. Er hatte sich in aller Eile angezogen. Jetzt machte er einen Bogen um Jason und Fanny und verschwand, ohne ein Wort zu sagen oder sich noch einmal umzublicken in der Nacht.

»Kommst du noch kurz mit nach oben?«

»Jetzt nicht, ich muss zurück in den Stall.«

Sie streichelte ihm mit den kalten Fingern das Gesicht.

»Komm zurück.«

Ihr Flüstern hing noch lange in dem nächtlichen Schweigen. Sie entfernte sich. Die Dunkelheit verschlang ihre klaren Konturen. Jason war von seinen heftigen Gefühlen hin und her gerissen, unterdrückte aber mit aller Macht den Wunsch, Fanny nachzulaufen.

ULYSSE

Fünf Monate waren vergangen, seit Diane verschwunden war, und dennoch hoffte Catel, ihre Tochter würde jeden Moment wieder zurückkommen. Jedes Mal, wenn sich die Tür einen Spalt breit öffnete, flatterte ihr Herz so schnell in der Brust wie ein verängstigter Vogel im Käfig. Als sie aus Paris in den Süden geflohen war, um Pelops zu retten, hatte sie ihre Tochter an eine Sphäre verloren. Auf die eine oder andere Art war sie dazu verdammt, sich von einem ihrer Kinder zu trennen. Catel bedauerte es, dass sie ihre Wohnung verlassen hatte, bevor Diane das erlösende Alter von vier Jahren erreicht hatte. Im Grunde genommen wäre es besser gewesen, Pelops zu opfern, der schon als Isaak registriert war und insofern dazu bestimmt, in dem Bauch einer dieser Sphären zu enden. Sie hatte das Schicksal hinters Licht führen wollen, und es hatte sich mit teuflischer Grausamkeit an ihr gerächt.

Vergeblich hatte Catel versucht, für ihr drittes Kind eine so tiefe Zuneigung zu entwickeln wie zu ihren beiden älteren Kindern. Aber bei Pelops war ihr Herz nur eine leere Muschelschale. Für ihn empfand sie nichts anderes als dumpfe Wut. Sie betrachtete ihn wie einen Usurpator, einen

Parasiten, der sich von ihren Schuldgefühlen nährte. Pelops verbrachte mehr Zeit in den Armen seiner Großmutter als in den ihren. Er war schon fast vierzehn Monate alt, aber er war immer noch vollkommen still und rührte sich nicht, wie ein Weichtier, das kein Bewusstsein besaß. Nur wenn es ums Essen ging, machte er Geräusche. Wenn er Hunger hatte, trieb sein gellendes, herrisches Geschrei seine Mutter dazu, sofort einen Brei oder ein Gemüsegläschen aufzuwärmen.

Basile und Camille führten lange Gespräche mit Catel. Allein hätte sie ihren Kummer und auch sich selbst nicht ertragen können. Basile erzählte ihr, wie er damals, als er mit seinem alten Freund Jean-Marc Antony in Saint-Martin-de-Londres war, versucht hatte, ein kleines Mädchen vor der F992 zu retten. Als er das Mädchen am Arm greifen wollte, hatte er einen starken elektrischen Schlag bekommen und das Bewusstsein verloren, als ob das Kind eine unglaubliche Energie in sich geborgen hatte. Er war zu der Überzeugung gelangt, dass man nicht gegen die weißen Sphären kämpfen konnte. Sie waren wie Magneten, deren Anziehungskraft so stark war, dass es nichts nützte, die Kinder zu Hause im Zimmer einzusperren. Den Berichten zufolge, die Basile von seinen Korrespondenzpartnern auf mehr oder weniger legale Weise erhielt, hatte noch keine Abzäunung um die Kugeln, auch solche aus extrem widerstandsfähigen Nanofasern, ihren jungen Opfern den Weg versperren können. Selbst die schwer bewaffneten Polizei- und Soldatenkordons hatten die Kinder nicht aufhalten können. Man erzählte sich von einem tibetanischen Jungen, der einen chinesischen Panzer umgestoßen hatte, um zu einer Sphäre im Himalaya zu gelangen, von einem brasilianischen Mädchen, das durch eine Betonmauer gegangen war, als ob sie nur eine Illusion gewesen wäre, von einem griechischen Jungen, der die Wachen mit unfassbarer Leichtigkeit zu Boden geworfen hatte …

»Ich will damit nur sagen, du sollst keine Schuldgefühle haben«, schloss Basile. »Was hättest du denn noch tun können, um Diane von der weißen Dame fernzuhalten? Sie sind stärker als wir und halten uns seit mehr als dreißig Jahren in Schach. Unsere Politiker sollten sich dieser Tatsache endlich bewusst werden, sonst wird die Bevölkerung sich eines Tages gegen sie auflehnen.«

»Die Menschen wollen Ergebnisse sehen, keine erneute Änderung der Strategie«, wandte Camille ein.

»Genau. Die Politik sollte ganz anders zu den Leuten sprechen. Sie sollte die Menschen auf die Veränderung vorbereiten.«

»Warum begreifen unsere Politiker das nicht?«, fragte Catel erstaunt.

»Sie sind in ihrer eigenen Logik gefangen.« Basiles leise Stimme klang wie ein Klagelied. »Es ist dieselbe Logik, die die Völker seit grauer Vorzeit zu Feinden werden lässt. Ihre Denkweise ist vollkommen festgefahren, und sie haben sie so verinnerlicht, dass sie sich nicht daraus befreien können. Sie sind nicht mehr die Anführer ihrer eigenen Meinung, sondern ihre Geiseln. Wir brauchen dringend ein paar Zukunftsvisionäre.«

»Warum versuchst du denn nicht, die Politiker aufzurütteln? Die Öffentlichkeit zu informieren?«

»Ich habe ein zweifaches Handikap: Ich bin Ufologe, und ich bin schwarz. Für die meisten Menschen ist ein Ufologe bestenfalls ein Spinner, und ein schwarzer Ufologe ein Irrtum der Natur.« Basiles Lachen klang wie rollender Donner. »Man hätte glauben können, dass die Ankunft außerirdischer Wesen die Lage verändert«, fuhr er fort. »Aber das Gegenteil ist eingetreten. Bekannte Politiker, Militärs und Wissenschaftler haben das Phänomen an sich gerissen und unterstellt, dass sie allein berechtigt sind, etwas dazu zu sagen. Und anstatt ihre Inkompetenz oder die menschliche Inkompetenz im Allgemeinen einzugestehen, beharren sie auf ihren Ansichten, nur um weiterhin an der Macht zu bleiben, auch wenn das Millionen Kinder das Leben kostet. Und genau deshalb sind wir noch nicht einen Schritt weitergekommen. Die Sturheit der Politiker treibt die Menschheit in die Verzweiflung und letztlich ins Verderben.«

Catel fragte sich, ob Raphaël sie bei der Polizei angezeigt hatte, ob er wie ein Wahnsinniger nach ihr und den Kindern suchte oder ob er einfach das Singleleben wieder genoss. Sie war seit sieben Jahren mit ihm zusammen, ohne ihn wirklich zu kennen. Sein Hang zum Alkohol ließ große Schwächen erkennen. Raphaël hatte ihr nie etwas über seine Kindheit oder seine inneren Abgründe erzählt. Seine Eltern hatte Catel nie kennengelernt, auch seine zwei Schwestern nicht, von deren Existenz sie erst erfahren hatte, als ihr zufällig ein altes Familienalbum in die Hände gefallen war. Sie hatte einen Schatten geheiratet. Ihre Hochzeit, kurz vor Ulysses Geburt, hatten sie im engsten Kreis in dem imposanten, holzgetäfelten Rathaussaal des 14. Arrondissement gefeiert. Zwei Kollegen von der Post waren ihre Trauzeugen gewesen. Raphaël hatte auch nie darüber gesprochen, wie es für ihn war, eine Familie zu gründen. Hatte er das Zeug zu einem guten Vater? Zum Ehemann? Oder hatte er einfach nur seine Pflicht erfüllt? Hatte der Alkohol ihm geholfen, ein Leben zu ertragen, das er im Grunde nicht wollte?

»Versteckt euch auf dem Dachboden, schnell.«

Der Geländewagen der Vereinten Nationen wirbelte auf der staubigen Straße durch die Causse eine graue Wolke auf. Basile wurde von dem Motorengeräusch in der Ferne geweckt und stand sofort auf. Mit dem Fernglas suchte er im ersten Stock durch einen Spalt in den Fensterläden die Umgebung ab. Sobald er einen blauen Punkt erkannt hatte, der sich auf dem hellen Streifen den Hang hinaufschlängelte, schlug er Alarm.

Catel rüttelte Ulysse wach und nahm Pelops auf den Arm. Camille stand mit besorgtem Gesicht im Türrahmen.

»Sie werden sehen, dass hier jemand schläft«, murmelte Catel und deutete mit dem Kinn auf die Matratzen.

»Ich kümmere mich darum. Versteckt ihr euch jetzt auf dem Speicher.«

Ulysse schien sich nicht bewusst zu sein, wie brenzlig die Situation war. Seine Augen waren müde und verquollen, seine Haare strubbelig. Camille war wieder einmal verblüfft, wie viel Ähnlichkeit er mit Lucho hatte.

Nur mit einem T-Shirt bekleidet stieg Catel die kleine Treppe zum Dachboden hinauf. Camille sammelte die Bettlaken und die Kleidungsstücke ein und verstaute sie zusammen mit den Koffern in dem großen Holzschrank. Dann stapelte sie, angespornt von dem näher kommenden Motordröhnen, die Matratzen aufeinander und schob das Gitterbett in die Ecke. Sie schwitzte in ihrem Bademantel. Es war November, und doch herrschte immer noch Sommerhitze. Staubflusen tanzten in den ersten Sonnenstrahlen des Morgens, die durch die Ritzen der Fensterläden fielen.

Als Camille die Schritte der Soldaten auf dem Kies im Hof hörte, inspizierte sie noch einmal das Zimmer, um sicherzugehen, dass nichts im Raum die Anwesenheit heimlicher Gäste verriet. Heftiges Klopfen an der Haustür, dann wurde die Tür mit lautem Quietschen geöffnet. Camille wartete noch, bis sie Basile mit den Soldaten der Brigade sprechen hörte, dann ging sie ins Erdgeschoss. Sie erkannte den arroganten Offizier vom letzten Mal wieder, der jetzt, mit der Hand am Pistolenhalfter, den Raum genau in Augenschein nahm. Sie konnte sich sogar noch an seinen Vornamen erinnern: Achille, der hinterlistige griechische Heros, der die falsche Frau heiratet. Auch Basile war in seinen Bademantel geschlüpft, um den Eindruck zu erwecken, er wäre gerade aufgestanden. Drei Soldaten warteten, mit Sturmgewehren bewaffnet, an der Tür.

»Bitte entschuldigen Sie die Störung«, erklärte Offizier Achille Bonchamps. »Wir haben den Auftrag, Ihr Haus zu durchsuchen.«

»Aus welchem Grund?«

Camille bewunderte Basile für seine Ruhe, seiner tiefen Stimme war keinerlei Nervosität anzumerken.

»Wir sind auf der Suche nach einer gewissen Catel Pernelle und ihren drei Kindern. Vor sechs Monaten hat sie die eheliche Wohnung verlassen, scheinbar in der Absicht, gegen Isaaks Gesetz zu verstoßen.«

»Wie kommen Sie auf die Idee, sie könnte hierher geflüchtet sein?«

Bonchamps' helle Augen richteten sich auf Camille, der in diesem Moment das Blut gefror.

»Eine Reihe von Indizien. Zunächst einmal ist sie Ihre Tochter, Madame. Dann haben wir auch noch einen Bericht gefunden, in dem steht, dass sie auf der Autobahn in Richtung Süden kontrolliert wurde. Und wir wissen auch, dass sie bei der Autovermietung in Millau einen Wagen zurückgegeben hat. Daher werden wir jetzt mit der Hausdurchsuchung beginnen.«

»Ich nehme an, ich kann mich dem nicht widersetzen?«

Der Offizier stellte sich auf die Zehenspitzen, um Basile in die Augen zu schauen, der ihn um einen halben Kopf überragte.

»Besser nicht, wenn Sie nicht wollen, dass das hier böse endet.« Er deutete durch die große Fensterscheibe im Wohnzimmer auf die F1674. »Ihre Sphäre ist seit meinem letzten Besuch ordentlich gewachsen. Bald nimmt sie Ihnen das ganze Licht weg.«

Dann befahl er seinen Leuten einzutreten und die Durchsuchung vorzunehmen.

»Maman, ich muss mal Pipi«, jammerte Ulysse.

»Sei bitte still, mein Schatz«, flüsterte Catel. »Mach in den Schlafanzug Pipi.«

»Warum sind wir hier? Es ist heiß, und es stinkt.«

»Um Himmels willen, Ulysse, bitte sei leise! Wenn die Männer uns finden, werden wir voneinander getrennt.«

Ulysse sah seine Mutter mit ernster Miene an. Dank eines Lichtstrahls, der durch eine Dachluke fiel, erkannte sie am Blick seiner hellen Augen, dass er den Ernst der Situation begriff. Die Geräusche, die vom Erdgeschoss zu ihnen hinauf drangen, klangen bedrohlich. Catel blickte verängstigt auf Pelops, der in ihren Armen schlief. Wenn er aufwachte, würde er schreien, bis er etwas zu essen bekäme, und sie hatte nichts, nicht einmal einen Brotkanten, um ihn zu beruhigen. Sie hatte sich, wie es für den Gefahrenfall vorgesehen war, in der winzigen Mansarde eingeschlossen, in der sie nicht einmal stehen konnte. Der Eingang wurde von einer Schiebewand verdeckt, deren Schienen in den Boden und die Decke eingelassen waren, sodass man von außen nichts sehen konnte. Basile hatte ihr erklärt, dass das Haus zwischen 1942 und 1944 Mitgliedern der Résistance als Versteck gedient habe und dass die Gestapo mehrmals alles auf den Kopf gestellt habe, ohne auch nur einen einzigen Maquisard zu entdecken.

Die Soldaten durchsuchten jetzt die Zimmer im ersten Stock. Ein Wimmern von Pelops ließ Catel vor Schreck erstarren. Sie wog ihn sanft hin und her, damit er wieder einschlief, aber er hatte die Augen weit aufgerissen und die Unterlippe vorgeschoben. Sicherlich würde er gleich zu weinen anfangen. Catels Gedanken überschlugen sich. Pelops Schreie würden auch im ersten Stock zu hören sein und die Brigadesoldaten auf sie aufmerksam machen. Sie streichelte ihn sanft mit den Fingerkuppen. Er wimmerte und quengelte weiter. Sie drückte ihm die flache Hand auf den

Mund, eine dumme Idee, die ihn nicht daran hindern würde, laut zu schreien. Die Männer kamen näher. Zwei von ihnen stiegen bereits die Treppe zum Dachboden hinauf, die Schwingungen ihrer Schritte waren bereits in den Balken zu spüren. Catels Körper zog sich krampfhaft zusammen. Sie legte den Zeigefinger auf die Lippen, um Ulysse daran zu erinnern, leise zu sein. Dann zog sie, einem Impuls folgend, ihr T-Shirt hoch und hielt Pelops, der sich unruhig in ihren Armen wand, eine Brust hin. Er schnappte danach wie ein gieriges Ungeheuer, und seine Zähne schlossen sich um die Brustwarze. Ein stechender Schmerz fuhr Catel durch die Brust, aber sie unterdrückte ihren Schrei. Sie hatte schon lange keine Milch mehr, aber ihre Brustwarze in Pelops' Mund wirkte wie ein Knebel.

Die Stimmen und die keuchenden Atemzüge der Soldaten drangen durch die falsche Wand, unter der auch die Strahlen ihrer Taschenlampen hindurch schienen. An die hundert Mal war sie fest davon überzeugt, die Männer würden ihr Versteck jeden Moment entdecken. Sie blieben im Raum stehen, und diese Reglosigkeit hing wie eine schreckliche Bedrohung über ihr. Sie biss sich auf die Innenseite ihrer Wangen, um nicht zu stöhnen, ja nicht einmal zu atmen, wenn Pelops' Zähne auf ihre Brustwarze bissen. Ab und an ermahnte sie Ulysee mit einer Handbewegung, weiterhin ruhig zu bleiben. Der Junge legte seine Hand auf die Schulter seiner Mutter und lächelte sie verständnisinnig an, wie um ihr Mut zuzusprechen. Die Soldaten ließen sich Zeit damit, sogar die hintersten Winkel des Dachbodens abzusuchen. Catel schwitzte. Sie hatte Angst, Pelops könnte von ihrer leeren Brust genug haben und zu schreien anfangen. Die gebückte Haltung war unbequem, ihre Arme und Beine, die zwischen den Dachsparren eingeklemmt waren, wurden vollkommen steif.

»Also, was ist da oben?«, rief eine Stimme.

»Wir haben nichts gefunden, *mon lieutenant*«, erwiderte der Mann auf der anderen Seite der falschen Wand.

»Habt ihr alles gründlich abgesucht?«

»Wir haben jeden Winkel überprüft.«

»Kommt runter, wir gehen.«

Die Männer rannten die Treppe hinunter, sehr zu Catels Erleichterung. Sie hörte noch ihre Stimmen in der Ferne, die Autotüren schlugen zu, der Motorenlärm ebbte ab. Sie wartete noch eine ganze Weile, bis sie die schmerzende Brustwarze aus Pelops Mund zog, der augenblicklich zu schreien anfing.

Dann hörte sie wieder Schritte. Sie erstarrte.

»Catel?«

Sie entspannte sich, als sie die Stimme ihrer Mutter erkannte, und schob die falsche Wand zur Seite. Camilles Blick fiel auf Catels Brust, die noch entblößt und rot von dem Herumknabbern ihres jüngsten Sohnes war.

»Er hat bestimmt Hunger«, murmelte sie.

»Ich habe auch Hunger, Oma!«, rief Ulysse mit breitem Lächeln.

CADMOS

Die Schlacht tobte seit drei Tagen. Die Brigade Arès war angewiesen, das kleine Fort auf der Hochebene, auf der sich die meisten feindlichen Truppen zusammengezogen hatten, um jeden Preis zu verteidigen. Jason und seine Kameraden hatten sich über einen halben Kilometer hinweg in einer Reihe aufgestellt und waren Ziel eines unablässigen Kugelhagels, der regelmäßige Pausen unmöglich machte.

Der Generalstab war überrascht, wie gut die Rebellen bewaffnet waren. Man hatte geglaubt, sie hätten nur ein paar antiquierte Kalaschnikows, die sie ehemaligen Dschihadistengruppen im Mittleren Osten abgenommen hatten. Nun wurde klar, dass sie auch über Raketenwerfer, Maschinengewehre und Handgranaten verfügten. Zusammengenommen waren es mehrere Tausend Männer, die eine streng organisierte, disziplinierte Armee bildeten. Zwei Sphären mit einem Durchmesser von je dreihundert Metern thronten an den beiden gegenüberliegenden Rändern der Hochebene wie zwei Riesenaugen, die die Auseinandersetzung überwachten und die Toten zählten. Hunderte Leichen bedeckten den steinigen Boden um das Fort; für Augenblicke schienen sie auf dem funkelnden Meer aus Patronenhülsen dahinzutreiben. Der Leichengestank mischte sich mit dem hartnäckigen Geruch von Schießpulver.

»Miststück!«, schimpfte Cadmos, der in der Reihe neben Jason stand. Er war ungefähr zwanzig Jahre alt und hatte sich vor vier Monaten verpflichtet.

Er zeigte auf die Sphäre, die F2025, die so groß war, dass sie sie alle überragte.

»Sie und all die anderen sind schuld an diesem Chaos!« Cadmos spuckte auf den Boden.

Die Müdigkeit stand ihm ins Gesicht geschrieben. Seine Augen waren hohl, und er wirkte wie ein mehr schlecht als recht mit Haut bespanntes Skelett. Jason machte ihn nicht darauf aufmerksam, dass die Menschen sich auch schon vor dem Auftauchen der himmlischen Sphären gegenseitig umgebracht hatten. Er hatte keine Lust, eine Diskussion zu beginnen, die nirgendwohin führen würde, solange die Sphären ihr Geheimnis nicht preisgaben. Die Stille, die sich mitten in der Nacht nach stundenlangem, ohrenbetäubendem Lärm ausgebreitet hatte, war ein Segen. Jason wollte seinen Kameraden nicht unnötig kränken, deshalb vertiefte er sich in den Anblick des vollkommen schwarzen Himmels.

Fanny war der mal ruhige, mal tosende Fluss, in den der Strom seiner Gedanken mündete. Er hätte gern an ihre Aufrichtigkeit geglaubt, aber die Zweifel rissen seinen klaren Verstand immer wieder in Stücke, so wie die Aasgeier die Leichen in den kurzen Kampfpausen. Dann sah er sie wieder in Arthurs Armen liegen. Er stellte sich vor, wie sie miteinander Sex hatten, wie sie über ihn lachten. Er würde niemals sicher sein, dass er der Vater des Kindes war, auch wenn es ihm ähnlich sah. Und als die kalte, kränkende Wut ihm jetzt wieder in alle Glieder fuhr, schwor er sich, dass er seine Frau und ihren Liebhaber töten würde. Er würde auf ihre Leichen pinkeln und sie dann verbrennen, um ihre Gesichter aus seiner Erinnerung zu löschen. Anschließend würde er seine Mutter töten. Er würde ihr beim Sterben zusehen, mit der ganzen Grausamkeit, die sich in ihm aufgestaut hatte, in seinem Blick. Und er würde sie aus seinem Leben streichen, wie sie ihn aus ihrem Leben gestrichen hatte. Jason kehrte mit einer Wut und einer Furchtlosigkeit in die Schlacht zurück, die seine Vorgesetzten und seine Kameraden unter anderen Umständen für selbstmörderisch gehalten hätten. In der Hoffnung, dass eine Kugel oder eine Granate seine Qualen beendete, bot er sich dem Feind geradezu an. Aber die Kugeln, Gefechtsköpfe und Granaten pfiffen, zischten, sausten und explodierten um ihn herum, ohne ihn zu treffen. Manchmal spürte er ihre Hitze im Gesicht. Eine Kugel hatte flüchtig seine Stirn berührt und eine brennende Wunde oberhalb der Schläfe hinterlassen.

»Ich frage mich, was meine Freundin wohl jetzt gerade treibt. Wir haben uns nicht besonders gut verstanden, als ich weg bin. Seitdem habe ich nichts mehr von ihr gehört.«

»Keine Nachricht, gute Nachricht«, schaltete sich eine tiefe Stimme ein, die Jason als die von Orion erkannte.

»Ach was, sie hat sich bestimmt schon so einen Drückeberger angelacht und mich vergessen.«

Dann breitete sich wieder eine triste Stille aus, dic nur vom Heulen des Windes auf der Hochebene unterbrochen wurde. Schüsse in der Ferne, die allmählich verhallten, deuteten darauf hin, dass der Feind sich hinter der Steilwand am

Ende des Plateaus verschanzte. Einige Regierungsmitglieder hatten den Einsatz von Militärfliegern gefordert, aber die zuständige Kommission hatte erklärt, dass die Steuerung der Flugzeuge aufgrund der magnetischen Aktivität der Sphären unsicher und hochgefährlich war. Und da die Rebellen über Raketenwerfer und Boden-Luft-Raketen verfügten, konnte man auch keine steuerbaren Luftschiffe einsetzen. Ein Kampfeinsatz in der Luft musste also aufgegeben werden. Sie hatten keine andere Wahl, als dem Feind auf dem Boden, Mann gegen Mann, zu begegnen. Es war eine Rückkehr zur Kriegsführung zu Beginn des 20. Jahrhunderts. Ein heftiger Granatenhagel ging den Infanterie-Offensiven gegen die feindlichen Stellungen voraus. Die Maschinengewehrsalven mähten die wild gestikulierenden Marionetten nieder, die aus den grauen Rauchschwaden auftauchten. Die Offiziere des Generalstabs und die Rebellenführer waren unnachgiebig. In einem alten Buch über militärische Strategien im Ersten Weltkrieg hatte Jason einmal gelesen, dass man damals mehrere Millionen Männer für die Eroberung eines lächerlich kleinen Gebiets geopfert hatte. Der gleiche Starrsinn beherrschte auch die Schlacht in den Cevennen, als ob die Verantwortlichen nichts aus der Geschichte gelernt hätten. Drei Tage lang hatten sich die Fronten quasi nicht bewegt, eine Seite eroberte unter allergrößten Schwierigkeiten einige Hundert Meter, die die andere Seite ihr am nächsten Tag wieder abnahm. Die Brigade Arès verschanzte sich weiterhin oben auf einer Anhöhe, die als Fort diente, nur wenige Hundert Meter von der F2025 entfernt. Die Sphäre hatte mehrere Angriffe der feindlichen Divisionen, die zwischen den Sperrfeuern der Verteidiger weiter unten durchgekommen waren, zurückgedrängt. Jason wäre gern bei einer dieser Selbstmordwellen, die über das Plateau hinwegspülten, dabei gewesen. Er wäre wie diese anonymen Gestalten dem Tod in die Arme gelaufen.

Jason stand auf, um sich die Beine zu vertreten und eine dieser Zigaretten mit dem leichten Seifengeschmack zu paffen, die von der Armee ausgegeben wurden. Er lief den Wehrgang von einem Ende zum anderen des Abschnitts ab, den er überwachen sollte. Der Tabak kratzte ihn im Hals und reizte die Lungen. Jason rauchte mit der zwanghaften Begeisterung des frisch Bekehrten, und er hoffte, dass die Zigaretten seine Lebenserwartung verringern würden, wie es auf der Packung ausdrücklich stand. Auf jeden Fall vergaß er beim Rauchen für einige Augenblicke seine Gedanken, als ob sie auf den Rauchkringeln fortflögen, die aus seinem Mund und seinen Nasenlöchern drangen. Das Nikotin und sicherlich auch die anderen chemischen Substanzen, die der Tabak enthielt, ließen ihn leicht euphorisch werden, und er konnte die Anspannung und die Traurigkeit besser ertragen. Er setzte sich auf die niedrige Mauer, die den Wehrgang säumte, auch wenn das gegen die Sicherheitsvorschriften verstieß, und blickte auf die helle Kugel, die sich dort oben gegen den dunklen Hintergrund abzeichnete. Kein einziger Stern leuchtete an dem in eine dunkle Wolkendecke gehüllten Himmel.

Die F2025 thronte oben auf dem Plateau und verhöhnte mit ihrer imposanten Größe die Menschen, die sich in einer blutigen Schlacht bekämpften, deren Ursache sie war. Mit Wut in den Augen betrachtete Jason diese dicke, unbewegliche Blase. Aber nachdem er die Zigarette ausgetreten hatte, fühlte er einen unerwarteten Frieden, als ob der Hass, der Zweifel und die Ängste ihn verlassen hätten. Er nahm seinen Helm ab und lehnte sein Sturmgewehr gegen die Mauer. Die kühle Nachtluft fühlte sich wie eine Liebkosung an. Der Gedanke an seine Mutter und seine Frau rief keine Ablehnung, keinen Schmerz mehr in ihm hervor. Er spürte nur noch das Bedürfnis, bei ihnen zu sein und sie in die Arme zu schließen, ihre Freude und ihr Leid mit ihnen zu teilen. Er blickte sich um und vergewisserte sich, dass die anderen Wachposten, die auf dem Boden lagen oder saßen, ihm keine Aufmerksamkeit schenkten. Die Offiziere hatten sich schon vor Stunden in ihre Quartiere zurückgezogen und würden erst bei Morgengrauen wieder auftauchen. Jason überquerte den Wehrgang, stieg über die niedrige Mauer und begann, die Felswand zu erklimmen. Er kannte den Grund nicht, der ihn dazu antrieb, zu der Sphäre hinaufzuklettern; es war einfach so, als würde sie ihn rufen.

Als er in der Mitte des Hangs angekommen war, drehte er sich um und warf einen Blick nach unten. Die Hochebene und das Fort waren in tiefe Dunkelheit getaucht. Er hatte den Eindruck, nach oben auf ein schwarzes Loch zu schauen, als hätte er plötzlich seine Blickrichtung geändert und als wäre er von seinen Mitmenschen isoliert. Er kletterte weiter den Hang hinauf, von einem Felsvorsprung zum nächsten. Jason fragte sich, ob die F2025 schon Kinder gefangen hatte, ob sich ihr schon einmal jemand anderes genähert hatte. Seine Müdigkeit war nur noch ein schwacher Schatten, der über seinen Nacken und seine Schultern huschte. Die Erschöpfung, diese Gefühllosigkeit der letzten Tage, die den Körper in einen quietschenden, stotternden Automaten verwandelte, war vergessen. Die Windstöße wurden immer heftiger, und die Kälte drang durch seinen festen Drillich. Auf dem letzten Stück gab es weniger Vorsprünge zum Festhalten, und Jason musste vorsichtig sein. Die schlechte Sicht erschwerte das Klettern zusätzlich. Er bereute, dass er die Magazine nicht aus seinen Anzugtaschen genommen hatte. Mehrmals rutschten seine Füße ab, aber glücklicherweise bekam er jedes Mal einen Vorsprung zu fassen und fand wieder Halt.

Oben auf der Felswand angekommen, war er überrascht, wie nah er der Sphäre schon war, die praktisch die gesamte Gipfelebene einnahm. Die Kugel sah aus wie ein gigantisches Ei, das seine Raubvogeleltern in ihrem Horst sich selbst überlassen hatten. Jason setzte sich auf einen Felsen und schaute auf das Meer der Finsternis unter ihm herab. Kein Licht leuchtete, kein Orientierungspunkt war zu erkennen, als ob die Nacht die Welt der Menschen unter sich begraben hatte.

Jason fühlte sich in der Nähe des größten Feindes der Menschheit großartig. Die runde Form der Sphäre hatte etwas Beruhigendes an sich. In der friedlichen Nachtstimmung war es schwer, den Eindringling, den Kinderfresser in ihr zu sehen. Zum ersten Mal, seit er in die Brigade aufgenommen worden war, fragte er sich, ob die Menschen sich richtig entschieden hatten, als sie beschlossen hatten, all diese Kinder ihren Familien wegzunehmen, um sie in Vorbereitungscamps zu stecken, die nichts anderes als Vernichtungslager waren. Wie viele Pädokaze hatte man auf diese Art seit Beginn des Krieges getötet? Sicherlich mehrere Millionen. Nie zuvor in der Geschichte hatte man so viele Menschen massakriert. Die Politiker hatten die Vorzüge von Isaaks Gesetz noch so sehr loben können, die Eintracht der Menschen bekam immer mehr Risse, bis sich ein Spalt aufgetan hatte, der so tief war wie die Dunkelheit, die sich über der Hochebene ausbreitete. Die Politiker hatten nicht verhindern können, dass die Sphären Kinder einfingen. Im Grunde hatten sie ihr Tun unterstützt, denn sie hatten das Verschwinden systematisiert, beschleunigt und überall auf der Welt blutige Auseinandersetzungen ausgelöst, die die Menschheit ins Verderben stürzten.

Eine Welle intensiver Wärme, die aber gerade noch erträglich war, breitete sich plötzlich in Jason aus. Beinahe wäre er von dem Felsen gefallen. In seinen Adern schien flüssiges Blei zu fließen, als ob ein Wesen, das über eine unglaubliche Kraft verfügte, sich in seinen Körper drücken wollte. Jason stand auf und machte ein paar Schritte, um das beklemmende Gefühl loszuwerden, aber er konnte das Gleichgewicht nicht halten und fiel auf den Boden. Er hatte den Eindruck, Gemurmel zu hören, einen vibrierenden, klangvollen Regen, der auf ihn und in ihm niederprasselte. Das brennende Gefühl wurde stärker und ein unbekannter, unbeschreiblicher Schmerz erfasste ihn. Er rollte sich auf die andere Seite, weil er hoffte, das würde die Schmerzen lindern. Dann entglitten ihm seine Gedanken, und er verlor das Bewusstsein.

»Was hast du da gemacht?«

Cadmos kauerte neben einem Felsen und zündete sich eine Zigarette an. Der Rauch verschleierte seine funkelnden

Augen. Jason lag immer noch auf dem Boden ausgestreckt und starrte auf die Mondsichel, die zwischen den Wolken hervortrat. Von dem Feuer, das seinen Körper versengt hatte, war nichts weiter als ein leichtes Zittern zurückgeblieben.

»Ich habe keine Ahnung.«

Sein Mund war so trocken, dass er die Worte kaum hervorbrachte.

»Du hast deinen Posten verlassen, ist dir das klar?«, fragte Cadmos eindringlich.

»Heute Nacht wird uns niemand angreifen.«

»Sicherlich nicht, aber die Vorschriften sind streng.«

Jason fragte sich, worauf sein Kamerad hinaus wollte.

»Warum bist du dann hier heraufgekommen?«

»Ich habe gesehen, wie du abgehauen bist«, antwortete Cadmos. »Du hast wie ein Besessener gewirkt. Ich wollte wissen, wo du hingehst.«

»Um mich zu denunzieren?«

»Nicht meine Art. Ich habe meinen Posten aus reiner Neugier verlassen. Außerdem brauchte ich etwas Bewegung. Ich habe die Schnauze voll davon, die pechschwarze Nacht zu überwachen. Wenn sie uns hier erwischen, sitze ich ebenso in der Scheiße wie du.«

»Bist du schon lange hier?«

»Etwa eine Stunde. Du hast geschlafen wie ein Engel. Ich wollte dich nicht aufwecken.«

Jason stützte sich auf einen Ellbogen.

»Ich habe eine unerträgliche Hitze gespürt.« Er zeigte auf die F2025. »Ich glaube, die kam von ihr.«

Cadmos nickte und stieß wieder Rauchkringel aus.

»Ich habe das auch erlebt. Als eine dieser Kugeln meinen

kleinen Bruder verschlungen hat, habe ich mit einer Axt auf sie eingeschlagen. Nicht nur, dass ich sie nicht aufschlitzen konnte, ich habe auch eine Scheiß-Verbrennung bekommen, schlimmer als wenn ich auf dem Scheiterhaufen gelandet wäre. Ich denke, das ist ihre Art, sich zu verteidigen.«

»Gegen uns? Gegen die Menschen? Dann würden sie die Kinder aber nicht entführen.«

Cadmos tippte sich mit dem Zeigefinger an die Stirn.

»Wer weiß denn schon, was in ihren Köpfen vorgeht? Wenn diese großen Pummel überhaupt einen haben.« Er stieß ein höhnisches Gelächter aus. »Vielleicht ist unser Fleisch für ihren Geschmack zu intensiv. So wie wir es mit den Schafen machen, da essen wir auch nur die Jungtiere, die Lämmer.«

»Nichts sagt uns, dass sie die Kinder essen.«

Cadmos zog ein letztes Mal an seiner Zigarette, dann schnippte er sie fort. Sie fiel in einigen Metern Entfernung auf den Boden und zog eine Spur rot glimmender Funken.

»Was sollen sie denn sonst mit ihnen machen? Diese Blasen sind wie alle Lebewesen: Sie brauchen Nahrung.« Seine Gelenke knackten, als er sich aufrichtete. »Komm, wir sollten uns an den Abstieg machen, mein Freund. Wenn die Eierköpfe plötzlich auf die Idee kommen, die Truppen zu inspizieren, kriegen wir einen Mordsärger. Hier, das habe ich dir mitgebracht.«

Er hielt Jason seinen Helm und sein Sturmgewehr hin.

»Stell dir mal vor, ein paar Rebellen greifen uns von hinten an und kommen über den Gebirgskamm, und du könntest dich nicht einmal verteidigen.«

Jason setzte den Helm auf, schloss den Kinnriemen und schulterte das Sturmgewehr.

»Danke.«

»Und für den Fall, dass so ein Eierkopf uns fragt, wo wir herkommen, können wir immer noch behaupten, dass wir da oben Geräusche gehört haben.«

Cadmos unterstrich seine Worte mit einem komplizenhaften Lächeln. Jason hielt es nicht für notwendig, ihm von dem unglaublichen Frieden zu erzählen, den er verspürt hatte, bevor er zu der Sphäre hinaufgeklettert und von ihrem Feuer versengt worden war.

SACHA

Docteur Sacha Truong blickte Catel aus seinen dunklen, mandelförmigen Augen an.

»Ich vermute, dass es sich um eine Form von Autismus handelt.«

Mit einer nervösen Handbewegung bedeutete Catel dem Arzt, weiterzusprechen.

»Er reagiert nicht auf Blicke. Er scheint auch selbst keinen Blickkontakt herstellen zu können. Seine Sprachentwicklung und seine Motorik sind stark verzögert. Und dann ist da noch dieses Hin- und Herschwanken, das Sie erwähnt haben und das ich auch selbst beobachten konnte. Sein Fall muss gründlich untersucht werden. Sie müssen mit ihm zu einem Kinder- und Jugendpsychiater gehen. Ich kenne einen ausgezeichneten Kollegen in der Klinik in Millau.«

Catel warf ihrem Sohn in dem Gitterbettchen einen hasserfüllten Blick zu. Sie konnte nicht anders, sie war böse auf ihn. Er war der Grund gewesen, weswegen sie Paris verlassen hatte. Seinetwegen war sie untergetaucht, seinetwegen war Diane verschwunden. Doch er starrte nur mit großen, ausdruckslosen Augen die Decke an, machte unentwegt die gleichen dummen Bewegungen, schaukelte von einer Seite auf die andere, brüllte, sobald er Hunger verspürte oder man ihn an einen anderen Ort brachte. Verzweifelt über seine Passivität hatte Catel Morgan Mauléon gebeten, einen Arzt aus Millau auf die Causse zu schicken. Einige Tage später war Sacha Truong in einem winzigen koreanischen Auto vorgefahren, das stinkenden Qualm ausstieß.

Als Camille ihn nach seiner Herkunft fragte, erzählte der Arzt, dass sein Urgroßvater zu Beginn der 1950er-Jahre aus Vietnam geflohen war. In Paris hatte er ein Mädchen aus Aveyron kennengelernt, und nach ihrer Hochzeit hatte sich das Paar in Millau niedergelassen.

»Ihr Sohn ist nicht der einzige. In den letzten zehn Jahren ist die Zahl solcher Fälle deutlich gestiegen«, fügte Docteur Truong hinzu. »Man vermutet einen Zusammenhang mit den Sphären.«

Catels Blick fiel durch das Fenster auf die F1674, deren weiße Rundung praktisch den gesamten Ausblick einnahm.

»Sie werden uns also wirklich alles nehmen«, sagte sie, ohne die Lippen zu bewegen.

»Ihre magnetische Aktivität beeinträchtigt die Hirnfunktionen.« Sacha Truong legte seine Instrumente zurück in den Arztkoffer. »Das behaupte nicht ich, sondern eine anerkannte medizinische Fachzeitschrift aus den USA. Das menschliche Verhalten ändert sich. Es gibt neue pathologische Erscheinungen. Sie sollten nicht in unmittelbarer Nähe dieser Sphäre wohnen.«

»Ich kann sonst nirgendwo hin.«

Er blickte sie einige Sekunden lang ernst an. Sie hatte den vagen Eindruck, dass er sie taxierte.

»Ich bin allein in meiner großen Wohnung im Zentrum von Millau. Sie können bei mir wohnen, wenn Sie das möchten. Sie und Ihre Kinder.«

»Ich habe keine Arbeit. Ich kann Ihnen keine Miete zahlen.«

Mit einer raschen Handbewegung wischte er ihren Einwand zur Seite.

»Ich will kein Geld von Ihnen.«

»Was dann?«

Ein flüchtiges Lächeln zeichnete sich auf den braunen Lippen des Arztes ab.

»Sie können zwei von den insgesamt fünf Schlafzimmern haben. Küche, Wohnzimmer und Bad werden wir uns teilen. Die Kinder und Sie bringen ein bisschen Leben, ein bisschen Abwechslung in meinen Alltag. Ich verlange keine Gegenleistung.«

Einen Moment lang führte sie sich die Vorteile des Stadtlebens vor Augen, weit weg von diesem öden Kalksteinplateau und dieser unglückseligen Sphäre. Dann holte die Realität sie wieder ein. »Aus bestimmten … Gründen muss ich Ihr Angebot ablehnen.«

»Isaaks Gesetz, nehme ich an?«

Überrascht zog sie die Augenbrauen hoch.

»Was wollen Sie damit sagen?«

»Beruhigen Sie sich. Niemand hat mir etwas gesagt oder Sie angezeigt. Aber mit der Zeit habe ich gelernt, die Mütter zu erkennen, die ihre Kinder vor dem Gesetz schützen wollen. Ich habe einige von ihnen als Patienten betreut. Die Soldaten von der Brigade sind mehrmals bei mir gewesen und haben mich verhört. Zweifellos glauben sie, dass ich ihnen etwas verheimliche.«

»Dann wäre ich bei Ihnen also nicht in Sicherheit.«

Sacha Truong schloss leise und behutsam seinen Arztkoffer. Er schien die Verschwiegenheit in Person zu sein. Selbst seine Stimme, obwohl gut zu hören, floss in die Stille wie ein gesummtes Lied. Catel fragte sich, wie alt er wohl war. Fünfunddreißig, vierzig? Seine braunen Haare, glatt und dicht, die dunkle Haut und seine mandelförmigen Augen verrieten seine asiatischen Wurzeln.

»Im Gegenteil: Hier sind Sie der Gefahr, entdeckt zu werden, viel eher ausgesetzt. Die Brigade würde niemals so weit gehen, meine Wohnung zu durchsuchen. Sie kommen nicht mal auf die Idee, dass ich in meiner Position Flüchtige beherbergen könnte. Ich kenne jemanden, der falsche Papiere macht, die ausgezeichnet sind. Sie müssen nur aufpassen, dass Sie niemals Aufmerksamkeit auf sich ziehen.«

Das lebhafte Funkeln in seinen Augen störte Catel nicht: Sein Blick weckte angenehme, warme Gefühle in ihr.

»Und es wäre auch viel praktischer, um Ihren Sohn zu behandeln«, fügte er noch hinzu.

»Ich werde darüber nachdenken und Ihnen meine Entscheidung durch Monsieur Mauléon mitteilen.«

»Hier ist meine Adresse, falls Sie sie brauchen.«

Er hielt ihr eine Visitenkarte hin, nickte kurz zum Abschied und ging zur Tür.

»Du kennst ihn nicht«, wandte Camille ein.

»Ich fühle, dass ich ihm vertrauen kann. Und wenn Pelops wirklich autistisch ist, kann ich ihn von einem Spezialisten untersuchen lassen.«

Die beiden Frauen saßen an dem großen Holztisch, der in der Mitte der großen Terrasse auf der Causse stand. Der Schatten der weißen Dame hatte das Haus noch nicht eingefangen, und Mutter und Tochter genossen die hoch am Himmel stehende Herbstsonne. Etwas weiter entfernt verjagte Ulysse eingebildete Feinde, indem er einen Stock wie ein Schwert durch die Luft schwang. Pelops schlief in einem alten Kinderwagen, der nahe der Hauswand stand.

»Hast du es satt, hier zu sein?«

»Ein bisschen, ja, das gebe ich zu. Ich habe das Gefühl, euch in eurer Zweisamkeit zu stören. Und ich möchte gerne etwas mehr von der Gegend hier sehen.«

»Sag mir jetzt nicht, dass du dich in ihn verliebt hast.«

Catel hob die Augen zum Himmel.

»Maman!«

Im gleichen Moment fiel ihr wieder ein, dass sie sich sehr wohl zu Sacha Truong hingezogen gefühlt hatte und diesen Eindruck auch von ihm gewonnen hatte. Aber es mangelte ihr schon seit so langer Zeit an Liebe, dass sie sich das vielleicht nur einbildete. Camille legte ihre Hand auf die ihrer Tochter, eine Geste, die sie sich vor einiger Zeit noch nicht getraut hätte. Catel versuchte nicht, ihre Hand fortzuziehen.

»Egal, wie du dich entscheidest, bitte vergiss nicht, dass dir diese Tür hier immer offen steht.«

»Basile müsste damit aber auch einverstanden sein.«

»Ich werde mit ihm darüber sprechen, natürlich, aber seine Antwort kenne ich schon.«

Die beiden Frauen betrachteten schweigend die Hochebene.

»Wann wirst du gehen?«, fragte Camille.

»In zwei oder drei Tagen. So lange, wie ich brauche, um meine Sachen zu packen und Docteur Truong über Morgan Mauléon eine Nachricht zu schicken.«

Camille hätte nicht sagen können, welches Gefühl in ihr stärker war, die Traurigkeit oder die Erleichterung. Die Anwesenheit von Catel und ihren Kindern ermüdete sie ebenso sehr, wie sie sie erfreute. Sie konnte nicht vollkommen ignorieren, dass sie bei dem Gedanken, endlich wieder allein mit Basile zu sein, aufatmete. Catels Angst und Kummer übertrugen sich auf sie, weckten wieder ihre eigenen Qualen. Auch sie brauchte etwas Ruhe und Ausgeglichenheit.

»Darf ich dich in Millau besuchen?«

»Ich weiß nicht. Vielleicht sollten wir uns anfangs lieber nur schreiben.«

»Briefe sind kein sehr verlässliches Kommunikationsmittel mehr. Die durchlaufen allesamt die Büros der Brigaden.«

»Und wenn wir es mit Tauben probieren?«

»Dann müsste Docteur Truong nicht nur eine Familie beherbergen, sondern auch noch einen Taubenschlag.«

Sie fingen beide an zu lachen.

Catels Blick folgte Ulysses Bewegungen zwischen den trockenen Gräsern der Causse.

»Wir kommen schon zurecht …« Sie knabberte an ihrer Unterlippe. »Denkst du immer noch an Nathan, Maman?«

Zu ihrer Überraschung hatte Camille Schwierigkeiten, sich das Gesicht ihres Sohnes ins Gedächtnis zu rufen. Es war beunruhigend, aber er verschwand aus ihrem Leben.

»Manchmal spricht er im Traum zu mir«, antwortete sie.

»Wie lange hast du gebraucht, um ihn … zu vergessen?«

»Ich habe ihn nie vergessen, aber seit Kurzem leide ich nicht mehr unter dem, was passiert ist. Basile hat mir sehr dabei geholfen.«

»Diane fehlt mir schrecklich. Ich habe das Gefühl, dass mit ihr auch ein großer Teil meiner Selbst verschwunden ist. Ich glaube, dass ich diese Leere in mir nie wieder füllen kann.

»Ein Kind zu verlieren ist die schwerste Prüfung für einen Menschen, erst recht für eine Mutter.« Camille deutete auf die Sphäre. »Daran erinnern sie uns unentwegt.«

Basile kam zu ihnen auf die Terrasse, in der Hand hielt er zwei eng beschriebene Blätter.

»Gerade kam dieser Brief von meinem Freund Brad Dunn aus Nevada. Die Dinge kommen allmählich ins Rollen.«

Basile hatte Camille schon oft von Brad Dunn erzählt, einem renommierten Wissenschaftler, der seine Professur an der University of California in Los Angeles an den Nagel gehängt hatte, um sich ganz dem Studium der Sphären zu widmen. Die beiden Männer schrieben sich regelmäßig Briefe, seit der Wissenschaftler vor zwanzig Jahren, als das Internet noch funktionierte, auf Basiles Blog aufmerksam geworden war.

»Die amerikanische Regierung versucht, die anderen ständigen Mitglieder der Vereinten Nationen davon zu überzeugen, Isaaks Gesetz zu ändern«, fuhr Basile fort und setzte sich neben Camille. »Sie wollen jede Familie zwingen, mindestens zwei Pädokaze abzugeben. Die Amerikaner wollen in großem Stil neue Sprengstoffe testen, die mit Vibrationen arbeiten. Aber die Regierung stößt damit auf heftigen Widerstand. Wie überall auf der Welt stehen sich zahlreiche Ordnungskräfte und Protestler in regelrechten Schlachten gegenüber.«

»Morgan Mauléon hat neulich erzählt, dass die Schlacht in den Cevennen, ganz hier in der Nähe, mehrere Zehntausend Tote gefordert hat«, warf Camille ein.

»Auf der ganzen Welt sind es inzwischen mehrere Millionen«, ergänzte Basile. »Man hat dafür sämtliche Waffen hervorgeholt, die aus früheren Konflikten übrig geblieben sind. Die Menschheit ist dabei, endgültig den Kopf zu verlieren.«

»Was können wir tun?«

Basiles Augen ruhten eine ganze Weile auf der F1674.

»Die Lösung ist in ihr.«

»Lösung … ich weiß ja nicht«, murmelte Catel. »Aber meine Tochter, die schon.«

»Bist du dir da sicher?«

»Du bist doch selbst Zeuge gewesen, wie ein kleines Mädchen von einer Kugel gefangen wurde. Wo sonst sollte Diane hin sein?«

Basile zuckte mit den Achseln, ein Eingeständnis seiner Unwissenheit.

»Catel wird uns verlassen«, sagte Camille. »Docteur Truong hat ihr angeboten, sie und die Kinder in Millau in seiner Wohnung aufzunehmen.«

»Wann?«, fragte Basile nach einem Moment des Schweigens.

»In einigen Tagen«, antwortete Catel. »Es ist für alle besser, wenn ich weggehe.«

»Niemand jagt dich fort.«

»Ihr beide braucht Zeit für euch selbst, und ich brauche ein wenig Abstand. Außerdem, wenn Pelops ärztlich behandelt werden muss, ist das in Millau einfacher.«

»Du versuchst doch nicht etwa, Abstand zwischen dich und die F1674 zu bringen?«

Catels Gesichtszüge verhärteten sich.

»Jedes Mal, wenn ich sie ansehe, erinnert sie mich daran, dass Diane nicht mehr da ist. In Millau ist sie zumindest aus meinem Blickfeld verschwunden.«

»Hast du keine Angst, dass die Brigade dich entdeckt?«

»Docteur Truong hat vorgeschlagen, dass ich mir neue Papiere machen lasse. Seiner Meinung nach ist die Gefahr auf der Causse für mich größer als bei ihm.«

»Woher wusste er, dass du untergetaucht bist?«

Catel stand auf und warf einen Blick in den Kinderwagen. Pelops war wach und betrachtete den Himmel mit einem beunruhigend starren Blick.

»Er hatte schon mehrere Flüchtige als Patienten. Er weiß, woran man sie erkennt.«

»Wer wird dich zu ihm fahren?«

»Morgan Mauléon.«

Drei Tage später kam der fahrende Lebensmittelhändler. Er brachte einen Antwortbrief von Docteur Truong und einen Käfig, in dem drei Tauben mit dem Fußring der Post gurrten. Morgan Mauléon fragte Basile, wo er den Käfig hinstellen solle.

»Ich habe keine Tauben gekauft«, protestierte Basile.

»Ich schenke sie euch«, schaltete sich Catel ein. »Docteur

Truong hat auch Tauben. Auf diese Weise können wir gefahrlos Neuigkeiten austauschen.«

Schließlich richteten die drei den Taubenschlag in einem gut durchlüfteten Teil des Dachbodens ein, wo es auch zwei Dachluken in Richtung Osten gab. Morgan Mauléon wusste, dass die Tauben Sonnenlicht brauchten, um ihren Orientierungssinn zu entwickeln. Der Lebensmittelhändler hatte auch eine Futterkrippe mitgebracht, in die sie eine Körnermischung füllten, eine Wassertränke sowie ein paar Sitzstangen, die sie zwischen den Gitterstäben befestigten.

»Lassen Sie die Tauben eine Woche im Schlag«, lautete Mauléons Empfehlung. »Dann komme ich wieder, nehme zwei von Ihren Tauben mit zu Docteur Truong und lasse zwei von seinen hier. Danach können Sie sich Briefe schicken. Und warten Sie nicht zu lange, bis sie die Tauben wieder freilassen, sonst denken sie, das wäre ihr Taubenschlag und fliegen nicht mehr weg. Die Grundidee bei Brieftauben ist, dass sie in ihren Heimattaubenschlag zurückwollen.«

Nachdem sie Catels wenige Habseligkeiten in Mauléons Lieferwagen gepackt hatten, fiel ihnen auf, dass Ulysse nirgends mehr zu sehen war. Als sie ihn endlich in einer Höhle gefunden hatten, erklärte der Junge mit schluchzender Stimme, dass er das Haus von Basile und Camille nicht verlassen wolle. Catel versprach ihm, dass sie die beiden besuchen würden, sooft sie konnten. Pelops wurde aus dem Kinderwagen auf den Arm seiner Mutter gehoben, ohne die geringste Emotion zu zeigen.

»Ich schicke euch eure Tauben zurück, sobald Monsieur Mauléon mir meine gebracht hat.«

Catel stieg vorne in den Lieferwagen ein. Camille sah ihr tief in die Augen.

»Noch kannst du deine Meinung ändern.«

Catel schüttelte grimmig den Kopf, schloss die Wagentür und setzte Pelops auf ihren Schoß. Neben ihr drückte sich Ulysse mit bekümmertem Gesicht an sie. Catel kurbelte das Seitenfenster herunter und sagte zum Abschied:

»In ungefähr zehn Tagen melde ich mich bei euch.«

MUSTAPHA

Das Kind hatte keine Ähnlichkeit mit ihm, aber ebenso wenig mit Arthur, Fannys Ex-Geliebtem – war es zwischen den beiden wirklich aus? Seit seiner Rückkehr verkörperte Fanny meisterhaft die Rolle der vorbildlichen Ehefrau und Mutter, aber er hatte keinerlei Gewissheit, ob sie es ernst meinte.

Die Schlacht in den Cevennen lag nun schon acht Monate zurück. Am Ende hatten die Streitkräfte gesiegt und mehr als einhunderttausend Rebellen den Tod gefunden. Seitdem hatte es keine Auseinandersetzung mehr gegeben. Polizei und Gendarmerie hatten keine Mühe, die gelegentlichen Aufläufe der Aufständischen zu zerstreuen. Nachdem die Soldaten der Brigade einen Monat Sonderurlaub genossen hatten, waren sie wieder in den Stützpunkt in Toulon zurückgekehrt, wo sie meist drei oder vier Tage pro Woche blieben. Jason kam jetzt also regelmäßig nach Hause, immer in der Angst, Arthur oder einen anderen Mann in seinem Ehebett vorzufinden. Hunderte Male hatte er sich auf dem Schlachtfeld den Tod gewünscht, Hunderte Male wollte er sich zu den Leichen legen, die die Hochebene bedeckten. Hunderte Male hatte er versucht, das Bild der nackten, ineinander verschlungenen Körper von Fanny und Arthur zu vergessen. Hunderte Male hatte der Tod ihn gestreift, ihn aber nicht hinweggerafft, Hunderte Male hatte er sein hämisches Gelächter im Ohr gehabt. Jason stand stets an vorderster Front, übernahm stets freiwillig die gefährlichsten Missionen, war immer bereit, einem verletzten Kameraden zu Hilfe zu eilen. Sein Mut hatte ihm das Lob von Commandant Persée eingebracht, man hatte ihm das Verdienstkreuz verliehen und ihn zum Leutnant befördert. Inzwischen kümmerte Jason sich um die neuen Rekruten, hatte Zugang zum Offizierskasino und ein Zimmer mit Dusche für sich allein. Auch sein Sold war beträchtlich gestiegen. Jetzt konnte er sich ein Essen in einem guten Restaurant, einen fünfzig Jahre alten Kognak und eine Zigarre aus Santo Domingo leisten. Während der Geburt war er nicht bei Fanny gewesen, aus Panik, das Neugeborene könnte Arthur ähneln, und aus Angst, er könnte die Kontrolle über sich verlieren. Er hatte sich an dem betreffenden Tag freiwillig für den Bereitschaftsdienst gemeldet und war erst am Morgen nach der Geburt in die Klinik gefahren.

Fanny hatte ihm das Kind mit einem breiten Lächeln hingehalten.

»Das ist deine Tochter.«

Jason hatte das zerknitterte Gesichtchen des Neugeborenen aufmerksam gemustert, und als er sicher war, dass das Mädchen Arthur nicht ähnlich sah, hatte er sie auf den Arm genommen. Er war überrascht, wie zart und klein sie war, wie eine Puppe.

»Welchen Namen wollen wir ihr geben?«, hatte Fanny gefragt.

Während der Schlacht in den Cevennen hatte ihm ein Kamerad einmal von seiner Tochter erzählt, die nur wenige Tage vor Beginn der Kämpfe geboren war und den Namen Hestia trug. Der Name hatte ihm gefallen, und sollte Fanny ein Mädchen zur Welt bringen, wollte er ihr gern diesen Namen geben. Später hatte er die Herkunft des Namens in einem alten Lexikon der griechischen Mythologie nachgeschlagen: Hestia war eine olympische Göttin, die Schwester von Zeus, die Beschützerin des häuslichen Herdes, sanftmütig, tugendhaft, zurückhaltend, tief verehrt – sie verfügte über sämtliche Vorzüge.

»Hestia.«

Jason hatte erwartet, dass Fanny ihm vehement widersprechen würde, aber sie hatte seiner Namenswahl mit einer Begeisterung zugestimmt, die ihn argwöhnisch machte.

Inzwischen war seine Tochter fast zehn Monate alt, und er wusste immer noch nicht, wie er mit ihr umgehen sollte. Sobald er sich um sie kümmern sollte, war er unbeholfen und steif. Er benahm sich einfach dumm. Man hätte glauben können, dass er noch keine Vatergefühle entwickelt hatte. Lachend versuchte Fanny ihm beizubringen, wie man dem Baby das Fläschchen gab – sie wollte das Kind nicht stillen, aus Angst, sich den Busen zu ruinieren, ihren ganzen Stolz –, aber er kam sich einfach lächerlich vor, wenn er seine kleine Tochter im Arm hielt. Fanny und er hatte nur selten Sex miteinander. Meist gab sie vor, müde oder unpässlich zu sein. Jason hatte kein großes Interesse an ihr, nicht wegen ihres schlaffen Bauchs und der Schwangerschaftsstreifen, sondern weil über allem Arthurs demütigender Schatten hing. Die Brandung der Erinnerungen höhlte die normale Familie aus, die sie sein wollten.

Jason ging zu verschiedenen Sphären in der Umgebung, aber die wunderbare Ruhe, die ihn vor der F2025 erfüllt hatte, verspürte er nicht wieder. Der Kontakt schien abgerissen, als ob er seine Chance in den Cevennen verpasst hätte, als ob die Sphären ihre Tür nur ein einziges Mal einen Spalt breit öffneten und ihn unwiderruflich wieder schlossen, wenn die menschliche Physiologie den intensiven Austausch nicht ertragen konnte. Manchmal blieb er mehrere Stunden lang vollkommen reglos vor einer Sphäre inmitten der Hügel im Département Var sitzen. Ab und zu begegneten ihm Spaziergänger, die ihm missbilligende Blicke zuwarfen, weil sie ihn bestenfalls für einen Irren und schlimmstenfalls für einen dieser glühenden Verehrer der Kugeln hielten, die man Paktierer nannte.

Einmal war auch er auf eine Gruppe dieser seltsamen frommen Männer und Frauen gestoßen, die lange, weiße Gewänder trugen und Gebete in einer unverständlichen Sprache vor sich hin sangen – diese Ursprache nannten sie *Primor*, sie bestand aus einer Menge Silben, die nach Meinung der Paktierer dazu geeignet waren, von den außerirdischen Besuchern gehört und verstanden zu werden. Inzwischen hielt ein beträchtlicher Teil der Weltbevölkerung die Sphären für göttliche Wesen. Die Menschen forderten von den Vereinten Nationen und den Regierungen vor Ort einen radikal neuen Umgang mit den weißen Kugeln. Obwohl die Bewegung der Paktierer als illegal galt, hatte die kleine Gruppe Jason keinerlei Beachtung geschenkt. Jason hatte sich von ihrem eigenartigen Singsang einlullen lassen und sie um ihren ekstatischen Gesichtsausdruck beneidet. Zumindest schienen sie die Ängste, die den Rest der Menschheit quälten, nicht zu kennen. Hin und wieder fragte er sich, wie er reagieren würde, wenn er Hestia verlöre, so wie seine Mutter Léo verloren hatte. Wie Fanny wohl mit dem Verlust des Kindes umgehen würde? Er hatte den Eindruck, dass die Eltern-Kind-Bindung nicht mehr so stark war wie in der vorherigen Generation. Isaaks Gesetz und die Vorbereitungskurse auf die Rekrutierung hatten in den Menschen eine Resignation hervorgerufen, die auf Gleichgültigkeit hinauslief. Fanny sprach nicht mehr davon, fünf Kinder zu bekommen, vielleicht weil sie nach der ersten Geburt festgestellt hatte, dass sie nicht zur Mutter taugte, oder auch, weil sie ihren potenziellen Vater nicht liebte.

Seine Mutter hatte Jason nicht mehr besucht. Élodie antwortete nicht auf seinen Brief, in dem er ihr Hestias Geburt mitteilte. Er wusste nicht, wie es ihr ging, und nicht einmal, ob sie noch lebte. Wahrscheinlich hatte sie es so eilig, zu Léo ins Jenseits zu gelangen, dass sie die Last, sich um ihren zweiten Sohn zu kümmern, einfach abgeworfen hatte. Der Wunsch, seine Mutter wiederzusehen und sie zu umarmen, den er vor der F2025 verspürt hatte, war im Lärm der Schlacht bei den Cevennen untergegangen.

Mit einer wütenden Bewegung schnippte Mustapha die Zigarette über das Mäuerchen. Sein sandfarbener Anzug tarnte ihn perfekt vor den ockerfarbenen und braunen Steinhäusern im Hintergrund. Der Wind wirbelte seine lockigen Haare auf. Mustapha gehörte seit sechs Monaten zur Brigade Arès, er war Jason unterstellt und hatte seine Feuertaufe noch nicht gehabt. Bisher hatte die Brigade nur ein einziges Mal bei einer heimlichen Versammlung von Paktierern in der Krypta eines zerfallenen Schlosses eingreifen müssen. Die fünfzig Männer und Frauen hatten sich wie christliche Märtyrer widerstandslos abführen lassen.

»Gestern ist die Rekrutierungsbrigade bei uns gewesen und hat Tahar, meinen Sohn, mitgenommen«, schimpfte Mustapha.

»Du hast doch gewusst, dass sie kommen, oder?«, fragte Jason.

Mustapha vergrub sein Gesicht in den Händen.

»Für euch Christen scheint das überhaupt kein Problem zu sein, aber für uns Muslime sind die Kinder heilig.«

»Warum bist du dann in die Brigade eingetreten?«

Mustapha wischte sich mit dem Ärmel den Mund ab, dann blickte er sich suchend um. Jason und er waren allein im Hof, die anderen hatten sich nach der Morgenübung auf ihre Stuben zurückgezogen. Die Sonne strahlte am klaren, tiefblauen Himmel.

»Ich war einer von denen, die sich Isaaks Gesetz widersetzt haben. Ich habe sogar mit Waffen gekämpft. Aber dann habe ich gemerkt, dass das nichts bringt. Und da ich meinen Lebensunterhalt verdienen muss …«

»Du hättest dir ja eine andere Arbeit suchen können.«

»Hier in der Gegend gibt es sonst nur schlecht bezahlte Aushilfsjobs. Das Leben wird immer teurer. In der Brigade bekommt man immerhin einen guten Sold.«

»Glaubst du noch an deinen Gott?«

Mustapha streckte wie zur Beteuerung die Arme gen Himmel.

»Selbstverständlich.«

»Hast du Vertrauen in deinen Gott?«

»Ich bete jeden Tag zu Allah.«

»Ich nehme an, du denkst nicht daran, dich gegen Allah aufzulehnen?«

»Was für ein Gedanke!«

Mustaphas Stimme war lauter geworden und hatte einen leicht drohenden Unterton bekommen.

»Ich glaube nicht an Gott. Ich könnte mich gegen das Gesetz auflehnen«, fuhr Jason fort. »Aber wenn du wirklich gläubig bist, musst du das Opfern deines Kindes akzeptieren. Wie Abraham. Das ist das Schicksal.«

Mustapha verzog das Gesicht. Dann nickte er, als wäre ihm plötzlich etwas klar geworden.

»Genau das sagt der Iman bei der Predigt am Freitag auch immer. Aber ich habe meinen Sohn geliebt. Er war gerade erst beschnitten worden. Was ist das für eine Welt, die uns zwingt, unsere Kinder diesen Dreckskerlen zu überlassen, die sie dann in den Bäuchen der Sphären in die Luft jagen?«

»Das ist die Welt, die dein Gott gewollt hat – wenn du wirklich an ihn glaubst.«

Mustapha murmelte einige Worte auf Arabisch. Dann stand er auf, nahm sein Sturmgewehr, das gegen das Mäuerchen lehnte, und schlurfte zum Gebäudeeingang.

Das Sirenengeheul schrillte durch die nächtliche Stille. Der Alarm war keine Übung. Jason sprang aus dem Bett, zog sich hastig an und lief in den Hof, wo sich die verschlafenen Soldaten sammelten. Die Motoren der Lastwagen entlang der Ringmauer brummten, die Lichtkegel ihrer Scheinwerfer zerteilten die Finsternis. Commandant Persée wartete, bis die fünfhundert Mann der Brigade Arès angetreten waren und stramm standen, dann ergriff er das Wort:

»Allem Anschein nach gehen die Sphären zum Angriff über. Wir haben den Befehl erhalten, das Wärmekraftwerk von Martigues um jeden Preis zu beschützen.« Persée legte eine kurze Pause ein, dann sprach er mit leiser Stimme weiter: »Hoffentlich können wir das auch.«

Die Soldaten verteilten sich auf die Lastwagen, und wenige Minuten später setzte sich der Konvoi in Bewegung. Nach etwas weniger als einer Stunde hatten sie Martigues erreicht. Jason, der hinten auf der Pritsche saß, suchte den Mond am Nachthimmel und entdeckte schließlich seine Sichel hoch oben inmitten der Sterne.

»Die Sphären«, flüsterte Mustapha, der Jason gegenüber saß. »Sie leuchten.«

Tatsächlich strahlten die Kugeln rechts und links der Autobahn so hell, dass man den Eindruck bekam, unzählige kleine Monde wären auf die Erde herabgekommen.

»Ich frage mich wirklich, was sie im Schilde führen.« Mustapha legte die Hand an sein Sturmgewehr. »Wenn sie entschlossen sind, uns anzugreifen, werden wir sie damit nicht aufhalten. Genau genommen haben schon die Atomwaffen nicht die geringste Wirkung auf sie gehabt.«

Die Männer schwiegen, bis der Konvoi in der Nähe des Wärmekraftwerks von Martigues angekommen war. Die Soldaten marschierten vor das hell erleuchtete Gebäude und stellten sich auf. Die Anlage mit ihren hohen weißen und roten Schornsteinen, den gläsernen, runden Kontrolltürmen und dem viereckigen Hauptgebäude war in helles

Scheinwerferlicht getaucht und erinnerte an ein Raumschiff kurz vor dem Abflug. Im Hintergrund glitzerte festlich das Meer. Die Brise konnte den Geruch nach Gas nicht vertreiben, der zeitweise den der Sole überlagerte.

»Die F2941.«

Lieutenant Triton, Jasons direkter Vorgesetzter, deutete auf die riesige Sphäre, die sich inmitten eines Verkehrsknotenpunkts in nicht einmal einem Kilometer Entfernung befand. Sie hatte ihre ursprüngliche weiße Farbe gegen einen hell leuchtenden Goldton getauscht. Die Dunkelheit hatte sich im Umkreis von mehreren Hundert Metern zurückgezogen und gab den Blick auf die Metallzäune, das weitläufige Gelände und die im Wind zitternden Sumpfgräser frei.

»Sie sieht aus, als würde sie jeden Moment explodieren, Sergent!«, stieß ein Mann aus der ersten Reihe panisch hervor.

Im Schein der Sphäre und der Sterne sah Jason die Angst in den Gesichtern und in den Augen der Soldaten. Dennoch wusste er, dass einige von ihnen in der Schlacht in den Cevennen nicht die geringste Furcht gezeigt hatten. Sie schreckten nicht vor einem Feind zurück, der ihnen ähnlich war, aber niemand kannte die Absichten der Sphäre vor ihnen, ebenso wenig wie ihre Waffen und ihre Stärken. Die Gewehrsalven der Soldaten würden die Sphäre nicht daran hindern, sie und das Wärmekraftwerk, das Marseille und Umgebung mit Strom versorgte, zu verschlingen, sofern sie das wollte. Die Männer fühlten sich winzig und machtlos angesichts der riesigen Kugel, die sich wie ein geradewegs der Hölle entstiegenes Monster vor ihnen aufbaute.

Plötzlich wurde das Licht der Sphäre immer heller und intensiver, und die Männer mussten die Augen schützen.

»Verdammt noch mal!«, bellte Lieutenant Triton. »Sie wird uns noch um die Ohren fliegen!«

PAUL

»Wir werden noch verbrennen!«, keuchte Camille.

Die gleichen Gefühle wie vor fünfunddreißig Jahren in Nevada stiegen in ihr auf: Sie hatte den Eindruck, dass ein unerträgliches Feuer durch ihre Adern lief und ihr Blut sehr bald sieden, ja kochen, würde.

Das helle Licht, das mitten in der Nacht ins Haus geströmt war und Basile und sie aufgeweckt hatte, stammte von der F1674, die sich in eine gewaltige Lampe verwandelt hatte, als wäre eine Sonne auf die Erde gefallen. Ihr Licht war so gleißend, dass man sie mit bloßem Auge nicht ansehen konnte. Basile hatte alte Lorgnons mit getönten Gläsern herausgesucht, mit denen Jean-Marc Antony früher Sonnenfinsternisse beobachtet hatte.

»Glaubst du nicht, wir sollten besser von hier verschwinden?«, fragte Camille.

Sie kannte die Antwort auf diese Frage. Basile würde nicht von hier fortgehen, selbst wenn es ihn das Leben kostete. Seine Neugier war stärker als Angst. Er warf ihr einen verständnisvollen, aber auch entschlossenen Blick zu.

»Ich bin dir nicht böse, wenn du gehst.«

Sie wusste genau, dass sie bei ihm bleiben würde, was

auch immer geschah. Dank ihm hatte sie praktisch alle Männer, die sie gekannt hatte, vergessen. Selbst Lucho, den Vater ihrer Kinder, war nur noch ein dunkler Schatten, der ab und zu ihre Erinnerung streifte. Camille fragte sich oft, warum sie Basile nicht schon früher getroffen hatte.

Die beiden nahmen ihre getönten Augengläser und verließen das Haus. Das Licht der weißen Dame erhellte die Hochebenen im Umkreis von mehreren Hundert Metern; ein enorm großer Halo breitete sich aus, der nur von den schmalen, vorbeihuschenden Silhouetten der Nachtvögel durchdrungen wurde. Camille war überrascht, dass die Hitze nicht größer wurde, je näher sie der F1674 kamen. Im Gegenteil, das brennende Gefühl in ihr ließ nach. Mit den Kneifern auf der Nase blieben Basile und Camille ungefähr fünfzig Meter vor der Sphäre stehen. Sie beobachteten ständige Bewegungen auf der konvexen Oberfläche: mal hellere, mal etwas dunklere, manchmal rötliche Ströme wirbelten ohne ersichtlichen Grund in- und umeinander.

»Ich hatte gehofft, wir könnten ins Innere sehen«, flüsterte Basile. »So wie bei diesen Tagesrollos, die bei künstlichem Licht transparent werden. Wenn die Kugeln wirklich elektrisch sind, brauchen sie verdammt viel Energie, um dieses ganze Licht zu produzieren.«

Nach einer halben Stunde mussten sie ihre Beobachtung beenden. Die getönten Gläser konnten sie nicht mehr vor der grellen Helligkeit schützen. Basile und Camille setzten sich, mit dem Rücken zu der Sphäre, um ihre gereizten Augen zu schonen, ins trockene Gras.

»Glaubst du, dass alle weißen Damen das gleichzeitig tun?«, fragte Camille.

Basile schlug vor, auf den höchsten Punkt der Causse zu klettern. Von dort aus konnten sie vielleicht die Sphäre sehen, die etwa zehn Kilometer in Richtung Caylar entfernt thronte. Sie begannen, den nächstgelegenen Kamm hinaufzusteigen. Erst nach etwa zwei Kilometern ließen sie den hellen Halo der F1674 hinter sich und tauchten wieder in die Dunkelheit ein.

Der letzte Steilhang vor dem Gipfel nahm ihnen den Atem. Die Beine taten ihnen weh. Ihre Ankunft vertrieb einen Raubvogel aus seinem Horst, der sich krächzend in die Luft erhob. Ein kalter, trockener Wind pfiff zwischen den Felsen hindurch.

»Da!«, rief Camille aus.

Basile richtete das Fernglas, das er um den Hals trug, auf den hellen Fleck, der weiter unter in der Mitte der Hochebene zu erkennen war.

»Das ist tatsächlich die Sphäre von Caylar. Sie leuchtet genau wie unsere.«

In der Ferne entdeckte er noch weitere, in der Nacht verstreute Lichter. Der Gedanke durchfuhr ihn, dass die himmlischen Besucherinnen von der Atmosphäre aus betrachtet ein riesiges, leuchtendes Netz bilden mussten. Er gab Camille das Fernglas und setzte sich dann auf einen Felsen. Der Aufstieg auf den Kamm hatte ihn angestrengt. Er musste an seine letzte Wanderung mit Jean-Marc Antony denken. Basile glaubte nicht, dass er so alt wie sein Mentor werden würde. Seit fast vierzig Jahren beschäftigte er sich mit den weißen Damen, und zweifellos würde er die Erde verlassen, ohne ihr Geheimnis gelüftet zu haben. Die Vorstellung rief eine tiefe, fast fatalistische Traurigkeit in ihm hervor.

Camille setzte sich neben ihn und ließ ihre Hand in seine gleiten.

»Du siehst besorgt aus, mein Schatz.«

Eine Weile schwieg er, dann antwortete er mit einem bitteren Lächeln:

»Ich versuche das Ausmaß meiner Unwissenheit zu bestimmen.«

»Das geht uns allen so. Niemand kann behaupten, die Geheimnisse des Lebens zu kennen.«

»Dennoch sind sie seit vierzig Jahren da«, wandte er wenig überzeugt ein.

»Wir Menschen mussten schon immer sterben, und wir wissen immer noch nicht, was uns nach dem Tod erwartet. Gehen wir zurück?«

In dem Moment, als sie aufstanden, kam eine glitzernde Säule vom Himmel direkt auf die F1674 herabgeschossen. Für Basile und Camille ähnelte die Säule einem dieser Papiergebilde, die man als Lampenschirm verwendet; sie schien direkt von den Sternen zu kommen und schimmerte wie eine Silberschnur.

»Sie sind überall«, rief Camille.

Eine glänzende Säule war gerade auf die Sphäre von Caylar gefallen. Und man konnte noch mehr davon in der Dunkelheit entdecken, einige waren in der Nähe, andere weiter entfernt, manche waren so breit wie der Kondensstreifen eines Flugzeugs, andere kaum dicker als eine Nadel oder ein Haar. Das faszinierende Phänomen dauerte noch einige Minuten, dann brach es plötzlich ab. Die Säulen und die Sphären erloschen im selben Moment, und die Nacht legte sich wieder über die Causse.

Camille schauderte.

»Wie eine Nabelschnur«, murmelte sie.

»Deshalb haben sie auch geleuchtet«, erklärte Basile. »Sie appellieren an uns, das ist ein Zeichen.«

Camille sah die Brieftaube von Docteur Truong und öffnete den Käfig. Die Vögel störte es nicht, wenn sie den Taubenschlag betrat. Sie füllte die Futtertröge und Wassernäpfe nach, aber das Saubermachen des Käfigs verschob sie auf später. Sie wollte so bald wie möglich die im Fußring der Brieftaube zusammengerollte Nachricht lesen. Die Taube ließ sich widerstandslos von ihr in die Hand nehmen und wartete brav darauf, dass sie ihr den Fußring abnahm und sie freiließ, damit sie mit den anderen Körner picken konnte. Camille kam aus der Voliere heraus und setzte sich ans Dachfenster, dann rollte sie das Blatt Papier aus und fing an zu lesen. Sie erkannte Catels sorgfältige Handschrift, die immer noch der einer Schülerin ähnelte, sofort.

Maman,

hat die Sphäre auf der Causse vor fünf Nächten auch geleuchtet? Die drei Sphären hier in der Nähe von Millau sind ganz hell geworden und haben die Bevölkerung regelrecht in Panik versetzt. Die Menschen sind zu ihren Autos gerannt und wollten fliehen. Einige sind so wütend geworden, dass sie in den Staus, die sich überall am Stadtrand gebildet haben, absichtlich Unfälle verursachten. Am nächsten Morgen zählte man mindestens zehn Tote und mehr als fünfzig

Verletzte. Die Sphären sind erloschen, als Lichtsäulen vom Himmel auf sie herabschossen. Sachas Wohnung liegt im obersten Stockwerk, und wir konnten das Ereignis vom Balkon aus verfolgen. Ein gleichzeitig großartiges, bezauberndes und auch beängstigendes Schauspiel. In der Stadt ist wieder Ruhe eingekehrt, aber die Angst scheint noch in den Straßen umherzugehen. Da ich gern an der frischen Luft bin, gehe ich manchmal mit Ulysse in der Abenddämmerung nach draußen, dann sind keine Gendarmen und auch keine Soldaten der Brigade mehr unterwegs. Pelops läuft immer noch nicht, er macht keine Anstalten, sich zu bewegen. In der Nacht, als die Sphären leuchteten, war er sehr unruhig, wir dachten schon, er sei krank – Sacha vermutete eine Blinddarmentzündung oder etwas in der Art –, aber am frühen Morgen beruhigte er sich wieder und seitdem ist er wie immer, unbeweglich, ausdruckslos.

Abgesehen von diesen Ereignissen ist das Leben in Millau eher friedlich. Sacha ist ruhig und zurückhaltend, ich bin gern in seiner Nähe. Nach dem Abendessen führen wir oft lange Gespräche und lernen uns langsam näher kennen. Manchmal wird er mitten in der Nacht wegen eines Notfalls aus dem Schlaf gerissen, dann kehrt er meist erst im Morgengrauen zurück. Er hat keine Zeit, sich zu erholen, denn er muss sofort wieder Patienten behandeln, die im vollen Wartezimmer sitzen. Die Anwesenheit der Sphären und ihre magnetische Aktivität bringen neue Krankheiten hervor. Sacha glaubt, dass die Gene unserer Kinder mutieren, dass zum Beispiel Pelops' Passivität auch die Folge einer solchen genetischen Veränderung ist, in etwa so wie bei Kindern, die in einer radioaktiv verstrahlten Umgebung auf-

wachsen. Oft fehlen Sacha die richtigen Medikamente, um diese unbekannten Krankheiten zu heilen, aber er tut sein Bestes, um die Schmerzen der Patienten zu lindern. Sehr häufig kümmert er sich um illegale Flüchtlinge in den umliegenden Dörfern im Larzac. Dafür bekommt er nicht einmal Geld. Isaaks Gesetz ist ihm genauso zuwider wie uns, aber er achtet darauf, die Aufmerksamkeit der Ordnungskräfte nicht auf sich zu ziehen. Die Brigade ist schon mehrmals bei ihm gewesen, allerdings haben sie noch nie seine Wohnung durchsucht. Ich glaube beinahe, ich habe mich in ihn verliebt. Raphaël scheint mir so weit weg. Ich habe das Gefühl, den Vater meiner Kinder hat es nie gegeben!
Eine mit Sacha befreundete Kinderpsychiaterin hat Pelops vor Kurzem untersucht. Sie spricht nicht von Autismus, aber von einer physiologischen Störung. Bei Pelops gibt es fast keinen Unterschied zwischen Wachsein und Schlafen. Fast könnte man sagen, dass er vor sich hin dämmert, wenn er wach ist, und wach bleibt, wenn er schläft. Die Ärztin weiß nicht, wie man ihm den natürlichen Kreislauf aus Wachen/Schlafen beibringen kann. Ich weiß nicht, ob er irgendwann einmal laufen wird, und ich mache mir große Sorgen um seine Zukunft. Ulysse fragt oft nach euch, aber ich denke, im Augenblick ist es besser, wenn wir uns nicht sehen. Wir würden uns nur der Gefahr aussetzen, von neugierigen Blicken beobachtet zu werden. Ich hoffe, es geht euch gut, und ich freue mich, bald von Dir hören.

Liebe Grüße
Catel

Gegen Mittag stand Besuch vor der Tür. Der Mann war um die vierzig, elegante Kleidung, sportliches Auftreten, perfekte Frisur trotz des Fußmarschs in der brennenden Sonne des Herbstanfangs.

Mit einem Stofftaschentuch wischte er sich die Stirn ab.

»Ich habe nicht damit gerechnet, dass es zu dieser Jahreszeit noch so heiß sein würde.« Er verbeugte sich vor Camille mit geradezu militärischer Strenge. »Gehe ich recht in der Annahme, dass Sie Madame Grosjean sind?«

Camille bejahte mit einem langsamen Kopfnicken.

»Ich bin Paul Cardoz«, fuhr der Besucher fort. »Mein Name sagt Ihnen wahrscheinlich nichts, aber der von Raphaël Pernelle vielleicht schon.«

Sie hätte beinahe schon Nein geantwortet und die Tür geschlossen, als ihr ein kleines Licht aufging.

»Der Mann meiner Tochter?«

Ein breites Lächeln zeichnete sich auf Cardoz' Gesicht ab.

»Ihr Schwiegersohn, so ist es. Ich habe Neuigkeiten von ihm.«

Sie zögerte einige Sekunden lang, dann bat sie den Mann ins Haus. Basile kam aus seinem Arbeitszimmer zu ihnen ins Wohnzimmer.

»Basile Traoré.«

»Paul Cardoz. Ich soll Madame Grosjean eine Nachricht überbringen.«

Sie verteilten sich auf das Sofa und die Sessel. Cardoz trank in einem Zug das Glas Wasser leer, das Camille ihm gebracht hatte.

»Also, Monsieur, was können Sie mir über meinen Schwiegersohn sagen?«

Die Aufforderung, misstrauisch zu bleiben, lag in Basiles Blick; es konnte gut sein, dass dieser Typ für die Rekrutierungsbrigaden arbeitete.

»Ach, leider sind es schlechte Neuigkeiten! Raphaël ist sehr krank. Wahrscheinlich hat er nur noch ein paar Wochen zu leben, und da er seit mehr als einem Jahr nichts von seiner Frau und seinen Kinder gehört hat, fragt er, ob sie vielleicht als Mittlerin zwischen ihm und ihr fungieren können.«

Camille fand es schwierig, dem Blick ihres Gegenübers standzuhalten. Es war ein starrer, bohrender Blick wie der eines Raubvogels.

»Dafür müsste ich selbst erst einmal erfahren, wo meine Tochter und meine Enkelkinder sind.«

»Die Polizei sagt, dass Ihre Tochter in Paris ein Auto gemietet und dieses später in Millau zurückgegeben hat. Raphaël hält es für sehr wahrscheinlich, dass Catel sie besucht hat.«

»Da irrt Raphaël sich. Und er weiß sehr gut, dass ich mit Catel zerstritten bin.«

Die letzten Worte hatte sie etwas zu schnell ausgesprochen. Sie beneidete Basile, der in jeder Situation die Ruhe behielt. Sie selbst hatte in all den Jahren nicht gelernt, ihre Gefühle zu beherrschen.

»Aber Sie würden einem Sterbenden doch nicht verheimlichen, wo sich seine Familie aufhält, nicht wahr?«

»Weshalb fragen Sie das alles? Wer sind Sie?«, schaltete sich Basile ein.

Paul Cardoz streckte sich.

»Ich bin ein Freund und Kollege von Raphaël. Und Sie,

Monsieur, wer sind Sie, dass Sie für Madame Fragen beantworten?«

»Ich bin der Freund von Madame, das ist mein Haus und Sie stören meine Privatsphäre.«

Überstürzt stand Paul Cardoz auf, er konnte seine Verärgerung kaum verbergen. »Dann bleibt mir nur, Ihnen zu danken und mich zu verabschieden.«

»Sagen Sie Raphaël, dass wir mit ihm fühlen, ihm leider aber nicht weiterhelfen können«, fügte Camille hinzu.

»Ich werde ihm auf jeden Fall alles berichten, sobald ich wieder in Paris bin.«

»Wann kehren Sie zurück?«, fragte Basile.

Cardoz blickte ihn überrascht und argwöhnisch an.

»Ich habe einen Monat Urlaub. Für die Reise von Paris nach Millau habe ich schon drei Tage gebraucht, für die Rückreise brauche ich ebenfalls drei.«

»Was wollen Sie hier einen Monat lang machen?«

Ein leises Lächeln huschte über Paul Cardoz' Lippen. »Jeder ist mal dran mit Fragen stellen, nicht wahr?« Er zeigte mit dem Arm auf die große Fensterscheibe, die auf die Causse hinausging. »Stört es Sie nicht, so nah bei einer Sphäre zu wohnen?«

»Wir halten durch.«

Cardoz wandte sich zum Gehen.

»Ich werde Sie wieder besuchen.«

»Wir haben Sie nicht darum gebeten«, stieß Basile heftig hervor.

»Ich bin ein unverbesserlicher Optimist und ich glaube, dass unsere Beziehung sich bessern wird. Einen schönen Tag noch.«

Basile wartete, bis die Gestalt auf der Hochebene verschwunden war, dann murmelte er:

»Ich denke, dieser Typ ist von der Polizei. Raphaël ist dem Tod nicht näher als du oder ich.«

»Warum sagst du das?«

Basile setzte sich wieder neben Camille.

»Weil man einen Freund, der nur noch wenige Wochen zu leben hat, nicht einen Monat lang warten lässt.«

PHOLOS

Die Schiefergasbohrungen in der Umgebung hatten aus Paris einen dreckigen, schwarzen Ort gemacht. Die Stadt sah wie eine riesige Fabrik aus, nur ohne Dach. Der Rauch, der aus den hohen Schornsteinen quoll, vermischte sich mit der tiefhängenden Wolkendecke. Die meisten Autos fuhren mit Diesel. Dessen Qualität war schlecht, die Reserven gingen zur Neige und der Dunst der Abgase hüllte die Umgebung in einen dichten Nebel, aber da die Atomkraftwerke abgeschaltet worden waren und der Bedarf an Gas nie gedeckt werden konnte, blieb den Autofahrern keine andere Wahl. Über den Dächern flogen Unmengen von Brieftauben am grauen Himmel.

Die drei gepanzerten Fahrzeuge der Brigade Arès steckten im Verkehr fest und kamen nur im Schritttempo auf dem Autobahnzubringer voran. Jason saß seit kurz vor Orléans am Steuer. Auf dem Beifahrersitz befand sich Pholos, ein älterer Kamerad, der wie er selbst kürzlich zum Sous-Lieutenant befördert worden war. Auf der Rückbank saßen Colonel Persée und Commandant Ajax. In den anderen zwei Fahrzeugen, eines vor und eines hinter ihnen, fuhren je zwei Chauffeure und drei Scharfschützen. Sie hatten zwei ganze Tage für die Strecke von ihrem Stützpunkt in Toulon bis nach Paris gebraucht. Wegen der ständigen Staus und dem schlechten Zustand der Straßen hatten sie nicht schneller als fünfzig Stundenkilometer fahren können. Das ganze Land schien in einer tiefen, weißen Trostlosigkeit versunken zu sein.

Zuerst war Jason stolz gewesen, dass man ihn ausgewählt hatte, die Delegation nach Paris in den Élysée-Palast zu bringen, aber inzwischen bereute er den kleinen Ausflug, denn er würde seine Tochter Hestia gut zehn Tage lang nicht sehen. Fanny hatte nichts mehr von der jungen, fröhlichen Frau, die er damals kennengelernt hatte, aber die zweijährige Hestia war sein Sonnenschein. Er übernachtete fast nie im Stützpunkt. Sobald sein Dienst vorbei war, fuhr er nach Hause, auch mitten in der Nacht, nur um seiner kleinen Tochter beim Schlafen zuzuschauen. Jason war von seinen starken Vatergefühlen selbst überrascht. Er hätte nie geglaubt, dass tief in seinem Inneren so viel Zärtlichkeit verborgen war. Jedes Wort, das Hestia sprach, jede Grimasse, jedes Lachen, jeder Wutanfall, jede ihrer Gesten versetzte ihn in Entzücken. Er liebte es, sie auf den Arm zu nehmen und mit ihr zusammen die Abenddämmerung auf dem Balkon zu genießen. Er bemühte sich, Fannys Apathie auszugleichen, und verbrachte so viel Zeit wie möglich mit Hestia, um ihre Entwicklung zu fördern. Fanny und er hatten Hestia nicht zum Isaak erklärt, sondern sich der Rekrutierungsbrigade gegenüber schriftlich verpflichtet, ein zweites Kind zu bekommen, aber Fanny verweigerte ihm ihren Körper im Bett und ihre Gedanken, sobald er das Thema ansprach. Die Zeit raste besorgniserregend schnell dahin.

Wenn sie beim nächsten Besuch der Rekrutierungsbrigade keine Schwangerschaftsbescheinigung vorzeigen konnten, würden sie ihnen Hestia geben müssen.

Die Wagen fuhren durch die Porte d'Orléans.

»Sind Sie schon mal in Paris gewesen?«, erkundigte sich Colonel Persée.

»Für mich ist es das erste Mal«, antwortete Pholos.

Jason begegnete dem Blick seines Vorgesetzten im Rückspiegel.

»Für mich auch.«

»Eine großartige Stadt, das versichere ich Ihnen«, sprach Persée weiter. »Und ich hoffe, uns bleibt genügend Zeit, all ihre charmanten Seiten kennenzulernen. Und natürlich auch die gefährlichen.« Er unterstrich seinen Vorschlag mit einem wissenden Lachen. »Wir werden in Montmartre wohnen, da schlägt das Herz des Nachtlebens.«

»Zu welchem besonderen Anlass sind wir eingeladen worden, *mon colonel*?«, fragte Pholos.

»Ich gehöre nicht zu den Eingeweihten. Ich weiß nur, dass die Verantwortlichen der Armee, der Polizei und der Brigaden geladen wurden, um neue Informationen von, wie ich denke, höchster Wichtigkeit mitgeteilt zu bekommen.«

»Es würde mich nicht wundern, wenn diese Neuigkeiten Isaaks Gesetz betreffen«, schaltete sich Commandant Ajax ein.

»Wollen Sie damit sagen …«

Jason zögerte. Commandant Ajax bedeutete ihm, weiterzusprechen.

»… dass das Gesetz aufgehoben wird?«

Sein Herz schlug wild in seiner Brust.

»Ich denke eher an eine Gesetzesänderung, Sous-Lieutenant«, erwiderte Ajax. »Meiner Meinung nach hat die Regierung zu wenig Isaaks. Daher wird sie jede Familie verpflichten, zwei Kinder zu opfern.«

Jason hatte das Gefühl, eine eiskalte Klinge würde sich in seinen Bauch bohren.

»Und wenn eine Familie nur ein Kind hat?«, stammelte er.

Persée antwortete ihm:

»Dann nimmt man das eine Kind und erhebt noch Kompensationssteuer. Wir haben einen wachsenden Bedarf an Pädokaze. An höchster Stelle fürchtet man, die Sphären könnten zum Angriff übergehen. Vielleicht war ihr plötzliches Aufleuchten nur der Auftakt zu einer Großoffensive.«

»Aber die Pädokaze erzielen keine überzeugenden Ergebnisse«, murmelte Pholos.

Im Stillen dankte Jason seinem Kameraden für seine Bemerkung. Zweifellos hätte er sich das nicht zu sagen getraut, denn Pholos' Worte widersprachen der Politik der Vereinen Nationen und der französischen Regierung. Seine kritische Bemerkung konnte als Vergehen gewertet und hart bestraft werden.

»Ohne die Pädokaze wären wir vielleicht schon vollkommen überrollt worden«, erwiderte Persée. »Sie haben diesen scheußlichen, dicken Ballons zumindest etwas von ihrer Stärke nehmen können. Erzählen Sie mir bloß nicht, dass sie zu diesen gefühlsduseligen verlorenen Seelen gehören, Pholos.«

»Wenn ich einer von denen wäre, *mon colonel,* hätte ich mich nicht zur Brigade gemeldet«, verteidigte sich der Sous-Lieutenant.

Persée und Ajax stimmten lächelnd zu. Jason hingegen hatte aus der Stimme seines Kameraden etwas herausgehört, das seinen Worten widersprach. Er nahm sich vor, ihn noch einmal in Ruhe darauf anzusprechen, sobald sie beide allein waren. Er fragte sich, ob Isaaks Gesetz auch für die höheren Offiziere galt. Mussten Regierungsmitglieder, Abgeordnete und hohe Beamte ihre Kinder den Rekrutierungsbrigaden genauso übergeben wie die einfachen Bürger? In den Zeitungen hatte nichts darüber gestanden, als hätten sich die Journalisten diese Frage noch nie gestellt … als würde eine stille Übereinkunft sie an die Sphären der Macht binden. Welche Vorteile brachte ihnen das? Konnten sie sich als Belohnung für ihr Schweigen ihrer Pflicht entziehen? Seit dem Untergang des Internets und der sozialen Netzwerke wurden wieder, wie in alten Zeiten, geheime Absprachen getroffen.

»Kennt jemand den Weg?«, fragte Jason.

Vage erinnerte er sich an das Navigationssystem im Auto seiner Mutter. Die magnetische Aktivität der Sphären hatte die Autobauer gezwungen, auf elektronische Apparaturen in ihren Fahrzeugen zu verzichten und stattdessen einfache, robuste, solide Vorrichtungen zu bauen.

»Fahren Sie den Boulevard hinauf«, antwortete Ajax. »Ich sage Ihnen, wie wir nach Montmartre kommen.«

Die Nacht brach an, und ein trübes Licht tauchte Paris in eine düstere Eintönigkeit.

»Wir werden morgen um elf Uhr im Präsidentenpalast erwartet«, erklärte Persée. »Uns bleiben also noch ein paar Stunden, um das Nachtleben unserer schönen Hauptstadt kennenzulernen.«

Das Etablissement roch geradezu nach Ärger und schlechtem Gewissen. Die meisten Gäste waren Männer, die gelangweilt den wenig aufreizenden Vorführungen der Tänzerin auf einer schlecht beleuchteten Bühne zuschauten. Jason und Pholos saßen an einem Tisch in der Mitte des Lokals. Colonel Persée war mit Commandant Ajax zu einer Abendgesellschaft eingeladen. Nach dem Abendessen hatte er seinen beiden Chauffeuren freigegeben, weil er in Begleitung der Scharfschützen zu Fuß zum Empfang gehen wollte und daher Jasons und Pholos' Dienste nicht benötigte.

Die zwei Kameraden waren eine ganze Zeit lang durch das Pigalle-Viertel geirrt, bis ein Mann auf der Straße sie in ein Striptease-Lokal lockte, wo sie schlechten Kognak tranken. Die erste Nummer hatten sie sich schweigend angeschaut. Das platinblonde Girl hatte sich lustlos entkleidet und einige Minuten lang ihren weißen, pummeligen Körper präsentiert, ihren großen Busen und das überraschenderweise rötliche Schamhaar. Der Anwerber von der Straße hatte ihnen versprochen, dass sie auf der Bühne ein Paar beim Liebesakt sehen würden, aber Jason und Pholos warteten den Höhepunkt der Vorstellung ab, ohne sich große Illusionen über die Qualität der Darstellung zu machen. Der erste Striptease hatte Jasons seit Monaten dämmernde Libido geweckt, aber das Verlangen war sogleich wieder verschwunden. Zurück blieb nur ein schmerzhafter Schatten.

Die zweite Tänzerin, eine Dunkelhaarige mit durchtrainiertem Körper, öffnete ihren BH-Haken und streckte den Oberkörper vor, um ihre flache Brust zur Geltung zu bringen. Ihre Verrenkungen wurden von Pfiffen begleitet, die eher spöttisch als bewundernd waren.

»Das war ganz schön mutig von dir heute Nachmittag, zu behaupten, dass die Pädokaze keine Erfolge erzielen«, sagte Jason leise, während die Tänzerin bedeutsame Pausen einlegte, in denen sie mit dem Gummiband ihres Strings herumspielte, der ihr in den Hüftspeck schnitt. »Das hätten die Alten dir übel nehmen können.«

Pholos trank sein Glas aus, stellte es auf dem Tisch ab und zündete sich dann eine Zigarette an. Der glimmende Schein färbte seine Augenbrauen rot. Der Mann auf der Straße hatte betont, dass sie im Inneren des Flamant Rose so viel rauchen könnten, wie es ihnen beliebte. Für einen Moment verschwand Pholos' kantiges Gesicht hinter dem Qualm.

»Ich habe ihnen einen Sohn gegeben, und ich habe nicht den Eindruck, dass sein Tod zu etwas Nütze war«, antwortete er mit kaum merklich geöffnetem Mund.

»Wie lange ist das her?«

»Fünf Jahre, aber der Schmerz ist so stark wie am ersten Tag. Ich kann keine Nacht schlafen.«

»Hast du noch mehr Kinder?«

»Ein Mädchen, sie ist gerade sechs geworden. Sie ist aus dem Schlamassel raus. Und du?«

»Ein zweijähriges Mädchen.«

»Pädokaze?«

»Nein. Aber meine Frau und ich müssen schnellstens noch ein Kind bekommen.«

Der String der Striptease-Tänzerin glitt ihre langen Beine entlang nach unten. Sie war vollkommen rasiert und stellte nun sehr offenherzig ihre Vulva mit den leicht geschwollenen Schamlippen zur Schau. Jason fühlte wieder, wie eine Welle der Erregung durch seinen Unterleib ging. Erinnerungen an sexuelles Vergnügen blitzten in seinem Kopf auf.

»Unsere Vorgesetzten tun so, als wüssten sie von nichts, aber sie sind bestimmt auf dem Laufenden. Isaaks Gesetz wird in Zukunft zwei Kinder pro Familie fordern. Selbst wenn du noch ein zweites Kind bekommst, werden sie dir deine Tochter wegnehmen.«

»Ich … weiß nicht, ob ich das ertragen kann.«

Die Pfiffe und der Applaus des Publikums wurden lauter. Pholos hob die Hand, um die Aufmerksamkeit des Kellners auf sich zu lenken, der sofort zu ihnen geeilt kam.

»Für mich einen Kognak«, bestellte Pholos. »Und was willst du?«

»Das gleiche.«

»Das macht vierzig Euro im Voraus.«

In der Stimme des Kellners lag nicht ein Hauch Freundlichkeit. Pholos zerrte zwei zerknitterte Scheine aus seiner Geldbörse und reichte sie dem Mann mit grimmiger Miene:

»Scheiße, mit unserer miserablen Bezahlung könnten wir in dieser verflixten Stadt keine Woche überleben.«

Die dunkelhaarige Striptease-Tänzerin schwang ihren String wie eine Trophäe durch die Luft, verabschiedete sich und suchte schnell noch ihre Sachen zusammen. Dann verschwand sie hinter den Kulissen. Pholos wartete, bis der Kellner außer Hörweite war, dann beugte er sich zu Jason und sagte leise:

»Wenn du das nicht aushalten kannst, alter Junge, dann kannst du nur noch desertieren und dich verstecken.«

»Ich bin noch nicht so weit. Ich will nicht im Untergrund

leben. Aber vielleicht gibt es noch einen anderen Weg, dieses verfluchte Gesetz zu umgehen.«

Pholos warf einen Blick durch das Lokal, um sicherzugehen, dass ihnen niemand zuhörte.

»Hast du Beziehungen nach oben?«

»Nein, aber ich könnte welche knüpfen.«

»Wir haben ihr System im Schweiße unseres Angesichts verteidigt, haben sogar unser Leben dafür riskiert. Sie müssten für uns von der Brigade eine Ausnahme machen. Ich habe mit dem Alten schon darüber gesprochen. Er hat gesagt, wir müssten mit guten Beispiel vorangehen. Und dass keine Ausnahmen gemacht werden.«

»Glaubst du das?«

Pholos verzog den Mund, wodurch sein Gesichtsausdruck noch härter wurde.

»Natürlich nicht. Die sind ja nicht verrückt. Sie nehmen uns unsere Kinder weg, aber ihre geben sie nicht her.«

»Und das ist kein Problem für dich?«

Sie schwiegen, während der Kellner die zwei Schwenker auf dem Tisch abstellte, dann stießen sie an.

»Beinahe hätte ich mich einer Terroristengruppe angeschlossen, aber ich hatte keine Eier in der Hose.« Pholos ließ seinen Blick ins Leere schweifen. »So halten sie die Bevölkerung in Schach, mit Angst. Und wir von der Brigade, wir sind ihre verlängerten, bewaffneten Arme. Ich wollte mich schon umbringen, nur der Gedanke an meine Tochter hat mich davon abgehalten. Ich muss auf sie aufpassen. Und für sie ist es das Beste, wenn ich meinen Sold bekomme und ein ruhiges Leben führe.«

»Du hättest in den Cevennen sterben können.«

»Ich habe gut aufgepasst, mich keiner zu großen Gefahr auszusetzen, glaub mir.« Pholos trank noch einen Schluck Kognak, dann fuhr er fort: »Ich habe versucht, herauszufinden, in welcher Sphäre mein Sohn explodiert ist, damit ich mich von ihm verabschieden kann. Also bin ich zur Verwaltung der Rekrutierung gegangen, aber ich habe völlig umsonst gebohrt und gebettelt, sie haben mir einfach nichts gesagt. Sie haben die Anweisung, die Verwendung der Pädokaze geheim zu halten. Ich habe nur herausbekommen, dass sie mein Kind in ein Lager im Südosten des Landes gebracht hatten. Von dort können sie ihn überall hingeschickt haben. In ganz Frankreich bekämpft man ungefähr fünftausend Sphären. Wenn man von vier Kindern im Monat pro Kugel ausgeht, macht das zweihundertvierzigtausend im Jahr. Klar, dass ihnen bald die Kinder ausgehen. Und genau das ist der Grund, warum sie die Zahl der Isaaks pro Familie verdoppeln wollen. Wenn alle Verantwortlichen der Streit- und Ordnungskräfte für morgen in den Élysée-Palast geladen worden sind, dann zweifelsohne, um sie vor dem Ausbruch neuer Unruhen zu warnen, sobald die Gesetzesänderung durchgebracht wurde.«

Um sie herum erhob sich Protestgemurmel. Ein Paar war auf die Bühne getreten, und das Gespräch der beiden Brigardisten hallte wie Gewitterdonner in der erdrückenden Stille des Lokals wider. Die Männer und Frauen, die neben den beiden Sous-Lieutenants saßen, trauten sich nicht – eingeschüchtert von den blauen Uniformen und den Pistolen am Gürtel –, sie anzublicken. Jason schmetterte mit einem eiskalten Blick die vorwurfsvolle Miene eines Mannes mittleren Alters ab, der zwei Meter von ihm entfernt saß. Ihm wurde bewusst, dass er ein Rädchen in diesem unerbittlichen Getriebe war, das die Angst säte, von der Pholos gesprochen hatte; dasselbe Getriebe, das ihm seine Tochter rauben wollte.

Das Paar auf der Bühne begann einen Tanz, der, wenn man nicht in der richtigen Stimmung war, eher grotesk als erotisch wirkte.

TYPHON

Catel,

hast du in letzter Zeit etwas von Raphaël gehört? Wir denken, dass dieser Paul Cardoz, der nun schon drei Mal hier war, ein Schnüffler, ein Untersuchungsbeamter der Polizei oder der Brigaden ist. Glücklicherweise haben wir auf deine Initiative hin ja die Brieftauben angeschafft: Die mit der Post versendeten Briefe werden wahrscheinlich von der staatlichen Zensurbehörde gelesen.

Auf der Causse geht das Leben seinen gewohnten Gang. Unsere Nachbarin hat nicht wieder geleuchtet, und ich nehme mal an, die anderen Kugeln auch nicht. Basile fühlt sich zunehmend müde und erschöpft. Manchmal spürt er heftige Vibrationen, die so unerträglich sind, dass er im Bett bleibt. Vielleicht könnte Sacha einmal herkommen und ihn untersuchen? Und vielleicht könntet ihr, du und die Kinder, ihn ja begleiten, wenn ihr euch im Auto gut versteckt? Mir ist klar, dass ich als Großmutter nicht viel für die Kleinen da war. Sicherlich hatte ich unbewusst Angst davor, eine Bindung zu meinen Enkelkindern zu entwickeln, wenn sie mir, wie Nathan, jeden Moment entrissen werden könnten. Heute weiß ich, dass das ein Fehler war. So wie man jede Sekun-

de, die einem bleibt, genießen sollte, weil man die Stunde seines Abschieds nicht kennt. Ich habe nicht genug Zeit mit Nathan verbracht, und auch nicht mit Diane, und ich möchte mit Pelops und Ulysse nicht den gleichen Fehler noch einmal machen. Und mit dir auch nicht. Deshalb würde ich euch gern umarmen und zumindest ein paar Minuten mit euch verbringen. Wenn du einen Ausflug für zu gefährlich hältst, verstehe ich das. Ich kann leider nicht weg, Basile ist so schwach, dass ich die ganze Zeit an seiner Seite bleiben muss. Ich hoffe, dir geht es gut. Ich bin sehr glücklich, dass du einen so guten und großzügigen Mann wie Sacha getroffen hast. Auf eine gewisse Weise hast du deinen Basile gefunden. Ich wünsche dir eine glückliche Zeit mit ihm. Irgendetwas sagt mir, dass die weißen Damen bald fortgehen werden. Es ist wie ein Murmeln, das sich in mir ausbreitet; eine Intuition, die ich ständig spüre. Als ob ihre Aufgabe auf der Erde beendet wäre. Zweifellos werden wir nie erfahren, warum sie uns unsere Kinder weggenommen haben. Wir werden niemals Gewissheit über ihre Absichten erlangen. Basile sagt oft, dass unsere kriegerischen Impulse daran schuld sind, dass wir den weißen Damen nicht begegnen konnten. So ziemlich jede Familie auf der Erde ist von dem Phänomen betroffen, und jetzt muss die Menschheit immense Trauerarbeit leisten und den Wiederaufbau bewältigen. Wie sieht die Zukunft der Menschen aus? Wie sieht deine Zukunft aus? Die deiner Kinder?
Wie dem auch sei, ich hoffe auf deinen baldigen Besuch.

Viele liebe Grüße
Maman und Mamy Camille

Camilles Herz hüpfte vor Freude, als sie Sacha Truongs Wagen im Hof vorfahren sah. Auf ihre letzte Nachricht an Catel hatte Camille keine Antwort erhalten und daher schon befürchtet, die Brieftaube hätte sich verirrt oder sie wäre einem Raubvogel oder einem Jäger zum Opfer gefallen. Im vergangenen Jahr hatte eine Epidemie die Anzahl der Brieftauben um die Hälfte dezimiert. Da die Post die große Nachfrage nach den gefiederten Boten nicht bedienen konnte, hatten sich überall im Land Banden zusammengetan, die die Vögel einfingen, um sie auf dem Schwarzmarkt zu verkaufen. Basile war der Meinung, dass Polizei und Brigaden diese Banden unterwanderten und ihnen bei ihren Raubzügen halfen. Auf diese Weise wollten sie die Bevölkerung dazu bringen, Briefe wieder auf dem Postweg zu versenden, den sie besser kontrollieren konnten.

Camille spürte einen Stich im Herzen, als Sacha allein aus dem Wagen stieg. Sie war enttäuscht, eilte ihm aber sofort entgegen. Mit einer entschiedenen Handbewegung dirigierte er sie ins Haus zurück. Sie machte sofort kehrt und wartete im Wohnzimmer auf ihn. Sobald er eingetreten war, warf er einen misstrauischen Blick über seine Schulter.

»Sie werden überwacht.«

»Von wem?«

»Von zwei Soldaten der Brigade, die sich hier auf der Causse verstecken.«

»Woher wissen Sie das?«

»Einer meiner Patienten ist bei der Brigade. Er hat erzählt, dass er regelmäßig auf der Causse Wache schiebt. Seine Aufgabe ist es – und das waren seine Worte –, dieses verrückte Paar zu beobachten, das in dem Haus ganz in der

Nähe der Sphäre wohnt. Offensichtlich hat Catels Ehemann gute Beziehungen und setzt alles daran, seine Kinder zurückzuholen.«

»Sie ist also nicht mit Ihnen hergekommen?«

Ein verstohlener Blick blitzte in Sachas schwarzen Augen auf.

»Sie hat sich mit den Kindern im Auto versteckt. Trotz der strengen Überwachung hier hat sie darauf bestanden, mitzukommen. Wir müssen nur aufpassen, dass niemand sie beim Aussteigen sieht. Besser, wir warten, bis es dunkel wird. Dann machen Sie das Licht im Haus aus, so als würden Sie schlafen gehen. Soweit ich weiß, sind die Soldaten oben auf dem Kamm postiert, dem Âne Mort. Kennen Sie die Stelle?«

»Von dort blickt man direkt auf unseren Hof.«

»Wahrscheinlich haben die Soldaten Infrarotferngläser zur Verfügung. Ich habe das Auto so nah wie möglich an der Haustür geparkt. Wenn Catel und die Kinder sich ducken, können sie ungesehen ins Haus flitzen.«

Camille drückte inbrünstig Sachas Hand.

»Danke, dass Sie dieses Risiko auf sich nehmen.«

»Das ist doch selbstverständlich. Ich … wie soll ich es sagen? Also, ich schätze Ihre Tochter sehr.«

Mit einem angedeuteten Lächeln verscheuchte er die Verlegenheit aus seinen Zügen und hoffte, Camille würde nicht mehr zu dem Thema sagen.

»Bis es dunkel wird, habe ich noch Zeit, Basile abzuhorchen.«

Camille führte den Arzt in das Zimmer, wo Basile lag. In letzter Zeit verweigerte er jede Nahrung. Aber er hatte nicht nur den Appetit verloren, auch das Funkeln in seinen Augen war erloschen und seine Haut war nicht mehr goldbraun, sondern gräulich.

»Würden Sie uns bitte allein lassen?«

Camille nickte und verließ das Zimmer. Durch das große Fenster im Wohnzimmer verfolgte sie den Sonnenuntergang. Peu à peu legte sich ein dunkler Schatten um die F1674.

Die Dämmerung überschattete sein Gesicht, doch Camille sah sofort, dass Ulysse sich in den letzten Monaten verändert hatte. Er wurde bald neun und sah immer mehr aus wie Lucho. Diese frappierende Ähnlichkeit irritierte Camille. Ulysse schien sich sehr zu freuen, seine Großmutter wiederzusehen. Catel hatte ihm erklärt, dass er auf jeden Fall in der Ecke des Wohnzimmers zwischen dem Sofa und dem großen Fenster bleiben müsse, um nicht von den Männern, die die Umgebung bewachten, entdeckt zu werden. Ulysse hatte mit dem Kopf genickt und sie mit seinen ernsten Kinderaugen angesehen. Das kurze Stück vom Auto ins Haus war Catel in tief geduckter Haltung mit Pelops auf dem Arm, der immer schwerer wurde, gelaufen. Soweit Camille das beurteilen konnte, hatte Catels zweiter Sohn immer noch denselben abwesenden Blick, dieselben mechanischen Bewegungen und trug auch noch dieselbe Gleichgültigkeit seiner Umwelt gegenüber zur Schau.

»Du hättest so ein großes Risiko nicht eingehen sollen.«

Catel warf Camille einen ihrer wütenden Blicke zu.

»Bist du nicht froh, uns zu sehen?«

»Natürlich bin ich das. Aber ich möchte nicht der Grund sein, dass …«

»Vergiss mal deine negativen Gedanken. Wir sind alt genug, die Gefahr selbst einzuschätzen.«

Nachdem Sacha Catel und den Kindern aus dem Auto geholfen hatte, war er wieder zu Basile in den ersten Stock gegangen.

»Was ist mit Pelops? Gibt es Neuigkeiten?«

»Der Kinderpsychiaterin gehen die Diagnosen aus. Im Augenblick bleiben wir bei der Hypothese, dass die magnetische Aktivität der Sphären seine DNA verändert hat.«

»Geht es euch gut in Millau?«

»Ich denke jeden Tag, dass es richtig war, Sachas Angebot anzunehmen. Wenn ich hier geblieben wäre, hätten sie mich schon längst verhaftet. Seit der Gesetzesverschärfung für die Pädokaze sind die Brigaden sehr nervös.«

»Und wie geht es dir mit Sacha?«

Ein Lächeln huschte über Catels Lippen. Ihre helles Gesicht, und auch das von Ulysse, schwebten wie die Masken in den griechischen Tragödien durch die Dunkelheit. Pelops lag ausgestreckt auf dem Sofa und fuchtelte wild mit den Ärmchen über dem Kopf, ohne einen Ton von sich zu geben.

»Manchmal verstehen wir einander nicht, aber wir machen Fortschritte. Glaubst du, Basiles Zustand ist ernst?«

Camille zuckte die Achseln.

»Keine Ahnung. Ich habe den Eindruck, dass er die Lust am Leben verliert. Sicher eine Depression, die meiner Meinung nach mit den Sphären zusammenhängt. Er ist vollkommen niedergeschlagen, weil er dieses Phänomen nicht begreifen kann.«

»Aber das ist niemandem gelungen.«

»Das sage ich ihm auch immer wieder.«

Sie wurden von Sacha unterbrochen, der mit besorgter Miene in der Tür stand.

»Also, was hat er?«, fragte Camille.

Sacha setzte sich neben Catel, dann antwortete er:

»Der Puls und die Reflexe sind normal. Ich konnte keine körperlichen Symptome erkennen. Wir müssen eine Blutuntersuchung vornehmen, um eine Infektion oder eine Krebserkrankung auszuschließen. Wir sollten eigentlich auch ein MRT machen, aber die Geräte funktionieren nicht mehr. Mehr kann ich nicht sagen.«

»Du bist sehr lange bei ihm geblieben«, bemerkte Catel.

»Wir haben uns unterhalten. Er glaubt, dass die weißen Damen …«

Das Krachen der zerberstenden Fensterscheibe hallte wie ein Donnerschlag durch die nächtliche Stille.

»Niemand rührt sich«, brüllte eine Stimme.

Ulysse heulte vor Angst laut auf. Grelle, blendende Lichtstrahlen streiften durch den Raum.

»Sie sind verhaftet.«

Ein Mann in blauer Uniform mit dem Zeichen UNO-F auf der Brust betrat im Schein der sich kreuzenden Lichtstrahlen das Wohnzimmer. In der Hand hielt er ein Sturmgewehr. Sofort erkannte Camille Achille Bonchamps, den Officier, der sie bereits vor einigen Jahren ausgefragt hatte. Tiefe Zufriedenheit blitzte in seinen hellen Augen auf. Er hatte sich gar nicht verändert, auch wenn die Zeit sein Gesicht mit tiefen Falten durchzogen und ihm einen harten Ausdruck verliehen hatte. Mit betont langsamen Schritten näherte er sich ihnen und warf Camille, Catel und Sacha finstere Blicke zu.

»Einer fehlt.«

Mit einer Handbewegung befahl er zwei Männern hinter ihm, den ersten Stock zu durchsuchen. Die Treppenstufen und der Parkettboden knarzten unter ihren Füßen. Catel zog Ulysse fest an sich.

»Womit haben wir die Ehre Ihres Besuchs verdient?«, fragte Camille.

Der Gesichtsausdruck von Achille Bonchamps blieb undurchdringlich.

»Sie begehen einen Fehler, Madame, wenn Sie schlauer als ich sein wollen. Gegen Sie werden mehr als genug Anschuldigungen erhoben. Wir verdächtigen Sie, Informationen zu verheimlichen und Flüchtige bei sich zu verstecken. Docteur Truong wird ebenfalls verdächtigt, illegale Personen zu unterstützen.« Er deutete mit dem Zeigefinger auf Catel. »Und was Sie betrifft, Sie haben versucht, sich Isaaks Gesetz zu entziehen, ein Verbrechen, das mit bis zu zwanzig Jahren Gefängnis bestraft wird.«

»Ich bin der einzig Verantwortliche hier, lassen Sie die anderen in Ruhe«, schaltete sich Sacha ein.

Bonchamps trat einen Schritt auf ihn zu und schaute ihn mit einer Herablassung an, die Catel ebenso verabscheuenswürdig wie lächerlich fand.

»Behalten Sie Ihren Edelmut für sich, Docteur. Dank ihrer Terminkalender und anderer wertvoller Unterlagen aus Ihrer Praxis werden wir eine ausgedehnte Razzia in der Region Millau veranstalten können.«

Sacha blieb einige Sekunden lang unbeweglich stehen, als

hätte er keine Kontrolle mehr über seinen Körper, dann lockerte er plötzlich seine Muskeln, warf sich geschmeidig wie eine Katze auf den Officier und schloss seine Finger fest um dessen Hals.

»Sacha!«, schrie Catel.

Achille Bonchamps ließ sein Gewehr los. Die beiden Männer verloren das Gleichgewicht, rollten über den Boden und stießen den Couchtisch um. Ihr Keuchen und Stöhnen drangen durch das überraschte Schweigen, das wieder im Haus herrschte. Als Bonchamps dem Klammergriff seines Gegners einen kurzen Moment lang entkam, röchelte er:

»Worauf … wartet … ihr noch?«

Zwei Soldaten kamen ihrem Vorgesetzten zu Hilfe. Sie versuchten die beiden Kämpfenden zu trennen, aber Sacha weigerte sich mit aller Kraft, seinen Gegner loszulassen. Einem heftigen Schlag mit dem Gewehrkolben folgte ein unheilverkündendes Knacken. Sacha brach auf dem Fußboden zusammen wie eine Marionette, der man die Fäden durchgeschnitten hatte. Achille Bonchamps machte sich frei, hob seine Waffe auf, erhob sich wie ein zerzauster Hahn, hustete und atmete tief durch. Er glättete seine Uniform, dann trat er mit dem Fuß verächtlich gegen Sachas reglosen Körper. Schließlich drehte er sich wütend zu seinen Männern um.

»Um Himmels willen, er hätte mich erwürgen können, und ihr hättet einfach zugeschaut!«

»Sein Angriff kam für uns genauso überraschend wie für Sie«, wandte ein Soldat ein. »Wir konnten nicht auf ihn schießen, weil wir Sie auch hätten verletzen können.«

»Du verdienst deinen Namen nicht, Typhon! Das nächste Mal solltest du ein bisschen schneller reagieren.«

Der Soldat namens Typhon versuchte seinen wütenden Vorgesetzten zu besänftigen.

»Niemand konnte wissen, dass der Typ so verrückt ist, so etwas zu versuchen. Das Wichtigste ist doch, dass Sie ohne einen Kratzer davongekommen sind.«

Bonchamps zeigte auf eine lange rote Linie, die um seinen Hals herumlief.

»Und wie nennst du das hier?«

Ulysse fing an zu weinen. Catel presste ihn an ihre Brust, um sein Schluchzen zu unterdrücken. Camille sah besorgt zu Sacha, der sich nicht rührte.

»Er hat seine Quittung jedenfalls bekommen«, sagte Typhon.

Die zwei Soldaten, die den ersten Stock durchsucht hatten, kamen mit Basile zurück, der sich kaum auf den Beinen halten konnte.

»Da ist er ja. Genau der hat uns noch gefehlt«, zischte Achille Bonchamps. »Die Bande ist komplett. Nein, noch nicht ganz …« Er wandte sich Catel zu: »Wo ist Ihre Tochter?«

»Sie ist von der F1674 gefangen worden«, antwortete sie mit zitternder Stimme. »Holen Sie sie nur her, wenn Sie dazu fähig sind.«

»Wie schade für Sie«, rief Bonchamps aus und lachte gehässig. »Sie werden zwei von drei Kindern verlieren. Und auch den Ältesten werden Sie so schnell nicht wiedersehen.« Er machte eine ausladende Geste. »Nehmen Sie diese nette kleine Runde an Bord.«

»Er ist krank«, sagte Camille flehentlich und zeigte auf Basile.

»Machen Sie sich um ihn keine Sorgen«, erwiderte der Bonchamps. »Im Gefängnis hat er alle Zeit der Welt, gesund zu werden.«

Als die Soldaten versuchten, Sacha aufzurichten, stellten sie fest, dass er tot war. Der Schlag mit dem Gewehrkolben hatte ihm die Halswirbelsäule gebrochen.

CHARON

Auch wenn sie in diesen zwei Wochen häufiger miteinander geschlafen hatten als in der ganzen Zeit zuvor, Fanny war nicht schwanger geworden. Der Arzt hatte sich geweigert, ihnen eine falsche Schwangerschaftsbescheinigung auszustellen, mit dem sie einige Monate Zeit gewonnen hätten. Es sei zu gefährlich, er könne dafür ins Gefängnis kommen, hatte der Arzt sich gerechtfertigt. Etliche seiner Kollegen waren wegen solcher Praktiken verhaftet und streng bestraft worden.

Fanny schien endlich begriffen zu haben, wie dringend ihre Situation war. In zwei Monaten, gleich nach Hestias Geburtstag, würde die Rekrutierungsbrigade vor der Tür stehen, um das Mädchen abzuholen und in ein Lager für Pädokaze zu schicken. Jason hatte seine Frau angefleht, sich auf eine neue Schwangerschaft einzulassen, um ihre Tochter zu retten. Er hatte ihr sogar vorgeschlagen, sie solle sich wieder mit Arthur treffen, wenn sie ihn nicht wolle, aber sie hatte nur den Kopf geschüttelt und mit Tränen in den Augen gemurmelt, dass Arthur sich vor zwei Monaten erhängt habe. Fanny hatte ihm also ihren Körper angeboten, und sie hatten unermüdlich Sex gehabt, jede Minute, die Jason frei hatte, und Fannys fruchtbare Tage genutzt und alle Stellungen ausprobiert, die einem medizinischen Fachbuch zufolge die Empfängnis begünstigten.

Die Schwangerschaftstests waren deprimierenderweise stets negativ.

Jason hatte darum gebeten, Colonel Persée sein Problem schildern zu dürfen. Er wollte den Vorgesetzten fragen, ob er bei den Rekrutierungsbehörden eine Freistellung für ihn erreichen könnte. Persée hatte ihn mit Eiseskälte im Blick angesehen und augenblicklich eine hierarchische Distanz zwischen ihnen geschaffen, die während ihrer Parisreise, zumindest zum Teil, nicht da gewesen war.

»*Dura lex, sed lex*«, hatte er erklärt. »Isaaks Gesetz ist für alle Menschen hart. Aber es gibt bisher keine einzige Ausnahme, und es wird auch weiterhin keine geben.«

»Meine Frau ist wahrscheinlich unfruchtbar geworden«, hatte Jason argumentiert. »Ich bin auch bereit, eine Zusatzsteuer zu bezahlen, um einen Ausgleich …«

Der Colonel hatte mit der flachen Hand auf den Tisch geschlagen. »Schluss jetzt, Sous-Lieutenant! Meine Antwort ist negativ. Und endgültig.«

Jason hatte seinen ganzen Mut zusammengenommen und die Frage gestellt, die ihm auf der Zunge brannte:

»Und Sie, *mon colonel*, haben Sie das Gesetz befolgt?«

In den Augen seines Vorgesetzten hatte er den Anflug eines Zögerns bemerkt.

»Ich könnte die Tatsache, dass Sie daran zweifeln, als Beleidigung auffassen. Lassen wir es dabei bewenden, Sous-Lieutenant. Ich möchte mir noch einen letzten Rest Wertschätzung für Sie bewahren.«

Persée hatte seinen Untergebenen mit einer entschiedenen Handbewegung hinauskomplementiert.

»Ein Heuchler«, hatte Pholos gesagt, nachdem Jason ihm von der Unterredung mit dem Alten berichtet hatte. »Ich habe meine eigenen Ermittlungen angestellt. Er hat vier Kinder bekommen, und vier sind ihm geblieben.«

»Vielleicht waren sie zu alt, um rekrutiert zu werden …«

»Von wegen! Er ist schon fast sechzig, aber seine Frau ist gerade mal fünfunddreißig. Das ist absolut sicher. Er hätte eines seiner Kinder den Rekrutierungsbrigaden übergeben müssen. Ich habe mich ein bisschen für die hohen Tiere hier in der Umgebung interessiert, Politiker, Unternehmer, Reiche, hohe Beamte. Gar nicht so leicht, ihre Tricks zu durchschauen, aber ich kenne eine Menge findiger Leute. Es ist das Gleiche wie bei Persée. Irgendwie schaffen sie es, sich dem Gesetz zu entziehen … Mit Geld und Einfluss bekommst du einfach alles. Wie immer ist es das einfache Volk, das den Kopf hinhalten muss. Wir beide Jason, du und ich, wir werden gleich doppelt verarscht, denn wir sind Opfer eines Systems, für das wir auch noch den Wachhund spielen.«

Er musste resignieren und akzeptieren, dass ihm Hestia entrissen werden würde, oder er musste rebellieren und einer von diesen Illegalen im Untergrund werden, die er früher bekämpft und manchmal auch getötet hatte. Das war die einzige Alternative. Er hatte nicht vor, Fanny in seine Überlegungen einzuweihen, und er konnte nicht einmal sagen, warum er das nicht wollte. Aber er war der Meinung, sie würde ihn bremsen, wäre ein Hindernis, wenn er sich entschloss, den entscheidenden Schritt zu machen. Allein war es viel leichter, sein eventuelles Verschwinden zu organisieren. Später würde er Fanny wieder kontaktieren und sich mit ihr an einem sicheren Ort verabreden. Jason zögerte, Pholos ins Vertrauen zu ziehen. Da dieser aber über Kontakte verfügte, die ihm helfen konnten, in den Untergrund zu gehen, erzählte er ihm schließlich doch von seinen Plänen. Er lud Pholos ein, mit ihm in einem Straßencafé in der Vorstadt von Toulon etwas trinken zu gehen.

Pholos trank einen großen Zug von seinem Bier und warf einen prüfenden Blick um sich. Er wollte sichergehen, dass niemand ihr Gespräch belauschte.

»Hast du dich schon endgültig entschieden?«

Jason bejahte mit einem Kopfnicken.

»Wenn ich noch mal die Wahl hätte, würde ich es genauso machen wie du. Ich kenne einen Schlepper, der besorgt dir Ausweise und bringt dich an einen geheimen Ort.«

Jason musste wieder an seinen ersten großen Einsatz in der Petite Camargue denken. Eine rasche Folge von Bildern lief vor seinem geistigen Auge ab: der einsam gelegene Bauernhof, die Explosionen, das Pfeifen der Kugeln, das Geschrei, die Männer, Frauen und Kinder zusammengedrängt im Wohnzimmer, das absurde Gemetzel von Iphigénies Zwillingen, die Fälscherwerkstatt, Iphigénies Tod, als sie vom Lastwagen sprang und von Kugeln durchsiebt wurde. Er war dabei, auf die Seite der Ausgestoßenen zu wechseln, und das nachdem er, wie Pholos es ausdrückte, ein tollwütiger Hund im Dienst der Macht gewesen war.

»Ich gebe dir Bescheid, wann und wo du den Mann kontaktieren kannst. Wie viele seid ihr?«

»Zwei. Meine Tochter und ich.«

»Und deine Frau?«

»Im Augenblick ist es mir lieber, wenn sie außen vor bleibt.«

Pholos verzog das Gesicht.

»Die Schnüffler von der Rekrutierung werden sie ordentlich triezen. Das wird sicher übel für sie.«

»Ich bin nicht sicher, ob ich ihr vertrauen kann. Und sie kann nicht angeklagt werden, wenn erst einmal klar ist, dass sie wirklich nichts weiß.«

Pholos hob abwehrend die Hände.

»Das ist deine Sache, mein Freund. Wann, meinst du, kommt die Rekrutierungsbrigade zu dir?«

»Spätestens in drei Wochen.«

»Okay, ich verstehe. Es ist dringend.« Pholos trank sein Bier aus, stand auf und schlängelte sich trotz seines massigen Körpers geschmeidig zu dem engen Durchgang zwischen den Tischen durch. »Ich melde mich bald bei dir.«

Der Schlepper hieß mit Vornamen – ein Pseudonym? – Charon. Ein kleiner, dünner Mann mit braunen Haaren, flinker und flattriger als ein Spatz. Sein Blick flog unaufhörlich von hier nach dort, und die Worte schossen aus seinem Mund wie Gewehrsalven. Der vereinbarte Treffpunkt war eine verfallene Lagerhalle voller Ratten in einem still gelegten Industriegebiet am Meer. Durch die Risse im Dach konnte man hier und da ein Stück vom Sternenhimmel sehen. Von dem intensiven Geruch nach Moder und Sole wurde Jason fast übel. Er musste sich mehr als eine halbe

Stunde gedulden, bis endlich die verschwommene Gestalt des Schleppers aus der Dunkelheit auftauchte.

»Sie haben Glück, dass Pholos Sie mir empfohlen hat.« Die abgehackte Sprechweise des Mannes zwang Jason dazu, sich auf jedes seiner Worte zu konzentrieren. »Normalerweise nehme ich keine Uniformierten, die desertieren wollen. Mit denen hat man nur Scherereien. Aber Pholos hat sich für Sie verbürgt, und da er ein Freund von mir ist, vertraue ich seinen Worten. Haben Sie die Kohle?«

Jason holte einen Umschlag aus der Tasche seines Drillichanzugs, der die Hälfte der geforderten Summe enthielt, dreitausend Euro in bar. Vor zwei Tagen war Jason zu seiner Bankfiliale gegangen und hatte erklärt, dass er zwanzigtausend Euro in bar benötige, fast seine gesamten Ersparnisse, um Reparaturarbeiten in seiner Wohnung zu bezahlen. Man hatte ihm das Geld ausgehändigt und ihn darauf hingewiesen, dass er besser ein Darlehen aufgenommen hätte, denn die Kreditraten waren niedriger als die Festgeldzinsen.

Charon zählte die Scheine mit einem Eifer, der Jason Unbehagen bereitete.

»In drei Tagen werden Sie verschwinden. Der Treffpunkt ist genau hier, um dreiundzwanzig Uhr. Sie dürfen nicht mit Ihrem Auto kommen. Wir haben unsere eigenen Transportmittel. Die Gruppe umfasst noch fünf weitere Personen. Irgendwelche Fragen?«

»Was muss ich mitbringen?«

»Nichts. Wir vermeiden jegliche Spuren, die die Uniformierten auf Sie aufmerksam machen könnten. Wir kümmern uns um alles, Essen, Waschzeug, Kleidung.«

»Wo bringen Sie uns hin?«

Der Schlepper warf ihm einen unergründlichen Blick zu.

»Das erfahren Sie, sobald Sie dort sind. Das fehlte gerade noch, dass die Soldaten der Vereinten Nationen Sie in die Hände bekommen und Ihnen sämtliche Informationen aus der Nase ziehen.«

»Und wenn mir der Zielort nicht gefällt?«

»Sie sind nicht in der Position, wählen zu können. Sie kommen dorthin, wo Platz ist und wo es am sichersten für Sie ist.«

Jason besiegelte den Pakt mit einem Handschlag. Er würde überall hingehen, in die Hölle, wenn es sein müsste, um zu verhindern, dass man aus Hestia eine Bombe machte.

Es hatte nicht viel gefehlt. Wenn Pholos nicht angeboten hätte, ihn zu vertreten, hätte er in der Kaserne bleiben müssen und das Treffen mit dem Schlepper verpasst. Es gab Gerüchte über einen möglichen Aufstand, deshalb hatte der Colonel Alarmbereitschaft und eine verstärkte Wachmannschaft angeordnet. Seit dem Erlass von Isaaks zweitem Gesetz waren mehrere Länder von heftigen Aufständen erschüttert worden. Informationen des Geheimdienstes zufolge erreichte diese Welle der Empörung nun auch Frankreich. Jason hatte Pholos nicht überreden müssen, bis der einverstanden war, seinen Dienst zu übernehmen. Der Kamerad hatte sofort begriffen, dass Jason kurz davor stand, die Grenze der Legalität zu überschreiten.

»Viel Glück«, hatte er nur gemurmelt.

»Danke für alles.«

Am späten Nachmittag erreichte Jason seine Wohnung,

im Gepäck seine Pistole, sein Sturmgewehr und zwei Magazine. Hestia machte gerade ihren Mittagsschlaf, was Fanny und ihm zwei Stunden Zeit gab. Fanny zog sich aus, ohne ein Wort zu sagen und ging dann ins Schlafzimmer. Er kam ihr nach, legte seine Kleidung ab und streckte sich auf dem Bett aus. Während sie miteinander schliefen, war er mehrmals kurz davor, ihr von seinem Plan zu erzählen, aber jedes Mal hielt ihn etwas zurück: Fannys schwache Psyche, sein eigener Schmerz, als er sie in Arthurs Armen entdeckt hatte, Hestias Interessen, die über allem anderen standen … Fanny zeigte die ganze Zeit über keine einzige Regung. Sie gab keinen Seufzer, kein Stöhnen von sich, offenbarte keine Gereiztheit, keine Befriedigung, keine Wut. Nachdem er ihren unfruchtbaren Körper bedient hatte, schlief er eine halbe Stunde lang. Das Lachen seiner Tochter entfaltete sich wie eine Klangblume in der friedlichen Dämmerung.

Wie jeden Tag plapperte Hestia das gesamte Abendessen hindurch. Danach rauchte Jason draußen mehrere Zigaretten, während Fanny das Mädchen im Bad wusch. Der leere Taubenschlag nahm einen Großteil des Balkons ein. Er dachte daran, dass er einen Mann getötet hatte, weil er und seine Familie ihm seine Brieftauben stehlen wollten. Seine gefiederten Mitbewohner hatten die Epidemie nicht überlebt, die bereits vor zwei Jahren die Hälfte ihrer Artgenossen dahingerafft hatte. Er hatte keine neuen Tauben gekauft, zunächst weil er keine Verwendung für sie hatte, aber auch weil man auf dem Schwarzmarkt horrende Preise zahlen musste. Jason dachte daran, dass er sein Leben ändern würde, ohne seine Mutter wiedergesehen zu haben. Er fühlte weder Traurigkeit noch Wehmut. Sein Leben lang war er wie ein weit entfernter Satellit um seine Mutter gekreist, und sie war stets derselbe unerreichbare Himmelskörper gewesen, ein Stern, der blass und eiskalt leuchtete.

Fanny ging gegen halb zehn ins Bett, nachdem sie ihre tägliche Dosis Schlafmittel eingenommen hatte. Sie würde wie ein Stein bis zum nächsten Morgen durchschlafen. Jason wartete noch eine Stunde, dann zog er seinen Drillichanzug an, nahm seine Waffen und ging in Hestias Zimmer. Er wollte mit dem Auto zu einer Stelle fahren, die circa einen Kilometer von der alten Lagerhalle entfernt lag und den Rest des Weges dann zu Fuß zurücklegen. Das schläfrige Mädchen protestierte nicht, als ihr Vater sie hochhob und in eine Wolldecke wickelte. Als er die Wohnung verließ, achtete er peinlich darauf, keinen Lärm zu machen. Er fürchtete nicht so sehr, Fanny aus dem Schlaf zu reißen, als die Nachbarn aufzuschrecken; er hätte wirklich Mühe gehabt, ihnen eine plausible Erklärung für seinen nächtlichen Ausflug zu liefern. Die Sterne schienen hell am Himmel, als er über den Parkplatz lief und ohne einen Zwischenfall sein Auto erreichte. Er setzte Hestia in ihren Sitz. Sie bewegte sich unruhig hin und her und jammerte ein wenig, schlief aber weiter. In den Untergrund hinüberzugleiten erschien Jason auf einmal verblüffend einfach. Beinahe selbstverständlich.

Vorsichtig fuhr er durch die schlafende Stadt. Nur eine Handvoll Autos begegnete ihm auf seinem Weg, darunter zwei Polizeiwagen und ein Rettungswagen mit angeschaltetem Blaulicht. Als er seinen Wagen in einer verlassenen Seitenstraße abgestellt hatte, bemerkte er die helle Gestalt einer Sphäre, die sich auf dem leeren Gelände zwischen der Stadt und dem ehemaligen Industriegebiet abzeichnete. Jason konnte sich nicht erinnern, sie schon einmal gesehen zu haben. War sie vielleicht erst bei Einbruch der Nacht erschienen? Sie war nicht mehr als fünfzig Meter im Durchmesser. Er spürte einen starken Druck in der Nähe des Solarplexus, als ob eine unsichtbare Hand sich auf seinem Brustbein abstützte. Er musste Hestia kurz absetzen. Sie war inzwischen so schwer, dass seine Arme schmerzten. Der Geruch, den der warme Wind herbeitrug, erinnerte ihn an den Gestank in der Lagerhalle. Dieser Teil der Stadt schien in einem modernden Sumpf zu versinken. Jason wagte sich auf das freie Gelände vor. Er hoffte, er würde keiner Patrouille begegnen. Prinzipiell setzten die Brigaden keinen Fuß in dieses Gebiet, dennoch konnte er sich erst entspannen, als er die ersten verlassenen Gebäude erreicht hatte. Er überquerte noch mehrere stillgelegte Eisenbahngleise und lief um eine schwarze, zähflüssige Lache herum. Zehn Minuten später erreichte er die alte Lagerhalle.

Sobald Jason den alten Kasten betrat, drehte ihm der beißende Geruch wieder den Magen um. Schemen huschten durch die Dunkelheit. Er trug Hestia mit einem Arm gegen die Schulter gelehnt und legte die freie rechte Hand auf die Pistole. Der Gewehrlauf unter der Jacke stieß ihn in die Rippen.

»Wir haben auf Sie gewartet. Sie sind der Letzte.«

Jason erkannte Charons Stimme wieder. Der Schlepper kam auf ihn zu. Im Hintergrund standen ein Mann, zwei Frauen und zwei etwa dreijährige Kinder.

»Den Rest der Kohle.«

Jason legte Hestia behutsam auf dem Fußboden ab, dann reichte er Charon den Umschlag, der das Geld im Schein einer Taschenlampe zählte.

»Wir müssen jetzt gehen.«

Sie gingen zum anderen Ende der Halle. Jason hatte überlegt, Hestia aufzuwecken, aber sie schlief tief und fest, daher beschloss er, sie wieder auf dem Arm zu tragen. Seine fünf Gefährten auf der Reise in den Untergrund liefen schweigend voran. Jason erkannte schnell, dass der große, dürre Mann mit dem zerzausten Schopf und eine kleine, pummelige Frau sowie ein missmutig dreinblickender Junge zusammengehörten.

»Ich bin Éris.« Die andere Frau mit den kurzen, grauen Haaren hatte sich Jason genähert, ohne die Hand des kleinen Mädchens loszulassen, das ihr kaum folgen konnte. »Ein merkwürdiger Name, ich weiß«, fuhr sie fort. »Er symbolisiert die Zwietracht. Ich glaube, meine Eltern wussten das nicht. Und das hier ist Sibylle, meine Tochter.«

»Jason. Und meine schlafende Tochter heißt Hestia.«

Die Rückseite der Lagerhalle grenzte an eine windumtoste Steilwand. Weiter unten erblickte man das sich kräuselnde Meer.

»Wir gehen einen schmalen Pfad nach unten. Passen Sie gut auf, der Hang ist steil und stellenweise gefährlich.«

»Und was machen wir dort unten?«, fragte der dürre Mann in anmaßendem Tonfall.

»Wir nehmen ein Boot«, antwortete der Schlepper.

»Aber davon war doch nie die Rede! Auf so einem verdammten Boot geht's mir hundeelend.«

»Das ist der beste Weg, um Sie in Sicherheit zu bringen«, zischte Charon. »Wenn Sie auf Ihre Bequemlichkeiten nicht verzichten wollen, wären Sie lieber nicht mitgekommen.«

»Sie hätten uns darüber informieren müssen«, insistierte der Mann.

»Beruhige dich, Matis«, sagte seine Frau. »Jetzt haben wir keine andere Wahl mehr.«

Männer, Frauen und Kinder begannen den Abstieg auf dem schmalen Pfad zwischen den Felsen hindurch. Nahe dem Ufer erkannte Jason ein kleines Boot, das auf dem Wasser auf- und abtanzte. Da er beide Hände für den Abstieg benötigte, musste er Hestia dieses Mal aufwecken. Sie quengelte und beschwerte sich über die Kälte. Verschlafen rieb sie sich eine Weile lang die Augen und fragte schließlich ihren Vater, was sie hier machten. Jason versprach, ihr alles zu erklären, sobald sie auf dem Boot wären. Dann half er seiner Tochter, den Hang hinunterzuklettern, setzte sie in den Sand und legte ihr die Decke um die Schultern. Sofort stieg er wieder nach oben, um Éris und Sibylle, die noch auf der Mitte des Hangs feststeckten, zu Hilfe zu eilen.

»Haltet euch ran!«, schrie der Schlepper. »Wir haben nicht die ganze Nacht Zeit.«

ÉRIS

Camille war erschöpft, als sie endlich auf der Causse ankam.

Morgan Mauléon hatte sich bereit erklärt, sichtlich widerwillig, sie in seinem Lieferwagen mitzunehmen und drei Kilometer von Basiles Haus entfernt abzusetzen. Die acht Monate, die sie in der Strafanstalt von Béziers inhaftiert gewesen war, hatten sie all ihre Kraft gekostet. Das Zusammengepferchtsein mit den anderen Insassinnen, die heruntergekommenen Gebäude, die brutalen Wärterinnen und die miserable Nahrung hatten sie körperlich und seelisch kaputt gemacht. Zudem hatte sie weder von Basile noch von Catel oder ihren Enkeln etwas gehört. Die sieben Quadratmeter große Zelle hatte Camille mit zwei jungen und sehr aggressiven Frauen geteilt, von denen eine wegen Mordes verurteilt war und die andere wegen Erpressung und körperlichen Misshandlungen – ihr Freund und sie hatten ein älteres Ehepaar gequält, um herauszubekommen, wo sie ihre Ersparnisse versteckt hatten. Camille hatte eine schier unerschöpfliche Geduld und Diplomatie aufbringen müssen, um den Aggressionen ihrer Zellengenossinnen auszuweichen. Sie hatte es geschafft, dass die beiden, wenn sie sie auch nicht wirklich respektierten, doch zumindest in

Ruhe ließen. Camille musste nur einige Monate absitzen, wohingegen die anderen beiden zweifellos den Rest ihres Lebens in diesen dreckigen, stinkenden Mauern verbringen würden. Aus Platzmangel wurden die Häftlinge in den bereits überfüllten Zellen zusammengepfercht, ohne Rücksicht auf die Schwere ihrer Strafe oder ihr Alter. Hartgesottene Verbrecherinnen trafen auf minderjährige Straftäterinnen und Widerständlerinnen gegen Isaaks Gesetz. Anfangs konnte Camille wegen der herzzerreißenden Schreie und der verzweifelten Schluchzer aus den Nebenzellen nicht schlafen, aber zwei Monate später hatte ihre Schlaflosigkeit einen anderen Grund. Sie machte sich Vorwürfe, dass sie Catel vorgeschlagen hatte, sie auf der Causse zu besuchen. Nur weil sie diesen egoistischen Wunsch gehabt hatte, war ihre Tochter verhaftet worden, und ihre Enkel waren wieder bei ihrem Vater oder in irgendeinem Erziehungsheim. Basile war als Hausbesitzer zu drei Jahren Gefängnis verurteilt worden, weil er Flüchtige versteckt hatte. Sacha Truong war durch den Schlag eines Gewehrkolbens getötet worden, und die Menschen im Untergrund, die er behandelt hatte, waren wahrscheinlich den Brigaden in die Hände gefallen. Schuldgefühle quälten Camille, und fast jede Nacht weinte sie still vor sich hin, bis sie den Eindruck hatte, dass ihr Körper so verdorrt war wie ein toter Ast.

Sie trat ins Haus. Die Eingangstür war nicht abgeschlossen gewesen. Ein stickiger, muffiger Geruch empfing sie, und sie öffnete schnell die Fenster. Das Licht strömte durch die kleinen und großen Fenster herein, als würde es ungeduldig und freudig einen Raum wiedererobern, von dem man es mehrere Monate lang ferngehalten hatte. Alles lag noch an seinem alten Platz, auch die letzten Unterlagen, die Basile in seinem Arbeitszimmer angeschaut hatte, und auf dem Küchentisch lag sogar noch das Stück Brot, das nun so hart wie Stein war. Im ganzen Haus gab es keinen Strom mehr – die Elektrizitätsgesellschaft EDF hatte die Versorgung wegen nicht bezahlter Rechnungen eingestellt, die sich im Briefkasten stapelten –, und die Lebensmittel im Kühlschrank waren alle verdorben. Camille musste alles wegwerfen und das Gerät mit einem in Eau de Javel getränkten Schwamm reinigen. Die letzten Tränen, die ihr noch geblieben waren, fielen auf die Küchenfliesen. Eine Welle der Verzweiflung überkam sie, die ihr den Atem nahm. Sie wusste nicht einmal, wo Basile und Catel inhaftiert waren. Wenn sie die beiden besuchen wollte, musste sie sich beim Gericht in Millau nach ihren Aufenthaltsorten erkundigen. Und es war nicht sicher, dass ihre Nachforschungen zu einem Ergebnis führen würden. Die Gerichtsverwaltung legte die Anfragen der Zensurbehörde vor, die dann entschied, ob dem Gesuch entsprochen wurde oder nicht; ein Vorgang, der oft genug unendlich lange dauerte.

Camille machte sich daran, das ganze Haus sauberzumachen. Glücklicherweise hatte sie einen Glaser gefunden, der noch während ihrer Abwesenheit die große Fensterscheibe im Wohnzimmer ersetzt hatte. Nun malte sie sich Basiles Heimkehr aus, um sich Mut zu machen. Nach drei Jahren Gefängnishölle würde er sicher froh sein, in die warme Atmosphäre eines sauberen Hauses zurückzukehren. Entschlossen schob sie die Fragen beiseite, die ihr ständig im Kopf umhergingen: Hatte Basile die Haft trotz seiner schwachen Gesundheit überstanden? War er noch am Leben? Sie nahm sich vor, alles Notwendige zu tun, sobald sie sich kräftig genug fühlte, um zu Fuß nach Millau hinunterzulaufen. Nachdem Sie den Hausputz beendet hatte, bekam sie Lust, der F1674 einen Besuch abzustatten. Sie verließ das Haus durch die Terrassentür und ging auf die Sphäre zu. Die F1674 hatte sich weder bewegt, noch war sie gewachsen, seit Camille sie zuletzt gesehen hatte. Plötzlich sah sie Diane vor ihrem geistigen Auge. Ihre Enkeltochter befand sich seit mehr als zwei Jahren im Inneren dieser weißen Hülle. Fast meinte sie, das Lachen des Mädchens hallte in der warmen Luft wider wie die zarten Töne eines Zauberspruchs, der vom Ast eines Baumes weht. Ein freches und fröhliches Lachen. Camille glaubte auch das Gewirr mehrerer flüsternder Kinderstimmen zu hören, die sich hinter einem Busch verkrochen hatten und etwas ausheckten. Sie blickte sich aufmerksam um, konnte aber nirgendwo eine Gestalt entdecken. Hier gab es nur das im Wind zitternde, gelb vertrocknete Gras. Sie musste sich eingestehen, nicht ohne Hohn und Spott, dass die acht Monate Gefängnis sie wohl zu einer neuzeitlichen Jeanne d'Arc gemacht hatten. Camille setzte sich auf den nackten Boden und blieb vor der weißen Dame sitzen, bis es dunkel wurde. Die ganze Zeit über meinte sie, die lachende Diane und die tuschelnden Kinder zu hören. Nachdem sich mit dem Einbruch der Dunkelheit ein tiefes Schweigen auf der Causse ausgebreitet hatte, rief ihr leerer Magen ihr ein schönes Souvenir in Erinnerung. Sie ging ins Haus zurück und öffnete die Tasche mit den Lebensmitteln, die sie bei Morgan Mauléon hatte anschreiben lassen.

»Wir sind Flüchtige.«

Der Mann blickte ihr direkt in die Augen. Sein Aussehen – er trug einen Drillichanzug und seine Haare waren kurz geschoren – erinnerte eher an einen Soldaten als an einen Geflohenen. Ein Dreitagebart überschattete seine hohlen Wangen, die Müdigkeit verstärkte seine ohnehin schon markanten Züge und durchzog das Weiß seiner Augen mit einem Netz roter Äderchen. Er war nicht allein, eine Frau mit grauen Haaren und zwei etwa dreijährige Mädchen waren noch bei ihm.

»Das ist sehr unvorsichtig von Ihnen, sich jemand Unbekanntem gegenüber als Flüchtigen zu erkennen zu geben.«

»Wir marschieren schon seit fast drei Tagen. Die Mädchen sind erschöpft, wir sind alle ausgehungert. Mir scheint es angebracht, dass Sie wissen, mit wem Sie es zu tun haben, wenn ich Sie bitte, uns in Ihr Haus zu lassen.«

Camille deutete auf die zwei Mädchen.

»Es geht um Isaaks Gesetz, nicht wahr?«

»Éris und ich, wir haben uns beide geweigert, der Rekrutierung unsere Mädchen zu geben«, bestätigte der Mann.

»Sind das Zwillinge?«

»Bis vor drei Tagen kannten wir uns gar nicht. Die Dunkelhaarige ist meine Tochter Hestia, die Blonde ist Sibylle, die Tochter von Éris. Wir sind nur zusammen geflüchtet. Auf derselben Galeere. Ehrlich gesagt ist das nicht besonders gut gelaufen.«

Camille warf einen Blick zum Âne Mort, dem Gebirgskamm, hinauf. Sie ging davon aus, dass die Brigade anderes zu tun hatte, als ein Haus zu überwachen, das seit acht Monaten leer stand.

»Kommen Sie herein, dann können Sie mir das alles in Ruhe erzählen.«

Sie warnte die Besucher, dass es ganz in der Nähe des Hauses eine Sphäre gab, die ihre Enkeltochter Diane eingefangen hatte, trotz aller Vorsichtsmaßnahmen ihrer Mutter. Für die beiden Mädchen könnte es also gefährlich sein, im Haus zu übernachten. Der Mann und die Frau antworteten, dass sie zu erschöpft seien, um weiterzuwandern und das Risiko daher in Kauf nehmen würden. Camille bereitete der kleinen Gruppe aus den mageren Zutaten, die sie noch hatte, ein Abendessen zu. Zufällig hatte sie eine große Packung Farfalle besorgt, die sie nun in einem großen Topf auf dem Gasherd kochte. Die Mädchen aßen die Nudeln mit zerlassener Butter mit großem Appetit. Für die Erwachsenen bereitete Camille eine Soße aus mit Wasser gestrecktem Tomatenmark, die sie mit einigen noch brauchbaren Gewürzen abschmeckte. Im Keller fand sie sogar noch eine Flasche Rotwein aus dem Gaillac.

Nachdem ihre Gäste die todmüden Mädchen in dem Zimmer, wo auch Catels Kinder geschlafen hatten, ins Bett gebracht hatten, bat Camille ihre Besucher bei Kerzenschein, von ihrem Abenteuer zu erzählen. Der Mann trank sein drittes Glas Wein aus und sank tief in den Sessel gegenüber vom Sofa. Dann ergriff er das Wort:

»Ich heiße Jason Mangin. Ich bin … ich war Mitglied der Brigade Arès, die den Auftrag hatte, gegen sogenannte Terroristen zu kämpfen, im Wesentlichen Menschen, die sich Isaaks Gesetz widersetzten, oder auch gegen Schleppernetze. Kurz bevor die Rekrutierungsbrigade vor meiner Tür stehen und mir meine einzige Tochter wegnehmen würde, habe ich mich entschlossen, selbst in den Untergrund zu gehen. Mittels eines Freundes habe ich Kontakt zu einem Schlepper namens Charon aufgenommen, der sich um unser Verschwinden kümmern sollte. Er sollte uns neue Papiere besorgen und uns an einen sicheren Ort bringen. In der Nähe von Toulon haben wir ein Boot genommen, das uns zwei Tage später in Leucate absetzen sollte. Von dort aus sollten wir uns zu Fuß in die Pyrenäen aufmachen. Aber auf hoher See hat die Küstenwache von Saintes-Maries-de-la-Mer Jagd auf uns gemacht. Zwar ist es dem Bootsführer gelungen, die Küstenwache abzuhängen, aber Charon und er haben beschlossen, uns zwischen Agde und Valras-Plage an Land zu setzen. Wir haben vergeblich dagegen protestiert. Obwohl wir ihnen immer wieder vorgehalten haben, dass jeder von uns ein kleines Vermögen bezahlt hat, um an den vorgesehenen Zielort gebracht zu werden, wollten die beiden nichts davon hören. Sie haben sogar Gewalt angewendet und uns die letzten Euros weggenommen. Ich konnte nichts dagegen tun, denn sie hatten sich auch meine Waffen geschnappt, als ich schlief. Schließlich haben sie uns irgendwo an der Küste abgesetzt, ohne uns auch nur die geringste Chance zu geben, andere Schlepper zu kontaktieren. Wir haben uns dann getrennt. Die Familie, die mit uns geflüchtet ist, wollte es allein probieren. Éris und ich haben beschlossen, uns in den Larzac zurückzuziehen. Das ist eine ruhige Gegend, die von dem Ort, wo Charon und sein Komplize uns ausgesetzt hatten, relativ gut zu erreichen war. Um Béziers haben wir einen großen Bogen gemacht, dann haben wir Pfade und Wege genommen, die von Pézenas bis nach La Couvertoirade führen. Es ist gar nicht so leicht, ohne Kohle an Essen zu kommen. Wir haben praktisch die ganze Zeit nichts gegessen, nur Wasser aus am Weg liegenden Quellen getrunken, und unter freiem Himmel geschlafen. Die Kleinen haben uns ganz schön aufgehalten. Irgendwann sind wir an La Couvertoirade vorbeigekommen, und als es schon dunkel wurde, haben wir Ihr Haus entdeckt. Es war kein Licht zu sehen, als ob niemand da wäre. Ich bin nachschauen gegangen und habe Sie gesehen. Dann bin ich zurück zu Éris, und wir haben überlegt, was wir tun sollen. Zusammen haben wir beschlossen, Sie zu fragen, ob wir eine Nacht bleiben können.«

Er schwieg und goss sich mit glänzenden Augen ein weiteres Glas Wein ein.

»Ich habe gar nichts mehr«, erklärte die grauhaarige Frau. Sie war kurz davor, in Tränen auszubrechen. »Keine Wohnung, keine Arbeit, kein Geld. Der Vater meiner Tochter wollte sich nicht gegen die Rekrutierung wehren. Er hat sich geweigert, auch nur darüber zu sprechen. Er war schon immer unterwürfig und ängstlich. Wir haben Sibylle sehr spät bekommen. Für mich kam es nicht infrage, dass sie ein Pädokaze wird. Ich habe unser Verschwinden vorbereitet, ohne dass mein Mann etwas gewusst oder gemerkt hätte. Ich musste mir überall Geld leihen und meinen ganzen Schmuck verkaufen, um die Summe zusammenzukratzen, die der Schlepper von uns verlangt hat. An dem Abend unserer Flucht habe ich meinem Mann eine ordentliche Dosis Schlafmittel in den Wein getan, dann habe ich mit Sibylle die Wohnung verlassen. Den Rest hat Jason Ihnen ja schon erzählt.«

Camille schilderte den beiden kurz die wichtigsten Ereignisse aus ihrem Leben: Nathans Verschwinden, der Selbstmord ihres Ehemannes, Catels Flucht auf die Causse, Dianes Gefangennahme durch die F1674, alles, was letztlich zu der Intervention der Brigade von Millau, zu ihrer eigenen Verhaftung, zur Festnahme von Basile, ihrer Tochter und ihren Enkelkindern geführt hatte.

»Die Sphären haben Unglück über die Welt gebracht«, bemerkte Éris.

»Waren das wirklich die Sphären, oder die Menschen selbst?«, fragte Camille nach.

»Aber sie waren es doch, die uns unsere Kinder weggenommen haben«, schaltete sich Jason ein. »Direkt nach ihrer Ankunft hat es sogar meine eigene Mutter getroffen.«

»Wie denn das?«

Jason trank einen Schluck Wein und schnalzte anerkennend mit der Zunge. Das Haus war fast vollkommen in Dunkelheit getaucht und ließ die Szenerie wie einen Traum wirken. Camille glaubte, bald wieder in der grauenhaften Zelle in der Haftanstalt von Béziers aufzuwachen.

»Meine Mutter ist die erste Frau auf der Welt, die berichtet hat, dass ihr Kind von einer Sphäre eingefangen wurde. Man hat sogar die ersten einhundert Kugeln auf der Erde nach ihr benannt: die Élodies.«

In diesem Moment ging Camille ein Licht auf. Schlagartig erkannte sie, welche Verbindung zwischen ihrer Vergangenheit und Jasons Familiennamen bestand.

»Élodie Mangin ist Ihre Mutter?«

Er warf ihr einen erstaunten Blick zu.

»Sie kennen sie?«

»Sagen wir mal, ich habe sie früher einmal gekannt. Ich

war Journalistin und habe für die *Femme(s)* gearbeitet. Und da es meine Aufgabe war, etwas über diese überall auftauchenden Sphären zu schreiben, habe ich ihre Mutter interviewt. Sie sind also Léos Bruder?«

»Nur sein Halbbruder«, korrigierte Jason. Ein Schatten huschte über sein Gesicht. »Sogar weniger als das. Meine Mutter hat Léo niemals vergessen. In ihrem Herzen war einfach kein Platz mehr für mich.«

Camille dachte mit Bitterkeit daran, dass auch sie Catel nach Nathans Verschwinden keinen großen Platz mehr in ihrem Herzen gewährt hatte. Und darin lag zweifellos auch der Grund für Catels Aggressionen gegen sie.

»Sehen Sie sie noch?«

»Meine Mutter? Bei meinem letzten Besuch habe ich ihr erzählt, dass ich heiraten werde. An diesem Tag habe ich begriffen, dass sie in mir nicht ihren zweiten Sohn sieht, sondern nur eine missratene Kopie ihres geliebten Léo. Sie ist nicht zu meiner Hochzeit gekommen. Danach habe ich es aufgegeben, sie zu besuchen. Ich weiß nicht einmal, ob sie noch am Leben ist.«

»Und Ihre Frau?«

Jason schüttelte traurig den Kopf.

»Auch sie hat mich nie geliebt. Ich bin nicht sicher, ob Hestias und mein Verschwinden ihr überhaupt etwas ausmacht.«

Camille hatte den Eindruck, ein unterdrücktes Kinderlachen zu hören.

»Wir sollten nachsehen, ob Ihre Kinder noch im Zimmer sind. Für die F1674 sind sie eine leichte Beute.«

Mit einer Kerze in der Hand stiegen sie in den ersten

Stock hinauf. Die Mädchen schliefen tief und fest auf den Luftmatratzen.

»Vielleicht sollte sich einer von uns zu ihnen legen«, schlug Jason vor.

»Das ist zwecklos«, wandte Camille ein. »Ihre Mutter hat direkt neben ihr geschlafen, als Diane verschwunden ist. Basile meint, dass die Sphären den Kindern, die sie zu sich locken, außergewöhnliche Gaben verleihen, sodass sie durch Wände hindurch oder viele Kilometer weit gehen können. Sie kommen sogar problemlos an einer Polizeikette vorbei …«

»Es bringt gar nichts, wenn wir weiterziehen«, unterbrach Éris. »Uns bleibt nichts anderes übrig, als Ihnen zu vertrauen.«

Camille blickte der Frau und dem Mann im flackernden Kerzenschein tief in die Augen.

»Vertrauen«, flüsterte sie, »ist alles, was uns noch bleibt.«

ANNE

»Pernelle, in den Besucherraum.«

Catel legte das Mobiltelefon aus der Hand, das sie gerade auseinandernahm, und blickte die blau uniformierte Wärterin, die sich in die Werkstatt gedrängt hatte, erstaunt an.

»Was nun, Pernelle, kommst du jetzt endlich oder soll ich noch bis morgen warten?«

Catel stand auf. Die Haftbedingungen in der Strafvollzugsanstalt von Fleury-Mérogis waren so streng, dass sie niemals auch nur daran gedacht hatte, sie könne hier Besuch bekommen. In den ersten zehn Monaten war die Zeit so langsam geflossen wie zäher Schlamm. Seit ihrer Verhaftung hatte sie ihre Kinder nicht wiedergesehen. Nach einer Woche in einem Gefängnis in den Cevennen hatte das Gericht von Montpellier sie für schuldig befunden und zu zwanzig Jahren Gefängnis verurteilt. Anschließend hatte man sie in einem Gefangenentransporter nach Fleury-Mérogis gebracht, wo sie ihre gesamte Strafe verbüßen sollte. Catels Fragen nach ihren Kindern – Wo waren sie? Was wurde nun aus ihnen? – wurden gar nicht erst beantwortet. Letztlich hatte sie aufgegeben. Die Gleichgültigkeit war wahrscheinlich der beste Weg, wenn nicht sogar der einzige, diese Hölle zu ertragen. Gefühle, Emotionen, Leidenschaft, alles in ihr erstarb. Von sechs Uhr morgens, wenn sie aufstand, bis zum Schlafengehen kurz nach einundzwanzig Uhr verrichtete sie ihre Aufgaben so mechanisch wie ein Roboter. Nachdem sie einen Monat lang Putz- und Waschdienst gehabt hatte, teilte die Gefängnisleitung sie der Recyclingabteilung zu. Von sieben Uhr dreißig bis neunzehn Uhr arbeitete sie in einer riesigen Halle, wo es im Winter eisig kalt und im Sommer drückend heiß war. In der Halle lagerte eine unglaubliche Menge Elektrogeräte, die aufgrund der magnetischen Aktivität der Sphären unbrauchbar geworden waren – Mobiltelefone, Navigationsgeräte, Computer, Fernseher, Haushaltsgeräte … Catel nahm jeden einzelnen Apparat auseinander, egal wie groß oder klein er war, und sortierte die Teile. Anschließend warf sie sie in die jeweiligen Metallbehälter. Die verschiedenen Werkstoffe und seltene Metalle waren besonders begehrt, sie wurden zur Aufrüstung verwendet, solange die Menschheit den Krieg gegen die Sphären nicht gewonnen hatte.

Catel dachte, dass die Menschen den Krieg schon längst verloren hatten. Die weißen Damen würden nicht verschwinden, bis sie das bekamen, wonach sie suchten. Das prahlerische Gerede der Politiker, Isaaks erstes und zweites Gesetz, die vorgespielte Einheit der Staaten unter der Ägide der Vereinten Nationen, alles ähnelte stark dem lächerlichen, emsigen Treiben von Laborratten in einem Glaskäfig. Catel gab sich Mühe, nicht zu viel an ihre Kinder zu denken. Tränen liefen ihr über die Wangen, sobald sie sich die Gesichter von Ulysse und Diane ins Gedächtnis rief. Die Erinnerung an Pelops löste ganz andere undurchschaubare

Reaktionen in ihr aus, eine Mischung aus Wut und schlechtem Gewissen. Sie war ihm keine Mutter gewesen, nur eine schlechte Ernährerin. Zutiefst bereute sie die plötzlichen, starken Muttergefühle, die sie dazu gebracht hatten, Pelops vor Isaaks Gesetz zu beschützen: Wegen Pelops, wegen eines Kindes, das nur vor sich hin vegetierte und scheinbar niemals ein Bewusstsein erlangen würde, hatte sie alles verloren. Dann weinte sie, den Kopf auf der Werkbank, bis eine Mitgefangene ihr riet, sich zusammenzureißen, bevor eine Wärterin auf sie aufmerksam wurde.

Catel war auch auf ihre Mutter böse. Wenn Camille nicht darauf bestanden hätte, sie zu sehen, wäre sie nicht verhaftet, die Kinder wären ihr nicht weggenommen worden, und Sacha Truong, mit dem sie eine zufriedene, wenn auch keine glückliche Beziehung geführt hatte, hätte nicht sterben müssen. Sie hatte nicht versucht, herauszufinden, was aus ihrer Mutter und Basile geworden war. Deren Schicksal interessierte sie nicht, als ob mit dem Auftauchen der Brigaden jegliches Band zwischen ihnen durchschnitten worden war.

Die Wärterin führte Catel durch scheinbar endlos lange, graue Gänge, in denen die unruhigen, dunklen Schatten des Schweigens flackerten. Drei gut verriegelte Gittertüren lagen auf dem Weg zum Besucherbereich. Eine zweite Wärterin brachte Catel zu einem Platz mit einem Telefon, der durch eine Panzerglasscheibe vom restlichen Raum abgetrennt war.

»Sie haben dreißig Minuten Zeit. Zum Sprechen müssen Sie das Telefon benutzen.«

Catel konnte ihr überraschtes Gesicht nicht verbergen, als

sie auf der anderen Seite der Scheibe Raphaëls aufgedunsenes Gesicht erkannte, der sie mit zugleich zorniger und mokanter Miene ansah. Der viele Alkohol hatte ihm geschadet und deutliche Spuren hinterlassen. Beinahe hätte sie auf dem Absatz kehrtgemacht: Dieser Besuch versprach nichts Gutes. Dann siegte ihre Neugier, und sie hob den Telefonhörer ab. Raphaëls näselnde Stimme brachte sie sofort auf die Palme.

»Das ist ja schon verdammt lange her, was?«

Der Kloß in ihrem Hals hinderte Catel am Sprechen.

»Einfach so mit den Kindern abzuhauen«, fuhr er fort. »Eine ganz schöne Gemeinheit, findest du nicht? Wie oft habe ich davon geträumt, dich in Knastklamotten hinter Gittern zu sehen!«

»Wenn du mir nur solchen Mist an den Kopf werfen willst, hättest du dir den weiten Weg sparen können«, erwiderte Catel.

»Nicht nur. Ich habe auch Neuigkeiten über die zwei Kinder, die wir noch haben.«

»Sicher nicht aus reiner Menschenliebe.«

Er brach in ein heiseres Lachen aus. Er war nur die Karikatur des Mannes, dem sie damals in den Büros der Post begegnet war.

»Du bist immer noch ihre Mutter, da ist es wohl völlig normal, dass ich dich auf dem Laufenden halte.«

Hämische Freude blitzte in seinen Augen unter den stark geschwollenen Lidern auf.

»Ulysse geht es gut«, fuhr er fort. »Er besucht jetzt in Paris die Schule der Post. Es scheint ihm dort gut zu gefallen, er ist ein ausgezeichneter Schüler. Ich bin befördert worden, daher konnte ich die Wohnung im 18. Arrondissement wieder verkaufen und in ein Viertel ziehen, das eindeutig angenehmer ist. Ulysse kann zu Fuß zur Schule laufen und ich komme früh genug nach Hause, um mich nach dem Unterricht um ihn zu kümmern.« Er legte eine Pause ein, um die gewünschte Wirkung zu erzielen. »Was Pelops anbelangt, er ist gestern von der Rekrutierungsbrigade abgeholt worden. Er war als Isaak gemeldet, er wird als Isaak enden. Niemand entkommt seinem Schicksal.«

Catel gefror das Blut in den Adern. Sie hatte gar nicht mehr an den dritten Geburtstag ihres Sohnes gedacht.

»Er hat ja nicht einmal laufen gelernt«, stotterte sie.

»Stell dir vor, das hat er. Er war nur einige Wochen bei mir, da ist er schon durch die ganze Wohnung gesaust. Tut mir furchtbar leid, dir das sagen zu müssen, aber das Problem warst du. Als ob er sich geweigert hätte, sich zu entwickeln, solange du da warst.«

»Er spricht?«

»Er konnte noch nicht sprechen, als sie ihn abgeholt haben. Aber wozu auch? Da, wo er hingeht, nützt ihm die Sprache gar nichts.«

Catel bebte vor Zorn.

»Behalt deinen Zynismus für dich.«

»Welchen Zynismus? Pelops wird schlicht und einfach seine Pflicht erfüllen.«

»Wie kann ein Junge mit drei Jahren wissen, was seine Pflicht ist?«

Raphaël lief rot an.

»Wir haben Krieg, verdammt noch mal! Den totalen Krieg! Das hast du noch nie gerafft. Unser Überleben steht auf dem Spiel! Und die Pädokaze sind unsere einzige Chance im Kampf gegen diese Blasen. Und zwar solange, bis wir den richtigen Sprengstoff oder das richtige Gas gefunden haben.«

Catel kamen die Gespräche mit ihrer Mutter und Basile in den Sinn, und zum ersten Mal, seit sie in Haft war, verspürte sie den Wunsch, die beiden wiederzusehen, ihnen zuzuhören, Zeit mit ihnen zu verbringen.

»Unser Überleben, so ein Quatsch. Sie sind uns unendlich überlegen. Wir glauben, es herrsche Krieg, wo es vielleicht nur eine misslungene Begegnung war.«

Er lehnte sich nach hinten und blickte sie verächtlich an.

»Es ist deine Schuld, Catel, dass ich meine Tochter verloren habe. Wenn du bei mir geblieben wärst, wenn du mit mir geredet hättest, anstatt dich wie ein Dieb in der Nacht fortzuschleichen, dann wäre Diane noch bei uns.«

»Du hast doch gar keine Ahnung! Ich habe mit ihr im selben Zimmer geschlafen, als sie von der weißen Dame eingefangen wurde.«

»Du hast nicht aufgepasst, deshalb ist sie verschwunden! Du hast unbewusst das Unglück deiner Mutter wiederholt!«

Catel musste sich zusammenreißen, um nicht den Hörer aufzulegen.

»Wenn eine Sphäre beschließt, ein Kind einzufangen, kann niemand sie aufhalten. Lies doch mal die ganzen Artikel zu dem Thema, die in den Archiven schlummern.«

»Der Freund deiner Mutter hat dich indoktriniert. Die Ufologen sind nicht nur Spinner, sie können auch sehr gefährlich sein.«

»Warum genau wolltest du mich sehen?«

Ein vieldeutiges Lächeln huschte über Raphaëls faltige Lippen. Catel meinte in seinen Augen ein vages Verlangen zu erkennen, ein flüchtiges Andenken an die Anfänge ihrer Beziehung.

»Ich wollte dich über Pelops' Rekrutierung informieren. Du hast versucht, dich dem Gesetz zu entziehen, aber deine Flucht hat uns letztlich zwei Kinder gekostet statt einem. Ich wollte, dass du das weißt, damit du etwas hast, worüber du die nächsten zwanzig Jahre nachdenken kannst. Wenn du hier rauskommst, wirst du nur noch eine verrückte Alte sein, Catel.«

Er zögerte einen Moment, dann stellte er die Frage, die ihm sichtlich unter den Nägeln brannte:

»Wie läuft es hier denn so … sexuell? Bist du jetzt lesbisch?«

Catel legte den Hörer auf, erhob sich und ging weg, ohne ihn noch eines Blickes zu würdigen.

Ihre drei Zellengenossinnen blickten Catel neidisch an. Sie saßen auf den zwei unteren Betten und reichten eine scheußlich schmeckende Zigarette herum. In der winzigen Zelle herrschte eine groteske Unordnung: Kleiderstapel, zerknülltes Papier, Essensreste, leere Keks- und Zigarettenpackungen, improvisierte, vor Kippen überquellende Aschenbecher … Keine Tür, nicht einmal ein Vorhang trennte die kahle, graue Kloschüssel unter der Fensteröffnung neben dem winzigen Waschbecken vom übrigen Raum ab. Der Geruch in der Zelle war der gleiche wie im ganzen restlichen Gebäude, ein Geruch nach Fäulnis, Klärgrube und Reinigungsmittel. Die über alle Wände verstreuten, beliebigen Fotos änderten nichts an der grauen Eintönigkeit der Mauern.

»Wer war das im Besucherraum?«, fragte Anne. Sie war die Älteste unter den Häftlingen, geschwätzig, neugierig, eine sonderbare kleine Frau mit vielen Falten, die lebenslänglich bekommen hatte, weil sie während eines Aufstands einen Soldaten der Brigade mit einem Messer erstochen hatte.

»Mein Ex-Mann«, antwortete Catel.

»Was wollte er von dir?«

»Mir sagen, dass unser drittes Kind von der Rekrutierungsbrigade abgeholt wurde.«

»Na, dann hat es sich für dich ja gelohnt, dein heimeliges Zuhause zu verlassen.«

»Du nervst, Anne«, stieß Héloise hervor, eine athletische Frau mit kurzen Haaren und harten Gesichtszügen, die beschuldigt wurde, mithilfe ihres Liebhabers ihren Ehemann umgebracht zu haben und dafür dreißig Jahre Gefängnis bekommen hatte. »Du musst nicht noch eins draufsetzen.«

»Halt's Maul!«, gab Anne zurück. »Ich sage, was mir passt.«

Einige Sekunden lang maßen sich die beiden Frauen mit Blicken. Seit Catel zu ihnen in die Zelle gekommen war, hatten sie sich schon drei Mal geprügelt, sich wie Wahnsinnige die Haare ausgerissen und die Haut aufgekratzt. Jedes Mal mussten die Wärterinnen einschreiten und die beiden trennen. Catel nahm an, dass ihre Raufereien aus dem unablässigen Kampf um die Vormachtstellung in der Zelle resultierten.

»Das war alles, was er von dir wollte?«, fragte Zoé. Sie war die Jüngste in der Zelle und sehr verschlossen. Sie konnte stundenlang niedergeschlagen auf ihrem Bett liegen, das Gesicht hinter den langen, schwarzen Haaren verborgen. Sie hatte zwanzig Jahre bekommen, weil sie versucht hatte, der Rekrutierungsbrigade das Kind einer anderen zu geben.

»Er hatte wohl Lust, mich zu verspotten, nehme ich mal an. Er hat mir vorgehalten, dass ich mein Leben versaut habe, dass ich erst wieder als einsame alte Frau aus diesem Loch rauskomme und so weiter. Das war seine kleine Rache.«

»Der Typ ist ja total verkorkst«, schimpfte Héloise.

»Ach, und das, was du getan hast, ist vielleicht nicht verkorkst?«, stieß Anne hervor.

»Scheiße, willst du dich mit mir anlegen?«

»Genug, ihr zwei«, schrie Zoé mit superschriller, unerträglicher Stimme.

Die Jüngste erhob nur selten die Stimme, aber wenn, dann war ihre nahezu hysterische Art aufsehenerregend. Jetzt verdankten sie es diesem Schrei, dass der aufkommende Streit beendet wurde.

»Du hast Glück gehabt«, fing Anne wieder an. »Ich würde alles dafür geben, Besuch zu bekommen, nur ein einziges Mal. Aber die da draußen haben mich vergessen. Seit sechs Jahren schon versauere ich in diesem Loch, und nie hat jemand nach mir gefragt. Selbst mein Baptiste hat mich fallen gelassen.

»Dein Baptiste?«, fragte Catel.

»Hat sie dir etwa noch nie von IHREM Baptiste erzählt?«, zischte Héloise.

»Vielleicht hat er eine Jüngere aus der Partei rumgekriegt«, fuhr Anne fort. »Er ist immer noch ein schöner Mann, und er flößt Vertrauen ein. Wir hatten immer die gleichen Träume. Nur in puncto Kinder nicht. Ich wollte welche, er nicht. Auf keinen Fall bekommen die einen Isaak von mir, hat er gesagt. Ich habe es nicht geschafft, dass er bei mir blieb.«

»Das Ende vom Lied ist, dass er dich im Handumdrehen vergessen hat«, unterbrach Héloise mit einem Hauch von Mitgefühl in der heiseren Stimme.

Anne nickte. Sie hatte Tränen in den Augen.

»Im ersten Jahr hier habe ich jeden Tag gehofft, etwas von ihm zu hören. Im zweiten Jahr jeden zweiten Tag. Im dritten einmal pro Woche, im vierten einmal im Monat. Seit dem fünften Jahr hoffe ich nur noch, dass er sich einmal im Jahr meldet. Eine Frau gibt die Hoffnung nicht auf, stimmt's? Vielleicht geht der Krieg gegen die Sphären irgendwann zu Ende, und dann fällt ihnen auf, wie ungerecht sie zu uns waren, und wir werden entlassen.«

Die Frauen zündeten noch eine Zigarette an und rauchten einige Minuten lang schweigend. Es wurde dunkel in Fleury. Ein kalter Wind zog durch die halb geöffnete Fensteröffnung hinter dicken Metallstäben, zwischen denen ein feinmaschiges Drahtgitter angebracht war, damit die Häftlinge ihre Zigarettenkippen nicht in den Hof warfen. Die ersten Schreie aus den Nachbarzellen, traurig und markerschütternd, zerrissen den Schleier der nächtlichen Stille.

»Heute Abend sind wir mit Duschen dran«, murmelte Zoé.

»Ich hoffe, das Wasser ist heute wärmer als beim letzten Mal«, sagte Héloise mit gedämpfter Stimme.

»Das Wasser ist seit fünf Jahren immer gleich kalt«, versuchte Anne die anderen zu übertreffen.

Selbst wenn das Wasser in den Duschen kochend heiß wäre, Catels Herz würde es nicht erwärmen können.

MAGNUS

Einer von ihnen hielt jetzt ständig Wache und beobachtete, ob die Soldaten von der Brigade auf der Causse auftauchten. Von morgens bis abends wechselten sie sich auf dem Dachboden ab und kontrollierten die Umgebung mit dem Fernglas. Die Brieftauben waren verschwunden. Sie waren fortgeflogen, um sich anderswo Nahrung zu suchen. Und nachdem sie mehrmals zu leeren Futtertrögen zurückgekommen waren, blieben sie dem Taubenschlag schließlich für immer fern.

Da Morgan Mauléon auf seiner Runde nicht mehr bei ihrem Haus vorbeikam, ging Camille zu Fuß nach Millau, um Lebensmittel zu besorgen. Éris besaß als Einzige noch ein paar Euro, die sie vor dem habgierigen Schlepper und seinem Komplizen hatte retten können. Camille benötigte drei Stunden nach Millau. Als sie ankam, war sie so erschöpft, dass sie auf eine Parkbank sank und dort eine Stunde lang sitzen blieb. Dann ging sie zur Bank, wo man sie zwei Stunden warten ließ. Eine junge, elegant gekleidete Frau mit aggressivem Auftreten, die den hochtrabenden Titel »Kundenbeauftragte« trug, führte sie schließlich in ein Büro, wo sich Unmengen von Ordnern stapelten. Sichtlich widerwillig teilte sie Camille mit, dass die Rente von Monsieur Basile Traoré regelmäßig auf ihr gemeinsames Konto eingezahlt worden sei und sie über eine Summe von ungefähr zwölftausend Euro verfügten. Sie könne also ihr Scheckheft benutzen und Bargeld abheben – dafür müsste sie allerdings zum Schalter gehen, denn die Geldautomaten funktionierten schon lange nicht mehr. Camille schätzte, dass sie und die anderen mit fünftausend Euros eine Zeit lang durchhalten konnten. Am Schalter überreichte man ihr die Scheine mit dem guten Rat, sich mit so viel Geld nicht allzu lange draußen herumzutreiben.

Anschließend ging Camille zum Gericht, wo sie kurz vor Ende der Geschäftszeiten von einer Sekretärin empfangen wurde, einer Frau mit sehr markanten Gesichtszügen. Die Sekretärin hörte Camille an, ohne ein Wort zusagen. Dabei hatte sie das Kinn auf die gefalteten Hände gestützt und wirkte so starr, dass Camille irritiert den Eindruck gewann, mit einer Wachsfigur zu sprechen.

Nachdem Camille zu Ende geredet hatte, kam endlich etwas Leben in die Sekretärin. Sie stand auf und schaute in einem dicken Register in der Ecke des Büros nach.

»Ich bin nicht berechtigt, Ihnen zu sagen, wo Ihr Freund und Ihre Tochter inhaftiert sind, Madame. Ich muss Ihre Anfrage an die Kontrollbehörde weiterleiten.« Ihre weiche Stimme stand in scharfem Kontrast zu ihrem kratzbürstigen Aussehen. »Wo kann ich Ihnen die Antwort hinschicken?«

Camille gab ihr die Adresse von Basiles Haus.

»Rechnen Sie mit gut zwei Monaten Wartezeit. Die Behörden sind vollkommen überlastet.« Die Sekretärin schloss das Registerbuch. »Sie sind erst vor Kurzem entlassen worden, nicht wahr?«

Camille bestätigte die Worte der Sekretärin mit einem vorsichtigen Nicken. Sie war nicht sicher, worauf ihre Gesprächspartnerin hinauswollte.

»War das in Ihrem Alter nicht sehr hart?«

»Das Gefängnis ist wohl nie angenehm. Meine Haftzeit betrug nur wenige Monate, aber meine Zellengenossinnen haben noch zwanzig oder dreißig Jahre vor sich.«

Lichtstrahlen fielen schräg durch die hohen Fenster und verliehen der Holztäfelung der Geschäftsstelle einen goldbraunen Ton. Überall auf den Schreibtischen und in den Regalen häuften sich Akten, manche nur von einem einfachen Bindfaden zusammengehalten. Der stechende Geruch nach verschimmeltem Papier mischte sich mit dem von Staub.

»Ich habe keine Kinder bekommen. Ich wollte nicht das Risiko eingehen, irgendwann in die Illegalität abzurutschen, verstehen Sie? Die Angst …«

Ein Hauch von Traurigkeit huschte über das Gesicht der Sekretärin, dann bedeutete sie Camille mit einer Kinnbewegung, zu gehen. Camille verließ das Gerichtsgebäude und ging in den ersten Supermarkt, den sie auf ihrem Weg entdeckte.

Der Aufstieg auf die Causse stellte sich als anstrengender heraus als der Abstieg in die Stadt. Die zwei Taschen mit Lebensmitteln waren schwer, und Camille musste öfters eine Pause machen. Sie nahm die Straße, weil sie dachte, es wäre besser auf glattem Boden zu laufen als auf einem von Radspuren durchfurchten Sandweg. Die Dunkelheit überraschte sie, als noch gut fünf Kilometer Weg vor ihr lagen. Sie hatte überall stechende Schmerzen, in den Hüften, den Knien, den Fußknöcheln, dem Rücken. Mehrmals unterdrückte sie das Bedürfnis, Halt zu machen und sich irgendwo am Straßenrand ins Dickicht zu legen. Über ihrem Kopf türmten sich die Wolken auf, und die Luftfeuchtigkeit nahm zu. Camille wurde sich bewusst, dass das Alter sie fest im Griff hatte und sie auch nicht mehr loslassen würde. Das Leben war ihr mit erschreckender Geschwindigkeit zwischen den Fingern zerronnen. Sie erinnerte sich an die Träumereien, die sie als Teenager gehabt hatte, und an diese Mischung aus Melancholie und Idealismus, aus der sie diese Träume geschaffen hatte. Die Ereignisse waren eines auf das andere gefolgt, ohne ihr eine Wahl zu lassen. Genau das hatte auch Basile ihr erklärt. Welche Situation, welche Schwierigkeiten hatte sie schon gemeistert? Die Vorsichtsmaßnahmen, die sie für Nathan getroffen hatte, hatten nicht verhindert, dass er ihr weggenommen worden war; sie hatte Lucho nicht davon abbringen können, Selbstmord zu begehen; sie war schuld daran, dass sie Catel, Pelops, Ulysse und Basile verloren hatte, und sie würde niemals wissen, was aus ihren Eltern geworden war. Von ihrer Familie war nichts mehr übrig. Sie war allein auf dieser Bergstraße, die ebenso ausgestorben und düster war wie ihre Seele. Unter dem Gewicht der beiden Taschen brannten ihre Schulter und ihre Arme vor Schmerz.

Hinter ihr ertönte das Brummen eines Motors. Scheinwerfer fegten über die Straße und offenbarten einen gähnenden Graben. Camille blieb am Straßenrand stehen. Ein Auto überholte sie und stieß eine stinkende Dieselwolke aus. Etwa dreißig Meter weiter vorn bremste der Wagen und setzte zurück. Der Fahrer stieg aus. Camille dachte daran, dass sie fast fünftausend Euro bei sich trug, und atmete langsam tief durch, um das Engegefühl in ihrer Brust zu vertreiben. Ein kahler Kopf und ein faltiges Gesicht tauchten aus der Dunkelheit auf. Oberhalb des Kragens der Lederjacke und auf den Unterarmen sah man die Tätowierungen des Mannes.

Er warf Catel einen Blick zu, den sie nicht zu deuten wusste.

»Es ist gefährlich, nachts allein spazieren zu gehen. Ich fahre auf die Causse hinauf. Kann ich Sie irgendwo absetzen?«

Seine Stimme hatte die Farbe von Schlamm und die Härte eines Felsbrocken.

»Und was wollen sie da oben um diese Uhrzeit?«

Der Mann lächelte und zeigte dabei eine Reihe silbrig blitzender Zähne.

»Also, die Dame, mit Verlaub, ich würde sagen, das geht Sie nichts an.«

»Dort oben gibt es nur ein einziges Haus.«

»Soll heißen, dass Sie auch dorthin wollen, oder irre ich mich? Wir könnten …«

Er schwieg, als wäre ihm gerade etwas wie Schuppen von den Augen gefallen.

»Hey, Sie heißen nicht zufällig Camille?«

Die Tatsache, dass er ihren Namen kannte, beruhigte sie.

»Woher wissen Sie das?«

»Ich habe zehn Monate lang die Zelle mit einem Typen geteilt, der Basile Traoré heißt. Schon mal gehört?«

Camilles Herz hörte einen Moment lang auf zu schlagen.

»Sie … wie geht es ihm?«

»Er hat mich gebeten, Ihnen alles zu erzählen. Geben Sie mir Ihre Taschen, wir reden dann auf der Fahrt.«

Er verstaute die Einkäufe im Kofferraum und räumte schnell den ganzen Kram beiseite, der auf dem Beifahrersitz lag.

»Entschuldigen Sie bitte diesen Saustall. Ich habe nicht damit gerechnet, jemanden mitzunehmen.«

Camille war erleichtert, sich setzen zu können und den Rest des Weges gefahren zu werden. Der Mann hieß Magnus, aber in seiner Welt war er unter dem Spitznamen »Beißer« bekannt, weil er die Polizisten, die ihn verhaftet hatten, an eine Figur aus einem James-Bond-Film Ende der Siebzigerjahre erinnerte. Magnus war wegen bewaffnetem Raubüberfalls zu sieben Jahren Haft im Gefängnis von Toulouse-Seysses verurteilt worden. Dort hatte er Basile kennengelernt, der äußerst anständig war und Mühe hatte, sich an das Leben im Gefängnis zu gewöhnen. Magnus hatte ihn unter seinen Schutz genommen und Basile so einige Prügel erspart.

»Und wie geht es ihm gesundheitlich?«, fragte Camille. »Er war nicht gerade in bester körperlicher Verfassung, als die Brigade uns verhaftet hat.«

»Zwei oder drei Monate lang ging es ihm schlecht, aber er hat's überwunden. Jetzt geht es ihm gut. Er hat mir oft von Ihnen erzählt. Er kümmert sich um die Knastbibliothek, eine ruhige Arbeit, die ihm gefällt.«

»Und Sie sind den ganzen Weg hierher gefahren, nur um mir das zu sagen?«

Magnus' mit Ringen bedeckte Finger klopften im Takt auf das Armaturenbrett.

»Das habe ich ihm versprochen. Was man verspricht, das hält man auch. Außerdem bin ich neugierig geworden. Ich möchte die dicke Tonne sehen, von der er mir die Ohren vollgequatscht hat.«

»Die dicke Tonne?«

»Die Sphäre. Er hat so oft davon geredet, dass ich sogar ihre Kennnummer weiß: F1674. Sie beide haben ja eine Ewigkeit in ihrer Nähe gewohnt.«

»Sie haben noch nie eine Sphäre gesehen?«

»Nur von Weitem. Ich bin wirklich kein Angsthase, aber vor denen habe ich schon immer Schiss gehabt, weiß nicht, wieso. Basile hat mir so viel über die Kugeln erzählt, dass ich Lust bekommen habe, mir diese hier aus der Nähe anzuschauen.«

Plötzlich ging ein Wolkenbruch nieder. Der stotternde Scheibenwischer des Peugeot-Tata konnte die Fluten nicht von der Windschutzscheibe drücken. Neben der Straße schwoll ein Bach an.

»Scheiße, man sieht nicht mal die Hand vor Augen«, schimpfte Magnus.

Er stoppte den Wagen in einer Haltebucht, die schon vollkommen unter Wasser stand.

»Wir warten lieber, bis der Regen aufhört, sonst landen wir noch im Graben.«

Der Regen hämmerte so lautstark auf das Autodach, dass sie beide fast schreien mussten.

»Und was haben Sie vorher gemacht?«, fragte Camille.

»Gearbeitet, meinen Sie?« Magnus fing herzhaft an zu lachen. »Ich habe noch nie gearbeitet. Also, ich war bei ein paar Geschäften dabei, die schon ein wenig Arbeit gemacht haben, aber ich war nie ein solider Typ.«

»Was waren das für Geschäfte?«

»Einbrüche. Seit es keine Geldkarten mehr gibt, werden immer öfter große Geldsummen in bar zwischen den Bankfilialen hin- und hergefahren. Ich habe mich mit einigen Kumpels auf Banküberfälle spezialisiert. Die Plünderer haben sie uns genannt. Unsere Überfälle waren über zwanzig Mal erfolgreich. Aber der letzte ist dann schief gegangen: Eine Brigade ist genau in dem Augenblick an der Bank vorbeimarschiert, als wir herauskamen. Sie haben auf uns geschossen. Wir sind wieder in die Bank geflüchtet, weil wir dachten, dort würden sie uns nicht weiter angreifen. Aber die Arschlöcher haben nicht locker gelassen. Die Eingreiftruppe der Nationalgendarmerie hat sich auch noch eingemischt. Schließlich haben sie uns geschnappt. Ich habe sieben Jahre bekommen. Meine Kumpel, die die Bankangestellten als menschlichen Schutzschild benutzt haben, wurden zu dreißig Jahren verurteilt.«

Magnus holte eine Packung Zigaretten aus seiner Lederjacke.

»Stört es Sie, wenn ich rauche?«

Ohne Camilles Antwort abzuwarten, kurbelte er das Seitenfenster herunter, zündete sich mit einem alten Benzinfeuerzeug eine Zigarette an und blies eine schier endlose Rauchfahne aus.

»Basile hat mir erzählt, dass Sie Journalistin waren.«

»Ich habe für die Zeitschrift *Femme(s)* gearbeitet, aber das ist schon so lange her, dass es mir vorkommt, als wäre das jemand ganz anderes gewesen. Ich habe mich gleich zu Beginn mit dem Phänomen der Sphären beschäftigt. Meine Bilanz: Sie haben meinen Sohn eingefangen und meine Enkelin. Ich weiß heute nicht mehr über sie als am ersten Tag.«

»Ich bin froh, dass ich keine Kinder habe. Das hätte mich verrückt gemacht. Es ist doch vollkommen wahnsinnig, einen Typen wie Basile in den Knast zu stecken, nur weil er sich gegen dieses Scheißgesetz gewehrt hat. Man muss schon sehr tief gesunken sein, um kleine Kinder im Bauch von dicken Tonnen in die Luft zu sprengen. Das sage *ich* Ihnen, ein ehemaliger Verbrecher.«

Der Regen ließ nach. Magnus rauchte die Zigarette auf, dann startete er den Wagen. Etwa zehn Minuten später hatten sie Basiles Hof erreicht. Éris und Jason empfingen sie mit besorgten Gesichtern. Camille erklärte kurz, dass sie viel Zeit in der Bank und in der Geschäftsstelle des Gerichts verloren habe. Dann hatte sie zufällig Magnus, einen ehemaligen Zellengenossen von Basile, auf dem Weg getroffen, und er hatte sie nach Hause gefahren. Jason begegnete Magnus mit einem Misstrauen, das nur das Ergebnis seiner Arbeit in der Brigade Arès sein konnte. Sobald er sich einem Vorbestraften gegenüber sah, wurde er, einem plötzlichen Impuls folgend, wieder zum Vertreter der öffentlichen Ordnung. Nach dem Abendessen brachten Éris und er die Mädchen ins Bett. Später, als der Regen nachgelassen hatte, gingen sie alle zusammen zur F1674.

In letzter Zeit hatte sich die Kugel langsam ausgedehnt. Die Markierungen, die Basile aufgestellt hatte, waren eine nach der anderen unter der weißen Hülle verschwunden. Camille kam die F1674, obwohl sie sie jeden Tag sah, besonders imposant vor, wie eine schwangere Frau kurz vor der Geburt. Sie hatte auch den Eindruck, dass ihre Farbe heller war als gewöhnlich. Das strahlende Weiß stand in bemerkenswertem, fast übernatürlichem Kontrast zu der Finsternis im Hintergrund. Sie schien nicht zu der sie umgebenden Landschaft zu gehören, sondern überlagerte sie, als ob die Naturgewalten keinen Einfluss auf sie hatten und sie sich jeden Moment von der Erdanziehung losmachen könnte. Wieder glaubte Camille, Kinderstimmen zu hören. Seit ihrer Rückkehr aus dem Gefängnis waren diese Empfindungen stärker geworden. Sie konnte nicht sagen, wo diese Stimmen erklangen, hier draußen oder in ihrem Inneren. Sie verlor jegliches Raum- und Zeitgefühl, und manchmal war sie fest davon überzeugt, wahnsinnig geworden zu sein. In der Tageszeitung, die sie in Millau gekauft hatte, stand, dass die magnetische Aktivität nochmals stärker geworden war und den Orientierungssinn der Brieftauben störte, von denen immer mehr verschwanden. Vielleicht hatte die weiße Dame ihr Hirn kaputt gemacht und sie war jetzt übergeschnappt.

»Ich muss gestehen, man fühlt sich wirklich wie ein Loser neben ihr«, rief Magnus aus. »Hat die Regierung denn nie versucht, die Sphäre hier in die Luft zu sprengen?«

»Dafür haben sie sich andere ausgesucht«, antwortete Camille.

»Wie können Sie so sicher sein, dass sie es war, die Ihre Enkelin verschlungen hat?«

»Das ist die einzig mögliche Erklärung.«

»Ich habe mich immer gefragt, wie die Kinder dort hineinkommen.«

»Das gehört zu ihrem Geheimnis.«

»Unsere Mädchen hat sie jedenfalls noch nicht angelockt«, schaltete Jason sich ein. Éris warf ihm einen flehentlichen Blick zu.

»Sei still! Du bringst uns noch Unglück.«

Camille betrachtete die weiße Kugel, dann murmelte sie:

»Sind wir denn sicher, dass das ein Unglück ist?«

Magnus hob den Kopf.

»Sie klingen wie Basile. Er ist der einzige Mensch, den ich kenne, der diese weißen Damen nicht als Feinde betrachtet.«

Neue Wolken zogen herauf und verdeckten die wenigen Sternengrüppchen am Himmel.

»Wir haben keine anderen Feinde als uns selbst«, bestätigte Camille. »Die weißen Damen spiegeln nur unser Verhalten, und ihre Bilder sind nicht einmal verzerrt.«

Es fing wieder an zu regnen, und obwohl die vier sofort klatschnass waren, blieben sie dort, unfähig ihre Faszination für die Sphäre zu verheimlichen.

»Sie werden bald fortgehen«, erklärte Camille.

»Woher wissen Sie das?«, fragte Magnus.

»Es ist eine Gewissheit, tief in meinen Inneren. Verlangen Sie bloß nicht, dass ich Ihnen das erkläre.«

»Gott möge Sie erhören!«, rief Éris aus. »Wenn sie erst weg sind, wird unser Leben wieder wie früher sein.«

»Wie früher? Wir können nicht mehr zurückgehen. Wir müssen viele Dinge anders machen.«

»Pah, die Menschen werden das machen, was sie immer gemacht haben«, stieß Magnus hervor. »Sie werden einfach wieder von vorn beginnen, den Motor wieder anwerfen …«

Er brach mitten im Satz ab und zeigte voller Überraschung auf die F1674.

»Scheiße, was ist das denn?«

KALI

Die ehemalige Studentenstadt, umgeben von einem elektrischen Gitterzaun, hieß heute offiziell Rekrutierungszentrum, im Allgemeinen sprach man aber nur vom PTK – dem Pariser Todeskorridor. Tausende Isaaks aus der Region Île-de-France waren dort eingeschlossen. Sobald man die Kinder ärztlich untersucht hatte, wurden sie auf die Gebäude verteilt, die zugleich als Schlaf- und Speisesäle dienten. Dort blieben sie, bis man sie abholte und in Bussen mit getönten Scheiben zu den verschiedenen Operationsorten brachte.

Pelops saß vorn im Bus neben einem Mädchen namens Kali. Er kannte das Mädchen nicht, hatte sie bis zu dem Moment, in dem der Aufseher ihm mit einer herrischen Handbewegung einen Platz in der ersten Reihe zugewiesen hatte, auch noch nie gesehen. Kalis Augen in dem dunklen Gesicht wirkten riesig. Ihre Haare türmten sich hoch über ihrem Kopf auf. Wie alle Isaaks trug sie weiße Schuhe und einen blauen Overall, auf dem in goldenen Buchstaben UNO-F stand, was Pelops auch sofort entzifferte. Er konnte schon seit Langem lesen. Selbst als er noch in seinem Kinderbettchen gelegen hatte, konnte er die Worte auf den Buchrücken im Regal oder auf einer vergessenen Zeitschrift erkennen. Die Buchstaben formten Wörter, die wiederum eine Sprache formten. Auf die gleiche Weise hatte er auch die verletzenden Töne verstanden, die aus den Mündern der Erwachsenen und der Kinder heraussprudelten. Er hatte nicht die Töne selbst verstanden, aber doch den Sinn, den sie enthielten. Pelops mochte diese Art Kommunikation nicht, die einfach und derb und in jedem Fall unvollständig war. Die Menschen drückten nur einen verschwindend kleinen Teil ihrer wahren Gefühle aus. Die Töne der Frau, die sich seine Mutter nannte, stimmten nur sehr selten mit dem überein, was sie im tiefsten Inneren fühlte. Um nicht zu leiden hatte sie die Quelle ihrer Liebe versiegen lassen, sie hatte sich verboten, ihn auf den Arm zu nehmen, ein Band zu ihm zu knüpfen, das über den bloßen Anschein von Gefühlen hinausging. Sie hatte sich versagt, andere Kommunikationswege zu erforschen, feinsinnige, wahrhaftige, harmonische. Solche Wege, wie er sie in der Stille seines Seins wahrnahm, dieses musikalische Murmeln, aus dem in seinem Inneren die prächtigsten Vibrationsteppiche gewebt wurden. Er hatte begriffen, dass die Erwachsenen und Kinder, mit denen er es in seinem Leben zu tun hatte, die Schwingungen nicht hörten. Hätten sie sie auch wahrgenommen, wäre es mit Unruhe und Aufregung vorbei gewesen. Die Menschen hätten sich wie er, von ihrer Herrlichkeit gebannt, nicht mehr gerührt.

Der Bus fuhr langsam über die A4, er steckte in dem dichten, lauten Verkehr fest. Schwarze Rauchspiralen schossen aus dem Auspuff und verströmten einen widerlichen Geruch. Drei mit Sturmgewehren bewaffnete Aufseher bewachten den vorderen Teil des Busses, drei weitere den hinteren. Seit es vermehrt terroristische Anschläge auf Isaak-Konvois gegeben hatte, war die Bewachung verstärkt worden. Jedem Bus folgte ein Panzerfahrzeug, bereit, beim allerersten Alarmsignal einzugreifen.

Kali schaute Pelops eindringlich an. Das Motorendröhnen hallte in der Stille wider wie ein tiefes Glockenspiel. Hin und wieder begegnete Pelops im Rückspiegel den hellen Augen der Busfahrerin, eine Frau mit langen, glatten, blonden Haaren. Auch sie weigerte sich, die Gefühle auszudrücken, die tief in ihr wuchsen. Die Tatsache, dass sie die kleinen Fahrgäste zu ihren jeweiligen Zielorten fuhr, erfüllte sie mit Wut, Scham und Abscheu. Pelops fragte sich, warum die Frau ihre wahren Gefühle unterdrückte. Dieser Widerspruch war ihm auch bei den Erwachsenen aufgefallen, die sich in den Lagern um die Isaaks kümmerten. Beim Abhorchen hatte der Arzt seine Befangenheit mit einem verkniffenen Lächeln überspielt. Anfangs hatte er versucht, seinen kleinen Patienten mit freundlichen Worten zu beruhigen, aber sie hatten falsch geklungen. Dann ging die Untersuchung in der winzigen Kabine weiter. Beharrlich wanderten die hektischen Hände des Arztes über Pelops zitternden, nackten Körper. Der Junge hatte die verborgenen, widersprüchlichen Gedanken des Erwachsenen in seiner Atmung und seinen Augen lesen können. Und als die Jungen und Mädchen gruppenweise im Duschraum gewaschen wurden, hatten einige Helfer ihnen eindringliche und beunruhigende Blicke zugeworfen. Diese Kinder waren eine leichte Beute.

Ein Murmeln stieg in Pelops auf. Es war nicht schmerzhaft, nicht einmal unangenehm, und er schenkte ihm seine ganze Aufmerksamkeit. Er brauchte einen Augenblick, bis er bemerkte, dass die Laute ganz nah bei ihm erklangen, sie waren von bezaubernder Sanftheit. Er hob den Kopf und tauchte vollkommen in Kalis nachtschwarze Augen ein.

»Hast du Angst, Pelops?«

Er lächelte. Endlich hatte er einen Menschen gefunden, mit dem er kommunizieren konnte.

»Wovor sollte ich denn Angst haben, Kali?«

»Woher weißt du, dass ich Kali heiße?«

»Die Erwachsenen haben dich so genannt. Woher kanntest du meinen Namen?«

»Ich habe ihn gehört. Hast du keine Angst vor dem, was sie mit uns machen? Wir werden in eine Sphäre geschickt, um sie zu zerstören.«

»Und du? Hast du Angst?«

Die Hand des Mädchens glitt in die von Pelops.

»Ein wenig. Ich habe Angst, dass mir schlecht wird.«

Der Bus fuhr bei der Ausfahrt Serris von der Autobahn ab und raste auf einer freien Straße in Richtung Chanteloup-en-Brie.

»Das alte Disneyland«, rief ein Soldat aus, als sie an der gezackten Silhouette einiger Gebäude inmitten einer großen, mit Unkraut bedeckten Fläche vorbeikamen.

»Da wäre ich gern mal hingegangen, als es noch geöffnet war«, sagte ein zweiter Soldat. »Scheint so, als wäre das früher mal ein richtiges kleines Paradies gewesen.«

»Warum hat man den Vergnügungspark geschlossen?«

»Wegen der Sphären. In der Region Seine-en-Marne gibt es einige davon. Die Besucher sind weggeblieben, und der Vergnügungspark ist pleite gegangen. Alle sind abgehauen.«

»Ich frage mich wirklich, wann wir diese Mistdinger endlich wieder los sind. Anscheinend haben sie letzte Nacht wieder geleuchtet. Die hecken etwas aus.«

Der andere Soldat machte eine ausholende Handbewegung in Richtung der im Bus sitzenden Isaaks.

»Vielleicht ist einer von denen die Lösung.«

Der Bus hielt am Waldesrand von Chigny, wo sich die F546 befand, eine Sphäre mit einem Durchmesser von mehr als zweihundert Metern.

»Ich hoffe, wir bleiben zusammen, Pelops. Ich mag dich gern. Ich habe den Eindruck, du bist mein Bruder. Meine echten Brüder habe ich nicht kennengelernt, ich habe nicht mit ihnen zusammengelebt. Man hat mich zu anderen Leuten gegeben. Die haben sich um mich gekümmert, bis ich abgeholt wurde.«

»Hörst du die Musik tief in deinem Inneren?«

»Ja. Sie hat mir geholfen, am Leben zu bleiben. Ich glaube, die Musik hilft mir, die Welt zu verstehen. Woher, glaubst du, kommt sie?«

Pelops zeigte mit dem Finger auf die strahlend weiße Sphäre, die wie ein großer Ballon über den dunklen Baumwipfeln lag. Die Soldaten ließen etwa zehn Kinder aussteigen und führten sie zu einer Reihe Fertigbauten. Dort warteten bereits mehrere uniformierte Männer auf sie. Die Gesichter der Kinder drückten keinerlei Widerstand oder Angst aus.

»Die anderen kann ich nicht so verstehen, wie ich dich verstehe, Pelops. Und du?«

»Ich auch nicht. Du bist die Einzige. Auch mir hat die Musik alles beigebracht. Ich will möglichst bald in dem Inneren einer Sphäre sein.«

»Ich auch. Aber wir werden Sprengstoff am Körper haben. Von uns wird nichts übrig bleiben.«

»Ich habe Vertrauen.«

»Hattest du Geschwister, Pelops?«

»Einen Bruder und eine Schwester. Meine Schwester ist eines Tages in einer Sphäre verschwunden. Wenn ich genug Kraft gehabt hätte, wäre ich ihr hinterhergelaufen.«

»Und deine Eltern, was haben sie gearbeitet?«

Pelops hätte es nicht sagen können. Seine Mutter war aus ihrer ersten Wohnung geflohen, um sich bei einer Frau zu verstecken, die seine Großmutter sein sollte. In dem Haus wohnte auch ein Mann mit einem weißen Bart, dessen Haut so dunkel war wie die von Kali und ungewöhnlich weich. Als die uniformierten Männer Pelops zu seinem Vater zurückbrachten, hatte er sich nicht weiter für diesen distanzierten und depressiven Mann interessiert. Er hatte versucht, wieder die Wellen zu empfangen, die von einem fortwährenden Gemurmel gedämpft wurden. Er war von seinem Bett aufgestanden und hatte zu laufen begonnen, in der Hoffnung, der Quelle der Schwingungen näher zu kommen. Aber sehr schnell war ihm klar geworden, dass die Stadt zu seinen Füßen weitverzweigt war, in jedem Fall zu groß für seine kurzen Beine. Deshalb hatte er beschlossen, auf die Männer zu warten, von denen ihm sein Vater erzählt hatte. Sie würden ihn bald abholen kommen, um ihn in den Bauch einer Sphäre zu werfen.

»Aus dir wird man Hackfleisch machen. Du bist einfach

nur ein Stück Fleisch.« Sein Vater hatte hämisch gelacht, angetrunken und fest überzeugt davon, dass sein Sohn kein Wort verstand.

Ein Lächeln hatte seine Lippen verzerrt und sich wie grässlicher Schimmel in seinem Gesicht ausgebreitet. Pelops hatte verstanden, dass es besser war, den … wie nannte sein Vater ihn noch? … den Schwachsinnigen zu mimen. Dann dachten die Erwachsenen, er besäße keine Intelligenz und wurden nicht misstrauisch.

»Ich weiß es nicht.«

»Mein Vater war der Botschafter von Togo.«

»Togo?«

»Das ist das Land, in dem meine Eltern geboren wurden. Es liegt in Afrika, sehr weit weg von hier. Dort gibt es auch Sphären.«

»Und die Leute, die sich um dich gekümmert haben?«

»Sie waren auch aus Togo. Sie haben sich auch noch um fünf andere Isaaks gekümmert. Das waren alles Kinder von Mitarbeitern der Botschaft. Meine Eltern und die anderen haben die Leute dafür bezahlt. Sie mochten uns nicht und haben uns immerzu geschlagen. Und zu Essen gab es auch nur ekelhaftes Zeug. Den kleinen Djamal haben sie so heftig geschlagen, dass er daran gestorben ist.«

Der Bus fuhr zum nächsten Haltepunkt, der F905, in der Nähe des Dorfs Guérard. Eisige Kälte drang durch die klapprigen Fensterscheiben und vertrieb den zarten, warmen Luftzug aus der schwachen Heizung. Die graue Straße wand sich zwischen den grünen Hügeln.

»Diese Gören sind doch echt nicht normal, denken Sie nicht auch?«

Der Soldat hatte die blonde Frau am Steuer angesprochen, trotz des Hinweisschildes, das den Fahrgästen ein Gespräch mit dem Fahrer während der Fahrt untersagte.

»Warum sagen Sie das?«

Sie hatte diese Frage gestellt, ohne den Blick von der Straße zu wenden.

»Weil Kinder in diesem Alter normalerweise laut und lebhaft sind, oder nicht?«

»Was wissen Sie denn darüber? Haben Sie Kinder?«

Der Soldat schüttelte den Kopf.

»Noch nicht, aber meine Freundin und ich wollen unbedingt welche bekommen. Und Sie?«

Die blonde Frau schwieg einen Moment, dann sagte sie mit vor Traurigkeit brüchiger Stimme:

»Ich habe drei Kinder bekommen. Und eines musste ich der Rekrutierung übergeben.«

»So wie alle, oder nicht?«

»Wenn die Pädokaze Ihnen weniger lebhaft erscheinen als andere Kinder in dem Alter, dann weil wir Ihnen nicht dieselbe Liebe geben.«

»Was hat denn die Liebe damit zu tun?«

Die blonde Frau drehte sich um und warf dem Soldaten einen durchdringenden Blick zu.

»Man muss Mutter sein, um solche Dinge zu kapieren«, murmelte sie. Dann wandte sie sich ab und schaute wieder nach vorn auf die Straße.

Die Fahrerin konzentrierte sich auf die engen Kurven, die durch den schlechten Zustand des Asphalts besonders gefährlich waren, und schaltete zwei Mal so brutal den Gang zurück, dass der Bus mehrmals heftig ruckte.

»Diese Kinder werden die ganze Zeit daran erinnert, dass sie in einer Blase zerplatzen werden.« Ihrer Stimme war die unterdrückte Wut anzuhören. »Wir ziehen sie auf wie Tiere, die auf dem Schlachthof enden. Glauben Sie wirklich, dass diese Kinder leben wollen?«

»Sie reden über uns, ohne etwas zu wissen.«

»Sie reden nicht wie wir.«

»Warum sind wir nicht wie sie?«

»Warum sind sie nicht wie wir?«

»Wenn das Ihre ehrliche Meinung ist, dann muss dieser Job die Hölle für Sie sein«, brummte der Soldat.

»Ich habe keine Wahl. Mein Mann hat mich wegen einer Jüngeren sitzen gelassen. Ich muss ja schließlich Geld verdienen.«

»Sie finden bestimmt noch einen anderen Mann, Sie sind ja noch jung.«

»Wer sagt Ihnen, dass ich das will?«

In der Ferne zeichnete sich die F905 inmitten der Felder ab, die die Rue des Violettes säumten. Ungefähr einen Kilometer von der Sphäre entfernt standen dicht gedrängt provisorische Bauten. Mehrere Reihen eng gezogener Stacheldraht verhinderten, dass Spaziergänger die Sicherheitszone betraten. Durch die vielen Krater in unmittelbarer Umgebung der Sphäre sah das Gelände aus wie eine Mondlandschaft.

Der Bus hielt vor einer Durchfahrt, die von einer roten Schranke versperrt wurde. An jeder Seite stand eine Wache in einem Schilderhaus. Zwei der Aufseher im Bus bestimmten zehn Kinder, die sie bis zum Eingang der Zone begleiteten. Drei Soldaten im Drillich tauschten einige Worte mit den Männern aus dem Bus aus, dann brachten sie die Kinder zu dem größten Gebäude auf dem Gelände.

»Hoffentlich bleiben wir zusammen.«

Pelops warf Kali einen verschwörerischen Blick zu.

»Jetzt, wo ich deine Musik kenne, werden wir immer zusammen sein.«

Ein Lächeln erschien auf den Lippen des Mädchens und zauberte Helligkeit auf ihr nachtschwarzes Gesicht. Zehn Minuten später fuhr der Bus weiter.

»Auf zur F78!«, rief ein Soldat aus. »Die dickste Mutter, die ich je gesehen habe.«

HERMÈS

»Scheiße, ich hätte niemals geglaubt, dass ich so etwas mal mit eigenen Augen sehe!«

Magnus hatte weder in der Nacht noch am folgenden Tag geschlafen, er war immer noch wie vor den Kopf geschlagen. Den anderen ging es ähnlich. Camille hatte sich im Morgengrauen ins Bett gelegt, aber auch sie hatte keinen Schlaf gefunden. Sie vermisste Basile. Er hätte sicherlich einige Aspekte des faszinierenden Anblicks, den die F1674 jetzt bot, analysieren können. Er hätte zumindest Bruchstücke von Antworten gehabt. Die Sphäre war hell geworden, aber im Gegensatz zu ihrem ersten Aufleuchten war sie einen Moment lang durchscheinend gewesen, und man hatte die Bewegungen auf der anderen Seite mitverfolgen können. Schatten waren zu sehen gewesen, die schnell in alle Richtungen flitzten.

»Sieht so aus, als wäre sie bewohnt«, hatte Jason geflüstert.

Tatsächlich machte es den Eindruck, als beherberge die F1674 lebhaftes Treiben. Die Formen schossen mit einer solchen Geschwindigkeit umher, dass man unmöglich erkennen konnte, welche Größe und welchen Umfang sie hatten. Sie entwarfen ein unbeständiges, flüchtiges Muster. Die Figuren überlagerten sich, verschwanden, bildeten sich erneut, so wie ein andauerndes Feuerwerk. Das Schauspiel dauerte ungefähr zehn Minuten. Camille und die anderen waren vollkommen gebannt. Auch nachdem die F1674 ihr ursprüngliches Aussehen wieder angenommen hatte, hatten sie sich bestimmt eine Stunde lang nicht gerührt und kein einziges Wort gesprochen, so verblüfft waren sie. Dann erklärte Jason im Flüsterton, dass er gerade denselben Frieden, nur intensiver, verspürt hatte wie vor der Sphäre auf der Hochebene in den Cevennen. Éris näherte sich ihm und schloss ihn in die Arme. Die beiden waren dabei, aus den Bruchstücken ihrer zerbrochenen Familien eine neue Einheit zu formen.

Schließlich gingen alle zusammen zum Haus zurück, öffneten eine Flasche Wein und unterhielten sich die halbe Nacht lang. Camille verlieh ihrer Hoffnung Ausdruck, dass ihre Enkelin Diane und ihr Sohn Nathan vielleicht überlebt hatten, da es ja anscheinend Leben in der Kugel gab. Tränen liefen ihr über die Wangen, als sie diese Worte aussprach.

»Das würde voraussetzen, dass sie uns nicht feindlich gesinnt sind«, wandte Magnus ein. »Aber wie alle Lebewesen brauchen auch die weißen Damen Nahrung.«

»So groß wie sie sind, begnügen sie sich sicherlich nicht mit einigen Kindern«, bemerkte Jason.

»Das kommt drauf an. Denk mal an diese Riesenschlangen, die Boa constrictor. Sie verschlingen ihre Beute und brauchen dann Wochen, um sie zu verdauen …«

»Könnt ihr nicht vielleicht über etwas Schöneres reden?«, warf Éris ein.

Lange Zeit schwiegen sie, schließlich sagte Jason in die beklemmende Stille hinein:

»Glaubt ihr, dass sie einen Angriff vorbereiten?«

»Eher ihren Aufbruch«, antwortete Camille. »Aber bei ihnen weiß man es nie genau.«

Magnus warf der Sphäre einen Blick durch die Fensterfront zu. Es wurde allmählich dunkel. Ein hartnäckiger, feiner Regen fiel seit dem Nachmittag ohne Unterlass vom Himmel und tauchte die Hochebene in tiefe Trostlosigkeit.

»Morgen hau ich ab«, verkündete er.

»Wohin?«, fragte Camille.

»Keine Ahnung. Ich bin freier als ein Landstreicher, ich bin ein Vogel. Ich habe keine Familie, kein Zuhause.«

»Du kannst solange bei uns bleiben, wie du möchtest.«

Magnus lächelte zum Dank.

»Es ist nicht so, dass ich mich mit euch langweile, aber nach sieben Jahren Knast habe ich Lust, etwas umherzuziehen.«

»Hast du Geld?«

»Etwas.«

Magnus stand auf und ging zum großen Fenster. Das Geschrei von Hestia und Sibylle, die in der Badewanne spielten, mischte sich mit dem Pfeifen der Windböen im Dachgebälk. Éris bewachte einen großen Topf mit Wasser für das warme Bad der Mädchen auf dem Gasherd. Camille hatte der Elektrizitätsgesellschaft geschrieben und darum gebeten, den Strom wieder anzustellen, aber die Antwort würde bestimmt drei Wochen auf sich warten lassen.

»Jedenfalls weiß ich, wie ich an Geld komme, wenn ich welches brauche«, sagte Magnus dann.

»Hast du keine Angst, wieder ins Gefängnis zu kommen?«

Er drehte sich abrupt um und blickte Camille durchdringend an.

»Lieber verrecke ich. Und ich habe keine Angst mehr zu sterben.« Er zögerte einen Moment lang, dann fügte er hinzu: »Das ist komisch, aber seit ich die dicke Blase leuchten gesehen habe, macht mir fast nichts mehr Angst. Jetzt verstehe ich, was Basile meinte, als er behauptete, dass die Kugeln hier sind, damit die Menschen sich selbst besser kennenlernen. Ich gehe übrigens zu Fuß und lasse euch die Karre da.«

»Ich biete dir tausend Euro für den Wagen«, schlug Camille vor.

»Behaltet eure Kohle, ihr habt mir schon viel mehr als tausend Euro gegeben.«

Magnus verließ das Haus bei Anbruch der Morgendämmerung. Auf dem Küchentisch lagen die Autopapiere und ein Stück Papier, auf dem gekritzelt stand: *Danke und viel Glück.*

Hermès, der Briefträger, ein junger Mann mit funkelnden Augen, reichte Camille einen Brief und wartete darauf, dass sie ihn öffnete. Er war offensichtlich neugierig zu erfahren, was darin stand. Das war seine Art, am Leben der Menschen teilzunehmen, bei denen er vorbeikam. Der Brief stammte von der Geschäftsstelle des Gerichts in Millau. Camille überflog in Windeseile die Zeilen. Nachdem das Gericht ihren Antrag geprüft hatte, wurde ihr mitgeteilt, dass

Monsieur Basile Traoré seine Haft in der Strafanstalt von Toulouse-Seysses verbüßte und dass er, unter bestimmten Bedingungen, das Recht hatte, Besuch zu empfangen. Weiterhin stand dort geschrieben, dass Madame Catel Pernelle in dem Gefängnis von Fleury-Mérogis in der Nähe von Paris einsaß und dass auch sie das Recht hatte, Besuch zu empfangen.

Am Briefende waren ein paar Zeilen mit der Hand hinzugefügt worden: *Ich hoffe, dass diese Informationen Ihnen dienlich sind. Mit freundlichen Grüßen, Chloé Dutertre, Sekretärin in der Geschäftsstelle des Gerichts von Millau.*

»Was heißt das?«, fragte Hermès.

»Das Gericht hat sich einverstanden erklärt, mir mitzuteilen, in welchen Gefängnissen mein lieber Basile und meine Tochter Catel sind.«

Der Briefträger nickte lächelnd.

»Manchmal sind sie echt wieder human.«

Strahlender Sonnenschein war auf den Regen der vergangenen Tage gefolgt. Die Luft war voller betörender Düfte. Der Briefträger verabschiedete sich und ging zu seinem Postauto zurück. Camille fasste einen Entschluss: Da Basile Besuch bekommen durfte und da Magnus ihr sein Auto geschenkt hatte, würde sie sich noch heute auf den Weg nach Toulouse machen, auch wenn sie schon seit Urzeiten nicht mehr gefahren war.

Als sie Jason und Éris von ihren Plänen erzählte, bot Jason sofort an, sie zu begleiten. Sie lehnte ab, denn für jemanden, der sich vor den Brigaden versteckte, war es viel zu gefährlich, in eine so große Stadt wie Toulouse zu fahren.

»Ich habe keinerlei Angst mehr«, insistierte Jason. »Wie

Magnus. Außerdem bist du sehr erschöpft. Es ist besser, wenn wir zu zweit fahren.«

Camille blickte fragend zu Éris, aber die unterstützte voll und ganz Jasons Vorschlag, sodass Camille letztlich zustimmend nickte. Dann schauten sie sich die Strecke auf einer alten Straßenkarte an, die sie in Basiles Büro fanden. Sie würden über Saint-Affrique, Albi, Castres, Revel, Villefranche-de-Lauragais und Venerque fahren, dabei die großen Hauptverkehrsstraßen meiden und Muret erreichen, indem sie um Toulouse herumfuhren.

»Ist dir das nicht zu viel, wenn du mit den zwei Mädchen allein bist?«, fragte Camille Éris. »Vielleicht müssen wir in Toulouse übernachten.«

»Macht euch um mich keine Sorgen. Seid einfach vorsichtig.«

Gegen zehn Uhr am nächsten Morgen brachen sie auf. Sie rechneten damit, am Nachmittag in Muret anzukommen. Jason blieb noch einen Moment mit Éris allein, bevor er zu Camille in den Wagen stieg.

»Ihr beide scheint euch ja wirklich blendend zu verstehen«, rief sie aus, nachdem Jason den Wagen gestartet hatte.

»Wir haben es beide eilig, die echte Liebe kennenzulernen. Wir haben schon genug Zeit verloren. Und unsere Töchter verstehen sich auch gut.«

Nach zweieinhalb Stunden hatten sie endlich Albi erreicht. Es war unmöglich, auf der kurvenreichen, schlecht erhaltenen Straße schnell zu fahren, streckenweise war es regelrecht gefährlich. Die wenigen Autos und Lastwagen, die ihnen begegneten oder denen sie hinterherfuhren, kamen genauso langsam voran. Immerhin gab es keine Straßensperren, nur ein Bus der Vereinten Nationen, der von einem Kanonenfahrzeug eskortiert wurde, kreuzte ihren Weg.

»Das sind Pädokaze«, sagte Jason bestimmt.

»Woher weißt du das?«

»Ich kenne diese Busse. Sie bringen die Isaaks zu den verschiedenen Stützpunkten.«

Camille presste die Lippen aufeinander.

»Eines Tages wird die Menschheit sich ihrer selbst schämen.«

»Die Menschheit wird das alles schnell vergessen. Die Menschen werden wieder um einen Zipfel Land kämpfen, um Götter, um Ressourcen. Wenn es nötig ist, werden sie dafür Kinder benutzen. Ich habe mir Basiles alte Bibel ausgeliehen. Wir haben von der verbotenen Frucht gegessen, die Sünde haftet uns an.«

»Basile hat die Texte nicht wortwörtlich genommen, sondern sie als sinnbildliche Lehre verstanden, als Anker für das Bewusstsein. Die verbotene Frucht steht vielleicht für den Hochmut, den Anspruch, alles zu wissen, den Verlust der Unschuld. Der Baum der Erkenntnis verleitet zum Urteilen. Wir trennen, teilen in Gut und in Böse ein. In diesem Sinne ist es sicherlich die ursprüngliche Sünde, die uns dazu treibt, zu benennen, zu klassifizieren, zu vergleichen. Sie hindert uns daran, das Unbekannte, das Geheimnisvolle kennenzulernen. Die Sünde hat uns dazu gebracht, die weißen Damen als Feinde zu betrachten.« Camille zeigte auf den Bus, der mit mäßigem Tempo vor ihnen fuhr und dabei die engen Kurven in dichten, schwarzen Rauch hüllte. »Das Ergebnis ist das sinnlose Opfern dieser Kinder.«

Auf ihrem Weg sahen sie noch mehrere Sphären auf den

umliegenden Hügeln. Der Bus und das Begleitfahrzeug bogen von der Landstraße auf einen holprigen Weg ab und waren bald außer Sicht.

»Hier in der Gegend muss es einen Stützpunkt geben«, bemerkte Jason.

In Vabres-l'Abbaye machten sie an einer Tankstelle Halt. Während Jason den einzigen Zapfhahn in die schmale Tanköffnung drückte, kam ein Geländewagen herangefahren und hielt direkt hinter ihnen an. Drei Männer in blauen Uniformen stiegen aus und entfernten sich ein Stück von der Zapfsäule, um zu rauchen. Sie gehörten nicht zur Interventionsbrigade, sondern wahrscheinlich zum Rekrutierungsdienst. Jason erkannte sich in den Männern wieder. Er war genauso jung, stolz und überheblich gewesen, als er in der Basis von Toulon angefangen hatte. Diese Soldaten glaubten, dass sie, auch wenn sie nicht im Besitz der alleinigen Wahrheit waren, ihr doch dienten. Jason versuchte, sich so unauffällig wie möglich zu verhalten. Das hier war nicht der richtige Augenblick, um Aufmerksamkeit auf sich zu ziehen. Die Männer der Brigade würden die erstbeste Gelegenheit ergreifen, um ihre berauschende Macht auszuspielen, die ihnen ihr militärischer Rang verlieh.

Ein Soldat näherte sich Jason gemächlich, nachdem er seine Zigarette mit der Stiefelspitze ausgedrückt hatte. Jason suchte Camilles Blick, die noch im Auto saß. Sie sah besorgt aus.

»Woher kommen Sie?«

Jason ließ sich mit der Antwort Zeit. Er hängte den Zapfhahn sorgfältig in die Vorrichtung der Säule zurück und schloss den Tankdeckel, dann sagte er:

»Aus Millau.«

»Wo fahren Sie hin?«

»Toulouse.«

»Was wollen Sie dort?«

Der Soldat konnte nicht viel älter als zwanzig sein, das verrieten die Akne und die kindlichen Gesichtszüge. Seine hellbraunen Augen blickten so hart wie Stahl. Die rechte Hand lag auf dem Halfter seiner Pistole. Die kurzen, braunen Haare flogen im Wind.

»Wir machen einen Krankenbesuch.«

»Jemand aus der Familie?«

Jason deutete mit dem Kinn auf Camille.

»Ihr Mann. Ich begleite sie, weil sie nicht in der Lage ist, Auto zu fahren.«

Der Soldat nickt ernst und verständig.

»Geben Sie acht. Gute Fahrt.«

Er salutierte flüchtig und ging zu seinen Kameraden zurück. Jason besorgte zwei Käsesandwichs und zwei Flaschen Wasser im Tankstellenshop, bezahlte alles und ging, ohne Hast, zum Auto zurück. Einige Kilometer weiter hielten Camille und er an einem Rastplatz an und aßen im Schatten der Bäume hungrig ihre Brote.

Die Anfang der 2000er-Jahre errichteten Gebäude hatten ihre ursprüngliche Farbe verloren und sahen nur noch grau und düster aus. Rost breitete sich auf den Gittern und den Eisenpfosten hoch oben auf den Mauern aus. Die Uhr einer kleinen Backsteinkirche zeigte drei Uhr nachmittags, als sie in Muret ankamen. Eine Viertelstunde später hielt Jason das

Auto auf dem leeren Parkplatz des Gefängnisses von Seysse an. Der Himmel war zugezogen, die ersten, vereinzelten Tropfen fielen schon und kündigten einen Wolkenbruch an.

Jason und Camille gingen zum Empfang. Der widerliche Geruch erinnerte Camille an ihr Leben bis vor wenigen Wochen. In allen Gefängnissen herrschte der gleiche Gestank. Hinter der dicken Scheibe wachte ein Pförtner mit einem runden Gesicht und argwöhnischen Augen. Mit einer Handbewegung forderte er sie zum Sprechen auf.

»Ich möchte einen Inhaftierten besuchen, Basile Traoré«, erklärte Camille.

»Haben Sie einen Termin vereinbart?«

»Wir kommen aus Millau. Wir wussten nicht, dass man sich vorher anmelden muss.«

Ein Wurstfinger des Pförtners bahnte sich einen Weg zwischen seinem dicken Hals und seinem Hemdkragen hindurch.

»Das ist ein Gefängnis. Glauben Sie etwa, Sie können hier einfach so rein- und rausspazieren?«

»Nein, natürlich nicht, aber wir haben keine Möglichkeit …«

»Basile Traoré haben Sie gesagt?«

Der Pförtner griff zum Telefon, unterhielt sich einige Minuten leise, legte auf und beugte sich wieder zu den Besuchern vor.

»Heute geht es nicht.«

Eine schartige Klinge bohrte sich tief in Camilles Bauch.

»Warum?«

»Ich bin nicht berechtigt, Ihnen darauf eine Antwort zu geben.«

»Wann also dann?«

»Das weiß ich nicht, Madame. Ich entscheide das nicht.«

Camille suchte Jasons Augen, sein Blick machte ihr Mut.

»Glauben Sie, dass ich ihn morgen besuchen kann?«

Der Pförtner sah sie teilnahmsvoll an.

»Kommen Sie morgen wieder, wenn Sie das möchten. Vergessen Sie Ihren Ausweis nicht. Mehr kann ich nicht für Sie tun.«

»Sie können nicht …?«

»Gehen Sie jetzt, oder ich lasse Sie hinauswerfen.«

Camille wollte nicht locker lassen, aber Jason nahm sie am Arm und zog sie nach draußen. In einem langen Atemzug entledigte sie sich ihrer ganzen Wut und Verzweiflung. Auf ihrem Gesicht vermischten sich Regen und Tränen.

»Fahr zurück, wenn du willst. Ich bleibe bis morgen hier«, brachte sie hastig hervor.

»Und wie willst du zurückkommen?«

»Mit dem Zug oder dem Bus. Ist auch egal.«

»Ich bleibe bei dir. Ich kann dich hier unmöglich allein lassen.«

»Willst du denn nicht zurück zu Éris?«

»Sicher doch, aber sie wird sauer auf mich sein, wenn sie erfährt, dass ich dich im Stich gelassen habe.«

Camille hob die Augen zum Himmel, dann schüttelte sie ihre nassen Haare.

»Morgen ist ein neuer Tag. Jetzt suchen wir ein Hotel.«

ARÈS

Die F78, eine Sphäre von dreihundertfünfzig Metern Durchmesser, nahm das gesamte freie Feld ein. Stacheldraht säumte die Fläche, die von schwarzgerandeten Kratern bedeckt war. Zahlreiche Militärfahrzeuge standen auf dem schlammigen Parkplatz vor den provisorischen Bauten, die als Büro, Lager, Labor, Aufenthalts- und Speiseraum dienten. Ein Stück entfernt, direkt vor der Kugel, hatten die Pioniere mehrere Unterstände in die Erde gegraben. Dank der Betondächer und der Panzerglasscheiben konnten die Soldaten die Explosionen aus nächster Nähe beobachten. Der Stützpunkt Beautheil war im Umkreis von fünf Kilometern abgesperrt. Privatpersonen, die die Sicherheitszone betreten wollten, mussten eine der Straßensperren passieren. Erlaubt war die Durchfahrt nur den wenigen Anwohnern, die meisten waren Bauern, sowie den Post- und Paketboten, dem ärztlichen Notdienst und bestimmten Lieferwagen. Pro Tag kam mindestens ein Lastwagen im Lager an. Die Bestände an chemischen Produkten und giftigen Gasen mussten stets aufgefüllt werden, denn jeden Monat wurden zwei Mal je zehn Explosionen ausgelöst, wobei der Sprengstoffverbrauch auch kontinuierlich anstieg.

Colonel Arès Bencher, der für den Stützpunkt verantwortlich war, versuchte nun schon seit fünfzehn Jahren, die F78 zu zerstören. Seit er das Kommando hatte, waren fast viertausend Pädokaze in den Bauch des Ballons geschickt worden, der neben Warze, Kürbis oder Nimmersatt meist großer Puff genannt wurde. Jede Woche schickte Bencher einen Bericht ins Armeeministerium und verlangte stets höhere Mittel und weitere Rekruten. Zwanzig Isaaks im Monat waren zu wenig, wenn seine Mission erfolgreich sein sollte. Die bisherigen Ergebnisse waren zwar immerhin ermutigend, mehrmals schon hatte sich die Form der Sphäre nach den Explosionen verändert, aber um sie vollends zu zerstören, mangelte es an Mensch und Material. Colonel Bencher war der Meinung, dass das Militär die Explosionen verdoppeln oder gar verdreifachen müsse, um den Widerstand der Sphäre endgültig zu brechen. Während der zwei Wochen, die zwischen den Ankunftstagen der Isaaks lagen, wurden alle Bemühungen seiner Truppe zunichte gemacht. Das Ministerium sandte ihm stets die gleiche Antwort auf seine Berichte: Die Zahl der Geburten ging drastisch zurück, und die Rekrutierung der Isaaks wurde zunehmend schwieriger. Arès Bencher schloss daraus, dass die Feinde der Menschen dabei waren, diesen Krieg zu gewinnen. Die Zeit, die einfach alles auffraß, war auf ihrer Seite. Sobald es keine Pädokaze mehr gab, wären die Sphären die Herrscherinnen über die Erde, und die Menschheit würde in Vergessenheit geraten. Arès schimpfte auf die Bevölkerung, der es an Pflichtgefühl mangelte. Er selbst hatte zwei seiner fünf Kinder für die gute Sache hergegeben. Wenn alle seinem Beispiel folgen würden, gäbe es genügend kleine Soldaten.

Er versuchte, seine Männer für die Sache zu begeistern, und hoffte, dass der Funken während irgendeinem der zahllosen Angriffe überspringen würde, aber die Soldaten büßten zunehmend und unaufhaltsam an Motivation ein. Die Männer litten darunter, sieben oder acht Wochen lang von ihren Familien getrennt zu sein, und sie verstanden die Notwendigkeit nicht, einen Kampf fortzuführen, den sie bereits für verloren hielten. Als der große Puff in der vorvergangenen Nacht geleuchtet hatte, war dieses Gefühl der Sinnlosigkeit und der Ohnmacht nur noch stärker geworden.

Auch Arès Bencher musste gegen die Entmutigung ankämpfen, die sich im Stützpunkt Beautheil ausbreitete. Am Vorabend waren zehn neue Pädokaze angekommen. Er hatte die Kinder untersucht, so wie er das jedes Mal tat, und wie immer verblüffte ihn ihre Ausdruckslosigkeit, ihre Apathie, die scheinbare Resignation. Diese Wesen schienen keine Seele zu haben. Bei einer Abendveranstaltung des Bürgermeisters von Coulommiers hatte ein Psychiater ihm anvertraut, dass die Isaaks angesichts der Aussicht, vor ihrem vierten Lebensjahr zu sterben, jegliche Gefühle ausschalteten, als ob dieser Bereich ihres Gehirns sich niemals entwickelte. Diese Reaktion war ein Selbstschutz: Ihr Unterbewusstsein verheimlichte ihnen das Syndrom des Verlassen-worden-Seins und den Mangel an Zuneigung, den ihr Opferstatus mit sich brachte.

Der Colonel hatte sich darüber gefreut. Wenigstens hatten seine zwei Kinder, Cain und Lilith, nicht gelitten. Und die viertausend Kinder, die man der F78 bisher zum Fraß vorgeworfen hatte, auch nicht. Tief im Inneren wusste er, dass das nur ein schnöder Kuhhandel mit seinem Gewissen war, aber er versteckte sich hinter dieser Haltung der Pflichterfüllung und der höheren Bedeutung für die ganze Menschheit. Natürlich hätte er lieber mit der Waffe in der Hand auf einem richtigen Schlachtfeld, in der Wüste oder im Dschungel, menschliche Feinde bekämpft, so wie einst die fanatischen islamischen Fundamentalisten. Aber seine Zeit und seine Kriege konnte man sich nicht aussuchen.

»Colonel Bencher.«

Émile Dorin nahm zur Begrüßung Haltung an, als Arès Bencher ins Labor stürzte. Mit seinen fünfzig Jahren, war der hagere Dorin zweifellos einer der besten Sprengmeister seiner Generation, wahrscheinlich sogar der gesamten französischen Armee.

Colonel Bencher blickte mit scharfen Adleraugen auf die verschiedenen Mischungen auf der riesigen Werkbank. Die sechs Assistenten des Sprengmeisters in den grauen feuerfesten Overalls hatten ebenfalls Haltung angenommen und die Sauerstoffmasken vor die Brust gedrückt. Der Schein der aufgehenden Sonne fiel durch vier runde Dachluken. Der beißende Geruch nach Chemikalien ließ einen kaum atmen. Bencher wurde sich wieder einmal bewusst, dass seine Männer unter sehr prekären Bedingungen arbeiteten. Er hatte großes Glück gehabt, dass er in fünfzehn Jahren nur zwei Männer, beide Opfer einer Gasvergiftung, verloren hatte.

»Rührt euch, Männer. Gibt es etwas Neues, Dorin?«

»Wir werden eine neue Dosierung testen, *mon colonel*, für den Sprengstoff und auch für das Giftgas.«

»Die gleiche Prozedur wie beim letzten Mal?«

»Ich denke, wir sollten folgendermaßen vorgehen: Die zehn Pädokaze zur gleichen Zeit hineinschicken, aber ein Abstand von fünf Sekunden zwischen den einzelnen Explosionen, um die zerstörerische Wirkung zu steigern. Vorsicht: Der Sprengstoff ist hochempfindlich. Wir müssen die Westen mit allergrößter Vorsicht anlegen, oder sie explodieren, noch bevor wir mit den Vorbereitungen fertig sind.«

»Wann seid ihr bereit?«

»Wir sind schon bereit, *mon colonel.* Wir warten nur noch auf Ihren Befehl.

»Heute?«

»Heute scheint mir ein perfekter Tag. Die Wettervorhersage ist gut.«

»Fünfzehn Uhr. Hoffentlich erzielen wir dieses Mal ein Ergebnis.«

»Das hoffen wir jedes Mal, *mon colonel.*«

Ein bitteres Lächeln huschte über die trockenen Lippen von Arès Bencher.

»Wir spielen jetzt unsere letzten Karten aus, Dorin.«

Bencher verließ das Labor und ging zu dem Gebäude, wo die Pädokaze untergebracht waren. Den Soldaten, die seinen Weg kreuzten, schenkte er keine Beachtung. Die Minibomben waren alle wach. Einige aßen ihr Frühstück, Croissants und heiße Schokolade – er selbst hatte auf diesem letzten Vergnügen für die Isaaks bestanden –, andere lagen auf ihren Betten. Ein Pfleger wusch in einer Dusche einen Jungen, der seine Kleider schmutzig gemacht hatte.

Ein Junge und ein Mädchen, die auf einem Bett saßen, erregten Arès Benchers Aufmerksamkeit. Der Kontrast zwischen den blonden Haaren, den blauen Augen, der hellen Haut des Jungen und der schwarzen Haut, den gekräuselten Haaren und den kohlrabenschwarzen Augen des Mädchens war frappierend.

Mit einer raschen Handbewegung bedeutete er den Pflegern und Soldaten, die stehen blieben, um ihm zu salutieren, wieder ihren Aufgaben nachzugehen. Dann ging er zu den beiden Kindern und hockte sich vor das Bett, um ihnen direkt ins Gesicht schauen zu können.

»Hallo«, sagte er mit weicher Stimme und betonte jede Silbe einzeln. »Ich bin Colonel Bencher. Wie heißt ihr?«

Er erhielt keine Antwort, keiner von beiden verzog auch nur die Miene. Ein Pfleger kam ihm zu Hilfe.

»Der Junge heißt Pelops und das Mädchen Kali. Ihren Unterlagen zufolge leiden beide an einer Form von Autismus. Der Zufall will es, dass der Großvater des Jungen Sprengmeister war, ein Lieutenant.«

Sie verschanzen sich hinter einer Mauer aus Gleichgültigkeit, dachte Bencher. *Der Psychiater hatte recht.* Ihm ging auch durch den Kopf, dass ihre Vornamen das Opfern und die Zerstörung symbolisierten, wie Cain und Lilith. Sicher hatten die Eltern der Kinder, so wie er auch, diese Namen gewählt, um sich auf die Trennung vorzubereiten.

Er versuchte noch einmal, eine Reaktion in den Kindern hervorzurufen, aber als die nicht kam, stand er wieder auf.

»Ich würde gern wissen, was sie denken«, murmelte er in Richtung des Pflegers.

»Dazu müssten sie erst einmal überhaupt denken …«

»Aber einige von ihnen sprechen doch, oder nicht?«

»Nur sehr wenige. Und sie sagen nur einzelne Worte.«

Arès Bencher betrachtete ein letztes Mal die beiden auf dem Bett sitzenden Kinder.

»Wahrscheinlich ist das besser so …«

Am frühen Nachmittag wurden die Pädokaze abgeholt und in die Mitte des Feldes, zwischen der Sphäre und den Gebäuden, gebracht. Eine schrille Alarmsirene forderte das Lagerpersonal auf, sich in die Unterstände zu begeben – mit Ausnahme der Sprengmeister, der Pfleger, die die Kinder betreuten, und der Assistenten, die alle feuerfeste Overalls und Atemmasken trugen.

»Ich bin froh, dass ich bei dir bin, Pelops.«

»Ich auch, Kali. Und ich bin froh, dass ich bald in der Sphäre sein werde. Ich höre ihren Gesang.«

»Den Gesang höre ich auch. Warum hören die anderen ihn nicht?«

Pelops beobachtete die Isaaks rechts und links neben ihm. Auch wenn ihre Gedanken, ihre innere Musik nicht zu ihm drangen, wusste er doch, dass sie auch den Gesang der Sphäre wahrnahmen. Sie hatten keine Angst, ebenso wenig wie er, und ihre Freude war so groß wie seine auch. Sie alle vereinte das Gefühl, eine feindliche, trostlose Welt zu verlassen und nun endlich an einen Ort zu gelangen, wo sie sich wohl fühlen würden.

Die Sprengmeister legten ihnen die Sprengstoffwesten mit fast hypnotischer Langsamkeit an. Bei jeder Bewegung fürchteten sie, eine vorzeitige Explosion auszulösen.

»Das ist wie mit einer Frau, ja, *mon lieutenant*«, flüsterte einer der Männer. »Man darf nicht zu früh kommen.«

»Du bist vielleicht manchmal bescheuert, Mirko!«, erwiderte eine weibliche Stimme.

»Ihr Zwei, beruhigt euch und konzentriert euch auf eure Aufgabe«, schimpfte Émile Dorin.

»Es ist wirklich ein Riesenglück, dass wir sie einfach wie Marionetten bewegen können«, sagte die weibliche Stimme noch.

»Jo. Stell dir vor, sie laufen zu den Unterständen!«, rief Mirko aus.

»Was habe ich euch gerade gesagt?«, knurrte Dorin.

Im Grunde konnte der Sprengmeister seine Assistenten verstehen: Wie alle, die dem Tod unentwegt von der Schippe sprangen, hatten sie das tiefe Bedürfnis, Scherze zu machen; die Zähne auseinander zu kriegen, um den Druck loszuwerden, der ihnen die Kehle zuschnürte und die Brust zusammendrückte. Er selbst hielt sich immerzu vor Augen, dass er bei einer einzigen falschen Bewegung jeden Moment in die Luft fliegen konnte. Als die mit Sprengstoff und Gasbehältern versehenen Westen den Pädokaze angelegt waren, programmierten die Assistenten die Zeiten der Sprengkapseln so, dass sie jeweils im Abstand von fünf Sekunden zünden würden.

»Das ist ruckzuck gegangen, wir haben noch fünf Minuten.«

Die Assistenten ließen die Pädokaze zurück und gingen mit den Pflegern zu den Unterständen.

»Tut mir sehr leid, Minibomben.«

Die letzten Worte von Émile Dorin erstarben in den Ohren der Kinder wie ein reuevoller Seufzer.

»Was passiert jetzt mit uns? Werden wir sterben?«

»Ich weiß es nicht. Aber wir bekommen bald die Antwort. Hab Vertrauen.«

»Ich habe Vertrauen. Ich werde das Leben hier nicht vermissen.«

»Ich auch nicht. Gehen wir?«

Die Isaaks gingen alle im selben Moment los. Zuerst liefen sie ruhig und langsam, dann beschleunigten sie das Tempo, je näher sie der Sphäre kamen. Pelops hatte plötzlich das Gefühl, vom Boden hochgehoben und in Richtung der Sphäre gedrückt zu werden. Er musste sich gar nicht bewegen. Ein kraftvoller Wind packte ihn und trug ihn fort. Erinnerungen strömten auf ihn ein, viele Bilder, die sich überlagerten und doch vollkommen klar waren. Das Gesicht der Frau, die sich seine Mutter nannte, der Mann, der vorgab, sein Vater zu sein, die Frau, die seine Großmutter sein sollte, der Mann mit dem weißen Bart, dessen Haut so schwarz war wie die von Kali. Vor seinem geistigen Auge erschienen auch sein Bruder Ulysse, seine Schwester Diane, das Innere eines Hauses, ein Zimmer, ein Auto, ein Bus, ein Gitterbett, Landschaften, die Buchstaben auf den Buchdeckeln … Die Musik der Sphäre legte sich erneut über diese Bilder und löste sie auf. Sie radierte seine Vergangenheit aus und bereitete ihn auf seine neue Existenz vor.

Als er durch die Außenhülle der Sphäre drang, war er für einen Moment wie geblendet. Er gelangte in eine düstere, stille Welt. Nicht weit von ihm entfernt erkannte er Kalis Silhouette, sie lag auf einem weichen, bequemen Untergrund. Etwas weiter weg entdeckte er auch die Umrisse der anderen Isaaks. Als seine Augen sich an die Dunkelheit gewöhnt hatten, wurde ihm klar, dass sie sich im Inneren einer kleineren, nackten Kugel befanden, deren Hülle hell und klar war. Warme, weiche Strömungen drangen in seinen Kopf, andere flossen durch seinen ganzen Körper bis in alle Glieder.

»Spürst du diesen Lufthauch, Pelops? Man könnte meinen, das seien unsichtbare Wesen.«

»Ich habe das Gefühl, dass sie unsere Maße nehmen. Sie machen einen Abdruck.«

»Einen Abdruck wovon?«

»Einen Speicherabdruck von jedem von uns.«

Pelops glaubte, dass die unsichtbaren Wesen auch versuchten, die Bomben an den Westen zu entschärfen, aber dann schallte ein schrecklicher Lärm in ihm und er fühlte sich in Stücke gerissen, als schleuderte man ihn in alle Richtungen gleichzeitig.

»Also, Dorin, was meinen Sie?«

Arès Bencher legte das Fernglas auf das Brett unter dem Observationsfenster zurück.

»Sie stellen wohl dasselbe fest wie ich, *mon colonel*: Unser großer Puff ist vollkommen grau und auch sehr viel kleiner geworden, so wie jedes Mal. Noch ist es zu früh. Wir können noch nicht sagen, ob die Sphäre ernsthaft getroffen wurde oder ob sie bald wieder zu ihrer alten Form und Farbe zurückfindet.«

Colonel Arès Bencher hegte keinen Zweifel über den Ausgang der Operation, und er musste an seine Vernunft appellieren, um nicht in der Welle der Mutlosigkeit zu versinken, die über ihm zusammenschlug.

JULES

Jason wartete schon seit einer Stunde im Auto. Er hatte Camille nicht ins Gefängnis begleitet, weil er sie bei ihrem Wiedersehen mit Basile nicht stören wollte, aber auch weil er keinen Ausweis besaß, den er an der Kontrolle vorzeigen konnte.

Er rauchte eine Zigarette, die scheußlich schmeckte, und betrachtete den blassblauen Himmel. Am Vorabend, als er sich die Packung besorgt hatte, war er überzeugt gewesen, dass der Geschmack des schwarz gehandelten Tabaks die trostlose Nacht in dem schäbigen, winzigen Hotelzimmer, das Camille und er in der Nähe des Gefängnisses gefunden hatten, erträglicher machen würde. Er hatte Éris versprochen, mit dem Rauchen aufzuhören, aber die Zigarette hatte trotz der schlechten Qualität eine schöne Erinnerung zurückgebracht. Jason hatte schlecht geschlafen. Immer wieder hatte er sich in dem schmalen, quietschenden Bett hin und her gewälzt und sich gefragt, was aus seiner Mutter, was aus seiner Frau geworden war – da Fanny und er sich nicht hatten scheiden lassen, war sie immer noch seine Ehefrau. Er überlegte auch, wie es seinen Kameraden der Brigade Arès ergangen war. Das ungute Gefühl, das ihn erfasst hatte, hinterließ in ihm einen vagen, aber hartnäckigen Eindruck vom Ende der Welt. Seit die F1674 zum zweiten Mal hell geworden war, hatte er sich verändert, als ob die plötzliche Helligkeit der Sphäre seine alten Gewissheiten ausgelöscht hatte. Er hatte keine Vorstellung mehr davon, wer er war, und war sich seiner Wünsche und seiner Hoffnungen nicht mehr sicher. Er trieb wie eine Qualle auf dem bewegten Meer seiner Gedanken umher. Sicherlich war das der Grund, warum er sich die ganze Nacht an Erinnerungen festgeklammert hatte, die um die Menschen seines Lebens kreisten: seine Mutter, seine Frau, seine Kameraden aus der Kaserne … Es musste sich um einen Reflex handeln, eine Chance, gegen die Angst anzukämpfen, dass sein Innerstes gerade nach einem Schiffbruch fortgespült wurde und er nichts weiter wäre als eine leere Muschel. Wenn er versuchte, sich seine Zukunft vorzustellen, waren es Hestia, Sibylle und Éris, die ihn auf seinem Weg begleiteten. Um sie herum, das sagte ihm seine Intuition, würde er eine neue, bessere Welt bauen können.

Camilles zierliche Gestalt erschien vor dem Eingang der Strafanstalt. In dem Moment, als er ihre hängenden Schultern, ihr trauriges Gesicht und ihre rotgeränderten Augen sah, wusste Jason, dass sie schlechte Nachrichten hatte. Er stieg aus dem Wagen und ging ihr entgegen. Sie warf sich in seine Arme und blieb lange Zeit, mit dem Kopf an seine Schulter gelehnt, stehen. Er wartete, bis sie zu weinen aufhörte, dann fragte er leise: »Was ist passiert?«

Es dauerte einige Zeit, bis sie sprechen konnte.

»Basile … er … er …«

Er musste nicht mehr hören, um zu wissen, dass Basile etwas Schlimmes zugestoßen war.

»Er ist von anderen Insassen angegriffen worden.« Camille sprach so klar und deutlich, wie sie konnte, musste aber immer wieder aufschluchzen. »Sie haben ihn verprügelt. Er lag mehrere Tage im Koma. Gestern ist er gestorben.«

»Gestorben?«

Jason war wie erstarrt, eine ganze Weile verging, bis er begriff, was Camille da sagte.

»Warum haben sie ihn angegriffen?«

»Wegen seiner Meinung über die Sphären. Die anderen Häftlinge hatten Angst vor Magnus, der Basile beschützt hat, solange er einsaß. Aber nachdem Magnus entlassen wurde, haben sie sich an ihm gerächt.«

»Bist du sicher, dass …«

»Die Wärter haben mich in die Leichenhalle des Gefängnisses gebracht, damit ich ihn sehen kann. Und das Gefängnis hat eine seiner Schwestern benachrichtigt. Wenn sie nicht innerhalb von zwei Tagen hier auftaucht, übergeben sie mir den Leichnam, damit ich ihn bestatten lassen kann.«

Sie hielt inne und brach wieder in heftiges Weinen aus.

»Ich glaube nicht, dass seine Schwester oder sonst jemand aus der Familie hierherkommt«, sagte sie schließlich, nachdem sie sich die Augen mit einem Taschentuch getrocknet hatte. »Ich werde drei oder vier Tage hierbleiben und die Formalitäten erledigen.«

»Ich bleibe bei dir.«

Camille schüttete den Kopf.

»Fahr nach Millau zurück. Ich weiß noch nicht, was alles auf mich zukommt. Vielleicht muss ich eine Zeit lang hier vor Ort sein. In einer der Kisten, die im Küchenschrank stehen, ist noch Geld. Das müsste euch reichen, bis ich wiederkomme.«

»Ich kann dich doch hier nicht allein lassen«, protestierte Jason.

»Ich muss jetzt allein sein.« Sie sprach mit Bestimmtheit und legte ihre Hand auf seinen Arm. »Ich bitte dich darum.«

Er nickte langsam, denn er verstand, dass sie ihre Entscheidung nicht mehr ändern würde.

»Aber ich bringe dich zumindest noch zum Hotel.«

»Einverstanden. Mir ist jetzt auch nicht nach einem Spaziergang zumute.«

»Und wenn Basiles Schwester hier aufkreuzt?«

»Das würde mich sehr wundern. Sonst lässt sie sich ja nie blicken. Meinetwegen kann sie sich auch um alles kümmern. Vielleicht hilft ihr das, sich mit ihrem Bruder auszusöhnen.«

»Meinst du, du kannst ein Grab auf einem Friedhof in der Nähe bekommen?«

»Das Gefängnis hat eine Abmachung mit der Gemeindeverwaltung von Seysses. Auf dem Friedhof gibt es eine Ecke, wo die verstorbenen Häftlinge beerdigt werden, wenn sich niemand von der Familie meldet.«

Als Jason Camille am Hotel absetzte, gab sie ihm noch hundert Euro für Benzin und wünschte ihm eine gute Fahrt. Zum Abschied küsste sie ihn auf die Wange, dann stieg sie aus dem Wagen und verschwand in der leeren Hotelhalle.

Der Zug zockelte schon eine ganze Weile gemächlich dahin. Die ersten beiden Stunden hatte Camille im Gang gestanden, bis sie endlich einen Sitzplatz fand, gerade als sie in den Bahnhof von Caussade einfuhren. Neben ihr saß eine dicke Frau, die sich unentwegt bewegte. An die Fensterscheibe gepresst betrachtete Camille die Hügellandschaft von Quercy und versuchte, ihre nervige Nachbarin zu ignorieren, die, wenn sie nicht etwas knabberte, keuchte oder murmelte oder auch noch mit den Fingern auf dem Tischchen vor sich herumtrommelte.

In den letzten Tagen hatte Camille so viel geweint, dass sie sich vollkommen leer fühlte. Basiles Beerdigung zu organisieren hatte sie erschöpft. Sie hatte hart mit der Gemeindeverwaltung von Seysses kämpfen müssen, denn im Rathaus war man zunächst nicht bereit, sich an die Abmachung mit der Haftanstalt zu halten. Es war schwierig, behördlichen Problemen zu begegnen, wenn der Kummer einen gerade auffraß. Letztlich konnte sie sich nur durchsetzen, weil sie den Gefängnisdirektor telefonisch um Unterstützung bat. Anschließend kontaktierte sie zwei Bestattungsunternehmen, die eher zögerlich auf ihre Anfrage reagierten. Ein Institut erklärte sich schließlich bereit, die Bestattung um acht Uhr morgens durchzuführen. Camille begleitete die Bestatter in den Aufbahrungsraum im Gefängnis, wo Basiles Leichnam in den Sarg gelegt wurde, dann nahm sie sich ein Taxi und folgte dem Leichenwagen zum Friedhof, der fünf Kilometer außerhalb der Stadt lag. Als sie vor dem Grab standen, fragten die Männer sie, ob sie einige Worte sprechen wollte. Sie lehnte den Vorschlag mit einem Kopfschütteln ab. Sie wollte ihre unendliche Traurigkeit lieber für sich behalten. Sie verspürte eine unglaubliche Wut auf die Häftlinge, die Basile getötet hatten, auf die Justiz, die ihn zu einer Gefängnisstrafe verurteilt hatte, auf seine Familie, die ihn fallen gelassen hatte. Camille war einfach schrecklich wütend auf eine Welt, die die Verdienste eines Mannes wie Basile missachtete. Es schien ihr absurd und ungeheuerlich, dass sie auf der Beerdigung eines solch wertvollen Menschen allein war. Nur ein leiser, trister Regen war an jenem Tag vom Himmel niedergegangen.

In der Ferne entdeckte Camille eine weiße Dame. Sie hegte keinen Groll gegen die himmlischen Besucherinnen. Die Schandtaten der Menschen durfte man ihnen nicht anlasten. Das Fangen der Kinder konnte nicht als Aggression gewertet werden, da sie sich freiwillig in die Sphären stürzten. Camille war so in Gedanken versunken, dass sie dem Treiben im Wagon am Bahnhof von Meyssac keine Beachtung schenkte.

Als sie sich umdrehte, bemerkte sie überrascht, dass inzwischen jemand anderes auf dem Platz neben ihr saß. Ein grauhaariger Mann hatte die dicke Frau abgelöst. Sie erwiderte sein Lächeln mit einem kurzen Kopfnicken.

»Wohin fahren Sie?«, fragte er.

»Paris«, antwortete sie nach einem kurzen Moment des Zögerns.

Sanftmut und Wohlwollen lagen in dem Blick seiner haselnussbraunen Augen. Die tiefen Falten auf Stirn und Wangen schienen Spuren von großem Leid zu sein. Er streckte ihr die Hand hin. Sie nahm sie; die Berührung war angenehm, sein Händedruck fest und einnehmend zugleich.

»Ich fahre auch nach Paris. Jules Maillet.«

»Camille Grosjean.«

»Was machen Sie in Paris?«

»Familienangelegenheiten.«

Sie verzichtete darauf, Näheres zu sagen. Sie fuhr in die Gegend von Paris, um ein letztes Mal die F729 zu sehen, die Sphäre von Bonneuil-sur-Marne, die Nathan gefangen hatte. Jeder vernünftige Mensch hätte diese Idee dumm gefunden, aber als Camille vor Basiles Grab gestanden hatte, war ihr diese Reise plötzlich ebenso zwingend nötig wie natürlich erschienen. Ein Teil von ihr war mit Basile gestorben, und dieser Besuch bot die Möglichkeit, mit dem Leben ins Reine zu kommen.

»Ach, die Familie«, seufzte Jules. »Ich komme gerade von der Beerdigung meiner Mutter, wo sich meine zwei Schwestern und mein Bruder furchtbar um ihr armseliges Erbe gestritten haben.«

»Mein Beileid.«

»Meine Mutter war alt und wollte gehen, das hat sie mir in ihrem letzten Brief geschrieben. Sie wohnte bei ihrer ältesten Tochter, und die hat ihr das Leben zur Hölle gemacht.«

»Warum haben Sie Ihre Mutter nicht zu sich genommen?«

»In Paris? Sie wollte nichts davon hören. Ich habe daran gedacht, mich nach meiner Pensionierung in Meyssac niederzulassen. Aber sie hatte nicht die Geduld, auf mich zu warten.«

»Was machen Sie in Paris?«

»Ich arbeite im Innenministerium, in der Organisation der Rekrutierung der Isaaks.«

»Haben Sie selbst Kinder?«

Jules' Gesichtsausdruck verfinsterte sich.

»Dieses Glück wurde mir nicht zuteil«, murmelte er nach

einem Moment des Schweigens. »Ich ... Meine Frau und ich haben keine Kinder bekommen. Letztlich haben wir uns scheiden lassen. Jetzt ist es zu spät für mich. Ich werde bald fünfundsechzig.«

»Sind Sie schon einmal in einem Sammellager für Pädokaze gewesen?«

»Noch nie, mir fehlt die Zeit. Wir stecken zehn Stunden am Tag bis über beide Ohren in Papierkram. Seit es keine Computer mehr gibt, müssen wir alles handschriftlich festhalten. Unser Ziel ist es, eine möglichst vollständige Erfassung hinzukriegen, dann bekommen die Rekrutierungsbrigaden ihre Befehle.«

Camille ließ ihren Blick wieder über die hügelige, von den Schienen durchzogene Landschaft gleiten.

»Was passiert mit Ihnen, wenn die Sphären fortgehen?«

Jules entfuhr ein kurzes Lachen.

»Sie sind vielleicht optimistisch! Wenn die Sphären verschwinden, werden Tausende Menschen arbeitslos.«

»Dann ist es also in Ihrem Interesse, wenn sie bleiben?«

Er schnitt eine Grimasse.

»In gewisser Weise, ja. Nicht unbedingt für mich, mein Arbeitsleben ist ja bald zu Ende, aber für meine jüngeren Kollegen wäre das besser.«

»Und wenn Sie all diese Kinder in den Tod zu schicken, lässt Sie das vollkommen kalt?«

Plötzlich sahen Jules' Augen aus wie kalter, rauer Stein.

»Wir wenden nur das Gesetz an.«

»Auch wenn dieses Gesetz Unrecht ist?«

»Wir sind nicht in der Position, das zu beurteilen.«

»In der Vergangenheit ist es schon vorgekommen, dass

die Menschen es später bitter bereuten, solche Gesetze befolgt zu haben.«

Er rutschte auf seinem Sitz herum, als bräuchte er etwas Abstand, um seine Gesprächspartnerin besser einschätzen zu können.

»Wissen Sie denn nicht, dass die Leute, die Isaaks Gesetz nicht befolgen, mit einer schweren Gefängnisstrafe rechnen müssen?«

»Ich habe diese Erkenntnis teuer bezahlt und gut zehn Monate in dem Frauengefängnis von Béziers gesessen.«

Plötzlich sah er völlig entsetzt aus, zweifellos trieb ihn die Angst um, man könnte ihn mit einer Ausgestoßenen zusammen sehen.

»Ich komme übrigens auch gerade von einer Beerdigung«, setzte Camille nach. »Von meinem Lebensgefährten. Er ist im Gefängnis von Toulouse-Seysses gestorben. Man hatte ihn zu drei Jahren verurteilt, weil er Widerständler bei sich versteckt hatte.«

Jules' Gesichtszüge wurden hart. Er stand auf und verschwand im Gang. Sofort stürzte sich eine junge Frau auf den freien Platz wie ein Raubvogel auf seine Beute.

Der Zaun um das Gebiet von Morbras war an mehreren Stellen ausgebessert worden. Die neuen Metallplatten hoben sich stark von den verrosteten Teilen ab, die sich unter der Last des Efeus krümmten. Camille lief ein gutes Stück den Zaun entlang, bis sie eine Lücke fand – ein Loch, das wahrscheinlich mit einer Gartenschere in das Wellblech gemacht worden war. Mit etwas Mühe zwängte sie sich hindurch. In dem Park auf der anderen Seite war die Vegetation viel dichter, als sie es in Erinnerung hatte. Büsche, Sträucher und Efeu bildeten eine unüberwindbare Mauer, durch die sich ein kaum erkennbarer Pfad schlängelte. Geduckt schlich Camille den schmalen Weg entlang und wich mit größter Vorsicht stacheligen Ästen aus, die von dem Blätterdach herabhingen. Ihr wurde bewusst, dass sie nicht mehr so energiegeladen und gelenkig war wie noch vor fünfunddreißig Jahren, als sie das erste Mal hier gewesen war. Auch wenn ihr Reiserucksack nicht viel wog, musste sie mehrmals innehalten, um ihre verkrampften Muskeln zu lockern und wieder tief Luft zu holen.

Die F729 lag auf einem freien Platz in der Mitte, als ob die Pflanzen sich nicht an die gigantische Sphäre herangetraut hätten. Es wurde Abend.

Am frühen Nachmittag war Camille nach zweitägiger Fahrt am Bahnhof Montparnasse angekommen, wo sie in die RER nach Sucy-Bonneuil gestiegen war. Der Zug hatte mehr als zwei Stunden auf offener Strecke gehalten. Den kurzen Weg vom Bahnhof zum alten Industriegebiet war Camille zu Fuß gelaufen.

Die ruhig dahinfließende Marne schlängelte sich zwischen dicken Stämmen und Baumkronen hindurch. Die Stille sog jedes Geräusch auf, auch den Vogelgesang und den Stadtlärm. Es war windstill, und ein erdiger Geruch beherrschte diesen Ort.

Camille ging einmal um die Kugel herum. Sofort spürte sie wieder Vibrationen und nahm Kinderstimmen wahr. Sie konnte nicht sagen, ob das Geflüster aus ihrem Inneren kam oder von außen. Kein Mensch begegnete ihr, auch die Marne schien vollkommen verlassen; kein einziger fanatischer Jogger flitzte am Ufer entlang, kein Boot trieb auf dem spiegelglatten Wasser. Sie bereute, keine Decke mitgenommen zu haben. Die Nacht brach an, und die Temperaturen sanken. Camille holte einen Pullover aus ihrem Rucksack und zog ihn über ihre Bluse und die Wollweste. Dann schlüpfte sie wieder in ihren Mantel. Sie wollte die Nacht bei der F729 verbringen und sich von ihrem Sohn verabschieden. Anschließend würde sie nach Millau zurückkehren und den Rest ihres Lebens in dem Haus auf der Causse im Andenken an Basile verbringen. Sie hatte sich noch nicht entschieden, ob sie Catel in der Haftanstalt von Fleury-Mérogis besuchen würde. Sie wusste nicht, ob sie den Mut aufbrachte, dem anklagenden Blick ihrer Tochter zu begegnen.

Camille setzte sich vor die weiße Dame. Sie hoffte, es würde nicht regnen. Sie aß ein paar trockene Kekse und trank einen Schluck Wasser aus der Flasche, die sie am Bahnhof Montparnasse gekauft hatte. Um sie herum wurde es dunkel. Die Kinderstimmen, die sie immer noch vernahm, wurden allmählich lauter. Camille begriff, dass die Stimmen in ihr erklangen, als ob sie viele Seelen in sich bergen würde, die von einer bezaubernden, fremden Musik getragen wurden. Sie versuchte nicht, die Stimmen zu vertreiben, obwohl sie ständig fürchtete, verrückt geworden zu sein.

»Maman.«

Sie fragte sich, ob sie richtig gehört oder nur geträumt hatte. Das Wort erklang immer weiter in ihr, wie ein fernes und zugleich vertrautes Echo.

»Maman.«

NATHAN

Er war im Wachzustand, und doch hatte Pelops das Gefühl, in tiefem Schlaf versunken zu sein. Gedanken, Eindrücke, Gefühle wirbelten mit überraschender Klarheit durch seinen Verstand.

»Pelops?«

»Kali? Wo bist du?«

»Ich weiß es nicht. Ich bin am Leben und denke doch, ich bin tot.«

»Ich glaube, wir befinden uns in einem ganz anderen Zustand. Wir sind weder tot, noch wach, noch schlafen wir.«

Die Puzzleteile fügten sich zusammen. Das Bild erstrahlte in seiner ganzen Vielschichtigkeit, seiner ganzen Schönheit.

»Pelops? Aber wir sind doch explodiert.«

»Wir sind zerrissen worden, wie geplant, aber die Sphäre hat unsere Lebensabdrücke genommen. Sie mobilisiert ihre gesamte Energie, ihre ganze Kraft, um uns zu regenerieren. Deshalb wechseln sie nach den Explosionen auch ihre Farbe und werden kleiner.«

»Wie kann man einen Körper regenerieren?«

»Das sind Matrizen, mit denen man Leben schenken, erhalten und entwickeln kann.«

»Was werden sie mit uns machen?«

»Sie bringen uns an einen Ort, wo wir eine neue Welt besiedeln sollen. Sie besitzen die Gabe der Befruchtung.«

»Woher kommen sie?«

»Sie gehen an die Orte, wo das Leben stirbt, nehmen die Samen des Lebens und pflanzen sie auf einem anderen Planeten ein. Wir sind die Samen, Kali. Die Erde wird unfruchtbar. Wenn die Menschen so weitermachen wie bisher, kann sich das Leben nicht mehr entfalten. Die Sphären sind gekommen, um das Menschengeschlecht zu bewahren. Sie sind Wanderinnen, himmlische Archen, die alles in sich bergen, was wir Menschen brauchen, um in einer anderen Welt neu zu entstehen.«

»Woher weißt du das alles, Pelops?«

»Du wirst das auch bald erfahren, so wie alle anderen. Das ist nur eine Frage der Zeit.«

»Wir schlafen, bis wir das Ziel unserer Reise erreicht haben, Maman. Ich wurde aufgeweckt, um mit dir zu kommunizieren. Du bist einer der wenigen Menschen, die ausgewählt wurden, Zeugnis abzulegen über das Werk derjenigen, die ihr die Sphären nennt. Ich habe mich nicht verändert, seit ich von dir fortgegangen bin, Maman. Ich bin immer noch der Nathan, den du kennst.«

Camille musste ihre Frage nur zu Ende denken, schon breitete sich Nathans Antwort in ihren Gedanken aus. Auch die Gefühle, die sie durchströmten, waren Sprachelemente. Die unbeschreibliche Freude, Nathan am Leben zu wissen, wurde von der Ungläubigkeit, der Verzweiflung, der Wut und dem Kummer über Basiles Abwesenheit überlagert. Die dunkle Nacht, die Kälte und den harten Boden hatte Camille vergessen.

»Geschieht mit allen Kindern das Gleiche?«

»Wir alle sind Keimlinge.«

»Und die Kinder, die als Bomben benutzt wurden?«

»Die Sphären regenerieren sie, Zelle für Zelle, genau ihrem genetischen Code entsprechend. Das kostet sie sehr viel Zeit und Energie, aber sie besitzen ein unglaubliches Wissen und eine unendliche Geduld.«

»Also ist keines dieser Kinder gestorben?«

»Nein, sie leben alle noch oder kehren gerade ins Leben zurück.«

»Wurden auch Pädokaze in die Sphäre geschickt, die dich gefangen hat?«

»Gefangen? Ich würde eher sagen auserwählt. Nein, sie hat keine Pädokaze abbekommen.«

»Woher weißt du dann, was mit ihnen passiert ist?«

»Die Sphären tauschen sich unentwegt aus. Und was eine von ihnen erfährt, wissen die anderen auch. Sie teilen es miteinander und geben es an die weiter, die sie beschützen.«

»Woher kommen sie? Woher beziehen sie ihr Wissen?«

»Diese Fragen kann ich nicht beantworten. Die Sphären antworten nicht auf alle meine Fragen. Ein Teil wird für immer ein Geheimnis bleiben, das müssen wir akzeptieren. Sie sind zu uns gekommen, weil sie gespürt haben, wie dringend sie gebraucht werden, um das Aussterben der Menschheit zu verhindern.«

»Wer schickt sie?«

»Sie sind die Hüterinnen des Universums. Sie begeben sich dorthin, wo die Schöpfung sie braucht.«

»Wann geht ihr fort?«

»Sehr bald.«

»Geht ihr alle an den gleichen Ort?«

»Nein, wir werden auf verschiedene Welten verteilt.«

»Vielleicht findet ihr dort nicht die notwendigen Lebensbedingungen vor?«

»Die Sphären haben für alles gesorgt. Unsere neue Welt wird bereit sein, bevor sie uns aufwecken.«

»Sind so auch die Menschen auf die Erde gelangt?«

»Das weiß ich nicht.«

Ein paar Mal verweigerte sich Camilles Verstand während des Austauschs, dann erschien ihr Basile. Wenn seine ernste Stimme in ihr erklang, wurde ihr bewusst, dass die Enthüllungen ihres Sohnes die Vorahnungen des Mannes bestätigten, dessen Leben sie geteilt hatte. Sie bedauerte, dass Basile diese Worte nicht mehr hören konnte.

»Gibt es im Inneren der Sphären intelligente Wesen, ich meine, außer den Menschen?«

»Jede Sphäre ist selbst ein intelligentes Wesen. Jeder ihrer Bestandteile zeugt von ihrer eigenen Intelligenz.«

»Warum leuchten sie von Zeit zu Zeit auf?«

»Sie sammeln neue Energie. Sie bereiten ihre Verschmelzung und ihren Aufbruch vor.«

»Ihre Verschmelzung?«

»Mehrere Hundert von ihnen werden zusammen eine große Sternenarche bilden. Ich muss jetzt wieder in den Schlafzustand zurückkehren. Wenn der Zeitpunkt gekommen ist, werden sie mich aufwecken.«

»Ich würde gern ein letztes Mal dein Gesicht sehen, Nathan. Du hast mir so gefehlt.«

Es gab eine Unterbrechung.

»Komm näher, Maman.«

Camille stand auf und ging ein paar Schritte umher, um die Beine zu lockern, dann näherte sie sich der weißen Hülle der F729. Nur wenige Sekunden später zeichnete sich vor ihr ein Lichtkreis ab. Auf der anderen Seite der nun durchsichtigen Hülle bewegte sich etwas. Ein Gesicht erschien in der Mitte des Kreises. Camilles Herz wurde so groß wie der Weltraum, als sie Nathan wiedererkannte. Er sah noch genauso aus, wie sie ihn in Erinnerung hatte. Sie streckte die Hand nach ihm aus und begegnete in dem tränenüberströmten Gesicht seinem fröhlichen Lachen.

»Auf Wiedersehen, Maman.«

»Werden wir uns eines Tages wiedersehen?«

»Wir sind für immer miteinander verbunden.«

»Ich liebe dich, mein Sohn.«

»Ich liebe dich, Maman.«

Das Licht ging aus, und der Kreis wurde wieder undurchsichtig. Camille blieb bis zum Morgengrauen vor der Sphäre sitzen. Schläfrigkeit wechselte sich mit Zweifeln und Momenten innerer Ruhe ab, untermalt von leisem Weinen. Und während das blasse Licht des frühen Morgens sich in die untergehende Nacht mischte, stand sie auf, ordnete ihre Kleidung und ging – von ihrem Kummer befreit – zum Ausgang des Industriegebiets.

Zweifel und Wut standen Catel ins Gesicht geschrieben. Sie hatte ihre Enttäuschung nicht verbergen können, als sie ihre Mutter auf der anderen Seite der Trennscheibe in der Gesprächskabine erblickt hatte. Ganz offensichtlich überlegte sie, auf dem Absatz kehrtzumachen. Schließlich hatte sie sich gesetzt und den Telefonhörer in die Hand genommen.

Für den Weg von Bonneuil nach Fleury hatte Camille, obwohl die zwei Städte nicht weit voneinander entfernt lagen, den größten Teils des Tages gebraucht. Eine weitere Stunde war vergangen, seit sie sich am Empfang des Gefängnisses gemeldet hatte.

»Wie geht es dir?«

»Mir geht es so, wie es einer Frau im Gefängnis halt geht, die wie blöd schuftet und mit drei anderen Irren in einem winzigen Loch haust.«

»Basile ist im Gefängnis gestorben. Die anderen Häftlinge haben ihn verprügelt. Ich war gerade in Toulouse, dort wurde er beerdigt.«

»Tut mir leid für dich.«

»Die weißen Damen werden bald verschwinden. Dann gibt es keinen Grund mehr, dich hier festzuhalten.«

»Wenn du gekommen bist, um mir das zu sagen, hättest du drauf verzichten können. Du hättest dir den weiten Weg und die Fahrkosten sparen können.«

»Ich will dir etwas erzählen, dass dir sicherlich unglaublich vorkommen wird. Bitte hör mir zu, bis ich fertig bin.«

Mit einer schroffen Handbewegung bedeutete Catel ihrer Mutter, fortzufahren. Im Gefängnis war sie vorzeitig gealtert: Sie hatte tiefe Falten im Gesicht, eingesunkene Augen und graue Strähnen im Haar.

»Ich bin zu der weißen Dame von Bonneuil, der F729, gegangen, weil ich den Wunsch hatte, Nathan Lebewohl zu sagen. Ich habe ihn gesehen, Catel.«

»Du redest dummes Zeug. Nathan ist vor fast vierzig Jahren verschwunden.«

»Er hatte sich gar nicht verändert. Er sah noch genauso aus, wie ich ihn in Erinnerung hatte. Auf der Hülle der weißen Dame hat sich ein heller Kreis gebildet, und in seiner Mitte ist dann Nathans Gesicht erschienen. Er hat mit mir gesprochen. Er hat mir erklärt, was das Ziel der weißen Damen ist.«

»Du spinnst total, Maman.«

Catels wütende Bemerkung glitt an Camille ab wie ein Tropfen Wasser auf einem Wachstuch.

»Diese Erfahrung habe nicht nur ich allein gemacht. Überall auf der Welt gibt es Menschen, die das bestätigen, was ich sage. Ich weiß, dass ich dich heute nicht davon überzeugen kann, aber es ist mir wichtig, dir zu sagen, dass deine Tochter Diane auch noch lebt, wie Nathan. Sie schläft nur, bis sie zusammen mit den anderen Kindern in eine neue Welt gebracht wird.«

»So ein Quatsch. Und Pelops? Sein Vater hat sich die Mühe gemacht, mir persönlich mitzuteilen, dass die Rekrutierungsbrigade ihn abgeholt hat.«

»Nathan hat gesagt, dass auch die Pädokaze nicht sterben. Die weißen Damen regenerieren sie, nachdem sie explodiert sind. Dafür brauchen sie enorm viel Energie. Sie sind Sternenarchen. Ihre Aufgabe ist es, das vom Aussterben bedrohte Menschengeschlecht zu schützen und Leben auf andere Planeten zu bringen.«

»Du bist vollkommen übergeschnappt, Maman! Basile hatte genügend Zeit, dich mit seinen verrückten Ideen anzustecken, bevor er gestorben ist.«

»Ich dachte, du hättest ihn etwas schätzen gelernt. Ich danke dem Himmel jeden Tag dafür, dass ich ihm begegnet bin. Durch ihn habe ich die Liebe kennengelernt, die wahre Liebe. Denk, was du willst. Tief in deinem Inneren wirst du eines Tages die Wahrheit erkennen. Deine Wahrheit. Ich wollte dir das alles nur erzählen, damit du nicht unnötig wegen deiner verschwundenen Kinder leidest. Es geht ihnen dort, wo sie sind, gut. Sicher besser als bei uns. Vor ihnen liegt eine strahlende Zukunft. Die weißen Damen werden bald verschwinden. Und du wirst hier rauskommen. Wenn du nicht weißt, wohin, kannst du immer zu mir in den Larzac kommen. Den Weg kennst du ja. Verzeih mir, dass ich dich nicht richtig geliebt habe, mein Kind.«

Catel zögerte einen Moment, dann legte sie mit verdrossenem Gesicht den Hörer auf. Ohne Camille noch eines Blickes zu würdigen, stand sie auf und verließ die Kabine.

»Ich setze Sie dort oben ab, Madame. Einverstanden?«

»Herzlichen Dank. Ich bin sehr erschöpft von dieser zweitägigen Reise.«

Camille nahm neben Hermès, dem Briefträger, Platz. Das gelbe Auto hatte sie überholt, als sie Millau gerade hinter sich gelassen und den Aufstieg zu Basiles Haus begonnen hatte.

»Hermès, ist das Ihr richtiger Name?«

»In Wahrheit heiße ich Adelin. Den Namen Hermès haben sie mir gegeben, als ich bei der Post angefangen habe. Woher kommen Sie?«

»Aus Paris.«

»Warum sind Sie so weit gereist?«

»Ich wollte ein paar Familienangehörige besuchen …«

Hermès nickte.

»Ich bringe Sie nach Hause, bevor ich meine Runde heute beginne.«

Das Auto begann, sich die kurvenreiche Straße hinaufzuschlängeln.

»Die Sphären haben letzte Nacht wieder geleuchtet. Man könnte fast meinen, dass sie etwas vorbereiten.«

»Ihren Aufbruch«, sagte Camille und lächelte.

THÉMIS

Es ist schon fast ein Jahr her, dass die weißen Damen verschwunden sind. Wir, Jason, Éris, ihre Mädchen und ich, waren bei ihrem Aufbruch dabei. Sie waren beinahe eine ganze Woche lang hell erleuchtet, bevor sie sich mit majestätischer Langsamkeit, ohne einen einzigen Laut, in die Luft erhoben, als ob ein kosmischer Atem sie fortpusten würde. Wir haben mehr als fünfzig Sphären bei uns in der Umgebung gezählt, die hell in der Nacht funkelten. Ihr Anblick erinnerte an aufsteigende Laternen am Ende eines Fests.

Ich dachte an Nathan, der auf dem Weg zu einer neuen Welt ist. Mir war ganz traurig ums Herz, und ich habe geweint. Dann habe ich mir gesagt, dass er die Erde für eine bessere Zukunft verlässt, und dieser Gedanke hat mich augenblicklich getröstet. Mein Blick fiel auf Hestia und Sibylle, die vollkommen gebannt den Abflug unserer himmlischen Besucherinnen verfolgten. Ich habe mich gefragt, warum die weißen Damen bestimmte Kinder auswählten und andere gar nicht beachteten. Viele ihrer Geheimnisse haben sie mit sich genommen. In jener Nacht sandten sie hell funkelnde Strahlen aus, die sie untereinander verbanden, sodass sie zusammen ein changierendes, schillerndes Raster bildeten. Wir sa-

ßen auf dem Gipfel eines Hügels und konnten unsere Augen nicht von dem faszinierenden Schauspiel über uns abwenden.

Die Sphären gewannen allmählich an Höhe. Dann lagen sie eine ganze Weile lang ruhig da, bevor sie sich aufeinander zu bewegten und sich in einem Moment strahlender Helligkeit zusammenschlossen. Danach waren sie nur noch eine Sphäre, die sich in die Nacht erhob, bis sie zwischen den Sternen verschwand. Der Himmel sah schon bald wieder aus wie immer.

Inzwischen haben wir uns wieder an das Leben ohne sie gewöhnt. Die magnetische Aktivität hat sich normalisiert und überall auf der Welt bemühen sich die Menschen, die elektronischen und satellitengesteuerten Netzwerke wieder aufzubauen. Es gibt schon ganze Generationen neuer elektronischer Geräte, Handys, Computer, Fernsehen, GPS. Die Regierungen haben ihrer Freude über das Kriegsende lautstark Ausdruck verliehen. Natürlich haben sie sich das auf die eigene Fahne geschrieben. Nationen und Unternehmen liefern sich einen erbitterten Wettstreit um die neuen Märkte. Die alten Religionen haben wieder Zulauf – jede Religion behauptet, dass die Menschen den Sieg über die Eindringlinge der Fürsprache ihres Gottes verdanken. Bei den Vereinten Nationen ist es wieder wie beim Turmbau zu Babel, wo keiner den anderen versteht. Man spricht von einem Kriegsherd irgendwo im Kaukasus … Kurz gesagt, das Leben der Menschen geht wieder seinen gewohnten Gang.

Eine allgemeine Amnestie ist erlassen worden. Meine Tochter Catel wurde vor drei Monaten freigelassen, wie alle Häftlinge, die wegen Verstößen gegen Isaaks Gesetz verurteilt worden waren. Jetzt kämpft Catel darum, ihren Platz als Mutter in Ulysses Leben wieder einnehmen zu können. Sie plant, mich so bald wie möglich zu besuchen.

Da das Internet jetzt wieder funktioniert, habe ich auf der ganzen Welt Kontakt zu anderen Müttern aufgenommen, die, wie ich, mit ihren Kindern sprechen konnten, bevor diese aufgebrochen sind. Die Öffentlichkeit hält uns für Verrückte, für Hysterikerinnen – die Psychiatrie hat sogar einen Namen für uns gefunden: Psychomütter. Schulmediziner meinen, wir hätten eine Welt erfunden, die eine reine Illusion sei. Ihrer Diagnose zufolge brauchen wir diese fantastische Welt, um das Opfern unserer Kinder ertragen zu können. Aber wir Mütter sind zahlreich, fest entschlossen und überzeugt, dass unsere Stimme irgendwann gehört werden wird.

Jason hat versucht, seine Frau und seine Mutter wiederzufinden. Fanny hat sich das Leben genommen, und seine Mutter ist vor Kummer in einem Krankenhaus in Marseille gestorben. Éris hat sich einen neuen Namen gegeben. Von nun an heißt sie Thémis. Ein schönes Symbol: Der Zeitpunkt ist gekommen, von der Zwietracht zur Eintracht überzugehen.

Jason und sie leben mit mir zusammen in dem Haus auf der Causse. Jason hat einen Job in Millau gefunden. Jeden Morgen bringt er die Mädchen zur Schule und holt sie am Nachmittag wieder ab. Thémis unterstützt mich bei der Arbeit in Haus und Garten und der Korrespondenz mit den anderen Müttern auf der ganzen Welt.

Die Menschheit muss jetzt ihre Arroganz vergessen und die Warnung beherzigen, die uns die weißen Damen gegeben haben. Wir waren an einem Punkt angekommen, wo wir die Zukunft unserer Kinder nicht mehr garantieren konnten. Nun hat ein Wettrennen begonnen. Wenn wir einfach da weiter-

machen, wo wir damals aufgehalten wurden, wenn wir wieder hemmungslos nach Profit und Ausbeutung streben, sind wir zum Untergang verdammt.

Noch haben wir Zeit, den Lauf der Dinge zu ändern. Ich habe beschlossen, mich mit Leib und Seele dieser Aufgabe zu widmen. Auf diese Weise halte ich Basiles Andenken in Ehren. Seine Wärme, seine Ruhe, seine Sanftmut und sein Lachen fehlen mir, und das tut mir sehr weh. Wenn es dunkel wird, gehe ich oft allein auf die Causse hinaus und versinke in der Erinnerung an ihn.

Aus dem Tagebuch von Camille Grosjean